Matthias Falke

Planetenschleuder

Begedia

Planetenschleuder

Umschlagbild - Alexander Preuss
Covergestaltung und Satz - Begedia Verlag
Lektorat - André Skora
Druck und Bindung - PRINT GROUP Sp. z o.o.

ISBN-13 - 978-3-943795-48-6

Besuchen Sie uns im Web:
http://verlag.begedia.de

Matthias Falke

Planeten-schleuder

Das ENTHYMESIS-Universum
Eine Science-Fiction-Saga in sieben Trilogien

1. Laertes
2. Exploration

3. Gaugamela
- *Planetenschleuder*
- Museumsschiff
- Schlacht um Sina

4. Zthronmic
5. Tloxi
6. Jin-Xing
7. Rongphu

Für Andrea

Der Autor:

Matthias Falke wurde 1970 in Karlsruhe/Baden geboren. Nach Abitur und Grundwehrdienst studierte er Musikwissenschaft, Literaturwissenschaft und Philosophie an den Universitäten Karlsruhe und Freiburg/Breisgau. Seit 1999 ist er freier Autor, Herausgeber und Übersetzer. Sein Stück »Kassandra-Szenen« wurde 2007 beim Ersten Autorenwettbewerb des Sandkorn-Theaters Karlsruhe mit dem Publikumspreis ausgezeichnet. Nach Ausflügen in nahezu alle literarischen Gattungen und Genres konzentriert sich Falke in den letzten Jahren zunehmend auf die Science Fiction. Seine Texte wurden mehrfach für den renommierten Kurd-Laßwitz-Preis nominiert.

Falkes Novelle »Boa Esperanca« wurde 2010 mit dem Deutschen-Science-Fiction-Preis als Beste Kurzgeschichte ausgezeichnet.

Matthias Falke ist verheiratet und Vater von zwei Söhnen. Er lebt in Karlsruhe.

Teil I - Die Bedrohung

Kapitel 1. Kosmischer Hagel

Jennifer lag uneinholbar vorne. Obwohl ich kilometerweit abgeschlagen war, machte es Spaß, ihr zuzusehen. Sie war die beste Pilotin der Union, und sie ließ ihr ganzes Raumgefühl in das Spiel einfließen. Ohne, dass es sie eine Anstrengung gekostet hätte, vertraute sie ihrer Intuition für komplexe dreidimensionale Bewegungen. Was wir auf komplizierte und fehlerhafte Weise berechnen mussten, das schüttelte sie aus dem Handgelenk. Sie bildete mit dem Queue ebenso eine organische Einheit wie mit der Steuerkonsole der Enthymesis, wenn sie diese sanft und millimetergenau in die Hangars des Großen Drohnendecks bugsierte. Sie vollführte ein lautloses, feierliches und elegantes Ballett, das nur vom Klacken des Zählmechanismus' interpunktiert wurde. Ihre Punktestand näherte sich rasch den Hunderttausend. Wenn das Reglement es zugelassen hätte, hätte sie in einer Simultanpartie gegen uns anderen als Team antreten können – und sie hätte uns vernichtend geschlagen. Selten habe ich sie so geliebt wie jetzt, da sie wie eine Katze um den Spielkäfig herumschlich, mit all der Gewandtheit, die sie ihrer Nahkampfausbildung verdankte, das virtuelle Queue hob, mir zuzwinkerte und dabei zum Schein die Stirn in Falten legte – ganz als ob sie sich konzentrieren müsse –, und dann den Stoß anbrachte, der den roten Superball aufleuchten und ihr Konto um weitere 1000 in die Höhe schnellen ließ.

»Das gibt's doch gar nicht«, fluchte Reynolds, der nicht wusste, ob er lachen oder heulen sollte. Er ließ das Queue sinken, das er schon ungeduldig gehoben hatte.

»Sie darf nochmal«, grinste Jill. Sie lag noch hinter mir, was man nicht einmal mehr als abgeschlagen bezeichnen konnte. Seit einer Viertelstunde war sie gar nicht mehr zum Zug gekommen, sodass sie sich ganz auf die Rolle der Beobachterin reduziert hatte. Und da sie offen mit Jennifer sympathisierte und es nicht wagte, gegen mich als ihren Vorgesetzten zu polemisieren, ließ sie ihren Spott auf Reynolds herabregnen, der mit jeder Runde nervöser und verbissener wurde.

»Ich darf nochma-hal«, flötete Jennifer. Sie stolzierte um den Käfig herum und ließ uns bei ihren Überlegungen zusehen, wie sie eine möglichst vertrackte Situation herbeiführen könnte. Ihr kastanienbrauner Pferdeschwanz wippte selbstgewiss. Ihre weiße Freizeituniform mit den schlichten Schulterstücken leuchtete in der bunten Dämmerung des Spielsalons, dessen rasch wechselnde Farbsignale und Holo-Anzeigen sie widerspiegelte.

An den anderen Billard-Käfigen und Spieltischen, wie auch an den Glücksspielrobotern und Scheibenholometern hatten die Spieler eine Pause eingelegt. Sie standen da, ihre Queues oder Scheibenschläger in den Händen, oder lehnten gegen die gravimetrischen Sockel ihrer Barhocker und sahen zu uns herüber. Sie alle hatten Respekt vor Jennifer und kaum einer dieser Captains oder Sergeanten hätte ihr in einer dienstlichen Situation in die Augen zu sehen gewagt, aber ihr Ruhm als gefürchteter Schwebebillard-Spielerin eilte ihr weit voraus, und wenn sie nun ihren WO und den Kommandanten dazu in einer spektakulären Partie deklassierte, war das ein Vergnügen, das man sich nicht entgehen ließ.

Ich fing einen resignierten Blick von Reynolds auf, während Jennifer vor der gegenüberliegenden Front des Käfigs in die Hocke ging und das Queue anlegte, um zum vernichtenden Stoß auszuholen. Gebannt sah ich auf ihre Fingerspitzen, die die Stoßrichtung in hauchfeinen Nachführbewegungen justierten und auch in der zehnfachen Verlängerung des Spielgeräts kein bisschen zitterten. In der zusammengekauerten Haltung, die an einen antiken Diskuswerfer erinnerte, erstarrte Jennifer zu einer ausdrucksstarken Statue.

»Was war das?«, flüsterte sie.

Irgendetwas stimmte nicht. Auch ich hatte etwas registriert, obwohl ich nicht zu sagen vermocht hätte, was es war.

In Zeitlupe ließ Jennifer ihr Queue sinken und richtete sich auf.

Ich spürte ein Frösteln, wie es mich überläuft, wenn sich in meinem Rücken eine Tür öffnet.

»Da ...!«, zischte sie und hob die Hand, als wäre es nötig, uns zur Aufmerksamkeit zu mahnen. Wie ein Dirigent den leisesten Misston seines Orchesters auffängt, der dem Publikum und selbst den Aufzeichnungsgeräten verborgen bleibt, und wie ein Ingenieur jede Unreinheit aus dem gleichmäßigen Summen seiner Maschinen heraushört, so hatten auch wir etwas gehört, das am untersten Horizont der Sinnenwelt angesiedelt war, aber dennoch den heiter gekräuselten Spiegel unserer Ausgelassenheit durchschlug ließ wie ein Stein den Spiegel eines unberührten Weihers.

Wir alle hatten als Offiziere und Piloten, als Wissenschaftsastronauten, Techniker und Kommandanten eine tief eingewurzelte Vorstellung davon, welche Geräusche an Bord eines Schiffes erwünscht und welche unerwünscht waren, welche alltäglich waren, welche besorgniserregend und welche gefährlich, welche beruhigend – und welche ganz und gar unmöglich. Diese Kategorien waren seit Jahrzehnten zu unserer zweiten Natur geworden. Eine minimale Abweichung innerhalb ihres Schemas würde uns aus dem tiefsten Rausch, aus dem Liebesspiel, aus dem Schlaf und aus der Bewusstlosigkeit geweckt haben.

Ein Geräusch, wie das, das nun an der untersten Schwelle unserer Wahrnehmungsfähigkeit kratzte, hatten wir noch niemals gehört. Das war das Allerschlimmste. Es ließ uns zusammenfahren. Jede Fiber unserer Körper wurde mit Konzentration geschwemmt, bereit, den Atem anzuhalten oder in Schreien auszubrechen. Ein fernes Grollen, das sich durch einen kilometerlangen Stahlleib arbeitete.

Außerhalb der Situation hätte es mich an ein Himalaya-Gewitter oder an einen Magnetsturm auf Siriana III erinnern können, aber wir befanden uns weder auf der Erde noch auf dem bizarren Eismond mit seinen violetten Blizzards, sondern an Bord der MARQUIS DE LAPLACE, die nach ihrer Rückkehr vom Sirius-System in einer Parkbahn im Neptun-Orbit überholt und gewartet wurde. Ein Stöhnen und Bersten, das sich durch zwölf Kilometer eines Titan-Corpus' fraß, von Segment-Kupplungen gedämpft, von Eigenresonanzen verstärkt. Die Herkunft des Geräusches war unerklärlich. Seine Echos und Interferenzen brachen und überlagerten sich und schwollen dabei an. Auch an den anderen Tischen ließen die Spieler ihre Queues und Schläger sinken. An der Bar setzten die Gäste ihre Gläser ab.

Zugleich erfasste uns der charakteristische Schwindel, den wir alle schon hundertmal verspürt hatten und von dem jede Zelle unseres Wesen wusste, dass er von überlasteten Gyroskopen herrührte. Panik malte sich auf die Gesichter. Jill verwandelte sich in eine gläserne Marionette. Reynolds sah aus wie jemand, der unbedacht auf eine dünne Eisfläche geraten ist und nun, vom ersten Knacken aufgestört, nicht mehr zu blinzeln wagt. Der anfeuernde Zuruf, den ich eben noch an Jennifer gerichtet hatte, gefror mitten in der Luft und fiel klirrend zwischen unseren Füßen zu Boden. In Zeitlupe musste ich mit ansehen, wie allen die Augen aus den Höhlen traten, als habe das Vakuum des schlingernden Raumes sich einen Weg in das Innere unseres Mutterschiffes gebahnt. Das Vergnügungsdeck der MARQUIS DE LAPLACE bog und dehnte sich wie ein Objekt vor einem Zerrspiegel. Der Raum und alles, was sich in ihm befand, wurde gekrümmt wie auf einem fehlerhaften Holo. Wir starrten uns an und wünschten aus diesem bösen Traum zu erwachen.

In diesem Augenblick setzte die Musik aus, die uns im Nachhinein plötzlich unerträglich banal erschien. Die Billardkugeln surrten automatisch auf ihre Nullpositionen in den zwölf Ecken des Schwebekäfigs zurück. Auch an den anderen Tischen erloschen die Anzeigen. Die feurigen Räder der Scheiben-Holos verblassten. Das Licht wurde um mehrere Stufen heller; zugleich büßte es seinen warmen orangeroten Farbton ein und wurde flammend weiß. Es war, als würde eine warme Decke fortgezogen, und der unerbittliche kalte Tag stand zum Fenster herein.

Mit wohlvertrautem Summen meldete sich die Automatik.

»Alarmstufe II«, verkündete eine emotionslose Serienstimme.

Wir hörten, wie sich überall im Schiff die selbsttätigen Schotte aus Titanstahl schlossen. Ein rhythmisches, in raschen Sprüngen näherkommendes Krachen, dem das schmatzende Saugen der Vakuumpumpen folgte. Mit kaum wahrnehmbarem Übergang flackerte das Licht und erstrahlte dann wieder in der vorherigen Schärfe. Die einzelnen Segmente der MARQUIS DE LAPLACE waren nun hermetisch voneinander getrennt, in ihrer Energie- und Sauerstoffversorgung autark und nur noch über einige Serviceschächte und die Steuerung der Automatik miteinander verbunden. Aber auch diese Kupplungen konnten im Notfall in Sekundenbruchteilen gekappt werden. Der Zusammenhalt des Schiffes wäre dann aufgehoben. Die zwölf Segmente würden, von kleinen Aggregaten getrieben, auseinander schweben, jedes mehrere Kubikkilometer an Volumen bergend und manövrierunfähig, aber in Sicherheit, falls es zum Beispiel einen schweren Strahlenunfall im Reaktorblock gegeben haben sollte.

Was mochte geschehen sein? In den wenigen Augenblicken, die wir wie angewurzelt dastanden, mit unserem irritierten Gleichgewichtssinn kämpften und auf weitere Durchsagen warteten, blitzten in rascher Folge mögliche Ursachen der Störung durch mein Hirn, die ebenso schnell vorgeführt wie verhandelt und abgeurteilt wurden. Eine Kollision oder ein sonstiger externer Grund konnte ausgeschlossen werden. Die einzige Möglichkeit, die mir plausibel schien, war ein Unfall bei Reparaturarbeiten. In einem der vorderen Segmente, dem langen Weg nach zu urteilen, den die Geräusche bis zu uns genommen hatten, musste es eine Explosion gegeben haben.

Jennifer hatte ihr Queue abgeschaltet und den Holo-Stick in den Billardkäfig geworfen, wo er von selbst in der Stand- By-Position einrastete. Intuitiv hatten wir alle eine breitbeinige Stellung eingenommen, die wir mit abgewinkelten Armen ausbalancierten.

Ein Knistern war in der Leitung. Dann löste Dr. Rogers' texanischer Dialekt das nervtötende Summen der schweigenden Automatik ab.

»An alle«, donnerte er in grimmigem Kasernenton. »Ein unbekanntes Objekt hat das Zentrale Steuermodul der MARQUIS DE LAPLACE getroffen. Der Schaden wurde lokalisiert und eingedämmt. Ihn zu beheben, wird allerdings länger dauern. Grund zur Beunruhigung besteht keiner – wenn man davon absieht, dass wir auf absehbare Zeit manövrierunfähig sind.«

Obwohl er nur den Audiokanal benutzte, sah ich ihn vor mir, wie er ein diabolisches Grinsen aufsetzte, als er noch hinzufügte: »Wird also nichts aus dem Wochenendtrip nach Luna III.«

Mit einem Knall, der an zusammengeschlagene Hacken erinnerte, ließ er den Kanal zuschnappen. Für einen Augenblick waren wir alle wieder Kadetten, die unter seinen gebrüllten Kommandos zusammenzuckten.

Die Automatik verlas nun lange Durchsagen, in denen Rettungs- und Reparatureinheiten in die oberen Decks von Segment I beordert wurden. Der Tatsache, dass keine Sanitäter angefordert wurden, entnahmen wir, dass Menschen nicht zu Schaden gekommen waren. Die Antriebs- und Steuermodule in Segment I arbeiteten, ebenso wie die Reaktorblocks in den Segmenten X - XII, vollkommen automatisch. Nur alle paar Tage verirrte sich ein Servicetrupp dorthin. Andererseits schien der Schaden beträchtlich zu sein. Nicht nur ganze Geschwader von Technikern wurden nach Segment I kommandiert, sondern auch eine Gruppe an Bordingenieuren.

Reynolds fragte an, ob er sich zur Verfügung stellen solle, behielt aber den groben Bescheid, man komme ohne ihn zurecht. Ich vermutete dahinter die alte Rivalität zwischen den »Festen« von der Planetarischen und der fliegenden Crew, die einander gegenseitig für unfähige Drückeberger hielten. Es musste einer der beiden Parteien das Wasser schon bis zum Haaransatz stehen, ehe sie die andere um Hilfe bat. Hier, an Bord der MARQUIS DE LAPLACE, waren wir Enthymesis-Offiziere im Urlaub. Frontsoldaten in der Etappe, die es längst aufgegeben haben, die Langweiler vom Nachschub mit ihrem Seemannsgarn beeindrucken zu wollen.

Reynolds schaltete fade lächelnd seinen Kommunikator ab und zuckte mit den Schultern. Er wäre auch eine Weile unterwegs gewesen von den Vergnügungsdecks in Segment VI, wo wir uns befanden, zur Steuerungseinheit am Bug des Schiffes, mehr als fünf Kilometer entfernt, zumal die Schotte geschlossen waren und er sich im Servicetunnel Block für Block hätte nach vorne arbeiten müssen. Eigentlich beschäftigte uns auch etwas ganz anderes.

Langsam nur stieg ein lähmendes Prickeln aus der Magengrube auf und verzweigte sich über den Rücken, bis es die Zonen des Bewusstseins erreichte. Es gibt Situationen, in denen man längst wahrgenommen hat, was als Gefahr erst mit Verspätung begriffen wird, etwa wenn man in einer fremden Stadt unterwegs ist und mit einem Mal feststellt, dass man die Orientierung verloren hat und in ein zwielichtiges Viertel geraten ist. Plötzlich wird es dunkel, man befindet sich in einer Sackgasse und aus den Haustüren glotzen einen finstere Gestalten an.

Jennifer hatte den Impulsgeber vom Bord genommen und spielte damit herum, ein Zeichen von Nervosität. Ich kannte sie gut genug, um zu spüren, dass sie außerordentlich beunruhigt war.

»Wie konnte das geschehen?«, fragte sie.

Ihr Blick war der einer Ausbilderin, die einen Rekruten fragt, warum seine Uniform so vorschriftswidrig sitzt.

Tatsächlich war kaum zu begreifen, wie ein solcher Impakt möglich sein sollte. Die MARQUIS DE LAPLACE war das größte und modernste Schiff der Union. Das Deepfield-Radar ihrer Vorfeldaufklärung griff Millionen Kilometer tief in den Raum aus; ihre automatische Überwachung kontrollierte die Flugbahnen mehrerer tausend Objekte. Diese überscharfen Sinne waren auf Sub-Warp-Passagen berechnet, auf die Durchquerung des Kuipergürtels oder der Oortschen Wolke. Dass ihnen auf der öden Höhe der Neptunbahn ein herumschwirrendes Steinchen entgangen sein sollte, war kaum vorstellbar. Langsam und widerstrebend, wie man in eiskaltes Wasser eintaucht, mussten wir uns klarmachen, dass der aktuelle Schaden gar nicht das eigentliche Problem darstellte, sondern nur Symptom eines wesentlich gravierenderen war.

Das Schlingern und Krängen, das das Schiff durchzitterte, hielt an. Als langjährigen Mitgliedern der fliegenden Crew konnte es uns physisch nicht viel ausmachen. Dafür erfüllte es uns mit einer umso größeren seelischen Qual. Wir spürten, wie die virtuellen Gyroskope auf Hochtouren liefen. Verzweifelt wie ein Boxer, der einen betäubenden Schlag aufs Ohr erhalten hat, rang unser Schiff darum, seine Bahn zu halten. Oder, wie es mich plötzlich durchzuckte, einer weiteren Bedrohung auszuweichen.

»Sie kämpft«, sagte Lambert. »Aber sie kommt vom Kurs ab.«

Reynolds schüttelte langsam den Kopf. Es sah aus wie eine rätselhafte Pantomime.

»Nein«, sagte er in seiner gedehnten Sprechweise, die immer, wenn er einer Sache auf der Spur war, zu einem langgezogenen Band aneinanderhängender Vokale wurde. »Sie versucht zu reagieren.«

Jennifer nickte aufgeregt. In rascher Folge ließ sie den Impulsgeber in ihrer Hand aufleuchten und wieder verschwinden.

»Sie will nicht beharren, sondern fliehen.«

Ich sah das Bild einer waidwunden Gazelle vor mir, die mit zerrissenen Läufen in der afrikanischen Steppe liegt und ein

Rudel Hyänen auf sich zukommen sieht. Entsprach diese Vision unserer gegenwärtigen Situation?

Wir befanden uns in einem der Innendecks, ohne freie Sicht nach draußen. Die Monitore waren erloschen. Und obwohl mit bloßem Auge sowieso nicht zu erkennen gewesen wäre, wenn ein faustgroßer Brocken mit 30 000 Stundenkilometern auf uns zuraste, erfüllte es mich mit einem panischen Gefühl, dass ich über keine Informationen verfügte. Auf der Brücke der Enthymesis war ich mit allen Instrumenten so verwachsen, dass ich mich ihrer wie meiner eigenen Sinne bedienen konnte, und zudem reagierte dort meine Crew so sensibel auf meine Befehle, dass diese ausgeführt waren, ehe ich sie ausgesprochen hatte. Hier fühlte ich mich blind. Mit verbundenen Augen saßen wir auf der Ladefläche eines Lastwagens, der steuerlos in ein Minenfeld hinausfuhr. Ich betätigte den Piepser.

»Es ist noch nicht vorbei«, sagte Jennifer, der ich am liebsten den Holo-Stick aus der Hand geschlagen hätte.

»Das war erst der Anfang«, bestätigte Reynolds.

Lamberts Gesicht, das noch nie hübsch gewesen war, aber manchmal ganz drollig wirkte, verwandelte sich in eine verwüstete Landschaft, auf der der Steppenbrand der Verzweiflung wütete.

Endlich knirschte es im Kommunikator.

»Das ist nicht der geeignete Zeitpunkt«, schnauzte Rogers.

»Was ist los?«, fragte ich, ohne auf sein Gebrüll einzugehen. »Wir haben den Eindruck, das Schiff ist nicht stabil ...«

»Ihr Eindruck ist goldrichtig«, tobte er. »Und Sie können von Glück sagen, wenn es in einer Stunde noch ein Schiff ist, und nicht einige Teratonnen wertlosen Weltraumschrotts!«

Damit kappte er die Leitung. Ein unangenehmes Stöhnen war zu hören. Der riesige Stahlleib der MARQUIS DE LAPLACE wand sich in der verzweifelten Anstrengung. Hilflos sahen wir von einem zum anderen.

»Wir müssen etwas unternehmen«, beschloss Jennifer.

Während die anderen Offiziere, die ihren freien Nachmittag auf Vergnügungsdeck VI C 22 verbracht hatten, schicksalsergeben an den Spieltischen lehnten oder in ihre Gläser starrten, stürmten wir los.

Die Ordonanzen, die neben der Ausgangstür Stellung bezogen hatten, salutierten und gaben die Verriegelung frei, als wir auf sie zumarschierten. Die kleinen Schotte, die innerhalb der Decks die Durchgänge sicherten, glitten zischend auseinander. Ein Zittern lief durch das Schiff, und irgendwo, kilometerweit entfernt, war ein hohles Aufheulen zu hören, das an einen verwundeten Wal denken ließ, der seine Qual in den dunklen Ozean hinausschrie. Unwillkürlich hatten wir alle einen Ausfallschritt gemacht und das Taumeln des Schiffes, auch wenn es von den Gyroskopen abgefedert wurde, aus dem Oberschenkel aufgefangen. Im Gänsemarsch, wie wir hintereinander herrannten, musste das aussehen wir das Manöver einer modernen Ballett-Truppe.

Innerhalb des Decks konnten wir uns als Mitglieder der fliegenden Crew frei bewegen, und es sollte uns auch möglich sein, die über und unter uns liegenden Decks zu erreichen. Allerdings war unsere Bewegungsfreiheit durch die Alarmstufe auf das Segment beschränkt, in dem wir uns gerade befanden. Die Schotte in den Segment-Kupplungen konnten nur vom Kommandanten oder seinem Stellvertreter geöffnet werden. Und letzterer hatte schon durchblicken lassen, dass er auf unsere Stellungnahmen keinen Wert legte.

Jennifer rannte vorweg. Ich erhaschte immer gerade noch das Bild ihres Pferdeschwanzes, dann war sie um die nächste Ecke verschwunden. Reynolds und Lambert folgten ihr. Ich bildete den Schluss. Ich glaubte inzwischen zu wissen, wo sie hinwollte. Im Grunde gab es nur eine Möglichkeit. Allerdings war mir schleierhaft, was sie dort ausrichten zu können meinte.

Atemlos rannte ich hinter ihr her durch das Labyrinth, das das vordere Drittel des Decks einnahm. Zwischen Serviceschächten und Titanstahlstreben ging es in schmalen verwinkelten Gängen dahin. Durch das wilde Zickzack, das wir zu laufen gezwungen waren, kam es mir vor, als ob das Schiff schwanke. Wie ein Trawler auf hoher See schien es sich von einer Seite auf die andere zu werfen. Ich konzentrierte mich. Es war tatsächlich so. Die MARQUIS DE LAPLACE krängte wie ein leckgelaufener Frachter unter dem Anprall mächtiger Wogen.

In den elastilverkleideten Säulen, die an den Kreuzungspunkten jedes Blocks standen, kreischten die Feldgeneratoren, die die virtuellen Gyroskope steuerten und die künstliche Schwerkraft mit Energie versorgten. Eben sackte das Schiff wieder zur Backbordseite durch wie eine Verkehrsmaschine, die durch eine Abfolge von Luftlöchern taumelt. Wir hatten keine Sicht nach draußen, da wir uns tief in den Eingeweiden des Segments befanden, daher konnte ich die Stärke der Schlingerbewegung nur abschätzen. Die künstliche Schwerkraft verhinderte, dass wir herumgeschleudert würden. Sie lief auf 120%, um uns fester an den Fußboden zu pressen. Ich spürte in den Knien, wie sich mein Gewicht erhöhte und meine Bewegungen teigiger wurden. Dennoch revoltierte mein Gleichgewichtssinn, wie ich es kaum jemals bei Explorer-Einsätzen verspürt habe. Ich taxierte die seitlichen Ausscherbewegungen des Schiffes auf mindestens 20 Grad. Bei der ungeheuren Masse der MARQUIS DE LAPLACE war es ein Wunder, dass sie nicht längst in Stücke gebrochen war. Was für Kräfte mochten das sein, die dieses Schiff so in Bedrängnis brachten?

Wir rannten weiter. Dann erreichten wir die Kommandozentrale, deren es mehrere auf jedem Segment gab. Von hier aus waren alle Funktionen des Hauptcomputers aufrufbar. Für den Fall, dass die Segmentkupplungen gelöst werden müssten, gab es hier die Steuerung des Segmentes VI. Wir befanden uns in einem oktogonalen Raum. In vier der acht Wände waren die vertikalen Serviceschächte eingelassen. Von hier führten generatorgetriebene Aufzüge zu den 120 Decks, die sich unter uns befanden, und zu den mehr als 200 über uns. VI war eines der flacheren Segmente. Es bildete die schlanke Taille der MARQUIS DE LAPLACE, eine Wespentaille, wenn man die bulligen

Segmente IV und VII oder die Reaktorblocks zum Vergleich heranzog.

Die übrigen Wände bargen Monitore und Bedienfelder. Es war eine selbstständige Brücke, die im Notfall ein Zwölftel MARQUIS DE LAPLACE befehligte. Jennifer riss die Schutzfolien aus mattschwarzem Elastin von den Konsolen und herrschte die Automatik an, online auf den Hauptrechner des Mutterschiffs zu gehen. Die Apparaturen begannen zu booten. Offensichtlich waren sie sehr lange nicht mehr online gewesen. Die Stickstoffkühlung für die Null-Ohm-Rechner brauchte geraume Zeit, ehe sie die nötige Betriebstemperatur hergestellt hatte. Außerdem war zu spüren, dass die Feldgeneratoren in diesem Block an der Belastungsgrenze waren. Sie schienen jedes einzelne Ampère nur widerwillig herauszurücken.

Ich warf Reynolds einen kritischen Blick zu. Er zog die Stirn kraus und zuckte mit den Schultern.

»Ich habe schon ungefähr 50 Eingaben deswegen geschrieben ...«

Jennifer trommelte mit den Fingern auf der Konsole, vor der sie nervös von einem Bein aufs andere trat. Jill stand abseits, die Hände ineinander verkrallt und schnitt ein Gesicht wie ein Baby, das sich gerade in die Hose macht.

Endlich erschien auf dem Hauptschirm der Gefechtsstand der MARQUIS DE LAPLACE. Im Profil erkannten wir Dr. Rogers, der mit blaurotem Kopf gerade drei WO's zusammenstauchte, die ihn um zwei Haupteslängen überragten und wie begossene Pudel vor ihm standen. Leider dauerte es ein paar Sekunden zu lang, bis auch der Audio-Kanal aufgebaut war, als dass wir seine Gardinenpredigt hätten verstehen können. Unmittelbar vor dem Schirm, der das Bild übermittelte und unsere Konterfeis auf die andere Seite überspielte, erkannten wir Dr. Frankel, der wie immer seinen weißen Laborkittel trug. Er wirkte wie ein Oberarzt, der gerade aus der Visite abberufen wurde. Zu Rogers' cholerischem Wesen bildete er einen angenehmen Gegenpol. Ich atmete auf, als ich ihn sah. Er wandte sich verwundert um, als wir auf seinem Schirm sichtbar wurden.

»Was, bitteschön, wird das?«, fragte er in seiner korrekten Aussprache, die so britisch wirkte, dabei aber nur neuenglisch war. Selbst jetzt, da unser Schiff von unerklärlichen Kräften fast zerrissen wurde, ließ er sich nichts anmerken, sondern verströmte die Coolness und Langeweile eines Gentleman auf einer englischen Gartenparty.

»Wir wollten uns selbst ein Bild von der Lage machen«, blaffte Jennifer.

»Die Lage ist beschissen«, brüllte Rogers über Frankels Schulter hinweg. Er hatte die WO's, die wie gemaßregelte Internatszöglinge abgezogen waren, weggeschickt und wandte sich nun einem Techniker zu, der ölverschmiert auf die Brücke gewankt kam und vor ihm Meldung machte. Leider konnten wir den Bericht, den der Mechaniker schwer atmend vorbrachte, nicht verstehen, da im gleichen Augenblick Frankel wieder das Wort ergriff.

»Sie können online auf den Statusbericht gehen«, sagte er freundlich, als handele es sich um Wahlprognosen oder Footballergebnisse. »Wir haben im Augenblick noch zuwenig Informationen. Momentan sind wir damit befasst ...«

Ich versuchte ihm mit rudernden Armbewegungen zu verstehen zu geben, dass er das Sichtfeld freigeben sollte. Dann brüllte ich in den Schirm hinein.

»Rogers! Hier ist Norton. Gibt es irgendetwas, das wir tun können?«

Ein neuerliches Beben lief durch das Schiff. Wir sahen auf dem Monitor, wie die Besatzung der Brücke schwankte und mit dem Gleichgewicht kämpfte. Dann erst hörten wir das ferne Stöhnen. Abermals etliche Augenblicke später hatte die Bewegung uns erreicht und brachte uns zum Taumeln. In dem großen Maschinenblock jenseits der Konsolen jaulte der Feldgenerator auf. Mir wurde wieder bewusst, wie riesig das Schiff war und wie es sich entlang seiner Längsachse verwinden musste. Wie ein nasses Handtuch, aus dem jemand das Wasser herauswringt, schien es in gegensätzliche Richtungen verdreht zu werden.

Während wir uns noch an den Rechnerschränken festkrallten, hatten sie auf der Brücke schon das Gleichgewicht wiedererlangt.

»Sie können mich am Arsch lecken«, tobte Rogers. »Sehen Sie nicht, dass wir zu tun haben?!«

Der Mechaniker salutierte zackig, wirbelte auf dem Absatz herum und stapfte mit schweren Seemannsschritten davon. Rogers stand da, die Fäuste in die Seite gestemmt, und blickte wutschnaubend um sich. Eigentlich sah er nicht aus wie jemand, der gerade besonders viel zu tun hat. Eher schien er Ausschau zu halten, wen er als Nächstes zusammenstauchen könnte.

Jennifer hatte unterdessen wild auf ihrer Konsole herumgetippt.

»Ich hab's«, verkündete sie.

Ich beugte mich über die Anzeigen, während Jill und Reynolds sich den Statusbericht auf einen zweiten Schirm holten.

»Sieht böse aus«, zischte sie zwischen den Zähnen, als sie in Windeseile die Reports der letzten Minuten herunterscrollte.

Ich wandte mich wieder dem großen Monitor zu. Im Hintergrund sah ich Rogers davonstapfen. Er ging an einen der Nebenbedienplätze und klemmte einen Kommunikator ans Ohr. Ich vermutete, dass er auf einem geschlossenen Kanal mit den Reparaturtrupps vor Ort Kontakt aufnehmen wollte.

In Krisensituationen hatte ich ihn auch schon souveräner erlebt. Vor Persephone hatte er es als Kommandant eines zusammengewürfelten Kampfverbandes mit einer ganzen sinesischen Flotte aufgenommen. Der siegreiche Ausgang der Schlacht für die Unionstruppen hatte den Krieg entschieden und die sinesischen Ambitionen ein für alle Mal beendet. Aber heute hatte er es mit einer Sache zu tun, die nicht unbedingt größer, aber unheimlicher war. Er wusste nicht, wer oder was ihm gegenüberstand, das machte ihn nervös. Und dass man ihn dabei ertappte, machte ihn noch viel nervöser.

»Wir haben einen Treffer in Segment I erhalten«, begann Frankel. »Das zentrale Steuermodul. Wie es aussieht, wurde es vollständig zerstört.«

»Was für ein Objekt?«, fragte Reynolds, noch ehe Frankel den letzten Satz beendet hatte. Der WO der Enthymesis hatte die Daten vor sich auf dem Schirm, aber er schien davon auszugehen, dass der stellvertretende Leiter der Planetarischen Abteilung über aktuellere Informationen verfügte. Ich fand es typisch für einen Techniker, dass er der Technik mißtraute und sich im Zweifel lieber an eine menschliche Person wandte.

»Masse circa eine Tonne«, sagte Frankel. »Wurde natürlich vollständig pulverisiert. Wir können nur den Impuls rekonstruieren, den die Feldgeneratoren der vorderen Segmente nach dem Einschlag kompensiert haben. Nicht sehr groß, Medizinball-Format ungefähr.«

Er malte mit den Händen den Umfang einer Wassermelone in die Luft.

»Also sehr schwer«, fuhr er fort. »Hohes spezifisches Gewicht.«

»Ein Artefakt«, entfuhr es mir. »Am Ende ein Torpedo?«

»Das wohl nicht«, lächelte Frankel wie der Moderator eine Rateshow, der leider einen weiteren Kandidaten nach Hause schicken muss. »Wir denken an einen Eisenmeteoriten oder an einen kleinen, sehr dichten Asteroiden.«

Ich versuchte diese Information unterzubringen, fand aber keine Schublade, in der ich sie hätte verstauen können.

»Wir glauben mit dieser Annahme relativ sichergehen zu können«, sagte Frankel, aber Jennifer setzte die Ausführung an seiner statt fort:

»Weil wir seither von zwei weiteren Körpern dieser Art beinahe gestreift worden wären«, rief sie.

Sie sah von ihrer Konsole auf. Ihr Gesicht nahm einen fleckigen Rotton an, von dem sich der blonde Flaum ihrer Wangen weiß abhob. »Einer in tausend, einer in nur hundertzwanzig Metern Abstand. Beide waren über dreißigtausend Kilometer schnell und hatten Massen von mehreren Tonnen.«

Ich spürte, wie in mir etwas wegsackte. Es war wie auf der Akademie, wo wir mit Handgranatenattrappen hantiert hatten und erst hinterher erfuhren, dass sie scharf gewesen waren. Ich versuchte mir auszumalen, was geschähe, wenn ein solcher Trümmer in eines der Wohn- oder Wissenschaftssegmente raste. Dann schob ich die Vorstellung beiseite.

Ich blickte auf die Uhr. Seit dem Einschlag war keine Viertelstunde vergangen. Wenn in dieser Zeit drei der rätselhaften Objekte unsere Bahn gekreuzt hatten ... Ich führte auch diesen Gedanken nicht zu Ende.

»Wir sind in ein Trümmerfeld geraten«, jammerte Lambert. »Ein Asteroidensturm. Wir werden von Meteoritenhagel zersiebt!«

Ich fragte mich wieder einmal, wie diese Frau, die eine großartige Pilotin war, aber ein miserables Nervenkostüm hatte, sich zur fliegenden Crew hatte melden können – und wie sie es dort so lange ausgehalten hatte.

Die Beinahe-Kontakte erklärten immerhin die gequälten Bewegungen der MARQUIS DE LAPLACE. Das Schiff, geblendet und mit Schlagseite im Raum dümpelnd, hatte sich mit letzter Kraft zwischen dem Bombardement hindurchgewunden. Allerdings paßte zu dieser Theorie nicht, was Jennifer noch aus den Reports herauslas.

»Die letzten beiden Asteroiden wurden erst registriert, nachdem sie an uns vorbeigepfiffen waren.«

Das war bedenklich, und die Erklärung, die Frankel dafür bereit hatte, vermochte nicht, das ungute Gefühl zu zerstreuen, das sich in meiner Magengrube anstaute.

»Wie ich bereits sagte«, säuselte er in den Monitor, »ist unser zentrales Steuermodul durch den Treffer vollständig zerstört worden. Wir sind vollkommen blind und auf einem Ohr ertaubt. Der Schlag war außerordentlich präzise geführt. Man könnte schon fast an Perfidie denken, wenn das gegenüber einem natürlichen Objekt nicht albern wäre. Ein Großteil der automatischen Hauptsteuerung ist ausgefallen. Wir arbeiten momentan daran, die Trimmung des Schiffes über die Quantenrechner der Planetarischen Abteilung zu koordinieren, um es zu stabilisieren und zu verhindern, dass es wie ein Bambusrohr auseinanderbricht.«

Er machte das anschaulich vor, in dem er einen imaginären Stab zwischen den Händen bog und dann ruckartig zerknickte, dass wir es förmlich dabei krachen hörten.

»Die Intelligenz«, führte er weiter aus, »der Hauptsteuerung ist glücklicherweise holistisch organisiert. Sie kann sich frei über ihre kybernetischen Substrate bewegen. Deshalb sind wir dabei, die übrigen Rechnerkapazitäten, mit denen unsere gute alte MARQUIS DE LAPLACE zum Glück nicht allzu sparsam ausgestattet ist, zu einem virtuellen Ersatz zusammenzuschalten.«

Er blinzelte. So unterschiedlich er und Rogers vom Temperament her waren, so glichen sie sich doch in ihrer Vorliebe für lange Vorlesungen. Sie hörten sich beide einfach zu gern reden.

»Schwieriger«, fiel ihm gerade noch ein, »sieht es da allerdings mit den zerstörten Sensoren aus. Auch wenn es unseren zerebralen Narzißmus kränken mag: Ein defekter Hirnlappen ist weniger schwer zu ersetzen als ein kaputtes Auge ...«

Die Frage, die mich beschäftigte, war dabei noch nicht einmal angeschnitten worden. Ich richtete mich auf und sah mich in der Runde um. Jennifer tippte wieder an der Konsole. Sie hatte auf Frankels letzte Ausführungen nicht mehr achtgegeben. Jill stand, krampfhaft an einen Rechnerschrank gekrallt, neben mir und starrte mit erloschenem Blick vor sich hin. Reynolds hatte das Kinn in die Faust gestützt und eine Pose angestrengten Nachdenkens eingenommen.

Das Schiff war jetzt ruhig. Lautlos lag die MARQUIS DE LAPLACE auf ihrer Bahn im Neptun-Orbit. Die Feldgeneratoren summten leise vor sich hin. Alles war friedlich. Die Situation schien unter Kontrolle.

Eines hatten Frankels weitschweifige Erklärungen nicht erklärt: Wie hatte der Treffer selbst, der uns in diese missliche Lage gebracht hatte, passieren können. Wieso war der Anflug des ersten Asteroiden von den damals unzerstörten Instrumenten nicht gemeldet worden?

Ich sah Reynolds an. Er legte mir die Hand auf die Schulter und schob sich dicht an mich heran.

»Es gäbe eine Erklärung für All das«, knurrte er hinter vorgehaltener Hand. »Sie mag unwahrscheinlich klingen, und sie wäre in der Tat wenig erbaulich, aber ...«

Ich brachte ihn mit einer Handbewegung zum Schweigen. Wir haben uns nicht immer gut verstanden. Bis jetzt haben wir uns noch bei jeder Mission zusammengerauft, und ich weiß, dass ich mich, wenn es hart auf hart kommt, zu einhundert Prozent auf ihn verlassen kann. Andererseits nervt sein Getue, sein Bescheidwissertum, seine Marotte des »Jetzt erkläre ich euch mal schnell die Welt«. Ich würgte das ab. Unsere Aufmerksamkeit wurde von Jennifer auf sich gezogen, die sich mit einem Ruck aufrichtete und mit der flachen Hand auf die Konsole schlug. Schwer zu sagen, ob das eine Geste der Resignation oder des Triumphes war.

»Was ist los?«, fragte ich.

Selbst Frankel auf der anderen Seite des Schirms zog interessiert die Brauen hoch. Dann tippte er etwas auf einem seiner Monitore.

»Das Deepfield-Radar kommt wieder«, rief Jennifer aus. »Die Automatik hat die Scanner der hinteren Segmente synchronisiert. Außerdem greift sie auf die Kapazitäten der vier Enthymesis-Explorer zu.«

»Die«, schmunzelte ich, »verdutzt in ihren Hangars im Großen Drohnendeck stehen und sich fragen, was das hier in der Etappe für eine Unruhe ist.«

»Reichweite und Auflösung entsprechen nicht ganz dem Deepfield, wie wir es gewohnt sind«, sagte Jennifer, die mir fröhlich zulächelte und mit einem Auge weiter die herunterratternden Anzeigen mitlas, »aber wir haben doch wieder ein halbwegs scharfes Sensorium.«

Auch Frankel wirkte sehr zufrieden. Er beugte sich über einen seiner Rechner und verschwand dadurch aus dem Bild. Nur noch sein gekrümmter Rücken und seine rechte Schulter waren als weiße Hügellandschaft am unteren Rand des Monitors zu sehen. Im Hintergrund ging Rogers erregt hin und her und sprach wie wild auf den Kommunikator ein.

»Tolle Leistung«, rief ich übermütig in den Schirm. »Gratulation an Ihre Truppe!«

Er hielt für einen Moment auf seiner Wanderung inne, starrte mit stechendem Blick herüber und hob die Hand zu einer Geste, die genauso gut »Keine Ursache« wie »Leck mich!« heißen konnte. Dann redete er auf dem geschlossenen Kanal weiter.

»So weit so gut«, strahlte Jennifer. »Jetzt haben wir immerhin wieder einen gewissen Überblick. Das ist in einer Situation wie dieser gar nicht zu ver ...«

Sie stockte mitten im Wort. Ihr Blick wurde starr und sonderbar saugend. Als sei ein physischer Kontakt zwischen ihrem Auge und dem Monitor geknüpft, der nun langsam verstärkt wurde, neigte sie sich an die Konsole heran.

»Wie es aussieht, haben wir wieder ein Bild«, sagte ich.

Auch Reynolds, der die Daten an einem anderen Schirm mitverfolgte, bekam plötzlich ganz spitze Lippen und eine hohe Stirn.

»Was ist denn los?«, wimmerte Jill. »Ihr kuckt auf einmal so wie ...«

Die Suche nach dem passenden Wort wurde ihr abgenommen.

»Wieder was im Anflug«, brummte Jennifer.

»Verdammte Scheiße«, hörten wir einen von Dr. Frankel ungewohnten Fluch, ohne dass wir den stellvertretenden Leiter der Planetarischen gesehen hätten.

»Was?«, fragte ich.

Ich sah nur Zahlenkolonnen über die Konsolen rasen.

»Moment.« Jennifer klang, als würde sie gleichzeitig rauchen und Nägel kauen. »Die Daten kommen verzögert rein. Sie müssen erst compiliert werden.«

»Und warum dauert das so lange?«, entfuhr es mir. »Die Kapazitäten eines ganzen Schiffes! Da wäre Onkel Lu mit seinem Abakus schneller!«

Auf dem großen Schirm wurde Frankel sichtbar, der sich abrupt aufrichtete und sich verstört nach Dr. Rogers umsah. Der hatte jetzt ebenfalls mitbekommen, dass etwas nicht stimmte. Er feuerte den Kommunikator auf eine der Konsolen und kam mit einschüchternden Schritten auf seinen Stellvertreter zugestiefelt. In seinem Blick, den er durch den Schirm auf uns abfeuerte, lag etwas wie »Das habt ihr jetzt davon«. Dann tauchte auch er unter den Bildausschnitt hinab, als er sich neben Frankel über dessen Bedienplatz beugte.

»Was ist denn jetzt?!«, brüllte ich, wohl wissend, dass sich Jennifer durch meine Tobsuchtsanfälle noch weniger beeindrucken ließ als durch diejenigen unseres gemeinsamen Vorgesetzten.

Einige quälende Sekunden vergingen. Es war still. Die Feldgeneratoren säuselten. Die Rechner klickten und surrten leise vor sich hin. Vier Menschen im Servicemodul und zwei weitere, die fünf Kilometer entfernt waren, atmeten schwer.

»Hier!«

Jennifers Ausruf war wie ein Vogelschnabel, der nach einer Made hackt. Sie deutete auf einen grün hervorgehobenen Eintrag, der rasch vorüberratterte.

»Nummer vier«, hörten wir Rogers knurren.

»Ein Meteorit«, bestätigte Jennifer.

»Haben wir ein Bild?«, fragte ich.

»Noch nicht«, sagte Jennifer. »Und es wird wohl auch schwer werden, eins zu bekommen. Aber wir haben eine Bahnberechnung.«

Wie über den Gartenzaun hinweg schielte sie auf den großen Schirm, wo Rogers und Frankel sich jetzt erhoben hatten und ungute Blicke miteinander tauschten. Frankel kaute auf der Unterlippe und schob die Zunge im Mund herum, als sei sie etwas, das er am liebsten ausgespuckt hätte. Er zog die Augenbrauen hoch und ließ sie dann wie eine überschwere Last wieder herunterfallen. Sein Ausatmen kam so gequält über den Kanal, dass ich glaubte, seinen Atem im Gesicht spüren zu können.

»Ein Eisenmeteorit«, sagte er. »Er zielt genau auf unseren Rumpf.« Er ließ ein Holo-Bild der MARQUIS DE LAPLACE auf dem Schirm erscheinen. »Hier. Zentral auf Segment IV.«

Ich betrachtete die grünschimmernde Grafik, auf die ein rubinroter Lichtstrahl zustach und sich mitten durch das bohrte, was bei einem sehr großgewachsenen Menschen der Brustkorb gewesen wäre. Genau auf unser Herz.

»Was soll das heißen«, greinte Jill, »er zielt?«

»Das war nur eine Redensart«, wischte Rogers sie von der Bildfläche. Dann wandte er sich an Frankel und katechisierte ihn mit schnell hintereinander abgeschossenen Fragen, während er uns ignorierte. Frankels Auskünfte waren ernüchternd. Alle möglichen Fehlerquellen waren ausgeschlossen worden. Die Toleranz, die in der Berechnung der Bahndaten enthalten war, gestattete keinen Spielraum für Hoffnungen.

»Wie viel Zeit bleibt uns?«, wollte Rogers wissen.

»Was sollen wir jetzt tun?«, jammerte Lambert vor sich hin. »Wir können uns ja nicht mehr rühren.«

»Wir stehen gefesselt am Marterpfahl«, nickte Reynolds, dessen Vorliebe für zynische Bilder mir neu war, »und müssen einen Treffer nach dem anderen einstecken.«

»Nicht alle durcheinander«, sagte Jennifer, die sich über ihre Konsole hermachte wie über ein italienisches Nudelgericht. Ohne uns anzusehen, hob sie die Hand in dem Versuch, uns zum Schweigen zu bringen. Trotzdem redete jeder weiter vor sich hin.

»Vielleicht«, schien Frankel laut nachzudenken, »war es ja doch keine bloße Redensart. Mit rechten Dingen geht das jedenfalls nicht zu.«

»Wie meinen Sie das?«, fragte ich.

»Wo kommt denn das Scheißding her?!«, tobte Rogers im Hintergrund, der wieder angefangen hatte, mit stampfenden Schritten hin und her zu gehen.

»Major Ash, bitte«, flehte Jill.

Normalerweise wäre es meine Aufgabe gewesen, einen Lagebericht anzufordern, und auf der Brücke der Enthymesis hätte ich den entsprechenden Befehl auch in dieser Sekunde erteilt. So irritiere mich die seltsame Kommunikationssituation. Wir standen in einem Winkel, wo sonst Putzroboter parkten oder Mechaniker die Verschalungen der Feldgeneratoren überprüften, sich aber kaum jemals ein Offizier der fliegenden Crew hinverirrte, starrten auf behelfsmäßige Konsolen, die ich mir als Standardausstattung des primitivsten Shuttles verboten hätte und über die die kryptischen Daten improvisierter Programme liefen, während wir über einen Schirm mit der Brücke verbunden waren, wo ein cholerischer Dr. Rogers schimpfend und tobend auf und ab tigerte.

»Wir waren eine halbe Stunde offline«, erläuterte Jennifer, als erkläre sie am Tag der offenen Tür einem Zivilisten die Funktionsweise eines 100-Millionen-Dollar-Cockpits. »Bei seiner Geschwindigkeit und der Entfernung hätte der Meteorit vor« - sie überschlug die Daten im Kopf -, »vor mindestens 20 Stunden auf den Schirmen unseres Deepfieldradars auftauchen müssen.«

»Das verstehe ich nicht«, wimmerte Lambert. »Er kann doch nicht aus dem Nichts kommen ...«

»Eben«, donnerte Rogers auf der anderen Seite wieder los. Jills Einlassungen brachten ihn immer besonders in Rage. Ich stimmte ihm darin zu, dass sie schwer zu ertragen war, hatte mich aber in zahllosen gemeinsamen Enthymesis-Einsätzen schon daran gewöhnt.

»Physikalisch gesehen gibt es zwei Möglichkeiten«, begann Reynolds in näselndem Tonfall. »Entweder das Objekt war sehr viel schneller, annähernd Lichtgeschwindigkeit, sodass es in den 30 Minuten unserer Blindheit so dicht an uns herankam und dann seine Geschwindigkeit verringerte ...«

»Klingt blödsinnig«, warf Rogers ein. »Oder?«

»Oder es kommt aus einer Dimension des Hyperraums.«

»Dann wäre es wirklich ein Beschuß«, rief Frankel aus, der sich über diese Möglichkeit zu freuen schien. Um seine Metapher vom Zielen gerechtfertigt zu finden, fand ich den in Kauf genommen Aufwand allerdings etwas hoch.

»Und von wem?«, schaltete ich wieder in die Debatte ein.

»Eine Warp-Schleuder?«, fragte Jennifer wie aus einem tiefen Traum erwachend.

»Und was glauben Sie, wer dahintersteckt?«, fragte Frankel, der umso begeisterter wurde, je absurder die zur Verfügung stehenden Theorien wurden.

»Das tut jetzt nichts zur Sache«, donnerte Rogers. Er stand breitbeinig da, die Hände hinter dem Rücken verschränkt, ein Kommandant auf seinem Schiff, das in die Schlacht fährt. »Die philosophischen Implikationen klären wir später. Jetzt sitzen wir als manövrierunfähig fest, und ein massereiches Objekt kommt mit staunenerregender Geschwindigkeit direkt auf uns zu.« Er wiederholte die letzte Frage: »Wie viel Zeit bleibt uns?«

»Keine dreißig Minuten mehr«, sagte Frankel mit einem Blick auf seine Konsole.

»Wie groß ist das Objekt?«, erkundigte ich mich, auch wenn es mir einen vernichtenden Grunzer von Rogers eintrug.

»zehn Komma sieben Tonnen«, war die Antwort, die Jennifer und Frankel simultan erteilten.

»Das hat er nicht gefragt«, brauste Rogers auf. »Die Abmessungen?!«

»Ein mal eins Komma zwei mal zwei Meter«, las Jennifer von ihrem Monitor ab. Die Messergebnisse hatten sich stabilisiert. Obwohl sie alle paar Sekunden aktualisiert wurden, gaben sich

Veränderungen nur noch bei den Stellen hinter dem Komma. Das galt leider auch für die Bahnberechnung, die bei jedem Update noch um ein paar Zentimeter präziser auf den Schwerpunkt von Segment IV zielte.

»Gar nicht mal so groß«, meinte sie. »Mit starker Unwucht rotierend, weshalb in der Bahnberechnung auch noch eine minimale ...«

Sie kam nicht dazu, ihre Eingabe zu beenden. Rogers explodierte mit solcher Wucht, dass ich mich fragte, ob der Einschlag des Meteoriten wirklich die größte Gefahr war, der wir ausgesetzt waren.

»Gar nicht mal so groß«, äffte er und tobte dabei vor sich hin, dass ich froh war, ihn kilometerweit entfernt im vorderen Bereich des Schiffes zu wissen. »Zehn Tonnen massives Eisenerz kommen mit fünfunddreißigtausend Sachen auf uns zugerauscht, und Madame findet, das sei gar nicht so schlimm!«

Er rang nach Luft, wobei ein rasselndes Geräusch zu hören war, das mich um seine Gesundheit fürchten ließ. Sein Gesicht war dunkelrot. An den Schläfen traten dicke blaue Knoten hervor. Er sah aus, als wolle er sich die geäderten Augäpfel aus dem Schädel pressen.

»Das Ding schlägt uns in der Mitte durch wie der Handkantenschlag eines Kung-Fu-Kämpfers einen dürren Ast.« Er fasste Jennifer durch den Schirm hindurch scharf ins Auge. »Ihre geliebten Enthymesis-Explorer werden gleich in ihren Hangars pulverisiert, dass man die Detonation noch auf der Erde sehen kann!«

»Dann sollten wir es nicht so weit kommen lassen«, sagte Jennifer ungerührt und erhob sich von ihrer Konsole.

»Was haben Sie vor?«, fragte Frankel mit panischem Unterton in der Stimme. Er war einer dieser rechtschaffenen Bürger, die, während ihr Haus in Flammen steht, die Feuerwehrleute ermahnen, den Rasen nicht zu zertrampeln. Und er kannte Jennifer gut genug, um zu wissen, dass sie eine Vabanque-Spielerin war. Bei zahllosen Enthymesis-Einsätzen hatte sie bewiesen, dass sie in ausweglosen Situationen zu einer Künstlerin wurde, die mit graziöser Anmut Manöver von großer Eleganz und noch größerem Risiko vorführte.

»Wir lösen die Segmentkupplung zwischen IV und V«, riet ich.

»Das werden Sie schön bleiben lassen«, donnerte Rogers. Er schien gewachsen zu sein oder einen halben Meter über dem Boden zu schweben, anders konnte ich es mir nicht erklären, dass er über Frankel hinweg, der größer war als er und dichter am Schirm stand, in den Monitor brüllen konnte. »Sie würden unsere ohnehin fragile Automatik amputieren, wenn sie den Kontakt zwischen der Brücke und der Wissenschaftlichen unterbrächen. Außerdem dauert das Wiederankoppeln Stunden, und solange wären wir noch hilfloser als jetzt.« Sein Blick wurde schwarz und eng wie die Mündung einer kleinkalibrigen Strahlenwaffe. »Nur für den Fall, dass das Spiel mit Nummer vier nicht schon vorbei ist!«

Das war eine der Äußerungen, an denen man den ehemaligen General und Strategen erkannte. Aus Sicht des einfachen Soldaten, der auf verlorenem Posten verheizt wurde, schien es zwar Irrsinn zu sein, eine Schlacht verloren zu geben, um sich auf die nächste vorbereiten zu können, die kaum weniger verlustreich werden würde, aber an solchen ungerührten Gedankengängen erwies sich eben der kühne und weitblickende Schlachtenlenker.

Ich sah auf die Uhr. Die kostbaren Minuten rannen dahin. Mit einer Geschwindigkeit, die in dem Moment, da sie auf eine feste Bezugsgröße prallte, tödlich wurde, raste ein Objekt von der Masse einer Drohne heran, und wir standen da und debattierten. Sollten wir nicht langsam in die Boote gehen? Aber auf dem Oberdeck der Titanic wurde um die bequemsten Sitzplätze gefeilscht, während man sich im Bauch des Schiffes um die Buttervorräte stritt.

Wie immer, wenn die Situation schon nervenzerraspelnd genug war, meldete sich Jill mit einem absurden Vorschlag zu Wort.

»Warum zünden wir nicht einfach das Haupttriebwerk und schleichen uns aus der Schußbahn davon?«, fragte sie arglos. Es war ein weiteres Beispiel für ihre Unfähigkeit, unter Stress das logische Denken beizubehalten. Dinge, die ihr als Zweiter Pilotin klar sein mussten und die sie in der Messe beim Kaffee auch parat gehabt hätte, entfielen ihr, sowie es nur hoch her ging. Reynolds, der im Gegensatz dazu immer noch ruhiger und geduldiger wurde, je mehr die Dinge in Schieflage kamen, erklärte es ihr.

»Der Reaktorblock ist zu Wartungsarbeiten heruntergefahren, seit wir hier in die Parkbahn eingeschwenkt sind«, sagte er, als hätten wir alle Zeit zur Verfügung, solche Albernheiten auch noch ernsthaft durchzudiskutieren. »Ihn jetzt wieder anzuwerfen, würde mehrere Stunden in Anspruch nehmen. Außerdem wäre es Wahnsinn, den Reaktor bei dem instabilen Zustand unserer Automatik hochfahren zu wollen.«

Lambert wischte sich Rotz und Tränen aus dem Gesicht und funkelte ihn finster dabei an.

»Wahnsinn, ja?!«, schniefte sie. »Aber auf dem Präsentierteller sitzen zu bleiben, ohne sich zu rühren, ist kein Wahnsinn?!«

Es war einsichtig, dass ihre Widerspenstigkeit nur das Mäntelchen war, dass sie über den Lapsus ihrer grotesken Fehleinschätzung breiten wollte. Auf der Enthymesis hätte ich sie von der Brücke entfernen lassen.

»Darling«, sagte ich leise und legte Jennifer die Hand auf die Schulter, die ungerührt neben mir stand. Sie hatte sich an dem letzten Wortgefecht nicht mehr beteiligt, sondern stattdessen rasch einige Berechnungen durchgeführt und mehrere Downloads aktiviert, die von der Automatik der MARQUIS DE LAPLACE direkt auf die Rechner der Enthymesis überspielt wurden. Auf der Konsole hatte sie die Updates verfolgt, die die Bahndaten des heranrasenden Meteoriten aktualisierten. Jetzt richtete sie sich mit einem Ruck gerade, salutierte förmlich zum Schirm hin und sah Rogers mit so wildem Ausdruck an, dass selbst der alte Haudegen unwillkürlich einen Schritt zurückwich.

»Dr. Rogers«, sagte sie in militärischem Tonfall, »erbitte das Kommando für Rettungsmaßnahmen in Segment IV. Alle Einheiten des operativen Sektors müssen mir für die« – sie sah auf die Uhr –, »für die nächsten 15 Minuten unterstellt werden.«

»Was haben Sie vor, Major?«

Rogers zögerte. Ich schnappte seinen Blick auf, der plötzlich trübe und greisenhaft war. Dabei rannen uns weitere kostbare Sekunden durch die Finger, wie der sonderbare Quarzsand auf Gamma Centauri III, der so fein war, dass er durch die Haut in das Gewebe eindrang und die Kapillaren verödete. Mehrere Männer meiner Crew sind damals qualvoll an Herzkranzödemen und Thrombosen gestorben.

Jennifer machte das einzig Richtige: statt weitschweifige Erläuterungen abzugeben, ging sie zum Befehlston über und erteilte Anweisungen.

»Setzen Sie Alarmstufe I«, schnarrte sie, als schicke sie einen Unteroffizier zum Latrinendienst. »Evakuieren Sie Segment IV mit Ausnahme der Angehörigen der fliegenden Crew. Lassen Sie das Große Drohnendeck vollständig räumen und leiten Sie Zündungssequenz für alle Enthymesis-Explorer ein.«

Sie wollte sich auf dem Absatz herumwerfen und davonwirbeln, um den Eindruck zu erwecken, dass es weiter nichts zu besprechen gäbe. Fakten zu schaffen war schon immer das Patentrezept im Umgang mit zauderlichen Vorgesetzten.

Während ich überlegte, was sie vorhaben mochte, erschien auf unserem zweiten Monitor das Bild Commodore Wiszewskys. Er wirkte wie ein Ludwig XVI., den man aus dem Mittagsschlaf geweckt hat, um ihm mitzuteilen, dass leider schon wieder ein Krieg ausgebrochen ist. Sein Haar stand in Strähnen um seinen Schädel, wie eine verrutschte Krone, und sein Blick war unpräzise und zerstreut.

»Da habe ich wohl noch ein Wörtchen mitzureden«, gähnte er.

Er hing in seinem gravimetrischen Sessel und legte nun zunächst eine größere rhetorische Pause ein, um seinen nachfolgenden Worten das größtmögliche Gewicht zu verleihen.

»Ich lausche ihrem Disput schon eine ganze Weile«, sagte er und klimperte demonstrativ auf der Armlehne, wo die Bedienfelder für die Kommunikation eingelassen waren.

Das war natürlich geheuchelt. Es war weder von Anfang an, noch zum gegenwärtigen Zeitpunkt auf dem laufenden. Aber er hatte recht: so lange er an Bord war und das Oberkommando innehatte, konnte nur er über die Verhängung der höchsten Alarmstufe entscheiden; diese war normalerweise dem Gefechtszustand vorbehalten. Auch Evakuierungsmaßnahmen unterstanden seiner Anordnung.

»Selbstverständlich«, knirschte Rogers. »Ich wollte Ihren Befehlen nicht vorgreifen. Wir versuchen seit«, er stockte, »seit Ausbruch der Krise, Sie zu erreichen.«

»Ich weiß«, sagte Wiszewsky gelangweilt. »Aber ich fühle mich heute ein bisschen – indisponiert.« Er sah für mehrere Sekunden stumpf vor sich hin. Ein alter Mann mit leerem Blick. »Ich traute Ihnen zu, dieses kleine Missgeschick selbstständig zu beheben«, sagte er. »Aber wenn Major Ash nun zu der Auffassung gelangt ist, dass derart radikale Maßnahmen notwendig sein sollten, stehe ich nicht an, mich meiner Verantwortung für das gesamte Schiff zu entziehen.«

Die sensorielle Lehne seines Sessels gab nach. Er rutschte nach hinten. Zugleich drehte sich der schwenkbare gravimetrische Thron ein wenig. Die weiße Rundung eines nackten Pos kam für einen Moment ins Bild. Er konnte nur zu Svetlana Komarowa gehören, die sich auf der breiten gepolsterten Armlehne räkelte. Wiszewsky beeilte sich, den Sessel wieder gerade zu rücken. Er ließ sich nichts anmerken, aber für einen Augenblick hatte er wie ein zerknautschter Herrgott ausgesehen, der beim Schäkern mit seinem Lieblingsengel überrascht worden ist.

»Nun«, räusperte er sich. »Schwierige Situationen erfordern unkonventionelle Maßnahmen.«

Während ich hoffte, dass er an dieser Politikerfloskel ersticken möge, hatte ich Jennifer am Arm ergriffen. Schritt für

Schritt stahlen wir uns nach rückwärts davon. Durch sparsame Kopfbewegungen gab ich Jill und Reynolds zu verstehen, dass sie sich bereithalten sollten, jeden Augenblick mit uns loszusprinten, sowie wir das offizielle GO! hatten. Uns blieben keine zwölf Minuten mehr.

»Major Ash«, setzte Wiszewsky seine Sonntagsrede fort, »Sie scheinen in der Ihnen eigenen Geistesgegenwart einen Notfallplan improvisiert zu haben. Sie wollten uns nicht einweihen, und vermutlich wäre es jetzt auch der falsche Zeitpunkt, eine ausführliche Darlegungen Ihrer Absichten einzufordern.«

Mit sichtlichem Stolz ließ er dieses Glanzstück seiner Eloquenz und seiner Auffassungsgabe auf uns wirken. Jennifer und ich standen mit dem Rücken zum Gang an der Gabelung, wo der direkte Weg zum Servicetunnel abzweigte. Aus zehn Metern Entfernung nickten wir unterwürfig und unter Vollführung angedeuteter Diener zum großen Schirm hin.

»Ich erteile Ihnen daher«, sagte Wiszewsky, »das kommissarische Kommando für die Durchführung dieser Aktion. Ich weiß nicht, was Sie ausgeheckt haben, und vielleicht ist es besser, wenn ich über die Details nicht näher informiert bin, aber ich vertraue Ihnen die Ausführung dieser für uns alle so entscheidenden Mission vorbehaltlos an.« Er überlegte. »Commander Norton wird Ihnen dabei assistieren«, fiel ihm dann noch ein.

Wir rannten los. Mit dem letzten Wimpernschlag hatte ich noch gesehen, wie Rogers bei Wiszewskys abschließender Bemerkung ein süffisantes Grinsen nicht unterdrücken konnte. Für ihn wäre eine Welt zusammengebrochen, wenn er das Kommando bei einer so brisanten Mission hätte abgegeben müssen – und noch dazu an eine Frau. Ich fand die Anweisung des Commodore, so tatterig er sich auch präsentiert hatte, plausibel.

Faktisch würde sich nur wenig ändern. Denn wenn wir uns an Bord der Enthymesis befanden und Jennifer an der Konsole der Ersten Pilotin Platz genommen hatte, handelte sie in der

Regel sowieso vollkommen selbstständig. Ich ließ ihr freie Hand. Und da wir seit zwei Jahrzehnten ein eingespieltes Team waren, wusste ich, dass ich mich vollständig auf sie verlassen konnte.

»Gehen Sie auf einen lokalen Kanal«, hatte Jennifer noch in den Schirm gebrüllt und mit dem tragbaren Kommunikator gewedelt, ehe wir um die Ecke bogen und in dem langen grünlich erleuchteten Gang verschwanden.

»Erhöhen Sie die Abschirmung von Segment IV auf 125 Prozent«, schrie sie in ihr Sprechgerät, während wir nebeneinander den Gang hinunterrannten. »Und öffnen Sie sämtliche Hangars!«

Ich vergewisserte mich, dass Lambert und Reynolds uns in geringem Abstand folgten.

»Wie kommen wir da hin?«

Vor meinem inneren Auge sah ich in einer Art holographischer Ausschnittvergrößerung das Innere des Segments VI vor mir. Ein dreidimensionales Labyrinth von über dreihundert Decks auf der Fläche einer Kleinstadt. Und die vier winzigen Punkte, die sich langsam durch seine peripheren Regionen bewegten, waren wir.

»Rogers«, keuchte Jennifer in den Kommunikator, »geben Sie den Service-Schacht frei.«

Obwohl sie besser trainiert war als ich, kamen ihre Worte atemlos und abgehackt. Wir rannten so schnell wir konnten, um endlich diesen endlosen Verbindungsgang hinter uns zu bringen. Ich sah mich um. Jill hielt noch gut mit; sie legte ihre ganze Panik in ihre Beine. Obwohl sie kleingewachsen und sehr schmächtig war, ließ sie sich von uns nicht abhängen. Auch das kannte ich von ihr: Wenn es darauf ankam, konnte sie über sich hinauswachsen. Nur der stets etwas langsamere Reynolds war schon ziemlich abgeschlagen; er hatte in letzter Zeit etwas angesetzt und stolperte weit hinter uns um die Biegungen des Ganges.

»Jennifer«, versuchte ich mich mit hervorgestoßenen Sätzen verständlich zu machen. »Wir müssen Segment V durchqueren, das dauert eine halbe Stunde!«

Innerlich fluchte ich vor mich hin. Dieses riesige Schiff, und es verfügte über kein horizontales Beförderungssystem. Hallen, in denen man Flugschauen veranstalten konnte, kilometerlange Gänge, stundenweite Wege. Während der monatelangen Flugphasen, in denen man Zeit genug hatte und um ein wenig Bewegung froh war, mochte das angehen, aber in Situationen wie dieser, wo es um Minuten ging, vielleicht sogar um Sekunden, waren wir so beweglich, dass ein Supertanker neben uns wendig erschien.

»Wir gehen nicht über V«, gab Jennifer im Rhythmus ihrer tiefen Atemzüge zurück. »Wir gehen nach VII!«

Ich stutzte. Jetzt erst fiel mir auf: Ich war blind der Richtung gefolgt, die sie eingeschlagen hatte, wir liefen nach hinten, zum Heck der 12 Kilometer langen Konstruktion der MARQUIS DE LAPLACE.

»Was willst du denn im Kleinen Drohnendeck?«

»Na denk' doch auch einmal ein bisschen nach«, gab sie zurück und lächelte mich über die Schulter hinweg schnippisch an. Sie war jetzt in der aufgedrehten Stimmung, in der sie berauscht vor Adrenalin wirkte. Sie konnte sich in Wachtrance versetzen, die sie während ihrer Ausbildung auf Kloster Loma Ntang erlernt hatte und die es ihr ermöglichte, in Stress-Situationen Berechnungen mit Geschwindigkeit eines Quantenrechners durchzuführen.

Allerdings bezweifelte ich, dass das in der gegenwärtigen Phase der Fall war. Vermutlich war ihr Plan sogar ganz einfach; er musste es sein.

In diesem Augenblick sprang die Beleuchtung des kilometerlangen Ganges auf ein fahles Rot um, und die Sirenen schrillten. Rogers hatte Alarmstufe I ausgelöst: »Schiff im Gefecht!« Wir hörten, wie in jedem Block die Feldgeneratoren aufheulten, als die Abschirmung auf 125 Prozent erhöht wurde. Ein Zittern lief durch den Corpus der MARQUIS DE LAPLACE, als die virtuellen Gyroskope die Trimmung verstärkten und das Schiff auf seiner Drift im Neptun-Orbit förmlich festnagelten.

Ein alter Kreuzer hätte jetzt die Bugschilde ausgefahren und die Torpedoschächte geöffnet. Zu allem bereit! Es war zu spüren, wie die MARQUIS DE LAPLACE tief durchatmete, die Muskeln anspannte und sich dem stellte, was da auf sie zukam. Sie hatte einen Treffer einstecken müssen und war auf die Bretter gegangen, aber jetzt berappelte sie sich und besann sich ihrer Stärken.

»Drehen Sie das Schiff um 75 Grad um die Längsachse«, brüllte Jennifer. »Er soll uns nicht am Kiel treffen, sondern an Backbord.«

Sie musste schreien, da Sie den Kommunikator online auf die Automatik geschaltet hatte und ihn in der Hand hielt, um ständig die neuen Informationen von dem spielkartengroßen Display ablesen zu können.

»Wer kriegt schon gern einen Schlag in die Magengrube, wenn er ihn mit einem Ellenbogencheck abwehren kann!«

Und obwohl diese Metapher das Manöver, das sie plante, nicht ganz genau wiedergab, wusste ich plötzlich, was sie vorhatte. Es war ganz einfach! Wie alles Geniale war es so simpel, dass man sich fragte, warum man nicht selbst darauf gekommen war. Ich hätte sie küssen mögen, wie ich so neben ihr dahinrannte. Andererseits ging mir jetzt auf, war nur der Plan genial und einfach. Die Ausführung würde ziemlich schwierig werden, und es blieben uns dafür keine zehn Minuten mehr.

»Serviceschacht geöffnet«, hörte ich Rogers' verzerrte Stimme. »Die operativen Einheiten sind informiert. Viel Glück!«

Wir hatten das Ende des Ganges erreicht. Vor uns glitten die Türen der Schachtöffnung auseinander. Ein gelblich pulsierendes Licht fiel uns von dort entgegen. Als der Unterdruck mit sanftem Zischen entwich, bildete sich ein hellgelber Nebel, der theatralisch aus der offenen Tür wallte. Ohne auf die Kabine zu warten, sprang Jennifer in den senkrechten Schacht hinunter. Das Generatorfeld, das die künstliche Schwerkraft ersetzte, erfasste sie und ließ sie langsam nach unten schweben. Ich folgte ihr. In regelmäßigen Abständen, die die abgehenden

Decks anzeigten, bänderten orangefarbene Reifen den Schacht, die im Rhythmus der Alarmsirenen aufglühten. Um die Schleusen spielten kleine Wölkchen aus Wasserdampf, die in dem unwirklichen Licht wie wattige Flammen um die Abzweigungen der horizontalen Gänge waberten. Ich sah hinauf, wo eben Jill Lambert in den Schacht gehechtet kam und langsam hinter uns herabschwebte. Dreißig oder vierzig Stockwerke über ihr war eine der automatischen Kabinen zu erkennen, die für gewöhnlich hier verkehrten, während es unter unseren Füßen um mehr als 100 Stockwerke senkrecht nach unten ging. Nur gut, dass wir als Mitglieder der fliegenden Crew daran gewöhnt waren, Begriffe wie oben und unten nicht allzu verbindlich zu nehmen. Wir spürten, dass das Schiff mit seiner Drehbewegung begonnen hatte. Da die stabilisierende Wirkung der virtuellen Gyroskope im Inneren des Serviceschachtes von den Feldgeneratoren überlagert wurde, wurden wir immer wieder leicht nach links abgedrängt. Das gewaltige Schiff rollte um uns herum, während wir uns gleichsam durch seine Hauptschlagader in die Herzkammer vorarbeiteten.

Jennifer hatte die Schleusenkammer erreicht, die uns zur Segmentkupplung führen musste. Sie wartete damit, die Schleuse zu betätigen, bis ich und Jill neben ihr aufgesetzt hatten.

»Reynolds«, brüllte sie in den dampfdurchzogenen Schacht hinauf. »Wo bleiben Sie denn?!«

Das Echo ihres Rufes hallte sekundenlang in der riesigen Hohlröhre wider. Dann kam unser WO mit einem Sprung, von dem schwer zu sagen war, ob er sich einem Stolpern oder einem beherzten Hechter verdankte, in den Schacht gestürzt. Jennifer betätigte die Schleuse und ließ sie in geöffneter Stellung einrasten.

Wir rannten in gestrecktem Lauf auf das Kleine Drohnendeck hinaus. Im ersten Sektor der Backbordseite erkannte ich eine mittelschwere EVA-Drohne, deren Triebwerke gerade heulend warmliefen. Dahinter glitt langsam und majestätisch das Hangartor nach oben und gab den Blick auf die nächtliche Leere des Raumes frei. Wir hielten auf das Shuttle zu, dessen Status Jennifer noch im Laufen über den tragbaren Kommunikator abfragte. Zwei Techniker standen davor. Als sie uns kommen sahen, nahmen sie Haltung an. Der kleinere von ihnen, ein schnauzbärtiger Corporal, salutierte.

»Dr. Rogers hat uns informiert«, bellte er. »Sie gehört Ihnen, alle Systeme arbeiten einwandfrei.« Er drückte mir das Masterboard in die Hand und knallte die Hacken zusammen. »Ich wünsche Ihnen viel Glück, Sir!«

Jennifer riss mir das Board aus der Hand und kletterte in die Kanzel. Während ich auf Reynolds wartete, warf ich einen skeptischen Blick durch das Hangartor in die Weiten des Alls diesseits der Neptunbahn hinaus. Obwohl nichts zu sehen war außer dem blassen Sternenhintergrund, der durch die Innenbeleuchtung des Decks abgeblendet wurde, quälte mich die Vorstellung, man müsse ganze Wolken von Asteroiden herantrudeln sehen.

Reynolds sah aus, als sei er mit einer ziemlich harten Bruchlandung in der Schleusenkammer aufgeschlagen. Ich warf ihm einen fragenden Blick zu, aber er schüttelte den Kopf und zwängte sich an mir vorbei auf die Ladefläche der EVA.

»Alles in Ordnung«, stöhnte er.

Immerhin hatte er einen Großteil seines Rückstandes so wieder wettgemacht. Er musste sich in einem beherzten Sprung 30 Decks nach unten katapultiert haben.

Lambert hatte an Jennifers Seite Platz genommen. Jetzt drückte auch ich mich neben Reynolds auf einen der hinteren Sitze. Eigentlich waren die EVAs nur auf zwei Personen ausgelegt, die bei Außenarbeiten an der Hülle des Mutterschiffs zu tun hatten.

»Dann mal los«, rief ich zu den beiden Pilotinnen nach vorne. »Uns bleiben acht Minuten!«

Jennifer haute in Rekordzeit die Module rein und zog die Maschine hoch, während die Einstiegsluke noch gemächlich zuglitt und mit leisem Schmatzen einrastete. Die beiden Techniker waren zur Seite getreten und hatten die Hände an die Mützenschirme gelegt. Die Drohne stieg einige Meter an, senkte dann die Schnauze wie ein Kampfstier, der die Hörner nach unten nimmt, und schoss auf das geöffnete Hangartor zu. Während wir über die vorderen Sektoren des Kleinen Drohnendecks hinwegrasten, sah ich, wie überall Arbeiter und Mechaniker in ameisenhafter Geschäftigkeit dabei waren, Drohnen und Shuttles zu sichern, die Robotkräne aufprallsicher zu verankern und die Feldgeneratoren zu prüfen, die auf vollen Touren liefen, um die Abschirmung zu gewährleisten. Auch hier schrillten die Sirenen ihren markerschütternden Rhythmus durch die Halle, die im pulsend roten Licht zu wanken schien. Wachtrupps und Sanitätsstaffeln kamen aus den Schleusen geströmt wie Termiten aus einem Leck ihres ockerfarbenen Baus. Durchsagen, Kommandos und hupende Signale tönten durch den kilometerlangen Raum. Das Schiff bereitete sich auf eine gefährliche Prüfung vor, vielleicht sogar auf eine tödliche Verwundung, dennoch wirkte die tausendfache, bis ins Kleinste koordinierte Aktivität belebend. Angst und Unsicherheit fielen von mir ab, als wir im Tiefflug auf das schwarze Rechteck zurasten. An den Sternen, die jenseits des Hangartores sichtbar waren, konnte man die Drehbewegung ablesen, die die MARQUIS DE LAPLACE ausführte. Die Sterne schienen in einem beschleunigten Untergang über die Backbordseite wegzusacken. Plötzlich verzerrte ein Schlingern diese Bewegung. Das Schiff rollte.

»Achtung!«, kreischte Jill.

Das offene Tor war plötzlich um etliche Bogengrad nach unten gerutscht. Wir hielten direkt auf die obere Strebe zu, die das Tor zur Deckenkonstruktion hin begrenzte. Mit einem Fluch drückte Jennifer die Maschine nach unten und erhöhte den Schub, um die Unwucht aufzufangen, die durch die Eigenträgheit der Drohne hervorgerufen wurde. Wir wurden aus unseren Sitzen gehoben und zogen unwillkürlich die Köpfe ein. Aus den Seitenfenstern sah ich, wie kreisförmige Druckwellen, die sich konzentrisch ausbreiteten, durch das ganze Deck liefen. Hundert Meter entfernt löste sich ein Shuttle aus seiner Verankerung und stürzte zur Seite, wobei es mehrere Arbeiter unter sich begrub. Ein Treibstofftank explodierte in einer blauen Pilzwolke, deren Donner durch die Halle rollte. Im gleichen Augenblick durchbrachen wir das Kraftfeld, das die Atmosphäre im Inneren des Schiffes hielt, und schossen in den schwarzen Raum hinaus.

»Was war das?«, fragte Jennifer konzentriert.

»Verflucht«, stöhnte Reynolds.

Ich wußte nicht, ob sich das auf den schweren Unfall bezog, dessen Zeuge wir gerade noch geworden waren, oder ob er sich beim Sturz durch den Serviceschacht nicht doch eine Verletzung zugezogen hatte.

Der Sternenraum lag ruhig und unbewegt vor uns. Milliarden Lichtpunkte standen regungslos im dichten schwarzen Samt. In der Ferne, auf einer Fünf-Uhr-Position, sah man die dunkelblaue Scheibe des Neptun. Zwei seiner Monde zogen als winzige felsgraue Sicheln vor dem riesigen nachtfarbenen Gasball dahin.

Jennifer stieg einige hundert Meter über die MARQUIS DE LAPLACE auf und zog die EVA dann herum, um auf die Längsachse des Mutterschiffes einzuschwenken. Wie immer, wenn ich mich längere Zeit nicht außerhalb des Schiffes befunden hatte, überwältigte mich der Anblick seines gewaltigen silberglänzenden, das Sternenlicht spiegelnden Titancorpus'. In den vielen Monaten, die wir während der letzten Warp-Passage auf der Rückreise vom Sirius-System an Bord verbracht hatten, war das Schiff uns eine Heimat geworden, dass wir seine Atmosphäre für so natürlich wie die irdische und seinen metallenen Boden für so festgegründet wie die Mutter Erde hielten. Erst jetzt wurde uns wieder bewusst, wie verloren und verletzlich unsere künstliche Heimat, ihren titanischen Dimensionen zum Trotz, war.

Allerdings hatten wir jetzt nicht die Zeit, weit genug in den Raum hinauszufliegen; wir hätten uns mehrere Kilometer von den silbernen Flanken des Schiffes entfernen müssen, um die MARQUIS DE LAPLACE in ihren ganzen majestätischen Ausmaßen, vom schlanken und eleganten Bug mit seiner konisch zulaufenden Schnauze, in der jetzt eine furchtbare Wunde klaffte, bis zum kilometerweit abgelegenen Heck mit seinen klobigen Reaktorblocks in den Blick bekommen zu können. In der geringen Höhe, in der wir über ihre Aufbauten, Segmentkammern und Ebenen aus Stahl hinwegglitten, konnten wir kaum die Abmessungen der jeweiligen Decks überblicken, deren verschachtelte Strukturen unter uns zurückfielen. In großer Geschwindigkeit zogen die Segmente VI und V, jedes mehrere Kilometer lang, unter uns dahin. Gewaltige Landschaften aus durchscheinenden Carbonglasfenstern, hinter denen man insektenhafte Aktivitäten ahnte, und weitläufigen Hochplateaus aus schimmerndem Titanstahl. Man hätte Tage gebraucht, um diese Schluchten und Gebirge aus poliertem Metall zu durchwandern, wenn man als Fußgänger auf ihnen gestrandet wäre, und doch war es nur ein Ausschnitt, der mittlere Teil des Rumpfes der fliegenden Stadt, die seit vielen Jahren die Heimat von zehntausend Menschen war.

Niemand an Bord der EVA sagte ein Wort. Schweigend sahen wir zu, wie Sektor nach Sektor unter uns dahinzog. Auch der offene Kanal, über den wir mit der Brücke der MARQUIS DE LAPLACE verbunden waren, war verstummt. Dort hatte man anderes zu tun, als Konversation zu betreiben. Wir konnten nur hoffen, dass Rogers alles, was er für uns tun konnte, bereits in die Wege geleitet hatte, bis wir vor Ort eintrafen.

Wieder schien es, als ob ein Zittern über das Schiff hinlief. Es hatte seine Drehbewegung eingestellt und lag jetzt wieder ruhig auf seiner Bahn. Aus vereinzelten Vorsprüngen an den Außenpunkten der Segmente sahen wir die blauen Ionenstrahlen der Steuerdüsen, die die Lage des Schiffes im Orbit korrigieren sollten. Es schien ihnen allerdings nicht zu gelingen, seine Masse stabil zu halten. Wie ein leckgeschlagener und antriebsloser Tanker, der von den Brechern hin und her geworfen wird, dümpelte es in seiner unsichtbaren See aus Leere und Gravitation.

Auf einem stummen Videomonitor verfolgte ich die ersten Schadensmeldungen, die vom Kleinen Drohnendeck einliefen. Es hatte eine schwere Plasmaexplosion gegeben. Ein Shuttle war zerstört. Mindesten drei Techniker waren ums Leben gekommen. Was für Kräfte mochten das sein, die das Schiff so durchwalkten?

Endlich tauchte Segment IV unter uns auf, das Große Drohnendeck, dessen viermal acht riesige Hangartore bereits weit geöffnet waren. Mehrere Dutzend Drohnen, Shuttles und EVAs hatte man schon in Sicherheit gebracht und in einen Parkraum einige Kilometer jenseits des Bugs des MARQUIS DE LAPLACE zurückgenommen. Andere kleinere Fluggeräte, v.a. unbemannte Robotdrohnen, bewegten sich in entgegengesetzter Richtung, um sich unter das Heck des Schiffes zu flüchten. Man verteilte alles, was sich im Großen Drohnendeck befunden hatte und was nicht niet- und nagelfest war, auf zwei ungefährdete Positionen.

Gerade parkte die Enthymesis II aus und schob sich bei Kleiner Fahrt langsam rückwärts aus ihrem riesigen Hangar. Der Explorer war mächtig im Vergleich zu den winzigen Shuttles, die um ihn herumwimmelten, und klein im Vergleich zum langgestreckten Leib des MARQUIS DE LAPLACE, die sich nach vorwärts und rückwärts als silberflimmernde Ebene im Weltraum verlor. Wieder einmal fiel mir auf, wie bullig die Explorer waren. Kraftpakete, die es an Geschwindigkeit, Transportkapazität und Reichweite mit jedem anderen Schiff der Union, mit Ausnahme ihres eigenen Mutterschiffs, aufnehmen konnten. Sie waren die Arbeitspferde der interstellaren Explorationen, hässliche, grobschlächtige, quadratschädlige Monster, die aber bis jetzt noch jedem Sturm getrotzt hatten.

Meter um Meter schob sich die Enthymesis II unter uns aus ihrer weiträumigen Garage. Aus größerer Entfernung hätte es ausgesehen, als gehöre die MARQUIS DE LAPLACE der Klasse der Lebendgebärenden an, die aus ihrer Taille kleinere und größere Wesen ausstieß. Auf der Brücke, nur wenige Meter unter uns, erkannte ich Colonel Kurtz, der salopp die Hand an die Schläfe legte und grinsend salutierte. Ich konnte mir vorstellen, dass dies eine Aktion ganz nach dem Geschmack des alten Draufgängers war. Er hatte mehr Bruchlandungen gebaut und mehr Schiffe zu Schrott geflogen als alle anderen Mitglieder der fliegenden Crew zusammen. Trotzdem schaffte er es irgendwie, um alle Disziplinarmaßnahmen herumzukommen und als einer der besten Piloten der Union zu gelten. Hochdekoriert war er jedenfalls. Er brachte es fertig, für jede gescheiterte Mission eine weitere Auszeichnung zu erhalten. Ich grüßte zurück und nickte ihm feixend zu.

»Sag ihm lieber, er soll ein bisschen hinmachen«, schimpfte Jennifer. »Wir haben nämlich nur noch fünf Minuten!«

Dann riss sie die Maschine herum und gab vollen Schub. Wir flogen eine enggezogene Spirale und schossen unter den klobigen Stelzenfüßen des 300 Meter langen Explorers in den Hangar hinein. Jill atmete tief durch, als sie die Hände von der Konsole nahm. Jennifer hatte uns eines ihrer gefürchteten Manöver gezeigt. Jetzt übergab sie an die Automatik der EVA, ließ die Türen aufgleiten, an denen noch die Spannung des Generatorfeldes britzelte, legte mit lässiger Geste den Hebel um, der die Parksequenz der Drohne aktivierte, und sprang dann aus drei Metern Höhe auf die stählernen Planken des Großen Drohnendecks hinunter.

»Warum macht sie so etwas?«, keuchte Reynolds.

Wir warteten, bis die Drohne abgesunken war, und sprangen dann ebenfalls hinaus. Jennifer war schon an dem Technikertrupp vorbeigerannt, der an der vorderen Steuerbordstelze Aufstellung genommen hatte, um ihr das Schiff zu übergeben.

»Weil sie es eilig hat«, gab ich zurück.

Wir liefen unter der schwarzen Masse des Explorers hindurch. Es war zu hören, wie seine Systeme anliefen. Die Triebwerke strahlten bereits Hitze ab, die Korrekturdüsen glühten dunkelrot, die Leuchtsignale, die überall in die Stelzen und die Aufbauten eingelassen waren, sprangen flackernd an. Ohne stehen zu bleiben, nahm ich die Meldung des Leitenden Technikers ab.

»Hat sie genügend Sprit?«, rief ich dem Mann, einem blutjungen Officer, zu.

»Tausend Tonnen Plasma«, gab er zurück. »Wir hatten nur zwei Minuten, aber das Baby ist voll bis unters Dach.«

»Das werden wir jetzt nämlich brauchen«, rief ich und bedeutete dann ihm und seiner Crew, sich in Sicherheit zu bringen. Das Deck musste vollständig evakuiert werden. In drei Minuten durfte sich kein Mann und kein leerer Blechkanister mehr hier befinden.

Wir kletterten die Rampe hinauf und rannten den zentralen Korridor hinunter, der an der Messe vorbei zur Brücke führte. Hier waren wir zuhause. In völliger Finsternis, bei ausgeschalteter Schwerkraft und volltrunken hätte ich mich in diesen Gängen zurechtgefunden. Zusammengenommen hatten wir viele Jahre hier verbracht, davon die eine oder andere abenteuerliche Stunde, die uns innerhalb der Crew und mit dem Schiff untrennbar zusammengeschweißt hatte.

Jennifer saß schon auf ihrem angestammten Platz, dem gravimetrischen Sessel am Hautbedienplatz der Ersten Pilotin. Jill warf sich neben sie auf den Platz der Zweiten Pilotin und machte sich sofort an ihren Anzeigen zu schaffen, während Reynolds und ich unsere Plätze im rückwärtigen Bereich der Brücke einnahmen und die Gravitationsgurte unserer sensoriellen Sitze aktivierten. Der WO holte sich den Online-Abgleich mit dem Hauptrechner der MARQUIS DE LAPLACE auf den Schirm. Neben Jennifer hatte er die wichtigsten Aufgabe bei der bevorstehenden Millimeterarbeit.

»Quick Time Boot«, rief Jennifer der Automatik zu. »Nur primäre Systeme. Statusbericht kannst du dir sparen.«

Vertraute und anheimelnde Geräusche waren zu hören. Die Eingangsluken schlossen sich. Zischend entleerten sich die Schleusenkammern. Überall im Schiff glitten die Schotte zu und rasteten mit hartem metallischen Krachen ein. Das langsam ansteigende Brummen war zu hören, mit dem die Feldgeneratoren die Außenabschirmung aufbauten. Ein leichtes Vibrieren zeigte an, dass die Maschinen Leistung aufnahmen und bereit waren, die gewaltigen Kräfte zu entfalten, zu denen diese bulligen Ackergäule fähig waren.

»In Ordnung, Kinder«, sagte sie und schaute sich in der Runde um. »Drei Minuten ...«

Gewohnheitsmäßig gab ich ihr das GO!, und gewohnheitsmäßig nickte sie es lächelnd ab. Gut dass Rogers in diesem Augenblick nicht sehen konnte, wie wir die neuverteilten Hierarchien missachteten.

»Achtung«, stieß sie zwischen den zusammengebissenen Zähnen hervor – und das war gut so, denn wenn wir uns nicht festgehalten hätten, wären wir von den Gravitationsgurten stranguliert worden. In einer einzigen 500 Meter langen Ausscherbewegung jagte sie die Enthymesis rückwärts aus dem Hangar und in den Raum hinaus. Ich hielt die Luft an und versuchte meinen Magen unter Kontrolle zu behalten. Plötzlich lag wieder die Außenfront der MARQUIS DE LAPLACE vor uns. Zwei Hangars neben uns parkte gerade noch die Endeavour aus, ein wenig behutsamer, als wir das getan hatten. Das Große Drohnendeck war vollständig geräumt. Einige Serviceteams rannten noch zu den Ausgängen, sonst war niemand mehr zu sehen.

In einem salto mortale rückwärts warf Jennifer den Explorer über Kopf nach hinten, holte dann ein wenig aus und flog von der Unterseite her wieder die MARQUIS DE LAPLACE an. Sie steuerte auf Sicht, bremste erst in letzter Sekunde ab und suchte dann die Notfallkupplung der unteren Ausstiegsschleuse.

»Jennifer, Liebes«, sagte ich sanft. »Denk bitte daran, dass du jetzt einen Explorer fliegst und keine EVA mehr. Du hast dreihundert Meter hinter dir und zwanzigtausend Tonnen, keine zwei Sitzreihen wie in einem Taxi ...«

»Bullshit!«

Sie spuckte das Wort verächtlich neben sich. Dann steuerte sie die Enthymesis manuell an die fünf Meter große halbkugelförmige Schleusenöffnung heran.

»Ankuppeln«, befahl sie und übergab an die Automatik.

Während sie die Hände von der Konsole nahm, sie im Nacken verschränkte und sich zurücklehnte, schob das Schiff sich selbsttätig die letzten paar Meter an den Nabel des Mutterschiffes heran, umfasste die Schleuse mit der Bugspange und ließ den tonnenschweren Stahlring einrasten. Ein hohles Knacken war zu hören, als die beiden Schiffe fest miteinander verbunden waren. Zischend wurde der Druckausgleich hergestellt. Auch die Kommunikation lief jetzt wieder über die Kontakte, die in die Schleusenkammer integriert waren.

»Okay, Reynolds«, sagte Jennifer, die sich mit einem Seitenblick zugleich der Hilfe Lamberts vergewisserte, »dann geben Sie mir mal den Kurs.«

Ich löste die Gravitationsgurte und stand auf. Am Handkommunikator öffnete ich einen Kanal.

»Rogers«, rief ich. »Wir wären so weit! Reichen Sie uns die Daten rüber!«

Nach einer Verzögerung, die mein Herz um einen Schlag aussetzen ließ, war der Ex-General in der Leitung.

»Wurde auch langsam Zeit«, brummte er. »Sie haben noch zwei Minuten zwanzig. Die Bahndaten sind unverändert. Die exakten Informationen spielt Frankel Ihnen in dieser Sekunde rüber.« Er hielt inne, aber es war zu spüren, dass er noch etwas sagen wollte. »Mh«, räusperte er sich dann, »ich bin zwar immer noch nicht überzeugt, dass das funktioniert, was Sie sich da ausgedacht haben, mhm, aber ...« er brachte den Satz nicht zuende.

Auf der Hauptleitung war Frankel zu hören, der den beiden Pilotinnen die Daten, die er ihnen gleichzeitig überspielte, erläuterte.

»So weit, so gut«, sagte er gerade. »Das ist unsere aktuelle Bahnprognose. Ich bitte sie mit Vorsicht zu genießen.«

»Woll'n mal sehen«, machte Jennifer und beugte sich über ihr Bedienfeld. »So wie er reinkommt, schlägt er in die 30er und 40er Decks. Da sind die Plasmatanks.«

Ich spürte, wie mein Zwerchfell sich verkrampfte. Daran hatten wir noch überhaupt nicht gedacht! Ein Treffer in die Tanks würde zu einer Megatonnen-Explosion führen, die von den mittleren Segmenten nur Strahlung übriglassen würde. War es nicht vernünftiger, abzukoppeln und sich in Sicherheit zu bringen? Aber Frankel war noch nicht fertig.

»Außerdem ist unser Deepfield nach wie vor auf einem Auge blind, was das räumliche Sehen bekanntlich einigermaßen erschwert.«

»Wie ist die Vorhersagegenauigkeit?«, fragte Jennifer.

»Plus, minus zehn Meter«, meldete Reynolds sich in ihrem Rücken zu Wort, »und das Ding trudelt wie ein Melkeimer, der eine holprige Wiese herunterrollt.«

»In Ordnung«, sagte Jennifer so ruhig, als ginge es um einen Dreisatz bei der Aufnahmeprüfung zur Akademie. »Heben wir das Baby also ein wenig an.«

»Rogers!«, schrie ich in den Kommunikator. »Sie müssen die Tanks abpumpen!«

Ich benutzte nur den Audiokanal, aber trotzdem sah ich sein verächtliches Grinsen vor mir, als er antwortete: »Damit haben wir schon begonnen, Commander.« Das letzte Wort dehnte er in einer Süffisanz, die mir fehl am Platze schien. »Allerdings dauert es noch eine Weile, bis die Containments leer sind. Sie können sich ja vorstellen, wieviel Plasma da oben lagert ...«

Wir saßen auf einer gewaltigen Bombe! Nein, wir waren unter ihrem Bauch festgepinnt. Rogers hatte recht gehabt: die Detonation, die es gleich geben würde, würde man noch auf der Erde sehen können.

Ich zwang mich, mich nicht von Panik überwältigen zu lassen.

»Dann blasen Sie das Zeug in den Orbit«, herrschte ich Rogers an. »Oder glauben Sie, dieses Risiko vertreten zu können?«

Quälende Sekunden schwieg der tote Kanal mich an. Vermutlich überlegte er, ob er auf diesen Tonfall reagieren sollte.

Ich atmete einige Male tief durch. Dann wandte ich mich an Jennifer, die gerade die Zündungssequenz für das Haupttriebwerk einleitete.

»Darling«, sagte ich mit bezähmter Unruhe. »Das ist Wahnsinn. Wir können die Bahn nicht genau genug berechnen, und du kannst das Manöver auch nicht schnell und präzise genug durchführen.«

Hatte ich ihr damit den letzten Stachel geliefert? Jedenfalls warf sie den Kopf in den Nacken, dass ihr Pferdeschwanz erregt zwischen ihren Schultern pendelte, und verschmolz sie mit ihrer Konsole.

»Das werden wir ja sehen!«

Dann gab sie vollen Schub.

Ich stand da und sah zu Reynolds hinüber, der mir von seinem Sessel aus einen besorgten Blick zuwarf. Ich nahm Platz, aktivierte den Monitor und verfolgte das Drama am Schirm.

Jennifer hatte Vollgas gegeben. Das Triebwerk lief auf 100 Prozent. Natürlich geschah überhaupt nichts. Fünf Sekunden vergingen, zehn, fünfzehn.

Die Haupttriebwerke der Enthymesis-Explorer sind baugleich mit denen der MARQUIS DE LAPLACE, nur dass das Mutterschiff über zwölf Reaktoren verfügt, während die Explorer sich jeweils mit einem begnügen müssen. Es sind Hochleistungsbrennkammern auf der Basis von Hydrogenplasma, die einen Schub im Megatonnenbereich erzeugen und ein Schiff von der Masse der Enthymesis auf eine Geschwindigkeit im unteren Promillebereich von c beschleunigen können.

»Major«, war Frankels Stimme in der Kommunikation zu hören. »Berücksichtigen Sie, dass das Schiff eine Eigenelastizität hat. Bei seitlichem Schub wird es in der Mitte nachgeben und sich biegen wie ein Schilfrohr im Sommerwind.«

Obwohl die Abschirmung auf vollen Touren lief, war der Donner des Triebwerks ohrenbetäubend. Starke Vibrationen erschütterten das Schiff, das sich verbissen in die stählerne Bauchseite der MARQUIS DE LAPLACE bohrte.

»Für unsere Belange vollkommen gleichgültig«, gab Jennifer zurück. »Hauptsache, das Baby kommt ein paar Meter in die Höhe.«

Ich starrte gebannt auf meinen Schirm. Dreißig Sekunden Brenndauer waren verstrichen. Im freien Flug hätte die Enthymesis jetzt schon auf mehrere tausend Stundenkilometer beschleunigt. So klebte sie an der gewaltigen Masse der MARQUIS DE LAPLACE, die sich um keinen Millimeter rührte.

»Bedenken Sie ebenfalls«, fing Frankel wieder an, »dass 80 Prozent der Schiffsmasse im Reaktorblock in den hinteren Segmenten liegen. Er wird wie ein Fixpunkt wirken; bestenfalls wird sich der Rest des Schiffes wie ein Türflügel in der Angel darum herumdrehen.«

Vierzig Sekunden. Uns blieben keine zwei Minuten mehr. Jennifer erhöhte den Schub auf hundertzehn Prozent.

»Dann lassen Sie«, fuhr sie Frankel an, »diese Erkenntnis in Ihre Berechnung einfließen, statt mir was vorzuquatschen!«

»Das geschieht bereits«, gab der Stellvertretende Leiter der Planetarischen ungerührt zurück. »Aber ich mache Sie nochmals darauf aufmerksam, dass unsere Hauptsteuerung schwer angeschlagen ist.«

»Lecken Sie mich mit Ihrer Steuerung«, fluchte Jennifer.

Mit indigniertem Knacksen erlosch der Kanal. Jill hatte die Hände von ihrer Konsole genommen. Mit aufgerissenen Augen und zitternder Stimme wandte sie sich an die Erste Pilotin.

»Wir schaffen es nicht«, jammerte sie. »Sollen wir nicht doch lieber das Haupttriebwerk ...?«

»Sind denn alle wahnsinnig geworden?!«, tobte Jennifer. »Lassen Sie das Haupttriebwerk. Das hier ist Millimeterarbeit.«

»Eben«, ergriff Reynolds jetzt das Wort. »Bis jetzt haben wir aber noch nicht einen Millimeter gewonnen, nicht einen einzigen ...«

Ich starrte auf die Grafik. Der Pfeil der prognostizierten Bahn des Asteroiden zielte auf die mittleren Decks des Segments IV, mindestens 20 Meter über dem Großen Drohnendeck. Jennifer ließ ihren gravimetrischen Sessel herumwirbeln.

»Reynolds«, rief sie mit einem Ton in der Stimme, der mich frösteln ließ, »haben Sie nichts, was Sie mir geben können?«

Das Triebwerk brannte röhrend vor sich hin, aber es war, als hätten wir uns vorgenommen, einen Berg zur Seite zu schieben. Ob wir zu zweit, zu dritt oder zu viert die Ärmel hochkrempelten und Hand anlegten, war ganz einerlei.

»Ich könnte«, sagte Reynolds in seiner langsamen Art, »die Steuerdüsen der MARQUIS DE LAPLACE online auf Ihre Konsole legen und sie mit dem Triebwerk der Enthymesis zu synchronisieren versuchen. Das würde unseren Schub nur um wenige Prozent erhöhen, aber die Basis verbreitern, an der er ansetzt.«

»Warum haben Sie das nicht längst getan?«, herrschte sie ihn an.

Reynolds verschwand im Inneren seines Monitors.

»Das ist sehr riskant«, war Frankel jetzt wieder zu vernehmen. »Sie können die Düsen unmöglich manuell synchronisieren. Es sind mehrere tausend. Und wenn ihr Schub nicht abgestimmt ist, wird das Schiff anfangen zu rollen und dem Einschlag die verletzlichere Bauchseite bieten. Einen Treffer in die Flanke könnten wir vergleichsweise gut verkraften, aber die Konstruktion unserer Decks führt dazu ...«

Sein Satz wurde abgehakt wie eine Rinderzunge, die das Beil des Metzgers aus dem Kiefer löst. Jennifer hatte den Kanal geschlossen.

»Schwätzer«, sagte sie. »Seine Ausführungen haben mich schon längst gelangweilt.« Sie machte eine Pause, ehe sie fortfuhr: »Lambert, Reynolds, ich baue auf euch.«

Ich sah auf die Zeitanzeige. Wir waren jetzt unter einer Minute. Auf einer holographischen Projektion konnte ich die sekündlich aktualisierte Prognose des Aufschlagspunktes sehen, die in einem Radius von einigen Metern über der Backbordflanke der MARQUIS DE LAPLACE kreiste. Sie schien sogar leicht nach oben hin auszuwandern. Wenn darin ein Trend läge, wäre es vielleicht einfacher, die MARQUIS DE LAPLACE nach unten aus der Schussbahn zu ziehen, statt sie nach oben wegzuschieben. Aber eine Schubumkehr hätte weitere kostbare Zeit gekostet und das Triebwerk um 40 Prozent seiner Leistung reduziert.

Reynolds gab Jennifer das GO!

Plötzlich knackte der offene Kanal.

»Kümmern Sie sich nicht um Berechnungen und Instrumente«, sagte eine Stimme, die ruhig und erhaben im Raum zu schweben schien. »Vertrauen Sie einfach Ihrer Intuition, mein Kind.«

»Und Schub!«, hatte Jennifer gerade geschrien und die Online-Module der Korrekturdüsen reingehauen. Jetzt hielt sie inne und lauschte der fremdartigen Ansprache, die aus dem Äther zu dringen schien.

»Das ist Laertes«, jubelte sie dann. »Laertes! Jetzt kann nichts mehr schief gehen!«

»Ich vertraue Ihnen«, sagte die Stimme des weißhaarigen Nestors an Bord der MARQUIS DE LAPLACE. »Sie sind die beste Pilotin, mit der ich je geflogen bin. Sie werden das Ding auch diesmal schaukeln.«

Ich versuchte mir vorzustellen, wo der alte Philosoph gerade stecken mochte. Er durchstreifte die kilometerlangen Gänge des Schiffes und lebte wie ein Eremit in den entlegensten Winkeln. Oft kam es vor, dass man ihn wochenlang nicht zu Gesicht bekam. Dann stand er plötzlich wieder vor einem, kam lautlos in die Messe geschlurft, strich sich den weißen Bart und teilte einem den Gedanken mit, der ihn zuletzt beschäftigt hatte.

»Hundertzwanzig Prozent«, stöhnte Jennifer. »Gib alles, voller Schub aus tausend Düsen. Das habe ich mir immer mal gewünscht.«

Ich starrte auf den Schirm. Nichts geschah. Wir hatten noch dreißig Sekunden. Der Kreis, den das Prognosefeld auf die Außenspanten der MARQUIS DE LAPLACE malte, wurde langsam kleiner. Wie ein Theaterspot fokussierte sich die Vorausberechnung auf ein immer kleineres Feld, je näher das tödliche Geschoss herangerast kam.

»Es reicht nicht«, heulte Lambert.

Aber dann, unendlich langsam, ging eine Bewegung durch die beiden ineinander verkeilten Schiffe. Millimeter für Millimeter hob sich der riesige Leib der MARQUIS DE LAPLACE an.

»Sie kommt«, jauchzte Jennifer.

»Aber zu langsam«, stellte Reynolds fest. »Wir schaffen es nicht.«

»Wir schaffen es«, sagte Jennifer und brüllte gleichzeitig »130!« in die Automatik.

Martervoll tickten die Sekunden. Auf der großmaßstäblichen Projektion war keine Veränderung zu bemerken. Die Bewegung spielte sich in der Größenordnung von Millimetern ab. Unter titanischen Qualen überwand die Enthymesis die unvorstellbare Massenträgheit der MARQUIS DE LAPLACE und schob sie in Position. Langsam beschleunigte sich die Bewegung. Hatte sie Anfangs einen Millimeter pro Sekunde betragen, war es nun ein Zentimeter. Aber auch das war immer noch viel zu wenig.

Verzweifelt sah ich die letzten Sekunden heruntertropfen wie heißes Wachs, das auf unbedeckte Haut tropft. Zehn Zentimeter pro Sekunde. Es nützte alles nichts mehr. Wir waren um einige Minuten zu spät. Im Nachhinein verfluchte ich Wiszewsky und seine langatmige Art.

Da ging ein Ruck durch die Brücke, die unter dem Dröhnen der überlasteten Triebwerke erzitterte. Als wäre ein Widerstand überwunden oder ein Reißleine, die sich verhakt hatte, doch noch in letzter Sekunde gelöst, wurde die Drift des Schiffes plötzlich beschleunigt. Sie betrug auf einmal mehr als einen

Meter pro Sekunde und nahm rasch zu. Die letzten fünf Sekunden tickten. Ich sah die Projektion. Der schmaler werdende rote Kreis schob sich langsam über die Außenwand. Er oszillierte und flackerte und wanderte dann beschleunigt weiter nach unten. Noch drei Sekunden, zwei, eine ...

»Achtung!!!«, schrie Jennifer und nahm die Hände von der Konsole, als könne sie bei dem, was jetzt geschah, einen Schlag bekommen. Auf dem Schirm sahen wir das Bild des Großen Drohnendecks, aufgenommen von einer Innenkamera.

Wir sahen das leergefegte Deck und im Hintergrund, durch die sperrangelweit geöffneten Hangartore, den schwarz gähnenden Abgrund des Kosmos, der sich anschickte, eine tödliche Fracht auszuspucken. Und dann, schneller als ein Wimpernschlag, zischte ein silbergrauer Blitz durch die riesige Halle. Ein hingefetzter waagerechter Strich, der den Staub und einige Kleinteile aufwirbelte und die Luft, die das Deck ausfüllte, in einer langgezogenen rußigroten Detonation explodieren ließ. Die Generatorfelder vor den Hangartoren brannten blau auf und erloschen dann rieselnd zu ihrer gewohnten Unsichtbarkeit.

Jennifer schaltete rasch auf die Backbordkamera der Enthymesis, und im starken Zoom, der dem Phänomen hinterhereilte, erkannten wir gerade noch einen winzigen taumelnden Punkt, der mit irrwitziger Geschwindigkeit davonschoss und sich in den gleichgültigen Weiten der Leere verlor.

»Triebwerk aus«, sagte Jennifer.

Dann wurde es ganz still.

Kapitel 2. Schadensbericht

»Was war das?«, schnaubte Jennifer und stiefelte auf Rogers zu, als wolle sie ihn in der Luft zerreißen. Sie stand unter Strom und hatte sich noch nicht wieder unter Kontrolle. Ihre Fähigkeit, ihrem Temperament die Zügel schießen zu lassen, kam ihr in kritischen Situationen zustatten, wo sie in Sekundenbruchteilen komplizierte Entscheidungen treffen und ausführen musste, wurde aber gefährlich, wo sie sich zu Ausfälligkeiten gegenüber ihrem Vorgesetzten hinreißen ließ.

»Major«, begrüßte der Commodore sie in einer Harmlosigkeit, von der man nicht wußte, ob sie auf Naivität oder auf Raffinement beruhte. »Ich beglückwünsche Sie zu dieser Aktion. Noch heute werde ich Sie für den Großen Stern vorschlagen.«

Er strahlte uns kindlich an und forderte uns mit einer huldvollen Geste auf, in den weichen sensoriellen Sesseln der Messe Platz zu nehmen.

»Das gilt selbstverständlich auch für Sie, Commander«, fügte er nach einer Pause an, »sowie für die anderen Mitglieder ihrer formidablen Crew ...«

Reynolds und Lambert verneigten sich und suchten sich dann einen Platz. Ich tauschte einen Blick mit Svetlana, die mir anerkennend zublinzelte. Jennifer stand stocksteif da, wie ein Speer, den ein afrikanischer Häuptling im höchsten Zorn in die Erde gerammt hat, und fraß Dr. Rogers mit ihren stählernen Augen auf. Ich beeilte mich, ihren Arm zu ergreifen.

»Zwei meiner Triebwerksspulen sind durchgebrannt«, schäumte sie. »Mein Schiff wäre beinahe verglüht, und um ein Haar hätten wir es nicht geschafft!«

Ich verstärkte den ermahnenden Griff um ihren Unterarm. Was geschehen war, war geschehen. Es hatte keinen Sinn, sich im Hader gegenseitig zu zerfleischen. Wir mussten jetzt nach vorne schauen.

Rogers fasste sie mit spöttischem Lächeln ins Auge.

»Ich habe den Reaktorblock abgekoppelt und einige Millionen Tonnen Plasma abgelassen«, sagte er ruhig. »Das waren, wenn ich mich recht entsinne, Ihre Vorschläge.«

Ich nickte und versuchte, Jennifer von ihm wegzuziehen.

»Das hätten Sie fünf Minuten früher tun können«, brach sie aus. »Es hätte uns große Anstrengungen erspart!«

Wiszewsky hatte unterdessen seinen »Thron« erklettert, wie wir den schwersten und geräumigsten Sessel der Messe nannten, der ihm vorbehalten blieb. Die Komarowa schmiegte sich neben ihn und schlug die langen Beine übereinander. Während sie amüsiert vor sich hin schmunzelte, kraulte sie seinen Nacken. Der Commodore verfolgte das Wortgefecht zwischen seiner besten Pilotin und dem obersten Planetologen mit zerstreuter Aufmerksamkeit, etwa wie ein Großvater einer Auseinandersetzung seiner Enkel zusieht, von der er nicht weiß, ob es sich um einen Streit oder einen Sketch handelt.

»Beide Maßnahmen«, schlich Frankel sich jetzt von der Seite heran, »sind risikobehaftet und teilweise irreversibel. Es wird Stunden dauern, bis wir den Reaktorblock wieder angekoppelt haben, und das in den Raum gepumpte Plasma ist natürlich verloren ...«

»Wir wären alle verloren gewesen«, grollte Jennifer.

»Ich dachte«, sagte Rogers herablassend, »Sie würden es alleine schaffen.«

Er funkelte sie warnend an. Wir kannten uns alle viel zu lange, als dass wir einander ernsthaft hätten befehden können. Rogers war unser Ausbilder an der Akademie gewesen; seit zwanzig Jahren flogen wir miteinander auf der MARQUIS DE LAPLACE.

Unsere Vertrautheit barg die Gefahr, dass wir die dienstlichen Hierarchien, in denen wir standen, nur noch pro forma nahmen, aber vor allem Rogers war hier sehr empfindlich. Bei aller Jovialität achtete er peinlich darauf, dass die Abstufungen der Ränge eingehalten wurden.

»Ich bin bereit«, sagte er mit drohendem Unterton, »Ihre Ausfälle mit Ihren erhöhten Adrenalinwerten zu entschuldigen, Major Ash, muss Sie aber bitten, sich zu beruhigen.«

Am Eingang zur Messe entstand eine Unruhe. Ich erkannte Kurtz und einige andere Offiziere der fliegenden Crew, die uns über die Barriere hinweg zujubelten, aber offensichtlich hatten die Ordonanzen Anweisung, niemanden durchzulassen. Die Tür glitt wieder zu. Ich nutzte die Unterbrechung, Jennifer am Arm zu ziehen und ihr zuzuflüstern, sich zu mäßigen. Aber sie war jetzt wie ein bockiges Kind, das mit den Füßen stampft und auf seiner Sicht der Dinge beharren zu müssen glaubt.

Die Eingangstür öffnete sich wieder, und Laertes kam, nachdem er noch einige freundliche Worte mit den Ordonanzen gewechselt hatte, auf uns zugeschlurft. Er genoss Narrenfreiheit an Bord der MARQUIS DE LAPLACE, und selbst wenn ein Wachmann die ausdrückliche Anordnung gehabt hätte, niemanden durchzulassen, hätte Laertes passieren können. Er war eben nicht jemand, sondern der Bord-Philosoph, der sich durch die Decks und Gänge des Mutterschiffes bewegte wie ein weißbärtiger Geist.

Jennifer löste sich von mir und flog auf ihn zu, um ihn in die Arme zu schließen und seine bärtigen Wangen zu küssen. Sie liebte ihn, wie sonst nur eine Tochter ihren Vater liebt.

»Auftritt des Eremiten«, hörte ich Reynolds vor sich hinbrummen.

Rogers kam rasch zu mir.

»Das war gute Arbeit, Frank«, sagte er leise. Und mit einem Blick zu Jennifer, die jetzt wie ausgetauscht an Laertes' Arm hing, fügte er hinzu: »Sie ist beste, die wir haben, aber ...«

»Ich weiß«, fuhr ich ihm übers Wort. »Ich glaube, sie hat sich schon wieder gefangen.«

Laertes hatte die Situation mit einem Blick erfasst.

»Kinder, das war knapp«, sagte er mit der ihm eigenen philosophischen Heiterkeit. »Jetzt streitet euch nicht darum, wer den entscheidenden Eimer Wasser ausgegossen hat, sondern freut euch, dass das Feuer gelöscht ist.«

Er strahlte wie ein Buddha, um im nächsten Moment mit der Hostess zu schäkern, die auf einem Schwebetablett knallbunte Cocktails hereinbrachte.

»Wir erheben unsere Gläser auf Major Jennifer Ash«, sagte Wiszewsky, »und auf alle anderen, die daran mitgewirkt haben, unser Schiff zu retten!«

Wir prosteten einander zu und nippten an den süßen und leider alkoholfreien Drinks.

Ich hatte neben Reynolds Platz genommen, während sich Jennifer und Laertes auf der gegenüberliegenden Seite des Halbrunds zwei gravimetrische Sessel suchten. Die Anwesenheit des Philosophen wirkte auf uns alle versöhnend. Er repräsentierte eine überpersönliche Vernunft, die uns die Albernheit unserer kleinen Eifersüchteleien bewusst werden ließ.

Für einige Zeit kehrte Schweigen ein. Jeder drehte sein Glas in den Händen, starrte in die ölige, giftgrüne Flüssigkeit, die darin schwappte, und hing seinen Gedanken nach. Die MARQUIS DE LAPLACE, verstümmelt und entstellt, trieb lautlos auf ihrer Bahn.

»Sind wir das wirklich«, fragte Reynolds nach einer Weile. »Ich meine gerettet und in einem Zustand, den man als sicher betrachten könnte.«

Seine Worte verhallten. Die Ruhe änderte ihre Färbung; aus der besinnlichen Stille wurde ein eisiges Schweigen. Aber er hatte natürlich recht. Niemand wusste, was sich in diesem Augenblick vielleicht schon wieder in den unberechenbaren Weiten jenseits unserer Schutzhülle zusammenbraute.

Da weder Wiszewsky noch Rogers geneigt schienen, das Wort zu ergreifen, räusperte Frankel sich und hob zu einer umständlichen Entgegnung an.

»Ich wage zu behaupten, dass wir das sind«, sagte er. »Der Reaktorblock wird gegenwärtig an das Heck herangeführt und wieder angekoppelt, sodass unser Schiff in einigen Stunden seine Integrität wiedererlangt haben dürfte. Ein Enthymesis-Explorer wird auf unsere Anweisung hin stets außerhalb der Hangars bleiben und in geringem Abstand neben dem Mutterschiff positioniert.« Er hüstelte gekünstelt. »Falls kurzfristige Maßnahmen nötig werden sollten. Ähm. Gegenwärtig ist das die Endeavour. Wir werden Ihnen Ihren Schichtplan noch mitteilen.«

Ich schwenkte mein Glas in der hohlen Hand. Als nächstes, da war ich mir sicher, würde er die Einsetzung einer Kommission verkünden, die die Vorfälle zu untersuchen und ein Bericht abzufassen habe.

»Wir haben außerdem«, fuhr er fort, »mehrere Robotdrohnen mit Antimaterie-Granaten bestückt. Sollten sich weitere Objekte nähern, dürften wir in der Lage sein, uns ihrer zu erwehren.«

»Wie ist die Vorwarnzeit?«, fragte Reynolds. Es kam wie aus der Pistole geschossen und deklassierte Frankels Bericht zu einer einzigen Rechtfertigung. Das schien auch der stellvertretende Leiter der Planetarischen so zu empfinden, jedenfalls setzte er einen indignierten Gesichtszug auf.

»Die Drohnen sind in unter zwei Minuten abschussbereit. Sie sind selbststeuernd und können auch nach Abschuss noch umprogrammiert werden.«

»Und das Deepfield«, hakte Reynolds unbarmherzig nach.

»Was die Vorfeldaufklärung betrifft«, entgegnete Frankel beleidigt, »so sind wir, einige improvisationsbedingte Einbußen abgerechnet, wieder auf dem Stand ...«

»Sie wurde schon einmal unterlaufen«, stellte Reynolds fest. »Selbst wenn wir die ursprüngliche Leistungsfähigkeit zu 100 Prozent wiederherstellen, gibt uns das keine Garantie.«

Frankel starrte ihn böse an. Er war ein Bürokrat, der die Kritik an einem Missstand persönlich nahm, selbst wenn dieser sein eigenes Leben gefährdete.

Dr. Rogers hatte der Auseinandersetzung mit regungsloser Miene zugehört. Jetzt hob er mahnend die Hand.

»Sie haben natürlich recht, meine Herren ...« Das »Sie« war Unfug, wie alle Rhetorik, aber darüber mussten wir jetzt hinwegsehen. »Tatsache ist«, wandte er sich an Wiszewsky, »dass wir bis jetzt keine Erklärung dafür haben, wie der erste Meteorit unserer Vorfeldüberwachung entgehen konnte.«

»Dann kann sich ein solcher Impakt also jederzeit wiederholen?«

Laertes war der einzige, der auch in einem Gespräch der beiden obersten Autoritäten unaufgefordert das Wort nehmen konnte.

»Im Prinzip schon«, räumte Rogers ein, »allerdings ...«

»Wir sind jetzt gewarnt und haben unsere Aufmerksamkeit verstärkt«, glaubte Frankel seinem Chef zu Hilfe kommen zu müssen.

Rogers schüttelte ihn ab wie eine lästige Fliege, die sein graues Haupt umsummte.

»Die Automatik schläft niemals«, knurrte er vor sich hin. »Auch wenn wir die Posten verstärken, die Abschirmung erhöhen und Raketen bestücken, können wir nicht ausschließen, dass sich ein solcher Vorfall wiederholt.«

Er ignorierte den schräg hinter ihm sitzenden Laertes ebenso wie Frankel zu seiner Rechten, sondern sprach ausschließlich mit dem Commodore. Dieser richtete sich in seinem tiefen Sessel auf und zog die Stirn in Falten.

»Das ist schlecht«, sagte er zerstreut. »Dann sind wir weiterhin verwundbar.«

Er stieß die Komarowa, die sich an seine Seite geschmiegt hatte, plötzlich von der Armlehne wie ein Schoßhündchen, das ihm die Hand nass gemacht hat. Svetlana setzte ein Schmollmund auf und stakste mit langbeinigen Schritten um seinen Thron herum. Sie stützte sich auf die Rückenlehne und sah mit vorgeschobener Unterlippe über ihn hinweg.

»Dann sollten Sie«, fuhr Wiszewsky fort, »schnellstmöglich überprüfen, ob der Einschlag auf ein Versagen unseres Deepfields zurückgeht ...«

»Das haben wir bereits getan«, antwortete Rogers. »Wir haben die Aufzeichnungen x-mal gegengecheckt. Die Systeme arbeiteten einwandfrei.«

»Dann gibt es keine wissenschaftliche Erklärung«, sagte der Commodore, der manchmal ein bisschen rasch bereit war, sich der Resignation zu überlassen. »Wie konnte ein massereiches Objekt so plötzlich und so dicht vor unserer Nase auftauchen?«

»Allerdings«, setzte Rogers den unterbrochenen Satz fort, »allerdings registrierten die Instrumente eine geringfügige Anomalie.«

Ihm war anzumerken, dass sich etwas in ihm sträubte, das weiter auszuführen. Offenbar verfügte er über Informationen, die er in keinen Zusammenhang bringen konnte und die er sich vorzutragen scheute. Dabei fürchtete er nicht den Vorwurf, dem Kommandanten des Schiffes wichtige Details vorenthalten zu haben. Über derlei Beweggründe war er erhaben. Aber als militärisch geschulter und faktenorientierter Wissenschaftler war er gewohnt, Spekulationen zu meiden und sie solange zurückzuhalten, bis sie sich erhärtet hatten.

»Was meinen Sie mit Anomalien?«, fragte Wiszewsky.

Mir gegenüber beugte Jennifer sich vor und stemmte das Kinn in beide geballte Fäuste. Ihre Augen wurden groß und rund. Reynolds zog die Brauen hoch und setzte eine skeptische Miene auf.

»Wir können uns die Daten bisher nicht erklären ...«

Rogers wand sich wie ein Praktikant, der dem Projektleiter beichten muss, dass er ein Reagenzglas zerdeppert hat.

»Dem ersten Asteroiden, der sich wenige tausend Kilometer vor unserem Bug, nun ...« – er rang nach Worten wie ein Ertrinkender nach Luft – »nun, förmlich materialisiert hat, ging ein Impuls voraus.«

»Was für ein Impuls«, hakte Reynolds sofort ein. »Ein EMI?«

Jennifer und Laertes warfen einander einen Seitenblick zu. Ich spürte, wie sich etwas Kaltes auf meinen Nacken legte.

»Ein elektromagnetischer Impuls«, wimmerte Lambert. »Sie meinen, wie er bei Kernwaffen auftritt?«

»Eine Thermische Bombe?«, rief Jennifer aus

Aber Reynolds schüttelte nur den Kopf. Er war in tiefes Nachdenken versunken.

»Wir haben nichts von einer derartigen Explosion bemerkt«, beeilte Rogers sich anzumerken. »Es handelte sich auch weniger um einen elektromagnetischen Impuls, denn um einen ...« Er stockte abermals.

»Herrgott Rogers«, entfuhr es Wiszewsky, der für gewöhnlich eher durch Langeweile als durch Ungeduld auffiel. »Nun mal heraus mit der Sprache!«

»Entschuldigen Sie, Sir«, sagte Rogers, der sich zusammenreißen musste. »Aber ich trage ungern Theorien vor, bei denen es sich noch nicht um bewiesene Erkenntnis handelt.« Er gab sich einen Ruck und sah seinen Kommandanten offen an. »Wir glauben eher«, sagte er mit abgestützter Stimme, »dass es sich um einen Gravitationsimpuls handelte.«

Wiszewsky war anzusehen, dass er mit dieser Information überhaupt nichts anzufangen wusste. Auch ich rätselte, wie diese Entdeckung einzuordnen sei, selbst wenn wir voraussetzten, dass es sich dabei um einen Tatsache und nicht um eine Hypothese handelte.

»Unsere Instrumente«, erläuterte Frankel, »registrierten eine starke Verwerfung des Raumzeitkontinuums. Die Schockwelle lief längs durch unser Schiff hindurch. Sie alle haben die Verwindungen gespürt.«

»Wir können von Glück sagen«, nahm Rogers wieder das Wort, »dass das Schiff nicht durch diese Kräfte zerstört wurde. Allerdings wurden unsere Instrumente geblendet und teilweise ausgeschaltet.«

»Sie meinen«, warf Jennifer ein, »das Deepfield war bereits tot, als der Einschlag erfolgte?«

»Der Meteorit«, nickte Rogers, »vollendete nur noch mechanisch, was zu diesem Zeitpunkt schon Realität war.«

Ich musste einmal tief durchatmen.

»Jemand hat uns ein Tuch über den Kopf geworfen und uns dann eine rechte Gerade verpasst?«

»So ungefähr«, meinte Frankel.

Jennifer hatte sich erhoben. Sie ging erregt auf und ab und schien dabei die einzelnen Punkte noch einmal für sich abzuhaken, als müsse sie an den Fingern zwei und zwei zusammenzählen.

»All das«, sagte sie, »ereignete sich innerhalb weniger Sekunden oder bestenfalls einiger Minuten.« Sie nahm das Schweigen, das sich vor ihr öffnete, als Zustimmung. »Das erklärt aber immer noch nicht, wie der Meteorit so plötzlich vor uns auftauchen konnte.«

Ich suchte Reynolds' Blick, aber er strich sich das Kinn und verharrte in der Pose tiefer Konzentration. Jennifer blieb auf ihrer Wanderung stehen.

»Ich habe doch recht, oder?«, rief sie unsicher.

»Wir verstehen die Natur dieses Impulses noch zu wenig«, brachte Frankel vor. »Ein vergleichbares Phänomen tritt auf, wenn das Schiff einen Warp-Korridor öffnet.«

Das stimmte natürlich, aber die MARQUIS DE LAPLACE lag seit Wochen mit abgeschalteten Reaktoren auf ihrer Parkbahn und andere Schiffe waren in weitem Umkreis nicht vorhanden.

»Wir haben aber«, sagte Wiszewsky, »den Warp-Raum weder geöffnet noch verlassen, und meines Wissens sind wir weit genug von allen bekannten Singularitäten oder sonstigen natürlichen Gegebenheiten entfernt, die Sie als Erklärung heranziehen könnten.«

Er hob die Hand über den Kopf und tätschelte Svetlanas Bäckchen. Im Gegenzug zupfte sie an seinem schütteren Haar, das zerzaust um seine Schläfen herumstand. Das Geturtele dieser beiden war für gewöhnlich schon schwer zu ertragen, aber in angespannten Situationen wie dieser raubte es einem den letzten Nerv.

Wir standen vor etwas Unerklärlichem.

»Ein Gra-vi-ta-tions-impuls?«, war Reynolds zu vernehmen. Seine gedehnte Frage kam wie ein Echo, das nach langer Zeit aus einem tiefen Abgrund heraufrönt und mit dem schon niemand mehr gerechnet hat. Mit blindem Blick starrte der WO durch uns alle hindurch. »Ich hatte«, schien er zu sich selbst zu sprechen, »eine solche Idee, konnte sie aber nicht weiter verfolgen.«

»Die Aufzeichnungen«, wiederholte Frankel, »zeigen, dass unsere Instrumente eine gravierende Schwereanomalie registrierten, ehe sie sich verabschiedeten.«

Reynolds brütete vor sich hin.

»Vielleicht ein Zeitfenster«, warf Jill in ihrer schrillen Art ein. »Der Impuls hat zu einem Zeitdefekt geführt, sodass der Meteorit scheinbar ganz plötzlich da war. Er war schon zwanzig Stunden auf den Schirmen unserer Vorfeldaufklärung, aber für uns waren das nur zwanzig Sekunden. Haben Sie schon einen Zeitabgleich mit den Jupiter-Stationen durchgeführt?«

Sie quasselte ohne Punkt und Komma und fuchtelte mit ihren knochigen Händen in der Luft herum, dabei stierte sie hysterisch vor sich hin, während ihr Gesicht sich mit hektischen roten Flecken überzog. Es war furchtbar.

Reynolds schüttelte nur den Kopf.

»Halten Sie den Mund, Lambert«, sagte ich grob, was mir wiederum einen strengen Blick von Jennifer eintrug.

»Das Auftreten eines Gravitationsimpulses«, fuhr Reynolds fort, »könnte die Sachlage erklären.«

Er machte allerdings keine Anstalten, uns in seine Gedankengänge einzuweihen. Wie eine Karikatur hockte er da und grübelte vor sich hin. Wir warteten und schwiegen.

»Nun, man müsste das alles noch einmal durchrechnen«, sagte Frankel nach einer Weile. »Wir sind ja bisher kaum darüber hinausgekommen, die möglichen Fehlerquellen auszuschließen und die Datenlage zu verifizieren.«

Reynolds nickte, als sei er im Stillen zu einem Entschluss gekommen.

»Ja«, sagte er, ohne auf Frankel einzugehen. »Es wäre eine Möglichkeit.«

»Lieber Reynolds«, ließ Laertes sich jetzt vernehmen, der zum ersten Mal das Wort ergriff, seit er zu unserer Runde gestoßen war. »Würden Sie die Freundlichkeit haben, uns an ihren Überlegungen teilnehmen zu lassen?«

Für gewöhnlich war es Sache des greisen Philosophen, ein Ereignis gründlich durchzudenken, wenn er auch eher an den Konsequenzen als an den Details interessiert war.

Er war jahrzehntelang Projektleiter des führenden Institutes für KI gewesen, ehe er sich, von den Unzulänglichkeiten des kybernetischen Bewusstseins enttäuscht, wieder den alten Griechen zugewandt hatte. Zwar hatte er einen Master in Philosophie, bezeichnete sich aber trotzig als Autodidakten. Seit zehn Jahren in Ruhestand versetzt, weigerte er sich, die MARQUIS DE LAPLACE zu verlassen und nahm so Passagier an ihren Einsätzen teil.

Reynolds nickte wieder. Diesmal mochte man eine Zustimmung daraus ablesen und eine Bereitschaft, Laertes' Aufforderung nachzukommen.

»Es gibt da«, sagte er langsam und sehr leise, »dieses Theorem, von zwei Russen. Ich habe mich früher einmal damit beschäftigt ...«

»Der Satz von Chessov und Tschernischenko«, stimmte Laertes ein. »Aus den Dreißigerjahren. Sie müssen damals noch sehr jung gewesen sein.«

»Die Formulierung des Satzes«, lächelte Reynolds, »fiel in die Zeit vor meiner Geburt. Aber er wurde immer noch diskutiert, als ich die Akademie besuchte. Mehrere Semester lang habe ich mir die Zähne daran ausgebissen.«

Die beiden Schlaumeier, der Alte und der Junge, grinsten versonnen vor sich hin, als hingen sie gemeinsamen Jugenderinnerungen nach.

»Ich habe davon gehört«, machte Rogers grimmig. »Rufen Sie uns kurz ins Gedächtnis zurück, wovon der Satz handelt?!«

»Chessov und Tschernischenko«, wiederholte Reynolds abwesend, »genau. Einer der beiden war, glaube ich, blind.«

Laertes legte den Kopf in den Nacken und fixierte einen ganz bestimmten Punkt an der hohen weißen Decke des riesigen Raumes, in dem es jetzt wieder sehr still war.

»Tschernischenko«, bestätigte er. »Er verlor bei einem Laborversuch das Augenlicht.«

»Und Chessov endete später in der Klapsmühle«, fiel Reynolds wiederum ein, den ich langsam ebenfalls dorthin wünschte. Er stieß ein verächtliches Grunzen durch die Nase aus. »Beides trug nicht unbedingt dazu bei, die Reputation der beiden zu erhöhen und ihre Theorie mit Plausibilität auszustatten.«

Laertes schmunzelte, ohne jedoch den Blick von dem rätselhaften unsichtbaren Punkt fünf Meter über uns zu nehmen.

»Dass ein Geisteskranker Geister sieht«, sagte er, »heißt nicht, dass diese nicht existieren; vielleicht können sie einfach nur von uns Normalen nicht wahrgenommen werden.«

»Und mit solchen geisteskranken Geistern wollen Sie uns aus der Patsche helfen?!«, brauste Rogers auf.

Reynolds nickte ein »Ja, ja, ist ja schon gut!« in den Raum.

»Der Satz von Chessov und Tschernischenko könnte in der Tat erklären, was hier vorgefallen ist. Ich muss das Theorem nicht näher ausführen, aber wir können es als Modell benutzen. Es vermag zu begründen, warum unsere Instrumente ausfielen, die gegen elektromagnetische Impulse bis zu mehreren Gigaelektronenvolt abgeschirmt sind, und warum Meteore an Raumzeitpunkten auftauchen konnten, an denen sie rechnerisch nicht vorgesehen waren.«

»Dann erklären Sie uns das mal«, sagte Wiszewsky, der während der letzten Minuten verdattert von einem zum anderen gesehen hatte. Jetzt schlug er Svetlanas Hand weg, die gerade sein rechtes Ohr liebkost hatte; das war immer das Zeichen, das er sich besonders konzentrieren musste.

»Mit Erklärungen kann ich da kaum dienen«, nuschelte Reynolds. »Das Theorem konnte bis jetzt weder bestätigt noch falsifiziert werden. Und selbst wenn wir seine Gültigkeit annehmen, beschreibt es nur bestimmte Phänomene, bzw. sagt diese voraus. Realisieren ließen sich diese bisher ebenfalls nicht, und wenn sie eintreten sollten, wüssten wir nicht, warum dies so wäre. Chessovs Satz böte lediglich ein mathematisches Gerüst zu ihrer Beschreibung.«

»Es scheint jedenfalls hinzuhauen«, brummte Dr. Rogers. »Aber ich will natürlich Ihrer Theoriebildung nicht vorgreifen.«

»Wir wissen darüber viel zu wenig«, beschleunigte Reynolds seinen Rückzug. »Unsere Experimente in dieser Richtung haben wir vor mehr als zwei Jahrzehnten eingestellt. Zufällig nahm ich an der Kommissionssitzung teil, die das Ende des unierten Gravitationsprogramms zu beschließen die Ehre hatte, noch bevor dieses irgendwelche Resultate hatte zeitigen können. Ich legte natürlich meinen Protest ein; Sie finden ihn in den Akten des Wissenschaftlichen Rats.«

»Ha!«, brüllte Rogers plötzlich und schmetterte sein Glas auf den Boden. Da es aus bruchfestem Elastil bestand, prallte es zurück und flog in spitzem Winkel durch den Raum. Die Hostess, die sich gerade genähert hatte, um die leeren Behältnisse einzusammeln, suchte ihr Heil in kopfloser Flucht.

»Sie meinen das Annihilationsprogramm?!«, schrie er. »Entschuldigen Sie ...«

Wenn wir das letztere auf seinen Ausbruch gemünzt hätten, wären wir allerdings schief gewickelt gewesen. Er schlug sich mit der flachen Hand vor die Stirn und tobte weiter vor sich hin.

»Ich bin die ganze Zeit auf dem Schlauch gestanden«, feixte er und strahlte uns cholerisch an.

»Sie haben recht«, stimmte Reynolds zu. »Das Annihilationsprogramm, zu dem es nie gekommen ist, da es noch vor dem Eintritt in die praktische Phase von der Liste der förderungswürdigen Projekte gestrichen wurde.«

»Und Sie nahmen an der fatalen Sitzung teil?«, fragte Rogers grollend.

»Ich gab meinen Widerstand zu Protokoll«, nickte unser WO ungerührt. »Natürlich wurde ich überstimmt. Es gab nur eine Gegenstimme und ein oder zwei Enthaltungen.«

»Ich kenne das Protokoll«, erwiderte der Oberste Planetologe. »Die offizielle Begründung lautete, dass diese Entwicklungen zu viel Zeit benötigen würden; vorsichtshalber stieg man gleich aus ihnen aus.«

Ich entsann mich noch gut dieser Zeit, die von ungeheurer Dumpfheit erfüllt gewesen war. Von solchen militärischen Geheimprojekten ahnten wir angehenden Offiziere damals noch nichts, aber es wurden auch sonst allerorten die Mittel gestrichen und gekürzt. Zum Glück befand sich die MARQUIS DE LAPLACE damals gerade auf einer mehrjährigen Exkursion zur Vega, sonst hätte man die Hälfte ihres Personals abgezogen und zur Wiederaufforstung oder in der Kinderbetreuung eingesetzt. Es war wirklich schlimm: Während die Menschheit in nie vermessene Räume aufbrach und neue Horizonte öffnete, regierten auf der Erde spießige und verklemmte Kleingeister. Glücklicherweise war diese Phase auch wieder vorübergegangen, aber ihre Versäumnisse lagen bis heute als schwere Hypothek auf uns. Das trat nicht zuletzt in diesem Gespräch zu Tage.

Andererseits, überlegte ich noch, war es auch eine sehr glückliche Zeit gewesen. Ich hatte Jennifer kennen gelernt und wenig später waren wir zu unserem ersten gemeinsamen Flug aufgebrochen. Das private Glück gedieh also auch in politisch unfruchtbaren Zeiten, es wurde vielleicht sogar durch sie begünstigt, während die großen historischen Wendemarken oft genug von Krieg und Zerstörung, Tragödien und Katastrophen begleitet wurden. Beides ließ sich nicht gegeneinander aufrechnen, und deshalb durfte das Glück des Einzelnen nicht im Mittelpunkt strategischer Überlegungen stehen.

Jennifer musste meine Gedanken gelesen haben, oder die gleichen Stichworte hatten bei ihr ähnliche Erinnerungen freigesetzt: Jedenfalls lächelte sie mir von ihrem Platz an Laertes' Seite zu und deutete eine Kusshand an.

»Die Jahrzehnte«, war Rogers unterdessen fortgefahren, »die man damals als unzumutbar lang empfunden hatte, sind mittlerweile abgelaufen; wir könnten jetzt über die Technologie verfügen, die man damals zu entwickeln für unnötig gehalten hat.«

»Nichts vergeht schneller als die Zeit«, sagte Laertes.

»Das ist wahr«, gurrte Svetlana, deren weißrussischer Akzent verführerisch rollte. Sie war auf Wiszewskys Knie geklettert und saß nun wie ein Schulmädchen in seinem Schoß, während sie liebevoll sein ergrautes Haupt tätschelte.

Wiszewsky, der es selbst bei geheimen Sitzungen ablehnte, auf die Gegenwart der Komarowa zu verzichten, räusperte sich und ergriff zur Ablenkung das Wort.

»Wenn ich Sie recht verstanden habe, meine Herren, handelt es sich bei diesem, bei besagtem Theorem um ein künstliches Verfahren, nicht um ein natürliches Phänomen.«

»Das ist vollkommen richtig, Sir«, beeilte Rogers sich zu sagen.

Reynolds wiegte nachdenklich den Kopf.

»Jedenfalls«, wandte er ein, »ist es bisher nicht möglich gewesen, das Auftreten von Annihilationsphänomenen in der Natur nachzuweisen.«

»Was wohl auf dasselbe hinausläuft«, versuchte Frankel sich rasch zu profilieren.

»Behalten Sie Ihre Haarspaltereien für sich«, fuhr der Commodore fort. »Falls es sich bei dem von uns beobachteten und erlittenen Vorgang also tatsächlich um ein solches Phänomen gehandelt haben sollte, müsste es von jemandem herbeigeführt worden sein.«

»Korrekt«, bellte Rogers, »und Sie können gleich hinzufügen, dass kein Mitglied der Union über eine solche Technologie verfügt.«

»Stehen wir also vor der Frage«, schloss Wiszewsky und fuhr den Zeigefinger aus, »wer steckt dann dahinter?«

Laertes nickte dem Kommandanten anerkennend zu. Vermutlich richtete sich dieser Zuspruch vor allem auf die saubere und schnörkellose Durchführung des Syllogismus, als dass damit schon die Freude über ein Ergebnis verbunden gewesen wäre. Aber es war doch zur Kenntnis zu nehmen, dass Wiszewsky sich ermannen und demonstrieren konnte, dass er logischen Denkens fähig war.

»Dann war es tatsächlich ein Beschuss«, kreischte Jill auf, als sie den Vortrag zu Ende gehört und verdaut hatte.

»Genau, mein Kind«, sagte Dr. Rogers finster. »Und es gibt nur eine Macht in der Galaxis, der die technischen Ressourcen zuzutrauen sind und die auch über die Perfidie verfügt, sie einzusetzen.«

Die Atmosphäre im Messeraum gefror. Das freundliche Weiß seiner Wände wurde fahl und eisig. Wie wenn Nebel sich über einen Gletscher schiebt, wurde das Licht zugleich matter und greller; es löste alle Konturen auf. Wir hörten die Klimatisierung summen wie einen einsamen Wind, der über eine Ebene streicht. In den Elastanverkleidungen knackten die Feldgeneratoren wie sprödes Eis.

»Sie sprechen«, haspelte Lambert mit zitterndem Stimmchen, »von den Sinesern?«

»Ich wäre vorsichtig mit solchen Anschuldigungen«, kam Jennifer einer Antwort Dr. Rogers' zuvor. Ihre Stimme war hart. »Seit der Schlacht von Persephone lebt die unierte Menschheit mit ihnen im Frieden, der im Vertrag von Lombok ...«

»Erzählen Sie mir nichts von Persephone«, donnerte Rogers, der in letzten Sekunden dunkelrot geworden war. »Dieser Stillhaltefrieden, der ihnen unter dem Eindruck unseres militärischen Triumphes bei Persephone, an dem ich nicht ganz unbeteiligt war, abgetrotzt wurde, existiert für sie nur auf dem Papier, das sie genauso missachten wie alle anderen menschlichen Institutionen auch. Wer die Sineser kennt, und ich behaupte sie zu kennen, weiß, dass sie keine Sekunde zögern würden, diesen Vertrag zu brechen und ihre Schmach ungeschehen zu machen, wenn ihnen die Mittel dazu in Hand gegeben wären.«

»Und Sie glauben«, fragte ich, »dass sie nun über solche Mittel verfügen?«

»Der Verdacht drängt sich einem auf«, tobte er mit ungebremstem Zynismus.

Jennifer hatte sich wieder erhoben. Ich wusste, wenn es sie nicht mehr in ihrem Sessel hielt, wurde es gefährlich. Auch ließ sie sich von Rogers' aufbrausendem Temperament nicht nur nicht einschüchtern, sondern gerne provozieren.

»Bis jetzt haben wir keinerlei Anhaltspunkte«, sagte sie. »Nur eine improvisierte physikalische Hypothese, ohne jede wissenschaftliche oder politische Stichhaltigkeit.«

»Bringen Sie mich nicht in Rage«, keuchte der Chefplanetologe und Sieger von Persephone, dem man ansah, dass dies bereits geschehen war. »Und verschonen Sie mich mit einer Politik, die die Schuld daran trägt, dass wir heute mit leeren Händen vor dieser Herausforderung stehen.«

Jennifer baute sich breitbeinig vor ihm auf, die Hände in die schlanken Hüften gestützt, den Kopf in den Nacken geworfen, und funkelte ihn an.

»Wir haben keinen Beweis«, sagte sie standhaft, »keine Stellungnahme ...«

»Warten Sie auf ein Bekennerschreiben?!«, brüllte Rogers. »Da kenne ich die Halunken aber besser.«

»Dr. Rogers«, versuchte Wiszewsky jetzt glücklicherweise zu schlichten, »Major, ich bitte Sie.«

Die beiden Kampfhähne ließen voneinander ab. Jennifer warf sich herum, dass ihr Pferdeschwanz waagerecht um ihre Schultern flog, und kam zu mir herübergestapft. Plötzlich nahm sie die Rolle der Komarowa ein und ließ sich auf der Armlehne meines Sessels nieder, um sich schmollend an mich zu schmiegen. Ich legte den Arm um sie.

»Gehen wir«, fuhr der Commodore fort, »einmal davon aus, dass es sich wirklich um ein Annihilationsereignis handelt, dass es sich um eine Technologie handelt, die das Phänomen ausgelöst hat, dass die Sineser oder eine andere Macht im Besitz dieser Technologie sind und dass sie entschlossen sind, sie gegen uns einzusetzen ...«

»Das sind gewaltige viele Annahmen«, nörgelte Laertes.

»Was, frage ich Sie, können wir ihr entgegensetzen?«

Laertes sah pfiffig vor sich hin, sagte aber nichts. Er schien sich an der philosophisch unhaltbaren Kette von Voraussetzungen zu weiden, die jeden logischen Schluss zu einer Absurdität verkommen ließen. Frankel und Rogers schwiegen vor sich hin, ebenso Jill, von der man nur ein ängstliches Wimmern hörte. Jennifer hing schniefend an meiner Schulter, während Svetlana unbeteiligt Wiszewskys Haupthaar zupfte. Der Kommandant der MARQUIS DE LAPLACE sah hilfesuchend von einem zum anderen. Seine Miene spiegelte rasch wechselnd Ratlosigkeit, Zorn, Verzweiflung und Resignation.

Endlich erlöste Reynolds uns von der Marter. Er sah nicht von seinen Händen auf, in denen er ein sehr interessantes unsichtbares Objekt zu wenden schien, und seine Stimme klang in der angestrengten Stille brüchig und irgendwie verloren.

»Nichts«, sagte er, »überhaupt nichts.«

Kapitel 3. Der Thronsturz

Das Leben an Bord eines großen Schiffes richtet sich streng nach der Borduhr, die in Jahrtausenden nicht eine Nanosekunde abweicht; so kommt es, dass man, im Gegensatz zu den lächerlich kurzen Entfernungen terrestrischer Reisen, bei interstellaren Expeditionen niemals einem Jet Lag ausgesetzt ist. Außerdem ist die Atmosphäre an Bord exakt kontrolliert und reguliert, sodass man vor Vollmond oder plötzlichen Wetterumschwüngen verschont bleibt. Das Leben ist sehr viel tiefer in seinem Rhythmus eingefahren. Essens- und Schlafenszeiten sind jahraus, jahrein auf die Minute genau dieselben, das gilt auch während der Explorer-Einsätze, solange nicht etwas Unvorhergesehenes eintritt. Das alles führt dazu, dass man an Bord eines so großen Schiffes wie der MARQUIS DE LAPLACE wesentlich tiefer schläft. Und umso irritierender ist es, wenn man doch einmal aus dem Tiefschlaf geweckt werden sollte.

Dies geschah an diesem Morgen um 3.15 Uhr Bordzeit.

Jennifer war schon aus dem Bett gesprungen, während ich langsam zu mir kam und mich mühselig aufrappelte. Wie eine Indianerin auf dem Kriegspfad war sie im Augenblick hellwach und Herrin ihrer überscharfen Sinne. Sie schlüpfte in ihre Uniform, die an einem sensoriellen Haken aus der Wand gefahren kam. Die Alarmsirenen schrillten. Ich fasste mir an den Kopf, tastete die Form meines schmerzenden Schädels ab und versuchte mir darüber klar zu werden, dass dies kein bestialischer Traum war, sondern gemeine Realität. Mein Körper war ein Sack voll durcheinandergeworfener Knochen, die sich zu keinem Ganzen ordnen wollten. Ich richtete mich stöhnend auf und nuschelte etwas vor mich hin, von dem ich selbst nicht wusste, was es hätte heißen sollen. Vermutlich war es nichts anderes als ein schlaftrunkener Fluch.

»Alarm aus«, befahl Jennifer der Automatik. »Wir sind wach. Polarisation aufheben!«

Die selbstverdunkelnde Scheibe hellte sich auf und ließ den endlosen Sternenraum durchscheinen. Indem ich aufstand und nach meiner Hose suchte, erhaschte ich den Anblick der dunkelblauen Sichel des Neptun, der im rechten unteren Eck unseres Panorama-Ausschnitts schwebte. Die Aussicht schien friedlich. Der Kosmos glänzte in unpersönlichem Schweigen. Schräg über uns hob sich ein einzelner Stern leicht von der flimmernden Lichtflut ab; das mochte die Sonne sein.

Die Sirene verebbte, aber das markerschütternde Heulen klingelte noch lange in den Ohren nach. Ich zappelte mich in meine Uniformjacke und klickte mechanisch die Knöpfe zu.

Alarmstufe I, blinkte unsere Konsole.

Jennifer hatte ihr Haar gebündelt und mit einem Elastilband zusammengefasst. Jetzt öffnete sie einen Kanal.

»Ash an Brücke«, rief sie in den Kommunikator, »was ist los?!«

Die Antwort kam ohne die geringste Verzögerung.

»Feindliches Objekt im Anflug!«

Das war Rogers' Stimme.

Auf den Gängen hörten wir das Getrappel schlaftrunkener und aufgepeitschter Schritte. In weiter entfernten Sektoren glitten krachend die schweren Schotte zu. Vor dem Fenster tauchte die Endeavour auf, die seit einigen Tagen längsseits lag und nun ihren Abstand zum Mutterschiff vergrößerte. Mein Bewusstsein dröhnte. Was sollte das heißen, ein »feindliches« Objekt? Und wie lauteten unsere Befehle? Sollten wir die Enthymesis bemannen?

»Auf die Brücke«, sagte Jennifer und rannte mit leicht federnden Sprüngen an mir vorbei. Als wir auf den Gang hinaustraten, erlosch auch dort gerade die Sirene, während das pulsende orangerote Licht andauerte. Ich fragte mich wieder einmal, warum man in Alarmsituationen die Leute zusätzlich konfus machen musste. Der schmale Gang, der aus dem Wohntrakt der Angehörigen der fliegenden Crew direkt auf die Brücke führte, schien erfüllt zu taumeln. Schräg gegenüber öffnete sich die Tür von Jills Kabine. Mit zersträhntem Haar und blau unterlaufenen Augen strauchelte sie auf den Korridor hinaus.

»Wenn so der Urlaub aussieht«, fluchte sie, »möchte ich lieber wieder einen Einsatz fliegen.«

»Vielleicht bekommst du dazu gleich Gelegenheit«, rief Jennifer und rannte los.

Ich schob Jill an mir vorbei und lief dann hinter den beiden Frauen her. Hinter mir hörte ich ein lautes Gepolter, das von unterdrückten Flüchen begleitet wurde. Ich sah mich um und erkannte Reynolds, der auf den Gang hinausgestürzt kam. Irgendetwas stimmte mit seinem Gürtel nicht, und er versuchte im Laufen seine Schuhe anzuziehen, wodurch er sich in verrenkten Sätzen vorwärtsbewegte.

Wir kamen in die Concordia-Halle, wo die einzelnen Gänge aufeinandertrafen. Der große Vorplatz der Brücke war von hektischer Aktivität erfüllt. Bewaffnete Einheiten rannten in Vierer- und Achtergruppen zu ihren Positionen. Technisches Personal verteilte sich auf die Decks und Sektoren. Sanitätsstaffeln prüften ihr Equipment und hielten sich an den neuralgischen Punkten bereit. Ich sah einen schweren, zehn Meter langen Torpedo aus dem Arsenal der Planetarischen, der auf einem Schwebewagen zu den Backbordschächten gefahren wurde. Vor dem Eingang zur Brücke hatten doppelte Wachmannschaften Posten bezogen. Als wir auf sie zustürmten, salutierten sie und traten auseinander. Die grünlichen Scannerstrahlen blitzten, dann glitt die Tür auf und wir rannten hindurch.

»Was immer es ist«, schrie Rogers gerade, »schießen Sie es ab!«

Ein Sergeant der Sicherheitsmannschaft stand vor ihm stramm und blinzelte in dem menschlichen Orkan, der eine Armlänge vor seiner Nasenspitze tobte.

»Worauf warten Sie noch«, brüllte der General a.D., »das war ein Feuerbefehl!«

Der Sergeant nahm langsam die Hand von der Schläfe und sah Rogers unsicher an.

»Sir«, sagte er leise, »ich weiß nicht, ob es ...«

»Sie sollen nicht lamentieren, sondern handeln«, tobte der Texaner. Er war jetzt ein Lava spuckender Vulkan, dem sich nichts und niemand in den Weg stellen konnte. Das schien in diesem Augenblick auch der Gruppenführer einzusehen.

»Aye, aye«, bellte er und knallte zackig die Hacken zusammen. Dann nahm er den Kommunikator aus der Brusttasche und öffnete einen Kanal.

»Captain Feng«, hörten wir ihn rufen. »Sie haben Feuerbefehl! Bestätigen Sie: Feuerbefehl für Rohr I, II und III!«

Die MARQUIS DE LAPLACE verfügte als ziviles Schiff nur über eine kleine militärische Einheit, eine eher symbolische Schutztruppe, die bei interstellaren Einsätzen mitflog, um den Selbstschutz des Schiffes zu gewährleisten. Zur Zeit der Sinesischen Kriege hatte man sie aufgerüstet und ein Schlachtschiff aus ihr gemacht, das einen schweren Verband anführte und mit diesem vor Persephone obsiegt hatte. Aber seit dem Inkrafttreten des Vertrags von Lombok, mit dem die sinesischen Ambitionen eingedämmt schienen, hatte man sich wieder auf die Durchführung der zivilen Explorationen besonnen.

Das Schiff war unbewaffnet, wenn natürlich die Bastler von der Planetarischen einige Spielzeuge in ihren Arsenalen ausgetüftelt hatten, die auch einen Militär ins Schwärmen bringen konnten; Antimaterie-Torpedos etwa, die zur seismischen Erschütterung extrasolarer Systeme eingesetzt wurden. Es konnte kein Zweifel daran bestehen, dass Rogers gerade drei solcher Waffen zum Einsatz freigegeben hatte.

Wir hatten dem alten, vor sich hinschäumenden Haudegen nur aus respektvollem Abstand zugenickt und uns gehütet, ihm nahe zu kommen. Stattdessen nahmen wir vor dem großen Schirm Aufstellung. Wir erkannten das Symbol der MARQUIS DE LAPLACE und die Umlaufbahn, einen hohen exzentrischen Neptun-Orbit. Feine Linien markierten die geodätischen

Quadranten und gaben so eine Vorstellung von den Abmessungen des angezeigten Ausschnitts. Von oben rechts näherte sich ein kleiner roter Pfeil, der direkt auf unsere Position zuhielt. Ich überschlug die Situation.

Die MARQUIS DE LAPLACE war nach wie vor manövrierunfähig. Der Triebwerksblock war wieder angekoppelt worden. Einige Techniker, die sich beim Abkoppeln zufällig in den menschenleeren Hallen der Segmente XI und XII befunden hatten, hatten die klobigen Reaktoren in Millimeterarbeit wieder an den amputierten Rumpf des Mutterschiffes herangesteuert und sie manuell angedockt, was eine handwerkliche Spitzenleistung war. Gestern Nachmittag waren sie wir Helden auf der Messe begrüßt und von Commodore Wiszewsky persönlich ausgezeichnet worden. Dennoch blieben die Reaktoren ausgeschaltet. Der instabile, zusammengeflickte Zustand unserer Automatik erlaubte es nicht, die hochkomplexen Plasmaspulen in Betrieb zu nehmen. Außerdem war unsere Hauptsteuerung nach wie vor schwer angeschlagen, sodass wir es nicht wagen konnten, das riesige Schiff zu manövrieren. Mit toten Triebwerken und halbleeren Tanks trieben wir im Schwerefeld des Neptun. Und jetzt raste also wieder ein unbekanntes Objekt, und scheinbar zielgerichtet, auf uns zu.

Ich trat an der Brüstung. Jenseits der riesigen Elastilkuppel, die die Brücke der MARQUIS DE LAPLACE überwölbte, dehnte sich der unbewegte Sternenraum. Drei magnesiumfarbene Lichtstrahlen blitzten auf, als die Torpedos hundert Decks unter uns abgefeuert wurden, und schossen als sich rasch abkühlende Punkte in den Raum hinaus.

»Torpedos abgefeuert«, hörte ich den Sergeanten schnarren. Rogers nickte ihm nur zu und starrte dann über ihn hinweg auf den großen Schirm.

»Sir«, führte der Mann noch an, »ich bitte Folgendes zu bedenken ...«

Ich begann seine Renitenz allmählich zu bewundern, wenn auch etwa so, wie man einen Seiltänzer oder Fassadenkletterer bewundert. Obwohl man niemals auf die Idee käme, sich selbst einem solchen Risiko auszusetzen, nötigt einem der Wahnsinn Respekt ab. Er schien tatsächlich einen Einwand vorbringen zu wollen.

»Ihre Meinung interessiert hier nicht«, brüllte Rogers und wischte ihn mit einer Handbewegung beiseite. »Sorgen Sie dafür, dass die Schächte augenblicklich wieder bestückt werden, und halten Sie sich für weitere Befehle bereit.«

Der Sergeant knickte zusammen und verkrümelte sich.

Die Torpedos waren jetzt schon viele Dutzend Kilometer entfernt und mit dem bloßen Auge nicht mehr zu erkennen. Ich begab mich wieder zum großen Schirm und nahm gewohnheitsmäßig, ganz als befänden wir uns auf der Brücke der Enthymesis, hinter Jennifer Aufstellung. Sie hatte sich über die Bedienfelder unter dem großen Schirm gebeugt und fragte dort Daten ab, die in sich überstürzender Eile einliefen. Dabei sprach sie sich halblaut mit Reynolds ab, der an einem Monitor neben ihr Platz genommen hatte.

Auf dem Schirm erkannte ich die drei grünen Lichtpunkte, die sich frontal dem roten Symbol entgegenwarfen, welches diagonal, über die ganze Breite der Anzeige hinweg, auf die MARQUIS DE LAPLACE zuhielt. Mir fiel auf, dass sie wesentlich langsamer waren. Daher versuchte ich, die Geschwindigkeit des unbekannten Objektes zu überschlagen, so weit sie sich von seiner Bewegung über die Quadrantengrenzen her ablesen ließ. Das Ergebnis, zu dem ich kam, schien mir unglaubwürdig. Irritiert studierte ich die Statuszeilen am rechten Rand des Schirms. Es musste sich um eine logarithmische Anzeige handeln, die den Raum in jedem Quadranten um jeweils eine weitere Zehnerpotenz gestaucht darstellte. Aber ich fand keinen Hinweis auf eine derartige Darstellung.

»Jennifer«, rief ich nervös, obwohl ich keine zwei Schritte hinter ihr stand, »wie ist denn der Maßstab ...?«

Sie sah nicht von ihrer Konsole auf, an der sie mit fliegenden Fingern Berechnungen durchführte.

»So, wie er angegeben ist«, gab sie mechanisch zurück.

Das konnte nicht sein! Irgendwo musste sich ein Fehler eingeschlichen haben. Hilfe suchend sah ich mich um. Auch Rogers stand steif auf seinem Kommandostand und starrte auf den Schirm. Frankel hatte neben ihm Position bezogen und ratterte leise irgendwelche Daten herunter, die er von einem Masterboard ablas.

»Verdammt«, entfuhr es mir, »wie schnell ist denn das Ding?!«

Jennifer murmelte eine Zahl zwischen den Zähnen, die mir utopisch vorkam. Ich schüttelte unwillig den Kopf.

»Und in weniger als zwei Minuten wird es einschlagen«, sagte Lambert mit gläserner Stimme. »Schon seine schiere Impulsenergie wird uns zerreißen.«

»Was heißt hier schon?«, fragte ich entgeistert.

Auch Rogers war auf seinem Gefechtsstand, der mich immer an die Schranke im Gerichtssaal erinnerte, aus seiner Versteinerung erwacht.

»Was ist das für ein Scheißding?!«, brüllte er.

»Ein Artefakt«, sagte Frankel jetzt laut. »Unzweifelhaft. Länge zwanzig Komma fünf Meter, Masse dreizehn Komma sieben Tonnen, Geschwindigkeit ...« Er stockte.

»Und es kommt direkt auf uns zu«, schloss Reynolds an seiner Stelle. »Kein natürliches Objekt kann eine solche Geschwindigkeit erreichen, selbst ein Komet im Aphel nicht.« Er blickte über die Schulter zu mir auf und ließ mich seine ratlose Miene sehen. »Und, wie ich hinzufügen darf, auch kein künstliches, das uns bekannt wäre.«

»Glauben Sie«, schluckte ich, »dass es einen Sprengkopf trägt?«

»Ausschließen können wir gar nichts«, entgegnete er eilig. »Aber Lambert hat recht: Angesichts dieser Impulsgeschwindigkeit ist das beinahe gleichgültig. Es wird uns auch so der Länge nach aufschlitzen wie ein scharfes Messer den Bauch eines Fisches.«

»So weit wird es nicht kommen«, hörten wir Rogers vor sich hinknurren, der gebannt das Rendezvous verfolgte, das sich am großen Schirm vorzubereiten schien. Ich spürte, wie eine Nervosität an der Schwelle zur Panik mich ergriff. So sieht man eine Lawine auf sich zukommen, wenn man begreift, dass man ihr nicht ausweichen kann.

Ich hatte den Einwand des Sergeanten nicht verstanden, aber ich konnte mir vorstellen, worauf er hinauslief. Die Drohnen, die die Planetarische verwendete, um Asteroiden oder kleinere Planeten in seismische Schwingungen zu versetzen, waren vergleichsweise grobe Arbeitsgeräte, ferngesteuerte Geologenhämmer sozusagen, die nicht unbedingt dazu geeignet waren, einen feinen Nagel in die Wand zu schlagen. Sie waren nicht schneller und ihre Treffgenauigkeit war nicht größer, als es nötig war, um von einem niedrigen Orbit die Oberfläche eines Planeten zu treffen, an einem beliebigen Punkt, wie man hinzufügen musste. Es war, als hätte man mit einem Boxhandschuh auf eine Mücke eingeschlagen, eine Mücke wohlgemerkt, die mit mehrfacher Schallgeschwindigkeit vorbeigesaust kam.

»Serg!«, rief Rogers, der sich mit weißen Fäusten in die Brüstung krallte, »halten Sie sich bereit, gegebenenfalls sofort eine zweite Salve abzufeuern, falls« – seine Stimme klang ungewohnt kleinlaut –, »falls das hier schief gehen sollte.«

»Oh mein Gott«, winselte Jill.

Ich trat dichter an Jennifer heran und legte ihr die Hand auf die Schulter. Dann wurde es ganz still auf der Brücke. Gebannt starrten wir auf den Schirm und sahen mit an, wie die drei Torpedos auf den Fremdkörper zuhielten. Die drei Geraden, die die Ionenantriebe der Drohnen in den leeren Raum jenseits der Neptunbahn schrieben, wurden zu Vektoren, die sich in dem vorausberechneten Kollisionspunkt mit der Bahn der rätselhaften Sonde trafen. Atemlos verfolgten wir die lautlose Annäherung über tausende von Kilometern hinweg auf der schweigenden Matritze des Vakuums. Die letzten Sekunden vor dem tödlichen und rettenden Rendezvous.

Die drei grünen Lichtpfeile, die sich in einer Ausscherbewegung voneinander entfernt hatten, liefen aufeinander zu. Sie bildeten die Kanten einer sich rasch verjüngenden dreiseitigen Pyramide und vereinigten sich dann zu einer schlank ausgezogenen Speerspitze, die sich dem rätselhaften Eindringling entgegenstellte. Eine Phalanx von verheerender Zerstörungskraft, in deren Schutz wir uns dennoch nicht sicher fühlten. Die drei Punkte verschmolzen zu einem einzigen, der schnurgerade auf den entgegenkommenden zustrebte. Wir hielten die Luft an.

Dann blitzte die Megatonnenexplosion auf. Trotz der gewaltigen Entfernung, in der sich das Drama abspielte, war die blaue Lichtkugel, die sich vor uns im Raum entfaltete, sogar mit bloßen Augen auszumachen. Die Polarisation der Kuppel wurde selbsttätig verstärkt, sodass die Sterne über uns erloschen und die Detonation von der Farbe weißglühenden Stahls zu einem winzigen Punkt abgeschwächt wurde. Gleichzeitig raste eine Wand aus lärmendem Licht auf uns zu. Unwillkürlich duckten wir uns. Ein dunkles Stöhnen war zu hören, als die Feldgeneratoren der MARQUIS DE LAPLACE aufheulten.

Unsere Augen irrten über den großen Schirm, dessen Anzeige erloschen war. Die automatische Nachführung der optischen Kameras und der Radaraugen schweifte durch den Raum, der von einer verheerenden Druckfront aus Energie und ionisierten Partikeln durchzogen worden war. Es war, als kämen wir aus unseren Löchern gekrochen und sähen uns in einer Wüste um, über die gerade ein Orkan hinweggefegt war, nur dass die Wüste der leere Raum war und der Orkan eine Antimaterie-Katastrophe, stark genug, einen Planeten wie einen chinesischen Gong erzittern zu lassen.

Die Generatoren verstummten, die Polarisation der Kuppel hellte sich auf. Der unversehrte Sternenraum glänzte über uns.

»Schadensmeldung«, keuchte Rogers. Aber er kam nicht dazu, die einzelnen Stationen abzufragen.

Auf dem großen Schirm erschien wieder ein Bild. Es flackerte und war unscharf, als arbeitete die entsprechende Kamera an der äußersten Auflösungsgrenze. Wir sahen einen winzigen grauen Punkt, der vor dem verwischten Sternenhintergrund dahinzog. Im gleichen Augenblick begannen auch wieder Daten auf die verschiedenen Konsolen einzuprasseln. Reynolds stützte den Kopf in die Hand, als könne er irgendetwas nicht fassen. Frankel warf sein Masterboard auf eine Konsole, trat an die Brüstung und starrte wortlos in den Raum hinaus.

»Na wird's bald«, fluchte Rogers, »nennen Sie das Meldung machen?!«

»Sie ist noch da«, sagte Reynolds leise, »oder wieder. Keine Ahnung ...«

»Was soll denn das heißen«, fragte ich. Das Gefühl, in letzter Sekunde gerettet worden zu sein, sackte noch rascher in sich zusammen, als es sich nach dem Durchgang der Schockwelle hatte einstellen wollen.

Jennifer schuftete wir ein Berserker an ihrer Konsole.

»Die Sonde«, erklärte sie dann. »Sie setzt ihren Flug fort.«

»Wie ist das möglich?«, fragte ich.

Sie zuckte mit den Schultern, dass ihr vorhin so eilig aufgebundener Pferdeschwanz sich wie eine brünette Woge brach und wieder über ihren Rücken flutete.

»Sie verschwand exakt im Rendezvouspunkt«, teilte sie uns ihre Beobachtungen mit, »und ging, irgendwie, entlang der Längsachse durch uns hindurch. Sie oder ihr Geist.«

»Und jetzt?«

»Genau null Komma neun Sekunden oder elfhundert Kilometer später«, sagte Jennifer, »tauchte sie hinter unserem Heck wieder auf.«

»Das begreife ich nicht«, hörte ich mich sagen. »Willst du andeuten, dass dieses Ding in einer Sekunde über tausendzweihundert Kilometer zurücklegt?«

Obwohl das den zuvor angestellten Geschwindigkeitsberechnungen entsprach, wollte ich die Zahl nicht glauben. Das wäre zwanzig schneller als unsere schnellsten Schiffe. Das Ding war unaufhaltsam, von der sonderbaren Durchtunnelung, die es an der Explosion und der MARQUIS DE LAPLACE vorbeigeführt hatte, ganz zu schweigen.

»Oder sein Geist«, wiederholte Jennifer matt. »Ich verstehe es nicht.«

Plötzlich stand Rogers neben uns. Er hatte sich so leise angeschlichen, dass ich zu Tode erschrak. Er beugte sich über Jennifer und fragte rasch einige zusätzliche Daten ab. Dabei schien er gegen seinen Willen fasziniert.

»Eine Warp-Sonde«, stellte er nach einer Weile fest. »Sie haben eine Warp-Sonde konstruiert.« Er pfiff leise durch die Zähne wie ein Schwebebillard-Spieler, der anerkennen muss, dass der Gegner einen unwiederholbar raffinierten Stoß angebracht hat. »Die verdammten Schweinehunde«, knurrte er tief in der Kehle.

»Das Ding ist unaufhaltsam«, sagte Reynolds nüchtern.

»Dagegen haben wir keine Chance?«, wimmerte Jill, die mit ängstlich geweiteten Augen um sich sah.

»Na mal langsam«, rief Rogers plötzlich aus und schlug mit der Faust in die flache Hand. In seinen geröteten Augen glitzerte ein Triumph, der mir im Augenblick nicht ganz nachvollziehbar war. »Obwohl mir die Technik staunenswert erscheint«, führte er aus, »einen Warptunnel bei diesen Geschwindigkeiten zu öffnen und durch ein Objekt, das ein Zehntel der Masse einer einzigen Warpspule hat, wir haben sie doch ausgetrickst!«

»Mit Verlaub«, sagte Frankel, ohne seinen Platz an der gekrümmten Elastilscheibe aufzugeben. »Warptechnik ist seit zwei Generationen Standard.«

»Bei großen Schiffen und auf interstellare Distanzen«, wandte Rogers ein, der in eine zunehmende Begeisterung geriet. »Dieses Ding hier hat einen Warptunnel geöffnet, der kaum mehr als 1000 Kilometer lang und nur rund eine Sekunde stabil war. Das ist eine neue Qualität.«

Er gerierte sich, als sei ihm selbst dieser Coup gelungen, und nicht einer fremdartigen Macht, von der wir zum gegenwärtigen Zeitpunkt kaum mehr wussten, als dass sie uns in Aggression begegnete.

»Und doch«, wiederholte der Ex-General, »wir haben sie bezwungen. Trotz der überlegenen Technik; sie konnten den Warptunnel nicht schnell genug wieder verlassen, um uns gefährlich werden zu können. Wir haben sie in den Hyperraum geschickt, und in diesem ist sie an uns vorbeigerauscht.«

Er klopfte sich selbst auf die Schulter und beglückwünschte sich zu diesem riskanten und gelungenen Manöver. Auf dem Schirm, der immer grober gerastert wurde, sah man die Sonde, die ihren Flug unbeeindruckt durch die Weiten des Raumes fortsetzte.

Für einige Sekunden schwiegen wir. Rogers kostete den unverhofften Rausch aus, in den ihn sein Sieg nach Punkten versetzte. Wir starrten auf den Schirm. Jill schnäuzte sich laut und umständlich die Nase. Ich bemerkte, dass der Sergeant einige Schritte auf uns zukam, bereit weitere Befehle entgegenzunehmen. Er wagte es nicht, Rogers anzusprechen. Allerdings war es bei der Geschwindigkeit, mit der die Sonde von uns fortraste, auch vollkommen töricht, ihr weitere Torpedos hinterherzuschicken. Genauso gut hätte man ein Düsenjet mit Gummibändern beschießen können.

Nach einer Weile räusperte sich Reynolds. Ich kannte diese linkische Art von ihm, sich Gehör zu verschaffen. Für gewöhnlich verhieß sie nichts Gutes. Wenn er sich auf der Brücke der Enthymesis so hören ließ, hatte er wieder eine ganz besonders schlechte Neuigkeit parat.

»Sir«, begann er zögernd. »Ich störe Ihre Freude nur ungern, aber ich vermag Ihren Optimismus leider nicht zu teilen.«

Rogers nahm ihn nicht wahr; das war die einfachste Methode eines Vorgesetzten, sich unliebsame Einwände von Untergebenen vom Hals zu halten.

»Sondern?«, fragte ich. »Machen Sie Meldung WO Reynolds.«

»Ich fürchte«, druckste er herum, »wir waren gar nicht das Ziel dieses Flugkörpers.«

Langsam, wie aus Trance erwachend, kehrte Rogers in die kalte fahle Gegenwart zurück.

»Was sagen Sie da, WO?«, herrschte er Reynolds an, der unwillkürlich zusammenzuckte.

»Die Sonde«, sagte er langsam, »setzt ihren Flug ohne Kurskorrekturen fort. Ihre Bahn zielte offensichtlich nicht auf uns.«

»Wohin denn dann?«, brummte Rogers unwillig. »Jetzt mal heraus mit der Sprache.«

»Auf die inneren Planeten«, sagte Reynolds.

»Oh mein Gott«, stieß Jill hervor, »auf die Erde?«

Jennifer sah von ihrer Konsole auf und ließ mit einem Fingerschnipsen ihren Schirm erlöschen. Dann wandte sie sich zu uns um.

»Das«, meinte sie kühl, »wissen wir in einigen Stunden.«

Vorerst gab es nichts mehr, das wir hätten tun können. Wir schauten noch einige Zeit dem fremdartigen Objekt nach, das auf den Schirmen zu immer gröberen hexagonalen Pixeln erlosch, und begaben uns dann auf unsere Kabinen. Die nächsten Stunden waren von unerträglicher Untätigkeit erfüllt. Obwohl die Reparaturarbeiten auf der MARQUIS DE LAPLACE weitergingen, zeichnete sich ab, dass das Schiff noch für mehrere Wochen auf seinem Orbit im Banne des Neptun festgenagelt bleiben würde. Die schweren Impulsschocks, die durch sein System hindurchgegangen waren, hatten einen Großteil der sensiblen Quantenelektronik verbrannt. Die Abschirmung des Schiffes war auf elektromagnetische Impulse und kosmische Strahlung ausgelegt; die rätselhaften und physikalisch nur zum Teil erklärten Gravitationswellen, die das Schiff durchgewalkt hatten, hatte alle Generatorfelder und die Außenhülle ungehindert passiert und die subatomaren Strukturen unserer Hauptrechner verödet.

Hinzu kamen die nicht unerheblichen mechanischen Schäden. Auf einem Patrouillenflug auf einer EVA-Drohne, zu dem ich mich freiwillig meldete, konnte ich mir ein Bild davon machen. Von Kleinen Drohnendeck in Segment VII flogen wir entlang der Längsachse unseres Kilometer langen und gelähmten Mutterschiffes zum Bug und glitten dann über den Einschlagkrater, den der Aufprall des ersten Meteoriten in die oberen Decks von Segment I gerissen hatte. Mehr als ein Dutzend Decks waren durchschlagen worden. Mannsdicke Titanstahlwände waren wie Papier zerfetzt worden; tonnenschwere vakuumgehärtete Streben hingen, wie Strohhalme zerknickt, ins Leere. Der Explosionsdruck der Atmosphäre, die durch den Aufschlag extrem verdichtet worden war und nicht aus den zertrümmerten Sektoren hatte entweichen können, hatte noch zwanzig und dreißig Decks tiefer in den Eingeweiden des Schiffes die Schächte gesprengt und die Außenverkleidungen bersten lassen. Auf einen Blick war klar, dass es wesentlich länger als angenommen dauern würde, um der MARQUIS DE LAPLACE ihre Manövrierfähigkeit wiederzugeben. Auch dann würde zunächst nur die Einsatzbereitschaft im Sub-Warp-Bereich wiederhergestellt sein; bis wir an weitere interstellare Missionen denken konnten, würde noch mehr Zeit vergehen. Unter Umständen würde das Schiff sogar erst auf Kleiner Fahrt zu einer der lunarischen Werften gesteuert werden müssen. Ein einzelner und verheerender Anschlag hatte uns schachmatt gesetzt und uns unsere Verletzlichkeit offenbar gemacht.

Hinzu kam, dass Rogers, um die Massenträgheit der MARQUIS DE LAPLACE zu verringern, mehrere Millionen Tonnen Plasma in den Raum hatte entweichen lassen. Unsere Treibstoffvorräte waren empfindlich verringert worden. Nun gab es überall im Kosmos Wasserstoff im Überfluss, das man zu brennfähigem Plasma anreichern konnte. Kurtz und die Enthymesis II waren ausgesandt worden, um die oberen Atmosphäre-Schichten des Neptun anzuzapfen. Aber der Erntevorgang würde noch Wochen in Anspruch nehmen.

Bewegungslos wie ein Stück Weltraumschrott trieb die MARQUIS DE LAPLACE auf ihrer Parkbahn. Und hilflos sahen wir mit an, wie die obskure Sonde sich mit irrwitziger Geschwindigkeit der Zone der Inneren Planeten näherte. Das fremde und offenbar höchst intelligente und raffiniert ausgestattete Geschoss bohrte sich mit dem Hundertfachen dessen, was die schnellsten Schiffe der Union als ihre Spitzengeschwindigkeit rühmten, in unser Sonnensystem hinein; indem es von der Gravitation der Sonne profitierte, beschleunigte es auf Werte im unteren Prozentbereich der Lichtgeschwindigkeit. Kein jemals von Menschen konstruiertes Gefährt hatte bisher einen Bruchteil dieser Geschwindigkeit erreichen können.

Die einzige Möglichkeit, ihm zuvorzukommen, hätte in einem beherzten Warp-Sprung gelegen. Aber selbst wenn sie vollständig einsatzfähig gewesen wäre, hätte die MARQUIS DE LAPLACE es nicht wagen können, eine Warp-Passage ins Innere des Sonnensystems zu unternehmen. Nicht von ungefähr näherte das riesige Schiff sich seit seinem Stapellauf der Erde nicht weiter an als bis auf die Höhe der Neptun- oder allerhöchstens der Uranus-Bahn. Die Warp-Technik blieb mit einem Risiko behaftet, das man nur im Vakuum des interstellaren Raumes auf sich nehmen konnte. Wie es den Konstrukteuren der beunruhigenden Sonde gelungen sein mochte, es zu einer solchen blitzhaften Beweglichkeit durch den Warp zu bringen, blieb ebenso respekt- und furchteinflößend wie die Geschwindigkeit, zu der das Geschoss bei konventionellem Antrieb in der Lage war.

Hinzu kamen Vorfälle, die ebenfalls nicht geeignet waren, unsere Bedenken hinsichtlich des Objektes zu zerstreuen. Als wäre ein kosmisches Gewitter losgebrochen oder eine interplanetarische Lawine ins Rollen gekommen, häuften sich in den nächsten Tagen Ereignisse mit Meteoriten und Asteroiden. Mehrere unserer Stationen und Basen wurden von plötzlich und unberechenbar auftretendem Hagel tonnenschwerer Objekte zerstört. Das traf insbesondere den einige Millionen Kilometer in die Tiefe gestaffelten Absperrgürtel unterhalb der

Jupiterbahn, der sich noch den Sinesischen Kriegen verdankte, seit Lombok aber nur notdürftig besetzt und ausgerüstet war. Innerhalb weniger Stunden wurden nicht weniger als zwölf Stationen von spontan auftretenden Meteoritenschwärmen, die alle Vorhersagemechanismen unterliefen, vernichtet. Mehrere hundert Mann fanden dabei den Tod. Die gesamte terrestrische Vorfeldaufklärung war damit faktisch ausgeschaltet.

Einstweilen raste die Sonde auf die Erde zu. Ein zweiter und dritter Abschussversuch, der von den Sperrgürteln im Uranus- und im Saturn-System unternommen wurde, schlug ebenso fehl wie unser gescheiterter Abwehrschlag. Wie wir es schon mit eigenen Augen hatten mit ansehen müssen, tauchte auch diesmal die Sonde unter den anfliegenden Abfangtorpedos in einen Warptunnel ab, aus dem sie Sekundenbruchteile später und tausend Kilometer diesseits der sich entfaltenden Megatonnenexplosionen wieder zum Vorschein kam.

Auch der letzte und ausgeklügeltste Plan, den man sich einfallen ließ, um das hartnäckige Ding aufzuhalten, schlug auf beeindruckende Weise fehl. Man hatte eine Warp-Falle aufgestellt, in die man die Sonde hineinrasen ließ; offensichtlich waren einige unserer Strategen zu der Ansicht gelangt, es sei das Beste, den Eindringling mit seinen eigenen Waffen zu schlagen. Drei Sonden, die man der gegnerischen oder feindlichen Sonde als tausendkilometerweites Triangulum entgegensandte, spannten ein Generatorfeld auf, wie man es in dieser Stärke noch niemals erzeugt hatte. Die Sonde ging ins Netz, statt aber, wie berechnet worden war, im Gravitationshalo des Schwarzen Loches im Sternbild Schütze wieder aufzutauchen, setzte sie ihren Flug unbeeindruckt fort, und zwar ohne dass ihr erdwärts gerichteter Kurs eine Abweichung hätte erkennen lassen. Nachdem das Geschoss in einem halsbrecherischen Swing-by, der den verwegensten Piloten der Union ein Kopfschütteln abtrotzte, den Saturn passiert hatte, begannen auf der Erde die Evakuierungsmaßnahmen, und der Katastrophenschutz wurde in Alarmbereitschaft versetzt.

»Es hat keinen Zweck«, sagte Rogers im Anschluss an eines der Briefings, das er regelmäßig mit den Bereichsleitern der Planetarischen, den Enthymesis-Kommandanten und einigen anderen Führungsoffizieren der fliegenden Crew in der Kleinen Messe abhielt.

»Ich habe auch schon grünes Licht von Wiszewsky. Wir wissen zwar weder, womit wir es zu tun haben, noch, ob ein Kraut gegen dieses Ding gewachsen ist, aber bevor wir hier herumsitzen und Zeit verlieren, sollten wir Handlungsbereitschaft beweisen.«

Er atmete schwer durch und sah mich aus geröteten Augen an. »Wiszewsky würde am liebsten die MARQUIS DE LAPLACE losschicken und sie auf einen niederen Erdorbit verlegen, um wenigstens bei den Evakuierungsmaßnahmen aushelfen zu können, aber da bin ich anderer Meinung.« Er räusperte sich. »Glücklicherweise steht diese Entscheidung bis auf weiteres dahin. Obwohl wir in drei Schichten arbeiten und alle verbliebenen Ressourcen einsetzen, werden wir wohl noch mindestens vier Wochen hier festhängen. Was bis dahin sein wird, weiß zum heutigen Zeitpunkt kein Mensch.«

Er starrte eine Weile leer vor sich hin. Ich überlegte, ob es die Verzweiflung des alten Haudegens war, der darauf verzichten musste, selbst tätig zu werden, oder die Resignation des ehemaligen Kriegshelden, der sich von einer Macht überflügelt sah, der er nichts entgegenzusetzen hatte. Seit die Sonde unsere Abwehrmaßnahmen lächerlich gemacht hatte, war sein cholerisches Feuer in sich zusammengesunken. Der Schlachtenlenker schien ernüchtert.

»Ich habe einen Marschbefehl für Sie«, besann er sich. »Bereiten Sie die Enthymesis für einen Einsatz vor. Nehmen Sie die schwerste Bewaffnung an Bord, über die unser Arsenal verfügt, und halten Sie sich auf Stand-by, sodass Sie jederzeit abfliegen können. Der Einsatzbefehl wird Ihnen vom Kommandanten persönlich überstellt; ich rechne noch vor Ablauf der nächsten 24 Stunden damit.«

Ich nahm Haltung an und salutierte. Er nickte nur und schwieg dann für längere Zeit. Endlich legte er mir die Hand schwer auf die Schulter und sah mich offen an.

»Ich habe keine Ahnung«, sagte er leise, »was der Zweck dieser Mission sein könnte. Aber ich wünsche Ihnen schon jetzt alles erdenkliche Glück dazu.«

Noch nie war er mir so alt erschienen. Er wirkte wie ein Vater, der seinen einzigen Sohn an die Front schickt, obwohl er den Krieg für verloren hält.

»Halten Sie sich bereit«, meinte er müde. »Auch vor Persephone war unsere Lage aussichtslos und unser einziger Plan bestand darin, nicht kampflos unterzugehen ...«

Ich erwiderte seinen langen, aber nicht besonders kräftigen Händedruck und begab mich dann in den Kontrollraum, der an die Kleine Messe angrenzte. Über das Terminal sah ich den Status meines Schiffes durch und forderte das Nötige an Treibstoff, Munition und Ersatzteilen an. Dann beorderte ich die Mannschaft zum großen Drohnendeck, wo die Enthymesis zu diesem Zeitpunkt schon betankt wurde. Eine Stunde später trafen Jennifer und die anderen ein, wo ich mit einem Corporal von der Technischen das Aufnehmen der schweren Antimaterie-Torpedos durchsprach. Rogers' letzte Worte waren mir noch im Ohr.

»Das Ding hat vier Milliarden Kilometer Vorsprung«, hatte er zum Abschied gesagt, »es ist um zwei Zehnerpotenzen schneller als Sie und es hat sich als unverwundbar erwiesen, außerdem wissen wir nicht, was seine Absicht ist – aber wenn wir uns ihm nicht entgegenstellen, haben wir die Schlacht schon verloren.«

War es ein Himmelfahrtskommando, zu dem man uns aussandte? Sollten wir Rogers' Ehre und das Ansehen der Union mit unserem Leben verteidigen, ohne in der Sache noch irgendetwas ausrichten zu können? Schickte man uns los, um uns als moderne Kamikaze-Ritter einer Waffe in die Bahn zu werfen, deren Fähigkeiten alles Bekannte hinter sich ließen? Ich zweifelte nicht mehr daran, dass die Sonde einen Sprengkopf beförderte. Was sonst sollte ihre Aufgabe sein? Wenn ein solcher allerdings unsere Waffensysteme in dem gleichen Maßstab überflügelte wie der Antrieb der Sonde die Aggregate unserer Schiffe, konnte seine Zerstörungskraft nur verheerend sein.

Lambert begab sich ins Cockpit, um die Systeme zu checken. Mit Jennifer und Reynolds ging ich die Inventarlisten durch. Fast alles, was zur Standardausrüstung der Enthymesis-Explorer gehörte, schien auf dieser Mission entbehrlich, und wir mussten es zurücklassen, um Masse und Stauraum zu sparen. Also hakten wir Stück für Stück ab und gaben den Technikern die Codes durch, die die entsprechenden Maschinen und Apparaturen dann von Bord holten. Und was führte so ein 300 Meter langes, 20 000 Bruttoregistertonnen schweres Arbeitstier nicht alles mit sich. Wie ich so die Bestände durchsah, kam mir das alles unsagbar lächerlich vor. EVA-Drohnen und kleine Shuttles für atmosphärische Einsätze bei der Planetenerkundung. Schürfroboter und Sonden zum Transport von Bodenproben. Mehrere Dutzend Satelliten zur Überwachung planetarischer Magnetfelder und Strahlungsgürtel, sowie Relaisstationen zur Aufrechterhaltung der Kommunikation in unzugänglichem Gelände oder auf den abgewandten Seiten von Monden und Planetoiden. Überlebensausrüstung von selbstaufrichtenden Elastinkuppeln bis zu selbsterhitzenden Mahlzeiten.

Das alles war so friedlich, so herzerwärmend, so nutzlos. Ich kam mir vor wie der Anführer eines Trupps von Gärtnern und Bauern, die mit ihren Heugabeln einem Garderegiment entgegenmarschieren sollten. Das alles flog raus! Die zivile Exploration des Weltraums, die Erweiterung unseres wissenschaftlichen Horizontes, die Suche nach extraterrestrischem Leben und nicht-menschlicher Intelligenz, das Kartieren und Durchleuchten der Millionen unerforschter Welten, die da draußen durch die Leere trieben – es war ein Traum, der mir auf einmal jungenhaft und kindlich vorkam. Wir waren auf

Leben gestoßen, oh ja! Und wir hatten Intelligenz aufgespürt. Sie war der unseren um Dimensionen überlegen. Bei unseren Pfadfinderspielen waren wir auf das Nachbargrundstück geraten und hatten dort finstere Gestalten aufgespürt. Diese spielten nicht Räuber und Gendarm, nein, es waren richtige Halunken dabei. Und wir standen mit unseren Steinschleudern und Blasrohren da und starrten in die Mündungen ihrer automatischen Waffen.

»Alles raus«, befahl ich dem Corporal. »Schmeißen Sie alles raus! Wozu brauchen wir Infrarotscanner? Zur Suche nach primitiven Lebensformen?!«

»Was hast du denn?«, fragte Jennifer leise, als wir nebeneinander die Rampe hochstapften, und sie berührte mich sanft am Arm.

Ich spürte, wie etwas in mir zerriss. Es wäre alles so schön gewesen, so friedlich, so idealistisch, so rein und gut! Aber es war ein Traum gewesen. Seit Persephone und Lombok hatten wir uns in die Tasche gelogen. Wir wollten so sehr, dass die Wahrheit nicht wahr wäre. Wir wollten den Traum und die Utopie und die heitere Vision einer zivilen Besiedelung der unendlichen Weiten. Aber der Traum war zerrissen, wir wühlten uns aus seinem zerborstenen Gespinst ins Freie. Dort war es dunkel und kalt und Abfangjäger rasten über die schwarze Ebene, die mit Schrott und verkohlten Leichen übersät war. Das war die Realität.

»Nichts«, sagte ich und bog links ab, um mir in einer der Sanitärzellen ein wenig Wasser ins Gesicht zu werfen.

Dann setzten wir die Arbeit fort, die den ganzen Nachmittag andauerte. Ab und zu schrie ich einen der Mechaniker an, die mir alle langsam und begriffsstutzig vorkamen und die meinen Blicken auswichen und sich duckten, wenn ich nur das Deck betrat. Jennifer und Reynolds arbeiteten konzentriert und schweigend vor sich hin. Ab und zu sprachen wir mit Jill, die von der Brücke aus das Betanken und Entladen kontrollierte und die Auswuchtung des Schiffes überwachte. In der Arbeit legte sich meine Depression und wich einer grimmigen Entschlossenheit. Das wortlose Funktionieren meiner Crew erfüllte mich mit einer stillen und ernsten Freude. Die Handgriffe passten ineinander, jeder wusste, was er zu tun hatte, alle waren angestrengt und aufmerksam bei der Sache. Auf eine düstere Weise fühlte ich mich wohl.

Wir taten etwas, so begriff ich Rogers' Worte. Wir saßen nicht untätig da und starrten auf die Schlange, die vor uns den Hals blähte. Wir packten an, und wenn unsere Gegenwehr ohnmächtig sein sollte, konnten wir einander wenigstens in die Augen sehen und uns sagen, dass wir es versucht hatten.

Als die Enthymesis vollgetankt und entkernt war, schlossen wir die Schotte und begaben uns auf die Brücke. Jennifer nahm ihren Platz neben Jill ein und steuerte das Schiff rückwärts aus seinem Hangar im Großen Drohnendeck der MARQUIS DE LAPLACE. An dem Kilometer langen und unbeweglichen Titanstahlleib des Mutterschiffes entlang flogen wir zum Heck und gingen auf der Höhe des Kleinen Drohnendecks in Segment VII längsseits. Jennifer ließ die Atmosphäre aus dem hinteren Teil des Schiffes ab und öffnete die Schleusenkammer.

Von automatischen Robotdrohnen befördert, schwebten die überschweren Ionentorpedos heran, die mit den größten Kalibern an Antimaterie-Granaten bestückt waren, die unsere Waffenschmieden hergaben. 50 Meter lange, hundert Tonnen schwere Zylinder, schwarz schimmernd und tödlich. Die riesigen Raketen glitten in die Schächte und wurden dort automatisch verklinkt. Als wir ihrer zehn an Bord genommen hatten, war die Nutzlast der Enthymesis erreicht.

Jennifer schloss die Schleusenkammer und brachte uns bei Kleiner Fahrt wieder auf die Höhe des Großen Drohnendecks, wo wir in gebührendem Abstand längsseits blieben und auf weitere Befehle warteten. Ich meldete der Brücke der MARQUIS DE LAPLACE, dass wir einsatzbereit waren. Dann begannen wir uns in den spartanischen Kabinen des Explorers einzurichten.

Nach dem Essen, das wir zu viert und schweigend in der Messe der Enthymesis einnahmen, zogen wir uns in unsere winzige Suite zurück. Jennifer schlüpfte aus dem Overall, den sie während der Arbeit getragen hatte, verschwand kurz in der Nasszelle und kam in einen violetten Pyjama aus sensorieller Seide gehüllt wieder zum Vorschein. Sie setzte sich auf die gravimetrische Matratze und widmete sich ihren allabendlichen Atem- und Konzentrationsübungen. Dabei hatte sie Augen geschlossen, die Beine im Lotossitz untergeschlagen; ihre Hände ruhten auf ihren Knien. Obwohl sie sich in der Meditation weder durch Geräusche noch durch Musik stören ließ, da die Außenwelt für sie zu existieren aufhörte, blieb ich so lange an dem kleinen Bullauge unserer Kabine stehen und musterte still das Antlitz des unendlich gleichgültigen Kosmos.

Neptun zeigte uns seine unerleuchtete Seite, und obwohl die Sonne von hier aus kaum auszumachen war und der Unterschied zwischen der Tag- und der Nachtseite des blauen Gasplaneten nicht relevant schien, hob sich der beschienene Teil doch schön und ozeanfarben schimmernd vom Sternenhintergrund ab, während die unerleuchtete Halbkugel, die vor uns im Raum hing, beinahe nicht auszumachen war. Sie gähnte als riesiges dunkles Loch vor der rieselnden Flut der Milchstraße. Einer seiner mickrigen Monde zog, selbst noch angestrahlt und daher als kalte graue Steinwüste kenntlich, vor dem gewaltigen Kreisschnitt aus Nacht dahin, ehe er selbst in den Kernschatten des Planeten tauchte und unsichtbar wurde.

Als ich registrierte, dass Jennifer sich wieder regte, wandte ich mich zu ihr um. Sie saß ruhig und entspannt da und entknotete gelassen ihre Beine. Wenn sie aus der Trance kam, war sie immer erfrischt, als habe sie einen mehrwöchigen Erholungsurlaub absolviert. Ihr Gesicht war rein und glatt und gegenüber den Anstrengungen, die es noch vor einigen Stunden gezeichnet hatten, um zehn Jahre verjüngt. Ihre Augen glänzten wie gewaschene Steine, wie Lapislazuli, der nass und strahlend in der Schüssel des Schürfers auftaucht.

»Was hältst du davon?«

Ich blieb am Fenster stehen und starrte wieder hinaus. Die Ruhe, ins Bett zu gehen und den morgigen Tag auf mich zukommen zu lassen, hatte ich nicht. Ständig ratterten die Inventarlisten vor meinem geistigen Auge vorbei. Hatten wir nichts vergessen?

»Wovon?«, fragte sie.

Manchmal beneidete ich sie um ihre Fähigkeit, sich vollständig aus dieser Welt zu entfernen und nach einiger Zeit unschuldig wie ein Neugeborenes zurückzukommen.

»Von der Sonde, die mit Mach 1000 unserem Heimatplaneten entgegenrast«, gab ich zurück.

»Das ist noch nicht erwiesen.«

Über die Schulter hinweg hörte ich, wie sie sämtliche Gelenke ihres Körpers einzeln knacken ließ, von den Fingern bis zu den Lendenwirbeln, und zwar tat sie das, ohne sich zu bewegen, einzig, indem sie die jeweiligen Muskelpartien anspannte.

»Bis jetzt hat es keinerlei künstliche Kurskorrektur vorgenommen. Vielleicht verfügt es gar nicht über Steuermechanismen. Aber allein der Saturn-Swing-by war so kompliziert, dass unsere Kapazitäten nicht ausgereicht hätten, ihn vorherzuberechnen.«

»Das Ding jagt erdwärts«, sagte ich ungehalten. »Jeden Tag um zwei Astronomische Einheiten!«

Ich drehte mich zu ihr um. Aber sie fuhr ungerührt in ihrem Programm fort. Jetzt saß sie breitbeinig da, die Knie angewinkelt und die Fußsohlen gegeneinandergelegt. Mit der Stirn berührte sie ihre großen Zehen, während ihre Arme nach rückwärts abgespreizt waren und ihre Hände eine Figur bildeten, die an einen Kranich oder eine Orchideenblüte erinnerte.

»Gegenwärtig«, sagte sie, und ihre Stimme war keineswegs angestrengt, »hält es genau auf Jupiter zu, und zwar absolut exakt auf seinen Mittelpunkt.«

Ich atmete tief durch. Ihre Abgebrühtheit erschien auf einmal fehl am Platz. Sie war angebracht, wo wir selbst betroffen waren, da sie es ihr erlaubte, kühl und besonnen zu handeln, wo jeder andere schon die Nerven verloren hätte, aber jetzt waren wir selbst außer Gefahr, und paradoxerweise ging mir ihre innere Unbeteiligtheit jetzt gegen den Strich.

»Was sollte es im Jupiter?«, rief ich aus. »Es wird sein Schwerefeld nutzen, um zu beschleunigen, und ihn dann in einem weiteren Warpsprung durchqueren. Dann liegen die inneren Planeten direkt vor ihm.«

»Bis jetzt hat es keine feindliche Absicht erkennen lassen«, sagte Jennifer, bei der ich mir nicht sicher war, ob sie mich nicht einfach nur provozieren wollte. »Vielleicht ist es nur ein Irrläufer.«

»Jennifer«, entfuhr es mir. »So naiv kannst du gar nicht sein! Das Ding ist schon aufgrund seiner technischen Überlegenheit furchteinflößend. Luna bombardiert seit Tagen die Sineser auf allen offiziellen Kanälen, die seit Lombok eingerichtet wurden, mit diplomatischen Anfragen. Bisher kam von dort keine Reaktion. Man übernimmt keine Verantwortung für die Sonde, dementiert aber auch nicht, irgendetwas mit ihr zu tun zu haben.«

»Ihr Männer und eure Paranoia«, lächelte sie.

Inzwischen war ich sicher, dass sie mich zum Besten hielt.

»Da läuft irgendwo jemand über eine Wiese, und ihr fühlt euch gleich bedroht.«

»Er läuft nicht über die Wiese«, brauste ich auf, »sondern er kommt direkt auf uns zu, mit gefährlich überhöhter Geschwindigkeit, und die Warnschüsse, die wir abgegeben haben, haben ihn nicht nur nicht gestoppt, sondern er ist ihnen in einer Weise ausgewichen, die vermuten lassen, dass er auch sonst kurzen Prozess mit unseren Schutzmaßnahmen machen wird ...«

Sie hatte es geschafft; ich war in Rage. Heute Nacht würde ich nicht schlafen – es sei denn, sie wandte das Verfahren ein, dass im Jargon ihrer Schule »Der zweifache Fluss« hieß. Einstweilen hatte sie sich zu einer normalen Haltung auseinandergefaltet. Sie strich sich das seidige Haar aus der Stirn und sah mich ruhig an.

»Du hast ja recht«, sagte sie nach einer Weile leise.

Ich schmollte vor mich hin. Eigentlich war ich heute zu abgespannt für diese Spielchen.

»Mich beschäftigt etwas ganz anderes«, meinte sie schließlich.

Etwas wie ein Visier oder eine Maske glitt über ihr Gesicht, das eben noch so unschuldig und aufgeräumt gewirkt hatte. Jetzt war sie wieder die Pilotin und Wissenschaftsoffizierin.

»Haben wir nicht zuviel rausgeschmissen?«, fragte sie.

Ich war überrumpelt. Diesen Aspekt hatte ich für mich gerade abgehakt gehabt. Am ehesten war ich noch zu überlegen bereit, ob wir nicht noch etwas von unserem traditionellen Equipment aussortieren und dafür ein paar weitere schwere Systeme aufladen könnten.

»Die Sache ist ja die«, überlegte sie, »dass wir noch gar nicht wissen, was uns erwarten könnte oder womit wir es zu tun bekommen könnten.«

»Wir haben noch nicht einmal einen genauen Marschbefehl«, brummte ich.

»Wir werden auf eine Mission geschickt«, fuhr sie fort, »deren Ziele wir genauso wenig kennen wie ihre Gefahren, und wir müssen unser gesamtes Handwerkszeug zurücklassen.«

»Willst du das Ding mit Biosphärenscannern auf Lebensformen untersuchen?«, blaffte ich.

»Warum nicht?«, gab sie zurück und funkelte mich hintergründig an. »Es interessiert mich auch eher prinzipiell.«

Ich wurde hellhörig. Hatte sie wieder mit Laertes philosophiert? Es war jetzt wohl nicht die Situation, sich in metaphysische Grundsatzdebatten zu verlieren.

»Das Ideal meines Ordens«, führte sie aus, »wäre es, das weißt du ja, alles zurückzulassen ...«

Ich ließ sie nicht ausreden.

»Mit leeren Händen wirst du diesem Ding nicht entgegentreten können, nur mit geistiger Macht! Abgesehen davon, dass du mit Körperbeherrschung und Atemtechnik gar nicht soweit kämst. Du brauchst ein Schiff, du brauchst Sauerstoff und Treibstoff ...«

»Gewiss«, nickte sie nur. »Aber wo ist die Grenze? Brauchen wir Ionentorpedos, um uns vor dem Unbekannten nicht ängstigen zu müssen?«

Ich schüttelte den Kopf.

»Worauf willst du hinaus? In der Konsequenz heißt doch das: selbst wenn das Ding tödlich ist, müssen wir als gute Philosophen den Tod auf uns nehmen!«

Sie zuckte unbekümmert mit den Schultern.

»Ja«, sagte sie lächelnd und mit einem unterschwelligen Ernst in der Stimme, der mich frösteln ließ. »In letzter Konsequenz läuft es darauf hinaus. Aber es geht mir um den Weg dahin.«

»Das ist mir zu theoretisch«, sagte ich.

Ich ließ die Polarisation des Bullauges auf 100% gehen und verschwand in der Nasszelle. Lange Zeit ließ ich warmes Wasser über mich hinwegrieseln. Als ich in die Kabine zurückkehrte, hatte Jennifer sich zusammengerollt.

»Ich rechne damit«, sagte ich, »dass wir morgen unseren Marschbefehl erhalten.«

Aber sie antwortete nicht mehr. Ihre Atemzüge waren gleichmäßig. Mit schlafenden Maschinen und in tiefem Schweigen zog die Enthymesis an der Seite der MARQUIS DE LAPLACE ihre Bahn.

Als ich am nächsten Morgen aus zerrissenen Träumen erwachte, war die gravimetrische Matratze an meiner Seite leer. Ich zog mich an, ging in der Messe vorbei, wo ich mir einen Kaffee aus der Röhre ließ und Reynolds begrüßte. Er studierte gerade das tägliche Bulletin, die wissenschaftliche Hauspostille der MARQUIS DE LAPLACE, auf seinem persönlichen Masterboard. Ich fand Jennifer auf der Brücke, wo sie seitlich in ihrem Pilotensessel hing, mit den Beinen baumelte und an ihrem derzeitigen Lieblingsgetränk nippte, einem Becher selbsterhitzenden

Kirschkakaos. Durch die große gekrümmte Panoramafront in der bulligen Stirne der Enthymesis starrte sie zur MARQUIS DE LAPLACE hinüber, deren mittlere Segmente in einem Abstand von einem Kilometer neben uns lagen und deren Bug sich etliche Kilometer vor uns als lang ausgezogene Spitze sich verjüngenden Titanstahls verlor. Neptun hing als hauchfeine aquamarinfarbene Sichel auf zehn Uhr.

Ich ließ mich in einen der rückwärtigen Sessel fallen, dessen sensorielle Lehne sich sanft an meinen schmerzenden Rücken schmiegte, und schlürfte meinen Kaffee. Nach einer Weile kam Jill auf die Brücke getappt, barfuß, in einem verwaschenen Schlafanzug, mit zerstrubbeltem Haar und laut vor sich hingähnend. Ich herrschte sie an, sich eine Uniform anzuziehen.

»Offiziell bin ich immer noch in Urlaub«, maulte sie und schlurfte davon, ohne die Augen geöffnet zu haben.

Jennifer schwenkte ihren Sessel herum und warf mir einen strafenden Blick zu.

Ich ging darauf nicht ein. Die Enthymesis war betankt und munitioniert, die Besatzung war an Bord; ich rechnete jeden Augenblick damit, dass der Kommandant auf den Schirmen erscheinen und uns unseren Marschbefehl übermitteln werde – und wir führten uns auf wie eine Jugendgruppe im Ferienlager!

»Darling«, sagte sie mahnend, »warum bist du so nervös?«

»Weil ich gleich zu einem Einsatz kommandiert werde, von dem ich nicht weiß, ob er der Rettung der Menschheit dient oder ein Himmelfahrtskommando darstellt!«

Ihre Coolness brachte mich sofort wieder in Rage.

»Ich habe dich schon souveräner erlebt«, sagte sie.

»Ich bin nicht sonderlich nervenstark!«, brüllte ich sie an.

Sie lächelte überlegen und schwenkte ihren Sitz wieder nach vorne. Einige Minuten brüteten wir vor uns an. Zum Glück kam irgendwann Reynolds auf die Brücke. Dann erschien auch Lambert wieder, die sich halbwegs vorzeigbar gemacht hatte.

Jeder hatte ganz automatisch den Platz eingenommen, der ihm während des Einsatzes zustand. Die Enthymesis hätte innerhalb weniger Augenblicke startbereit sein können. Ich überlegte, ob ich Jennifer anweisen sollte, die Zündungssequenz zu starten, aber als ich sah, wie sie Jill begütigend die Hand auf den Unterarm legte, klappte ich den Mund wieder zu. Ab und zu war das leise Summen zu hören, mit dem Reynolds auf seinem Board eine neue Seite aufrief.

»Die Sonde hat ihren Flug unverändert fortgesetzt«, teilte er irgendwann unaufgefordert mit.

Ich nahm es mit einem misslaunigen Brummen zur Kenntnis.

Jennifer erhob sich, um ihren leeren Becher in die Messe bringen. Als sie an mir vorbeikam, nahm sie meine Kaffeetasse mit und strich mir dabei mit der freien Hand durchs Haar. Wir kannten uns schon so unendlich lange, dass es uns unmöglich war, ernsthaft miteinander böse zu sein.

»Gibt es sonst was Neues?«, fragte ich Reynolds aus purer Langeweile.

»Die Evakuierungsmaßnahmen gehen weiter«, sagte er, während er darin fortfuhr, Texte und Statistiken über sein Masterboard zu scrollen. Der Jahrgang ‚82 ist zu den Diensten einberufen worden. Katastrophenschutz und Feuerwehr sind in höchster Alarmbereitschaft. Für alle Krankenhäuser, Sanitätsstaffeln und so weiter gilt Urlaubssperre. Private Raumflüge sind ab sofort verboten. Alle Schiffe mit einer Kapazität über tausend Registertonnen werden ...«

Er kam nicht dazu, den Satz zu beenden. Ein Summen der Automatik kündete die lang erwartete Übertragung an. Jennifer, die das Signal gehört hatte, kam mit federnden Schritten auf die Brücke gelaufen. Ich setzte mich auf und wartete darauf, dass der Kanal geöffnet wurde.

Dr. Rogers erschien auf den Schirmen. Ohne sich in Floskeln zu verlieren, forderte er uns in dürren Worten auf, uns in der Großen Messe der MARQUIS DE LAPLACE einzufinden. Genauso schnell, wie sie zustanden gekommen war, erlosch die Leitung wieder. Dann sahen wir einander belämmert an. Jennifer kletterte an ihre Konsole und verständigte sich kurz mit Jill. Es war aber klar, dass wir mit unserer brisanten Fracht nicht in den Hangar im Großen Drohnendeck einfliegen konnten; außerdem wäre das Parkmanöver zu aufwändig und zeitraubend gewesen. Und schließlich hatte ich ausdrücklichen Befehl von Dr. Rogers, das Schiff einsatzbereit zu halten. Es war also klar, dass wir die EVA nehmen mussten, das einzige Shuttle, das an Bord der Enthymesis verblieben war.

Mit einer zehnsekündigen Zündung der Backborddüsen schob Jennifer die Enthymesis wieder etwas näher an die MARQUIS DE LAPLACE heran. Dann begaben wir uns ins Drohnendeck, wo – in einem Winkel zwischen den titanischen Zylindern der Ionentorpedos eingepfercht – die EVA in ihrer Aufhängung schwebte. Wir kletterten in die winzige Drohne, die kaum mehr als eine behelfsmäßige Rettungskapsel darstellte. Jennifer wies die Automatik an, die Hauptschleuse zu öffnen; dann flogen wir zum Mutterschiff hinüber, wo wir im vorderen Sektor des Großen Drohnendecks landeten. Durch die Segmentschleuse betraten wir den generatorgetriebenen Fahrstuhl, der uns in wenigen Sekunden um 200 Decks nach oben beförderte.

Was mochte diese neuerliche Komplizierung zu bedeuten haben? War unser Marschbefehl so heikel, dass Wiszewsky ihn persönlich erläutern wollte? Wollte er jedem einzelnen noch auf die Schulter klopfen, ihm tief in die Augen sehen und ihn seines Ehrenplatzes in den Annalen der Unierten Menschheit versichern? Für solchen Bullshit war ich gegenwärtig nicht in der Verfassung. Wir verloren kostbare Stunden. Die Enthymesis könnte schon längst unterwegs sein und den Milliardenkilometer-Vorsprung der Sonde aufzuarbeiten versuchen.

Wiszewsky begrüßte uns in aufgeräumter Stimmung. Auch Svetlana war natürlich dabei. Sie hing in seinem Arm, aber als ich mich zum Handkuss über ihr samtiges Pfötchen beugte, schenkte sie mir einen lodernden Blick ihrer Katzenaugen und ein rollendes »Guten Morgen, Capitan.« Ich musste mir erst wieder sagen, dass darin keine Herabsetzung lag; ich war für sie eben der »Kapitän« der Enthymesis. Dass die Ernennung zum Captain eine mehrfache Degradierung bedeutet hätte, schien sie nicht zu empfinden.

»Mach dir keine Hoffnungen«, knurrte Jennifer, als sie mich zur Seite schob und mit der Komarowa, die sie erklärtermaßen hasste, affektierte Wangenküsschen tauschte.

»Das Jupiterrendezvous wird in wenigen Minuten beginnen«, erklärte Frankel, der ebenfalls anwesend war.

Ich sah irritiert von einem zum anderen. Deswegen hatten sie uns herüberkommen lassen?

»Hätten wir uns das nicht bei uns drüben ankucken können?«, flüsterte ich Rogers zu.

Er zwinkerte mir zu und markierte einen Boxhieb gegen mein Sonnengeflecht.

»Der Chef war der Meinung«, gab er halblaut zurück, »wir sollten gemeinsam verfolgen, wie das Ding sich in den nächsten, ohne Zweifel entscheidenden Stunden verhält. Danach werden wir die zu ergreifenden Maßnahmen gemeinsam ...«

»Ich verlange einen unmissverständlichen Marschbefehl«, zischte ich mühsam beherrscht.

Wiszewsky hatte unsere Auseinandersetzung mitbekommen. Man konnte sich nicht einmal mehr auf seine Schwerhörigkeit verlassen.

»Lieber Commander«, sagte er in einer Mischung aus Jovialität und Zerstreutheit, »Sie sind doch kein einfacher Soldat! Sie und Ihre Crew sind das dienstälteste, erfahrenste und am besten eingespielte Enthymesis-Team an Bord dieses Schiffes. Ihre Einschätzung ist für mich von großem Gewicht.«

»Ich danke Ihnen, Sir«, beeilte ich mich zu sagen.

»Es geht los«, meldete sich Frankel.

Der große Schirm flammte auf, und wir richteten unsere Aufmerksamkeit auf das Bild, das darauf sichtbar wurde. Es zeigte den Jupiter und einige seiner größeren Monde in einer leicht zerdunsenen Kameraeinstellung. Ich vermutete, dass sie von einem unserer stärksten optischen Sensoren stammte. Paradoxerweise wirkte die Übertragung, als sei sie durch dichte Luftschichten hindurch entstanden. Wie ein abgeplatteter Sonnenball, der am Abend in das Hitzeflimmern über der afrikanischen Savanne taucht, war der gelb-, rot- und ockerfarben gebänderte Gasriese in die Breite gepresst und scheinbar deformiert. Von dem winzigen, kaum shuttlegroßen Projektil, das mit mittlerweile mehr als fünftausend Kilometern pro Sekunde darauf zuraste, war in dieser Einstellung natürlich nichts zu erkennen. Die Position der Sonde wurde simultan von mehreren hundert Beobachtungsposten auf allen verfügbaren Schiffen und Basen ermittelt, deren Daten zu einem Gesamtbild zusammengeschaltet wurden. Ein kleines grünes Rautensymbol markierte sie innerhalb des großen Ganzen. Die Bewegung dieses Lichtpunktes in Relation zu den gigantischen Gasmassen des Planeten war einschüchternd. Man könnte meinen, man sehe einer ionengetriebenen Drohne zu, die über einen Asteroiden dahinglitt, und nicht einem artifiziellen Körper, der auf einen Gasball von über dreihundert Erdmassen zuhielt.

Ein zweiter Schirm zeigte eine erstaunlich scharfe Einstellung der Sonde selbst, die von einer unbemannten Drohne im äußeren Jupiter-System aufgenommen wurde. Ein schlanker silbergrauer Pfeil war darauf zu erkennen, der sich in nichts von einem herkömmlichen Torpedo unterschied. Hätten wir nicht gewusst, dass dieses Ding warpfähig war und in wenigen Tagen fast das gesamte Sonnensystem durchquerte hatte, hätten wir ihm ohne Zweifel nicht diese Aufmerksamkeit geschenkt. An den riesigen, durch Optik und Bewegung stark verwischten Gaswolken, die den Hintergrund dieser Einstellung bildeten, war abzulesen, dass die Sonde nach wie vor direkt auf den Großen Planeten zusteuerte.

»Geschwindigkeit unverändert«, sagte Frankel. »Sie zielt exakt auf den Schwerpunkt. Bei gegenwärtigem Kurs wird sie in einigen Minuten die äußeren Atmosphäreschichten des Jupiter berühren und dann, wenn sie diese Geschwindigkeit beibehält, in wenigen Augenblicken verglühen.«

»Atemberaubend, nicht wahr«, sagte Wiszewsky und zwickte Svetlana in ihr weißes Bäckchen.

Ich sah mich Hilfe suchend um. Sie benahmen sich alle wie Rentner, die ein paar Freunde eingeladen haben, um gemeinsam den Superbowl anzuschauen. Begriffen sie denn nicht, was dort unten vor sich ging?

»Was ist Ihre Prognose?«, fragte ich den stellvertretenden Leiter der Planetarischen Abteilung.

»Prognosen sind nicht meine Aufgabe«, sagte er arrogant. »Sondern Beobachtungen. Aber wenn sie meine persönliche Meinung hören wollen, sollte sie sich demnächst etwas einfallen lassen, wenn sie nicht zu Staub verdampfen will. Und nach den empirischen Erfahrungen, die wir mit diesem Objekt haben, kann das nur ein neuerliches Warp-Manöver sein. Es wird bis zur letzten Sekunde Schwung aufnehmen und sich dann durch einen Hyper-Sprung auf die andere Seite des Planeten katapultieren.«

»Und dann?«, fragte ich.

»Dann wird es seine Reise fortsetzen«, antwortete er verständnislos. »Deren genauen Kurs wir aber erst nach dem Durchgang berechnen können.«

Ich starrte wieder auf die beiden Schirme, auf denen der Jupiter, in der Totale und in der Ausschnittsvergrößerung, immer weiter anschwoll. Ab und zu wurde das Bild unscharf, erlosch und wurde neu aufgebaut, wenn die Übertragung auf eine andere Überwachungsdrohne umgeschaltet wurde.

»Wenn man bedenkt«, sagte Wiszewsky in die angespannte Stille, »dass sich alles, was wir hier sehen, schon vor mehr als sechs Stunden zugetragen hat. Wir sehen in die Vergangenheit.« Er ließ von Svetlana ab und blickte mich offen an. »Eine Stellungnahme von Luna wird noch zwei Stunden länger unterwegs sein; bis dahin sollten wir uns selbst ein Urteil gebildet haben.«

Ich nickte stumm.

Da ging ein Aufschrei durch die Gruppe, die sich in der Messe versammelt hatte. Ich sah zum Schirm auf und erkannte, was diesen Laut ausgelöst hatte. Die Sonde, die während ihrer bisherigen Reise keine Regung hatte erkennen lassen und nicht die geringste Kursänderung vorgenommen hatte, schien zum Leben erwacht. Die projektilförmige Spitze öffnete sich und klappte zu zwei Halbkegeln auseinander, die wenig später abgesprengt wurden. Aus dem Inneren des schlanken Zylinders tauchte eine schwarze Düse auf. Dann stieß sie den charakteristischen bläulichen Düsenstrahl eines Ionentriebwerks aus.

»Eine Bremsrakete«, stammelte Frankel fassungslos. »Sie beschleunigt nicht, sie reduziert das Tempo.«

»Das gefällt mir nicht«, knurrte Rogers, der jetzt direkt neben mir stand.

»Was hat das zu bedeuten?«, fragte Wiszewsky.

Atemlos glotzten wir auf den Schirm, wo die Sonde mit nach vorne gerichtetem Triebwerksstrahl auf die oberen, lavafarben wabernden Atmosphäreschichten des Jupiter zuschoss.

»Physikalisch gesehen«, sagte Reynolds gedehnt, »gibt es nur eine Erklärung. Sie will in die Atmosphäre eindringen, was ihr bei der bisherigen Geschwindigkeit nicht möglich war.«

»Um was zu tun?«, fragte Lambert.

»Das werden wir gleich wissen«, beruhigte ich sie.

»Kein Warp?«, fragte Frankel ungläubig.

»Kein Warp«, sagte Reynolds kühl. »Wenn seinen Aktionen überhaupt eine Rationalität zugrunde liegt, und bis jetzt haben wir keinen Grund daran zu zweifeln, wird es keinen weiteren Sprung durchführen, denn das hätte es mittlerweile schon getan haben müssen.«

»Aber was macht es dann«, überlegte Jennifer leise.

Die Sonde entschwand jetzt unseren Blicken, als die äußersten stumpfgelben Wolken des Jupiter über ihr zusammenschlugen. Einzig der blauglühende Lichtpunkt des Ionenantriebs war noch zu sehen, der nach und nach von der Atmosphäre aus schmutzigem Wasserstoff und Helium verschluckt wurde.

»Möglichst tief hineinkommen«, brummte Rogers. »Um möglichst viel ...«

Plötzlich glitt es wie eine Erleuchtung über sein zerfurchtes, wettergegerbtes Gesicht, in dem sich ein Dutzend planetarischer und interstellarer Schlachten gespiegelt hatten.

»Frankel«, rief er. »Was wissen wir über die Massivität? Wie tief kann es absteigen, ehe es vom atmosphärischen Druck ...«

Aber es war bereits zu spät, noch Theorien zu entwerfen oder Berechnungen anzustellen. Auf den Schirmen blitzte eine ungeheure Lichtwelle auf. Unwillkürlich traten wir alle einen Schritt zurück und hielten schützend die Hände vors Gesicht, als die Monitore in schmerzender Weißglut aufflammten. Aber da hatte die Automatik schon die Helligkeit gedämpft und den Bildausschnitt um mehrere Vergrößerungsstufen zurückgenommen.

Auf dem zweiten Schirm erschien das Symbol der MARQUIS DE LAPLACE. Gebannt standen wir da und starrten auf Schirm eins. Das Schauspiel, das wir sahen, ließ meine Knie zu Butter werden.

»Oh mein Gott ...«, stöhnte Lambert und schlug die Hände vors Gesicht; und ausnahmsweise musste ich ihrer Verzweiflung beipflichten.

Es sah aus, als habe eine unsichtbare Faust von unvorstellbaren Ausmaßen einem sehr dicken Mann in den sehr weichen Bauch geschlagen. Genau auf Höhe des Äquators, nur wenige Breitengrade über dem Großen Roten Fleck, bildete sich, nachdem der Lichtblitz verhallt war, ein tiefschwarzer Krater von fünffachem Erddurchmesser in den Gasmassen des Planeten, die in allen Farben brennenden Schwefels oszillierten. Die Detonation warf eine Schockwelle auf, die sich konzentrisch ausbreitete. Ihre Krone, die sich um dreißigtausend Kilometer über die Oberfläche des Gasriesen aufbäumte, raste mit zwanzigfacher Schallgeschwindigkeit um seine taumelnde Krümmung. Wie die Zeitlupenaufnahme eines chinesischen Gongs war der ganze Planet in Schwingung versetzt worden. Der Große Rote Fleck existierte nicht mehr. Die gleichmäßige Struktur der Wolkenbänder und -streifen glich unterschiedlichen Teigmassen, die in einem Topf verrührt und durchgeknetet wurden. Als sich der sechzigtausend Kilometer weite Einschlagskrater wieder schloss und die kochenden, wirbelnden Gasfluten zusammenströmten, stülpten sie sich zu einem Pilz auf, der einen Massetropfen von der Größe mehrerer Erden abschnürte und in den Raum hinausspuckte. Gleichzeitig sackte der gesamte Planet wie ein Boxer, der einen Schlag unter die Gürtellinie erhalten hat, seitlich weg. Auf dem Schirm wurden Daten eingeblendet, die zeigten, dass einige der kleineren Monde, die auf niedrigen Umlaufbahnen vor dem Spektakel dahingezogen waren, als Erstes aus ihrem Orbit kippen und in die Wasserstoffkugel stürzen würden.

»Was für eine Waffe«, keuchte Reynolds. »Mit einem Bruchteil dieser Energie hätten sie die Erde pulverisieren können.«

»Offensichtlich lag das aber nicht in ihrer Absicht«, stellte Rogers grimmig fest. »Sie wollen uns zappeln lassen.« Er sah mir finsterem Ernst von einem zum anderen, als suche er auf unseren geschockten Gesichtern nach etwas ganz bestimmtem. »Sie wollen«, sagte er diabolisch, »dass wir uns eine ganze bestimmte Frage stellen!«

»Aber was hat das zu bedeuten«, jammerte Jill.

»Ganz genau, mein Kind«, nickte er. »Sie wollen uns ihre Macht demonstrieren, uns zappeln lassen wie die Katze die Maus und sich an unserer nackten Panik weiden.«

Er atmete tief durch. Auf gewisse Weise schien er die Situation zu genießen. War es die tiefe und menschenverachtende Lust des Schlachtenlenkers, der Pulverdampf in die Nase bekommen hat?

»Ich würde Ihnen eine Wette anbieten, Sir«, wandte er sich an Wiszewsky, der mit verstörter Miene auf den Schirm starrte,

»dass sie noch heute eine diplomatische Grußadresse überstellen und irgendwelche haltlosen Forderungen erheben. Vielleicht verlangen sie die Rückgabe der im Vertrag von Lombok unter Kuratel gestellten Provinzen in ...«

Seine Vorfreude auf militärische oder diplomatische Scharmützel wurde jäh unterbrochen.

»Mit Verlaub, Sirs«, rief Frankel aus, der auf einer Nebenkonsole einen weiteren Kanal geöffnet hatte. »Aber ich glaube nicht, dass es sich – hierbei um eine bloße Demonstration handelt.«

»Was wollen Sie damit sagen?«, schnauzte Rogers, der sich nur ungern in seinen Höhenflügen stören ließ..

»Es kommen jetzt«, erläuterte sein Stellvertreter, »die Daten unserer unbemannten Basen im Jupiterraum herein.«

»Und«, fauchte Rogers, »es hat dort einen prächtigen Knall geben, das haben wir gesehen!«

Auf dem Schirm erschienen Berechnungen, wie Europa und Io auf ihren Umlaufbahnen ins Trudeln kommen würden. Bereits jetzt sahen wir, dass die dem Jupiter zugewandten Seiten beider Monde zu kohliger Schwärze verbrannt waren. Auf einem kleinen Monitor wurden Bahnprognosen eingeblendet. Dort öffneten sich tiefe Klüfte in den Körpern, die von ungeheuren Gravitations- und Verwerfungskräften zertrümmert wurden. Während sie zu mehreren großen Schlackeklumpen zerbarsten, stürzten sie auf die brandende Oberfläche des Jupiter zu. Die einzelnen Fragmente schlugen in die tobenden Gas-Zyklone, wo sie Furchen von Zehntausenden Kilometern Länge einschnitten, ehe sie im Inneren der gewaltigen Gasmasse verschwanden. Die äußere Atmosphäre schloss sich schnell über den Einschlaggebieten und wallte dann in schwerer Dünung, deren Kammhöhe mehrere Erddurchmesser betrug, darüber hinweg.

»Offenbar«, fuhr Frankel ungerührt fort, »ist das gesamte Jupiter-System durch die Detonation nachhaltig destabilisiert. Unsere Sensoren fingen schwere Gravitationsschocks und massive Raumzeit-Verwerfungen auf.«

»Dass das nicht mit Schießpulver zugegangen ist, haben wir uns schon gedacht!«, lachte Rogers, der sich an seinem Zynismus mehr und mehr berauschte.

»Der Jupiter«, kam Jennifer jetzt dem armen Frankel zuhilfe, »ist aus seiner Bahn gestoßen worden.«

Sie aktivierte eine Positionsberechnung und ließ ungerührt, während Rogers den Mund auf und zu klappte, dreigliedrige Vektoren über den großen Schirm rieseln.

»Er stürzt sonnenwärts«, fasste sie die Zahlen dann zusammen. »Und das heißt auch: erdwärts ...«

Der General a.D. erstarrte. Unsanft schob er Jennifer, Frankel und Reynolds beiseite und beugte sich über den Konsolentisch. Nachdem er selbst einige Daten abgefragt hatte, pfiff er leise durch die Zähne.

»Sie spielen mit uns«, säuselte er. »Kosmisches Billard, auf allerhöchstem Niveau!«

»Stürzt er«, stammelte Jill, »stürzt er auf die Erde?«

»So könnte man das wohl kaum nennen«, sagte Jennifer dunkel. »Er würde sie eher verschlingen, so wie er den Berechnungen zufolge seine Monde verschlingen wird. Aber selbst wenn er in geringer Entfernung vorbeizieht, werden die Auswirkungen verheerend sein.«

»Grundgütiger«, ächzte Wiszewsky, »auf so etwas sind wir nicht vorbereitet.«

Er rieb mechanisch Svetlanas Oberarm, die ein betretenes Gesicht aufsetzte.

»Alles«, wiederholte der Commodore, »was wir soeben gesehen haben, ist in Wirklichkeit schon mehr als sechs Stunden her. Ich möchte nicht wissen, wie es jetzt dort aussieht und welche Verwüstungen diese Attacke weiter nach sich ziehen wird.«

»Jetzt«, sagte Reynolds, der wie immer zum unpassendsten Zeitpunkt spitzfindig wurde, »sieht es dort aus, wie wir es auf den Schirmen sehen. Es gibt kein Jetzt, das sich schneller ausbreitet als sein Ereignishorizont, und das heißt mit Lichtgeschwindigkeit.«

»Werden Sie mal nicht altklug«, wies Rogers ihn zurecht. Dann überlegte er. »Andererseits haben Sie auch wieder recht. Wir müssen abwarten, bis weitere Informationen einlaufen und wir eine Anordnung von Luna erhalten.«

»Ich habe recht gehabt. Leider, wie ich hinzufügen muss. Niemand reißt sich um die Rolle der Kassandra.« Reynolds sah von seinen Berechnungen auf, mit denen er seit Tagen verschmolzen gewesen war. »Es war ein Annihilationsereignis, das zu einem Volumendefekt führte.«

Jennifer schwenkte ihren Sessel herum und fuhr die sensorielle Lehne zurück. Entspannt daliegend, wie es einer Ersten Pilotin zukam, wenn die Maschinen abgeschaltet waren, pendelte sie mit den Beinen und nippte an ihrem Orangenmokka.

»Erklären Sie es uns?«, bat sie. »Ich habe davon gehört, es mir aber nie vorstellen können. Als ich die Akademie besuchte, war das Thema von den Lehrplänen gestrichen. Es scheint mir im Nachhinein, dass die Theorie nicht nur nicht gelehrt, sondern absichtlich totgeschwiegen wurde.«

»Sie war damals nicht opportun«, nickte Reynolds.

Er hatte seine Konsole abgeschaltet und sah müde von einem zum anderen. Lambert kippelte auf der Kante des Hauptbedienplatzes, der seit Tagen auf Stand-by lief.

»Ich kann mich nicht erinnern«, fuhr Jennifer fort, »die Namen Chessov oder Tschernischenko an der Akademie jemals gehört zu haben. Erst später tauchten sie ab und zu einmal auf, ohne dass ich damit eine konkrete Vorstellung verbunden hätte.«

»Rogers hat in seinen Vorlesungen einige Male darauf angespielt«, warf ich ein. »Er sprach davon, wie Militärs von Wunderwaffen sprechen, die ihnen in Aussicht gestellt und dann doch vorenthalten worden sind.«

»So war es auch«, pflichtete Reynolds bei. »Ihr Theorem war vom Ruch des Mystischen umwabert. Man glaubte nicht, dass es funktionieren würde, rechnete sich für den Fall der Anwendung aber unvorstellbare Möglichkeiten aus.«

»Warum hat man sich dann nicht dafür entschieden?«, fragte Lambert.

Sie war die Jüngste von uns. Weniger an Jahren, an denen sie Jennifer nur um wenige nachstand, als an Zeit, die seit ihrer Geburt verstrichen war. Die Erfahrung schnelllebiger Zeiten, dass jedes Jahrzehnt eine neue Generation hervorbringt, wurde in unserem Zeitalter dadurch verstärkt, dass sich auf der Erde Revolutionen zutragen konnten, während an Bord der MARQUIS DE LAPLACE, die sich auf einem interstellaren Flug befand, nur einige Monate vergingen. In diesem Fall ging es allerdings um eine Revolution, die ausgeblieben war.

»Man hat«, erläuterte Reynolds, »damals zwischen der Annihilationstheorie und der Antimaterie-Technologie geschwankt. Die Erfolge, die die Union vor Persephone mit den neu entwickelten Antimaterie-Systemen erzielte, schienen die Entscheidung zu bestätigen, dieser Technik den Vorrang zu geben.«

»Und das Annihilationsprogramm hat man aufgegeben?«

Jill wollte es kaum glauben.

»Wie gesagt«, lächelte Reynolds gequält, »Chessov und Tschernischenko waren schlecht beleumundet. Ihre Theorie war vom Unheimlichen und Ungeheuren umgeben. Eine sachliche Diskussion war in den beratenden Gremien, denen auch ich angehörte, kaum möglich. Die bloße Nennung der beiden Physiker rief hysterische Ablehnung hervor.«

»Dafür hat man«, wandte ich ein, »die Antimaterie-Technologie in den letzten Jahrzehnten enorm nach vorne gebracht, und bis jetzt sind wir gut damit gefahren.«

»Gewiss«, gab der WO zurück. »Man kann auch zu Fuß nach Rom pilgern oder mit chemischem Treibstoff zum Sirius fliegen. Beides ist möglich, nur dauert es viele Jahre. Und wenn dann ein Konkurrent auftaucht, der über Ionenantrieb verfügt, ist man im besten Falle nur blamiert, im schlimmsten ...«

Er setzte seine Ausführungen nicht fort. Sie erinnerten mich an das Gespräch, das Commodore Wiszewsky und Dr. Rogers miteinander geführt hatten, nachdem wir dem Jupiter-Ereignis beigewohnt hatten. Während die Schirme das Bild des Riesenplaneten zeigten, der wie ein angeschlagener Boxer auf seiner

Bahn taumelte, hatte der Kommandant der MARQUIS DE LAPLACE den Chef der Planetarischen Abteilung und mich als den ranghöchsten und dienstältesten Enthymesis-Kommandanten zu einer vertraulichen Unterhaltung in eines der Besprechungszimmer gebeten, die an die Messe grenzten. Dass er Svetlana, die gewohnheitsmäßig hinter ihm hertappte, zurückwies, illustrierte auf dramatische Weise den Ernst der Lage. Nachdem wir den Raum betreten hatten und die hermetischen Türen sich verriegelten, wies Wiszewsky die Automatik an, das Routineprotokoll zu unterdrücken. Dann sah er uns an; sein Gesicht war vom Schock gezeichnet. Er wirkte blass und noch fahriger als sonst. Während er schwieg, bebten seine Lippen, als suche er nach den passenden Worten. Aber trotz des angestrengten Ringens fiel ihm keine Eröffnung ein, die das Gespräch in Gang bringen konnte.

Endlich erbarmte sich Rogers und machte mit einem grimmigen Zynismus den Einstieg.

»Eigentlich eine simple, kostengünstige und effiziente Art der interstellaren Kriegsführung«, sagte er. »Man bestreicht die Fluren des Gegners mit kosmischem Hagel und kegelt mit Planeten nach seinem Mutterstern. Das bindet seine Ressourcen und macht seinen weiterreichenden Ambitionen den garaus. Wer ums Überleben kämpft, kann dabei keine Reiche gründen.«

»Was haben wir dem entgegenzusetzen?«, fragte Wiszewsky.

Rogers verzog das Gesicht zu einem schmerzlichen Grinsen.

»Nichts.«

»Unser Antimaterie-Arsenal ...«, wollte der Commodore einwenden, aber Rogers ließ ihn nicht aussprechen.

»Wir kennen die genauen Daten noch nicht«, sagte er grob. »Aber ich schätze, dass die Attacke, deren Zeuge wir geworden sind, unsere schwersten Kaliber um den Faktor eine Million übersteigt.«

»Dann müssen wir gleichziehen«, stellte Wiszewsky lapidar fest.

Darin offenbarte sich der Politiker, der glaubt, mit der Unterschrift unter ein Bewilligungspapier auch schon das Resultat in Händen zu halten, das damit beim militärisch-industriellen Komplex in Auftrag gegeben wird.

Rogers schwieg. Man konnte die Energie, die seine Selbstbeherrschung ihm abverlangte, im Raum knistern hören. Wiszewsky musste die Skepsis in meinem Gesicht gelesen haben.

»Was soll daran so schwierig sein?«, fragte er aufgebracht. »Schließlich waren es Wissenschaftler der Union, die die theoretischen Grundlagen dieses Verfahrens formuliert haben.«

»Was man bauen kann, kann man auch nachbauen«, versuchte ich mich diplomatisch anzuschleichen. »Allerdings nicht über Nacht.«

»Wie lange brauchen Sie?«, hakte Wiszewsky nach.

Warum fragte er mich das? Ich war Offizier der fliegenden Crew, kein Entwickler.

»Das kann ich unmöglich abschätzen, Sir«, sagte ich vorsichtig. »Vielleicht ein oder zwei Jahre ...«

Wiszewsky stieß verächtlich die Luft aus. Seine Senilität zeigte sich jetzt von der Seite des Altersstarrsinns.

»Wenn wir diese Technologie nicht spätestens in sechs Monaten in Händen halten«, verfügte er, »werden wir sie überhaupt nicht mehr benötigen.«

»Sir«, stammelte ich, »diese Technologie ist ungeheuer komplex. Eine Antimateriegranate ist eine Knallerbse dagegen.«

Wiszewskys Züge nahm einen unwilligen Ausdruck an.

»Davon haben wir uns überzeugt«, sagte er pompös. »Das Jupiter-Ereignis sollte doch genügend Daten geliefert haben, um den Vorgang rekonstruieren zu können.«

»Meine Experten«, schaltete sich Rogers jetzt wieder ein, »arbeiten bereits unter Hochdruck an der Analyse der physikalischen Konsequenzen ...«

»Sie speisen mich mit lauter Selbstverständlichkeiten ab«, jammerte der Commodore.

Rogers schluckte eine Entgegnung herunter. Selten hatte ich ihn so kleinlaut erlebt. Das Ereignis schien auch ihn unter Schock gesetzt zu haben. Allerdings kannte ich ihn gut genug, um zu spüren, dass er demnächst explodieren und zum Gegenangriff übergehen würde. Als alter Militär hatte er vor Wiszewsky schon aufgrund des Rangunterschiedes Respekt, aber es war auch ein offenes Geheimnis, dass er ihn persönlich wenig schätzte und viele seiner dienstlichen Anweisungen zu hintertreiben versuchte.

»Sir«, sagte er jetzt in eisiger Korrektheit. »Ich darf Sie daran erinnern, dass das Annihilationsprogramm seit Jahrzehnten ganz oben auf der Liste unserer Anforderungen steht, dass es von Luna aber stets abgeschmettert wurde. Wir mussten uns stets auf akademische Fußnoten beschränken, die nicht einmal theoretischen Ansprüchen genügten, geschweige, dass sie einem Aggressor wie dem Sinesischen Imperium die Waage zu halten vermochten. Die Quittung haben wir soeben bekommen!«

Wiszewsky holte tief Luft. Er machte Anstalten, zu einer Erklärung auszuholen. Wollte er sich rechtfertigen? Obwohl ich nicht wusste, ob und inwiefern Wiszewsky seinerzeit an den Entscheidungen mitgewirkt hatte, war klar, dass er sich stärker mit der politischen Klasse identifizierte, als dass er sich der fliegenden Crew zugehörig fühlte. Während der Einsätze gebärdete er sich an Bord der MARQUIS DE LAPLACE mit feudaler Attitüde; er regierte die Zehntausend-Seelen-Gemeinde, die das größte Schiff der Union bewohnte, wie ein absolutistischer Fürst, der hin und wieder launige Kommuniqués verlesen ließ und sich ansonsten mit seiner Mätresse vergnügte.

»Wir hielten«, lamentierte er, »die Sineser immer ...«

»Sagen Sie nicht: für unsere Freunde«, schnitt Rogers ihn ab.

»Natürlich nicht«, sagte Wiszewsky unwillig. »Für unsere Konkurrenten, selbstverständlich. Aber nach Persephone und unter dem Schutz der Verträge von Lombok hielten wir es für möglich, diese Konkurrenz beim Aufbau interstellarer Reiche zivilisiert austragen zu können, in friedlicher Koexistenz.«

Er streckte den Arm aus und sah irritiert um sich, als habe er Svetlana an sich ziehen wollen. Ihr tröstendes Schnurren stand ihm aber nicht zur Verfügung.

»Herrgott im Himmel«, fluchte er aufgesetzt. »Ist die Galaxis nicht groß genug?! So viele Welten! Und wir müssen uns um diese drei Steinhaufen streiten.«

Rogers hatte einen stumpfen Blick bekommen. Er hörte nicht zu, sondern suchte nach einer Möglichkeit, das Geschwätz des Commodore zu unterbrechen.

»Sie wollen uns unserer Operationsbasis berauben«, sagte er drohend, als Wiszewsky in seiner larmoyanten Rede innehielt. »Sie wissen ganz genau, dass unsere Verankerung außerhalb des Sonnensystems nicht weit genug gediehen ist, als dass die externen Basen sich selbst tragen könnten. Die meisten von ihnen können über Jahre autark operieren, aber sie können nicht von sich aus Ausgangspunkte weiterer Explorationen sein. Sie sind Zweige und Blätter, keine Wurzeln und Stämme. Wenn sie unsere Basis angreifen, und das ist die Erde, können sie uns zu Fall bringen wie einen morschen Schuppen, dem man die Tür eintritt.«

Wiszewsky schwieg und starrte vor sich hin. Seine Finger spielten mit den imaginären Händen der Komarowa, die sich aber jenseits der Schleuse befanden.

»Glauben Sie wirklich«, flüsterte er mit heiserer Stimme, »dass sie das wollen: uns vernichten?«

»Wir müssen davon ausgehen«, sagte Rogers. »Die Auseinandersetzungen, die zu Persephone geführt haben, ließen keinen Zweifel daran, dass sie unsere Konkurrenz keinesfalls sportlich nehmen, sondern zu einem Konflikt auf Leben und Tod entschlossen sind, der nur mit der Auslöschung eines der beiden Konkurrenten enden kann. Ihr Ziel ist die Alleinherrschaft über die Galaxie, und der Weg dahin kann für sie nur über die Vernichtung der menschlichen Zivilisation führen.«

Wiszewsky schwieg wieder. Er machte ein Gesicht, als habe er einen ungenießbaren Nachtisch vor sich.

»Bis jetzt wissen wir nicht einmal mit Sicherheit«, versuchte er einen letzten Einwand anzubringen, »ob wirklich die Sineser dahinterstecken ...«

Rogers ging darauf nicht ein. Im Grunde war es auch gleichgültig, wem wir die Attacke zuzuschreiben hatten; sie hatte stattgefunden. Zu diesem Gedanken schien sich auch der Commodore durchzuringen.

»In Ordnung«, sagte er. »Versuchen wir realistisch zu sein und mit dem hauszuhalten, was wir haben.«

»Ich habe bereits eine Aufstellung gemacht«, schnarrte Rogers. Er reichte Wiszewsky einen Chip. Der Commodore betrachtete unkonzentriert die Zahlenkolonnen und Grafiken, die in dem Luftraum vor seinen Augen sichtbar wurden.

»Bereiten Sie die Enthymesis vor«, sagte er mit einem Seitenblick zu mir. »Und verlieren Sie keine Zeit.«

»Die Enthymesis ist betankt und munitioniert«, machte ich Meldung. »Sie liegt längsseits und wartet nur auf Ihren Marschbefehl, Sir.«

Er nickte. Für einen Augenblick schien er zu überlegen, ob er uns wegen Kompetenzanmaßung ermahnen sollte. Dann gab er sich einen Ruck.

»Begeben Sie sich an Bord Ihres Schiffes«, sagte er. »Der Marschbefehl wird Ihnen dorthin überstellt.«

Ich salutierte und warf mich auf dem Absatz herum. Mit sanftem Zischen öffnete sich die Tür. Unter dem großen Schirm, der das Bild des zerdellten, von Methanstürmen gepeitschten Jupiters zeigte, stand Frankel. Alle anderen hatten sich zurückgezogen.

Ich fand meine Crew im Großen Drohnendeck, wo sie neben der EVA auf mich wartete. Die Motoren des Shuttles liefen brummend an. Wir stiegen ein und flogen zur Enthymesis. Kaum hatten wir die EVA verstaut, das Schiff flugbereit gemacht und unsere Plätze auf der Brücke eingenommen, traf der Marschbefehl ein, der dahingehend lautete, dem Jupiter auf seiner Drift zu folgen und eine mögliche Kollision mit der Erde abzuwenden. »Sie werden einige Wochen unterwegs sein«, lautete der lapidare Schluss der Anweisung. »So lange haben Sie Zeit sich zu überlegen, wie Sie das anstellen werden.«

Nachdem die Kursberechnungen abgeschlossen waren, gab Jennifer zehn Minuten vollen Schub aus dem Hauptreaktor und beschleunigte die Enthymesis auf Höchstgeschwindigkeit. Die MARQUIS DE LAPLACE wurde ein silbriges Stäbchen, ein funkelnder Punkt, ein unsichtbares Nichts. Wir nutzten die Zentrifugalkraft des Neptun, in dessen exzentrischem Orbit wir uns befunden hatten, und flogen in den leeren Raum hinaus, der Sonne zu, die ein kaum privilegierter Stern unter Millionen anderer war. Als Neptun weit zurückgefallen war, öffnete Jennifer die große Schleusenkammer. Sie fuhr zwei der Ionentorpedos aus, die wir mit uns führten, und zündete die starken Triebwerke der Raketen, ohne sie jedoch auszuklinken. Die beiden Booster erhöhten unsere Geschwindigkeit auf einen niedagewesenen Wert. Obwohl sie verglichen mit der Sonde, die in wenigen Tagen den Jupiter erreicht hatte, noch lächerlich gering war, war niemals ein Enthymesis-Explorer so schnell geflogen. Jennifer stieß die beiden ausgebrannten Plasmahüllen ab und schloss die Schleusenkammer wieder. Dann führte sie die letzten Berechnungen und Kurskorrekturen für das Uranus-Rendezvous durch. Der dichte Swing-by würde uns nochmals beschleunigen und die Reise zu den Inneren Planeten auf ein realistisches Maß verkürzen.

Seither hielten wir mit atemberaubender Geschwindigkeit auf den blaugrünen Gasplaneten zu. Neptun war längst unsichtbar geworden; er hatte sich auf eine mathematische Kote im Koordinatennetz der Enthymesis-Automatik reduziert.

Inzwischen waren unsere schlimmsten Befürchtungen bestätigt worden. Der Jupiter würde auf seinem Weg zur Sonne, in deren Corona er in einigen Jahren verglühen würde, nicht nur eine breite Bresche in den Asteroidengürtel reißen, sondern auch die Erdbahn in unmittelbarer Nähe unseres Heimatplaneten kreuzen. Dabei würde das Schicksal, das bis dahin einige seiner Monde ereilen würde, auch die Erde treffen. Sie würde von dem riesigen Gasball verschlungen werden. Nur zwei der größeren

Jupitermonde werden diesem Ende entrinnen: Ganymed und Callisto drifteten durch die Taumelbewegung ihres Zentralplaneten davon. Sie werden sich auf langgestreckten Bahnen von der Sonne wegbewegen, später aber von deren Schwerkraft zurückbeordert werden, und wie Kometen ins Innere des Sonnensystems stürzen. Der ungeheure Schlag, den die Sonde dem Jupiter versetzt hatte, war mit einer Härte und Präzision geführt worden, die jedem Schwebebillardspieler den höchsten Respekt abtrotzen würde. Ich kannte nur eine Spielerin, die in der Lage wäre, einen Stoß von vergleichbarer Finesse anzubringen und die verfahrene Partie vielleicht noch ins Remis zu retten.

Jennifer schlürfte an ihrem Mokka und lauschte den Ausführungen von WO Reynolds.

»Stellen Sie sich vor«, sagte er, »Sie räumen in einem großen Haus ein Zimmer leer. Dem Gebäude geschieht dabei natürlich nichts. Selbst wenn Sie einige Wände entfernen, wird dies das Haus nicht zum Einsturz bringen, weil seine Konstruktion eine Eigenstabilität hat. Wenn Sie jedoch einen Raum schlichtweg zum Verschwinden bringen, sodass die Decke plötzlich an den Fußboden oder die rechte Außenwand lückenlos an die linke stößt, wird das dreidimensionale Gefüge des gesamten Gebäudes zerreißen, weil quer durch das ganze Stockwerk alle anderen Zimmer durchrücken müssen und daher auch alle anderen Wände umgelegt werden. Das Haus muss einstürzen.«

Er blickte von einem zum anderen, die wir fassungslos an seinen schmalen Lippen hingen.

»Die freigesetzten Verwerfungsenergien sind ungeheuer«, fuhr er fort. »Es ist, als hätten sie ein Schwarzes Loch geöffnet. Da der Raum als solcher nur in geringem Maße gedehnt werden kann, kommt es zu schweren Schocks, die sich als Zeitverschiebungen, Energiedislozierungen und Gravitationswellen fortpflanzen.«

»Wie hoch«, fragte ich, »war die Energie, die während des Jupiter-Ereignisses freigesetzt wurde?«

»Das ist nicht das Entscheidende«, gab er zurück. »Sie übertraf die schwersten Kaliber unserer thermischen Bomben oder Antimaterie-Granaten um das Millionenfache. Aber darauf kommt es nicht an. Wesentlich war, dass eine riesige Kugel aus dem Zeitraumkontinuum entfernt wurde. Wir haben errechnet, dass das annihilierte Volumen fünfundzwanzig Milliarden Kubikkilometer betrug.«

»Damit hätten sie die Erde in Stücke reißen können«, sagte Jill, die in ihrer Kippelei innegehalten hatte.

»Das haben sie aber nicht getan«, stellte Jennifer fest.

»Warum nicht?«, rief ich.

Reynolds lächelte gedehnt.

»Die Katze weidet sich noch eine Weile an der Panik der Maus, ehe sie sie frisst.«

In den nächsten Tagen sprachen wir kaum miteinander. Jeder ging seiner Arbeit nach. Die Mahlzeiten nahmen wir schweigend ein, jeder für sich. Jill beschäftigte sich mit der Wartung und Instandhaltung der Ionentorpedos. Es konnte einem Respekt abnötigen, wenn man sah, wie die zierliche Person in ihrem weißen Overall auf den monströsen schwarzen Zylindern herumkletterte, sich mit dem Schwebekran zu der furchterregenden Nutzlast befördern ließ und in den mattglänzenden Kegelhüllen der Raketenspitzen verschwand. Manchmal, wenn ich nach ihr sah, hockte sie auf dem nackten Boden des Drohnendecks, an die Landekufen der EVA gelehnt, die über ihr in der Aufhängung schwebte, und war in ihr Masterboard vertieft.

»Es kommt darauf an«, sagte sie einmal, »sie in der größtmöglichen Effizienz einzusetzen.« Und dabei nickte sie zu den acht verbliebenen Torpedos hinauf, die dunkel und drohend in ihren Schächten hingen. »Offen aufgeschüttetes Pulver verpufft, wenn man es entzündet, aber wenn man es in ein Stahlrohr presst, kann man ein Gebäude damit in die Luft sprengen.«

Ich erkundigte mich nach der Bedeutung ihrer pyrotechnischen Metapher.

»Wir müssen die Sprengköpfe beim Abschuss exakt koordinieren«, erklärte sie. »Ich suche gerade nach dem mathematischen Muster, das die optimale Bündelung beschreibt.«

So mager, mit Ölflecken an den Wangen, zerstrubbeltem Haar und schiefem Lächeln, wie sie da in der Abgeschiedenheit des Drohnendecks saß, hätte sie einem fast leidtun können, aber in ihren farblosen Augen glimmte ein trotziges Feuer, das mir imponierte. Ich war oft bereit, sie für die Schwächste meiner Crew zu halten, aber sie bewies immer wieder Willenskraft und eine Entschlossenheit, niemals aufzugeben.

Auch Reynolds und Jennifer verbrachten ihre Tage über ihren Konsolen, in Berechnungen und Planspiele vertieft, während ich von der Tatsache eingeholt wurde, dass, ein Schiff zu kommandieren, während der langen interplanetaren Flugzeiten vor allem langweiligen Verwaltungskram bedeutet. Ich konferierte täglich mit Rogers und Wiszewsky und stand auch, je näher wir dem inneren Sonnensystem kamen, in ständigem Kontakt mit den Stationen auf Luna. Überall beobachtete man die Drift des Jupiter mit allen zur Verfügung stehenden Instrumenten und legte stündlich aktualisierte Bahnprognosen auf. Dabei erwies sich, dass wir das Phänomen der Annihilation noch keineswegs in dem Maße verstanden, das Reynolds' Ausführungen nahegelegt hatten. Was sich wirklich bei der Detonation abgespielt hatte, daran bissen sich nicht nur Rogers' Experten von der Planetarischen Abteilung, sondern auch zahllose Experten auf der Erde die Zähne aus. Die Drift des beleidigten Königs der Planeten, der von seinem kosmischen Thron gestoßen worden war, war auch lange nicht so eben, wie es zu erwarten gewesen wäre. Immer noch traten regelmäßig schwere Verwerfungsschocks auf. Seltsame Kraftfelder spielten als silbriges Gespinst um den riesigen, von braunen Stürmen überzogenen Gasball, als würde der Körper des Planeten von unvorstellbaren Gewittern heimgesucht. Violettes Wetterleuchten pulste durch die oberen Atmosphäreschichten oder durch den Raum jenseits der obersten Wolken, als habe sich mitten im Vakuum eine Kraftaufwallung entfesselt, deren Partikelwirbel in der Leere leuchteten und blitzten. Die langsame, sich allmählich beschleunigende Drift des Planeten, die nach und nach steiler wurde, je mehr er sonnenwärts trieb, war zackig und von sonderbaren Ausbrüchen gezeichnet, die wir uns nicht zu erklären vermochten. Manchmal verfinsterte sich die Tagseite des Giganten, als stehe das Farbenspiel seiner durchgequirlten Wolkenbänder im Begriff, zu verblassen oder zu erlöschen, dann brannten wieder scharf gerandete Bezirke auf wie entzündete Pusteln, die, unabhängig von den atmosphärischen Bewegungen, geisterhaft über die zerdellte Oberfläche wanderten. Der Planet war von einer Halo starker Strahlung umgeben, die einigen Beobachtungsdrohnen den Garaus machte, als man zur Erforschung der Phänomene eine Flotte von Sonden losschickte. In seiner Umgebung stauchte er das Raumzeitkontinuum zu einer tropfenförmigen Verwerfungsblase. Seiner großen Trabanten beraubt, zog er einige kleinere Körper, die den Namen Monde nicht verdienten, als geisterhafte Eskorte hinter sich her. Fahl und brandig, mit Narben und flammenden Wunden übersät, ein Gefolge von zwielichtigen Gestalten im Schlepptau, wirkte er wie ein düsterer König Pest, von dem man sich am liebsten ferngehalten hätte, wenn er nicht direkt auf einen zugekommen wäre. Und in dieser Absicht schien er unaufhaltsam. Das gesamte irdische Arsenal hätte nicht hingereicht, auch nur einen Bruchteil der Energie des Annihilationsereignisses freizusetzen. Einige thermische Raketen, die man von den verbliebenen Basen im Asteroidengürtel abschoss, verschwanden in der Atmosphäre des Riesen, ohne einen messbaren Effekt zu zeitigen; dann mussten auch diese Stützpunkte geräumt werden.

Während er sich durch den Asteroidengürtel fraß und einige große und tausende kleine Körper in ihren Bahnen störte, bereiteten wir uns auf den Uranus-Swing-by vor. Reynolds und Jennifer unterbrachen für ein paar Tage ihre Berechnungen und widmeten sich der Programmierung des Kurses, der uns zwischen den Monden und unterhalb des schwach ausgeprägten Ringsystems des siebten Planeten hindurchführte. In geringem Abstand jagten wir über seine blauschwarzen Gaswolken. Jennifer hatte das Manöver vorbereitet und flog es mit kaltblütiger Perfektion. Es war klar: je dichter wir an den Planeten herangingen, umso größer war seine Beschleunigungswirkung, die uns zur anderen Seite katapultierte. Da jeder Tag den Jupiter näher an die Erde heranbrachte und dadurch den Winkel, den eine Ablenkung zu erzielen haben würde, vergrößerte, kam es auf jede Stunde und auf jeden Stundenkilometer an.

Jennifer unterschritt die Normdistanz, die die Union für derartige Manöver festgelegt hatte, um mehrere tausend Kilometer. Wir berührten die äußere Atmosphäre des Uranus. Für einige Minuten wurde die Enthymesis rotglühend und zog einen feurigen Schweif hinter sich her, als wir als künstlicher Meteor über den Nachthimmel des tiefblauen Planeten schossen. Alle Schotte waren geschlossen, die Abschirmung arbeitete auf hundertzwanzig Prozent, wir hingen, von Gravitationsgurten gefesselt, in unseren Sitzen und wurden durchgeschüttelt wie zuletzt bei der Notlandung auf X-Alpha3.

Am tiefsten Punkt des tangentialen Rendezvous' klinkte Jennifer die beiden Sprengköpfe aus und ließ einige hundert Tonnen Plasma ab. Die Massenverringerung beschleunigte uns zusätzlich. Die Enthymesis bäumte sich auf und wurde von der Wucht der Zentrifugalkraft in den Raum hinausgeschleudert. Auf den Heckmonitoren sahen wir, wie das Plasma in einer langgezogenen Corona verbrannte. Dann brachte Reynolds die beiden Antimateriegranaten zur Explosion, die flache Kuhlen in die obere Uranus-Atmosphäre schlugen. Aus den Beobachtungen dieser Detonationen hoffte er eine verbesserte Datengrundlage für den Beschuss des Jupiter zu gewinnen. Das Resultat war ernüchternd. Der Planet war kaum angekratzt, geschweige, dass er sich hätte von seiner Bahn schubsen lassen. Die ölig wirkenden Wolken schlossen sich schnell wieder. Mehr geschah nicht. Und der Jupiter hat bekanntlich die zwanzigfache Masse des Uranus.

Wir setzten unseren Flug fort. Der Saturn stand zu weit ab, als dass wir ihn zum Schwungholen hätten nutzen können. Ich wäre froh um jede tausend Stundenkilometer gewesen, denn der Jupiter näherte sich bedrohlich unserem Heimatplaneten, und noch immer waren wir Milliarden Kilometer von ihm entfernt. Die neuen Berechnungen nach dem Uranus-Swing-by zeigten, dass wir noch rechtzeitig dort sein würden; die Frage war nur, was wir dann anfangen sollten.

Wir durchpflügten die endlosen Weiten des Sonnensystems. In diesen Regionen des Universums hatten wir seit Jahren nicht mehr operiert. Die MARQUIS DE LAPLACE verkehrte zwischen den Außenbezirken des solaren Systems und den Nachbarsternen; die Distanzen, die sie dabei zurücklegte, waren um ein Vielfaches größer, aber sie überwand sie mittels der Warp-Technik. Ich begann mich zu fragen, ob es nicht einfacher gewesen wäre, eine der Warp-Spulen des Mutterschiffes auf der Enthymesis zu montieren und den Explorer auf Warpfähigkeit umzurüsten. Aber so ausgedehnt uns das Sonnensystem schien, da uns seine Durchquerung Wochen kostete, so kleingliedrig war es doch in Relation zum interstellaren Raum, sodass die Erprobung einer niemals zuvor getesteten Warptechnologie in seinen engen Dimensionen einem Selbstmordkommando geglichen hätte.

Während wir die Saturnregion passierten, ohne den großen Ringplaneten zu Gesicht zu bekommen, kreuzte Jupiter die Marsbahn. Er schleppte einen ganzen Hofstaat von Trümmern und Planetoiden mit sich. Zahlreiche Körper waren in ihn hineingestürzt und neue Monde und Asteroiden umkreisten ihn. Sie hatten sich ihm angeschlossen und folgten ihm als wenig sympathisches Gesinde. Er wirkte wie ein grotesker Komet, der einen Schweif aus Unrat hinter sich herschleift. Tatsächlich begann er in dieser Entfernung zur Sonne einen Schweif auszubilden, als der Sonnenwind geladene Partikeln aus seiner Atmosphäre riss.

Einzelne der neuen Trabanten kollidierten auch miteinander, wie es in der Aura eines großen Herrschers nicht anders sein kann. Sie explodierten, prallten wie Erdklumpen aufeinander oder verschmolzen zu unförmigen Brocken. Andere zerbarsten und regneten als Hagel von kilometergroßen Fels- und Eistrümmern auf seine wunden Flanken ein. Mittlerweile zog er eine mehrere hundert Millionen Kilometer lange Spur aus Staub, Gesteinspartikeln, Eis und Gas, das aus seinem Leib herausgesprengt worden war, durch das innere Sonnensystem, die seinen Weg noch für Jahre nachzeichnen würde. Auf der Erde war er das neue große Objekt des Nachthimmels, das dem Mond an Helligkeit und Größe nacheiferte.

Nachts lag ich schlaflos im Bett und wälzte mich im Schwerefeld der gravimetrischen Matratze, das ich abwechselnd weicher und härter einstellte, ohne dass das Resultat mich befriedigt hätte. Obwohl die Enthymesis mit dem Zweieinhalbfachen ihrer offiziellen Höchstgeschwindigkeit durch das Sonnensystem raste, gab es für die Crew wenig zu tun. Meine Tage waren von Konferenzen mit Luna und der MARQUIS DE LAPLACE angefüllt. Während die terrestrischen Basen näher kamen, sodass man die zeitraubenden Debatten ohne die Gesprächssoftware führen konnte, vergrößerte sich der Abstand zum Mutterschiff, das dem Neptun auf seiner Bahn folgte und relativ zu unserer verwinkelten Flugroute auf elf Uhr stand. Von der Hektik und der bürokratischen Verschwurbeltheit dieser Kontakte enerviert, fand ich nachts keinen Schlaf, obwohl ich erschöpft war wie selten während einer lebensgefährlichen extrasolaren Exploration.

Jennifer lag neben mir. Ich spürte, dass sie ebenfalls wach war, und ich wusste, dass sie an meinen unruhigen Atemzügen hörte, dass ich auch in dieser Nacht nicht schlief. Ich setzte mich auf und presste die Stirn an die angezogenen Knie.

Jennifer bewegte sich. Ich hörte das leise Fiepen, mit dem der sensorielle Futon ihre Gewichtsverlagerung ausglich. In der wattierten Finsternis, die nur von ein paar Sternen im halbpolarisierten Fenster ein wenig angeraut wurde, drehte sie sich auf die Seite. Ihre Hand tastete nach meinem Arm.

»Möchtest du mit mir schlafen«, fragte sie leise.

»Nein«, gab ich rasch zurück.

»Vielleicht würde es dich ja entspannen?«

»Ich bin nicht in der Stimmung«, sagte ich.

»Was denkst du?«, fragte sie.

Diese Frage war vermutlich die am häufigsten gestellte und am seltensten beantwortete, die Frauen seit Jahrmillionen an ihre Männer richteten.

»Nichts«, brummte ich wahrheitsgemäß.

»Automatik«, befahl ich, »Druck um hundert mP absenken, Sauerstoff um zwölf Prozent erhöhen.«

Irgendwo war ein leises Zischen zu hören, als die Kabine mit frischer Bergluft geflutet wurde. Ich atmete etwas leichter.

Jennifer war aus dem Bett gesprungen. Sie ging zu unserer kleinen Campingküche – im Bordjargon drink'n'drug-board geheißen – und ließ sich einen ihrer exotischen Lieblingssäfte aus dem Fruiter.

»Möchtest du auch was?«, fragte sie, während der aufdringliche Geruch von Lychee und Maracuja sich ausbreitete.

»Wenn schon, wäre mir ein Whisky am liebsten«, murmelte ich. Obwohl die Erhöhung der Sauerstoffzufuhr mein körperliches Befinden besserte, änderte das noch lange nichts an meiner schlechten Laune.

»Morgen hast du eine Dreibandkonferenz mit Mars und Luna«, säuselte sie. »Reynolds wird dir fünf Minuten vorher die letzten Berechnungen aufs Display schicken, damit du ...«

»Ja ich weiß«, bremste ich sie aus. Nur weil wir uns so und so lange kannten, musste sie nicht ständig mein ausgelagertes Gewissen spielen.

Jennifer verstummte, aber ich wusste, dass sie im Dunkeln überlegen vor sich hin grinste. Sie kam wieder ins Bett und setzte sich in Lotoshaltung neben mich. Während sie an ihrem Drink schlürfte, strich sie mir mit der freien Hand durch das Haar. Ich berührte versöhnlich ihren Schenkel und streichelte ihr nacktes Knie.

»Was immer auch geschieht«, sagte sie nach einer Weile, »dich trifft keine Schuld. Wir können es nur versuchen; niemand wird uns vorwerfen, versagt zu haben.«

»Weil, wenn wir versagen, niemand mehr da sein wird!«

Meine Replik war grob. Selbst wenn neunundneunzig Prozent der Menschheit ausgelöscht werden sollten, würde der Rest noch genügend Gremien, Ausschüsse und Kommissionen bilden, vor denen wir uns zu rechtfertigen haben würden. Aber das war es nicht, was mich beschäftigte.

Wir schwiegen. Ich spürte, wie der Luftdruck langsam abgesenkt wurde. Ohnehin lag er in allen Schiffen der Union unter dem terrestrischen Normalwert; er entsprach einer Seehöhe von achtzehnhundert Metern. Jetzt schraubte unsere Kabinenautomatik uns um weitere zweitausend Meter nach oben, bis wir auf einem Alpengipfel zu ruhen kamen.

»Hast du Angehörige auf der Erde?«, fragte Jennifer nach einer Weile.

Diese Frage war, obwohl wir seit vielen Jahren ein Paar waren, nicht so ungewöhnlich, wie sie auf der Erde geklungen hätte. Mit dem Eintritt in die fliegende Crew musste man alle irdischen Bindungen lösen. Wenn man nach achtzehn oder zwanzig Monaten von einer Reise zurückkehrte, waren auf der Erde Jahre oder Jahrzehnte vergangen. Freundschaften und familiäre Bande lösten sich sehr schnell. Alte Hasen wie Rogers und Wiszewsky hatten ihre Enkel altern und sterben sehen, während sie sich eine Rüstigkeit erhielten, die an die ewige Jugend früherer Göttergeschlechter erinnerte. Bei jungen Rekruten, die in die Akademie und später in die fliegende Crew eintraten, achtete man darauf, dass sie nicht allzu sehr verwurzelt waren.

»Und du?«, erkundigte ich mich. Die Gegenfrage musste in diesem Fall die Antwort ersetzen.

Aber auch Jennifer blieb mir die Antwort schuldig. Sie brachten ihren Elastinbecher zum Fruiter zurück und kuschelte sich dann an meine Seite.

»Versuch zu schlafen«, murmelte sie.

Die nächsten Tage vergingen nicht anders als die bisherigen. Ein ums andere Mal versuchte ich den Deppen von Luna begreiflich zu machen, dass ich mir Triebwerksleistung und Sprengkraft nicht aus dem Ärmel schütteln konnte. All diese Executive Manager und Senior Correspondents konnten oder wollten nicht verstehen, warum wir mit abgeschalteten Reaktoren dahintrudelten. Darauf, sie mit Reynolds' komplizierten Berechnungen beeindrucken zu wollen, verzichtete ich längst. Ich speiste sie mit Fakten ab, die ernüchternd waren. Und schließlich ging ich zur Gegenoffensive über und erbat mir genaue Anweisungen. Eine Gegenfrage war schon immer das probateste Mittel, einen Inquisitor zum Schweigen zu bringen. Manchmal redete ich mich auch auf Übertragungsfehler heraus. Tatsächlich störte das flackernde Energiefeld, das der Jupiter mit sich schleppte, die Kommunikation nicht unerheblich, und wenn es mir zu bunt wurde, schaltete ich die Konsole ab und meldete mich einige Stunden später mit bedauerndem Gesichtsausdruck. Die Herren Direktoren und Aufsichtsräte waren dann längst bei ihren Familien oder Gespielinnen, und ich verabredete mit den stammelnden Administratoren irgendwelche Folgetermine, die ich in der Regel vergaß.

Von solchen Erspiesslichkeiten kommend, schlenderte ich auf die Brücke. WO Reynolds hatte sich seit Tagen fest an seiner Konsole im Kontrollraum installiert. Wann immer ich dort vorbeikam, blitzten Explosionen auf seinen Schirmen, Bündel und Bukette von Explosionen strahlten auf und vereinigten sich zu prachtvollem virtuellen Feuerwerk, Kettenreaktionen und Salven von Explosionen bildeten ästhetische Muster von geometrischer Schönheit und Präzision. Konzentrische Druckwellen liefen über seine Monitore und bildeten konvexe und konkave Kreisschnitte, Trichter und Kegel, farbige Fontänen strahlten auf, holographische Garben spritzten hoch und interagierten zu fröhlichen Schlachtfeldern, die an die LSD-Version eines Artillerieduells erinnerten. Parallele Fronten von einander überlagernden und verstärkenden Schocks wurden von Reynolds arrangiert wie von einem chinesischen Großmeister, der ein kaiserliches Spektakel komponiert. Die anschwellenden Sphäroide von sich ausbreitenden Ereignishorizonten, die komplexe dreidimensionale Interferenzmuster bildeten, wurden ersonnen, durchgespielt und wieder verworfen. Reynolds beschoss platonische Körper mit virtueller Strahlung, die er dabei bündelte, stauchte, streute und erneut fokussierte. Er ließ antagonierende Detonationen aufeinander zurasen und ihre Druckwellen sich zu komplexen und ungegenständlichen Brandungen übereinanderwerfen. Manchmal sah es aus wie ein Tanker, der durch die Dünung einer schweren See pflügt, dann wieder wie Zeitrafferaufnahmen von sich öffnenden Blüten, was er aus seinen Programmen herausholte. Er arbeitete daran, aus unserer Sprengmasse den größtmöglichen Effekt herauszuholen. Die Lautlosigkeit, in der das geschah, und die verbissene Konzentration, in der er über Stunden auf seine miniaturisierten Apokalypsen starrte, wurden nach einiger Zeit unheimlich.

Jennifer und Jill hielten sich aus reiner Gewohnheit auf der Brücke auf. Deren Funktionen waren abgeschaltet, die Automatik war auf Stand-by, die Enthymesis schoss antriebs- und steuerlos auf ihrer ballistischen Flugbahn ins innere Sonnensystem. Jupiter war allmählich nahe genug, dass er vom Kommandostand aus mit bloßen Augen wahrgenommen werden konnte. Da Jennifer unseren Kurs so gelegt hatte, dass wir von der kombinierten Gravitation der Sonne und des demolierten Gasriesen profitierten, blickten wir auf die unbeleuchtete Seite des Planeten, die sich als verschwommener, rotverschleierter

Fleck aus dem Sternenfeld abhob. Wir setzten einem gemeingefährlichen Geisteskranken nach, der uns die kalte Schulter zeigte und, dass wir ihm auf den Fersen waren, nicht zur Kenntnis nahm.

Unterdessen gingen auf der Erde die Evakuierungsmaßnahmen weiter. Alle verfügbaren Kapazitäten wurden beschlagnahmt. Aber wohin sollte man sich retten? Die Basen im Asteroidengürtel waren gefährdet oder bereits zerstört, wie auch die Stationen, die man auf den Jupitermonden unterhalten hatte und die nicht mehr existierten. Die Vorposten im Saturnsystem und die weit verstreuten Deepspace-Hangars waren zu weit entfernt und außerdem viel zu klein. Selbst der Exodus, der sich zum Roten Planeten in Bewegung setzte, war eher Ausdruck der Verzweiflung als eines nennenswerten Katastrophenmanagements. Einige tausendstel Promille der Weltbevölkerung konnte man mit den vorhandenen Schiffen und in der verbleibenden Zeit dorthin bringen. Die Passagierzahlen gingen in die Tausende, kaum die Zehntausende, aber Milliarden harrten auf der Erde aus und starrten zu dem aufgedunsenen Ball hinauf, der als immer größer werdender zweiter Mond den Tageshimmel verschlierte und in den Nächten den Schlaf verscheuchte. Massenpaniken, Aufstände und Unruhen waren an der Tagesordnung. Die Raumhäfen, Abflughallen und Treibstofflager mussten militärisch geschützt werden. An die begehrten Plätze auf einem der Marsshuttles, die so verzweifelt klein und langsam waren, kam man nur durch Bestechung und Mord heran. Die Weltwirtschaft brach zusammen, da niemand mehr seiner Arbeit nachging. Schon bevor das Jupiter-Ereignis irgendeine konkrete physikalische Auswirkung gehabt hatte, warf es seine Schatten voraus, und ein Großteil der Menschen kämpfte schon jetzt nur noch ums Überleben. Unter der Hand verbreiteten sich Gerüchte, dass umfangreiche Euthanasieprogramme angelaufen waren. Selbst in diesem Katastrophengetuschel war noch nicht von systematischen Ermordungen die Rede, aber man erging sich in Andeutungen, dass Alte, Kranke und Behinderte, die auf lebenserhaltende Maßnahmen oder regelmäßige medizinische Versorgung angewiesen waren, von dieser abgeschnitten wurden. Sämtliche Ressourcen wurden rationiert. Alle militärischen und polizeilichen Einheiten hatten Schießbefehl, und es war nur noch eine Frage der Zeit, bis auch unter ihnen die Meuterei ausbrechen und sich jeder nur noch um seinen eigenen Kopf kümmern würde.

Wenn diese Dinge zur Sprache kamen, versteinerten Jennifers Gesichtszüge. Sie wiegelte ab, wechselte das Thema oder verließ unter einem Vorwand den Raum. Ich vermied es, sie unter vier Augen darauf anzusprechen. Unsere gescheiterte nächtliche Unterhaltung war mir noch präsent; ich hegte keine Sehnsucht nach einer Wiederholung. Etwas bedrückte sie, und zwar auf eine andere Weise als uns. Aber mittlerweile näherte sich unsere Mission der entscheidenden Phase. Das Schiff zitterte und bebte im sich ständig ändernden Schwerefeld des Jupiter, der die Enthymesis erfasst hatte und unerbittlich an sich zog. Wir mussten uns für das Rendezvous bereit machen und die Strategie ausarbeiten. Bei Anfragen von Luna reagierte ich nicht mehr. Ich hatte die Automatik darauf programmiert, mit dem Hinweis, ich sei »in action« meine Unabkömmlichkeit zu melden. Die nächsten Stunden würden über das Schicksal der Menschheit entscheiden. Die Zeiten, da man sich über Sitzordnungen, Redezeiten oder die Reihenfolge der Tagesordnungspunkte streiten konnte, waren vorbei.

Kapitel 5. Billard

»Wenn ich Kugel C treffen will, vor der sich Kugel B befindet, kann ich über Bande spielen.« Jennifer sah pfiffig von einem zum anderen. Sie saß auf einem der Tische in der Messe und wippte mit den Beinen, während ein Holo-Board neben ihr große durchscheinende Kugel durch den Raum kreisen ließ. »Diese Möglichkeit scheidet in unserem Fall aus. Ich kann meine Spielkugel A aber auch anschneiden, sodass sie um B herumläuft.«

Reynolds, der auf der Schmalseite des Tisches saß und das Board programmierte, gab einen Befehl ein, und die virtuellen Kugeln surrten in eine andere Position. Ich sah das Hologramm vor dem Hintergrund von Jill Lambert, die mit weit aufgerissenen Augen von der anderen Seite aus hineinstarrte. Noch begriff ich nicht, was Jennifer und Reynolds mit der Demonstration bezweckten. Ich wollte klare Anweisungen und unmissverständliche Marschbefehle.

In diesem Fall lag genau darin allerdings das Problem. Wiszewsky und Rogers hatten uns den Herrenwitz mit auf den Weg gegeben, unsere Aufholjagd zum Jupiter würde lange genug dauern, dass wir uns selbst eine Strategie zurechtlegen konnten, und seitdem hüllten sie sich in Schweigen. Vor vierundzwanzig Stunden hatte ich von unseren Vorgesetzten auf der MARQUIS DE LAPLACE ebenso wie von den maßgeblichen Stellen auf Luna zum letzten Mal eine Handlungsvorgabe eingefordert und, nachdem nur bürokratisch verklausuliertes Herumgedruckse über die Kanäle gekommen war, von mir aus jeden weiteren Kontakt abgebrochen. Wir waren auf uns gestellt.

»Wenn wir«, fuhr Jennifer fort, »die Kugeln durch Planeten ersetzen, kommt uns sogar zustatten, dass B über eine beträchtliche Masse verfügt und A um sich herumlenkt. Wenn wir A tangential in ihre Isograven einfädeln, wird sie in gleichbleibendem Abstand um B herumlaufen und am Austrittspunkt mit geringfügig abgeknickter Bahn ihre Reise fortsetzen.«

»Ein Swing-by«, stellte Lambert fest. »Mit umgekehrten Vorzeichen.«

Ich war skeptisch. Vielleicht war es doch keine gute Idee von unserem WO und der Ersten Pilotin gewesen, uns die Sache zu veranschaulichen. Mit unguten Gefühlen starrte ich in die holographische Projektion. Zu meiner inneren Abwehrreaktion trug vielleicht auch bei, dass ich die Demonstration nicht betrachten konnte, ohne Jill durch die flimmernden Strukturen hindurch zu sehen. Ihr unschönes Gesicht war zu einer Maske unausgesetzten Greinens erstarrt. Mit ihrer Stachelfrisur sah sie aus, als sei einer der Planeten des dreidimensionalen Schaubildes zerborsten und ziehe als strohige Corona seine Bahn.

»Die Anziehung der Erde«, führte Jennifer aus, »ist gering. Sie beträgt weniger als ein Dreihundertstel derjenigen des Jupiter, aber sie wird beim Rendezvous doch eine leichte Bahnabweichung bewirken. Verbunden mit der Eigenträgheit des größeren der beiden Planeten und dem dadurch entstehenden Zentrifugaleffekt wird Jupiter nach dem Minimum umso energischer sonnenwärts geschleudert werden.«

Die Zweite Pilotin hatte recht: es war wie bei einem Swingby. Nur dass hier nicht ein Raumschiff an einem Planeten, im Vergleich zu dem seine eigene Masse vernachlässigbar war, Schwung holte, sondern dass der ungleich größere der beiden Körper um den kleineren herumdirigiert werden sollte, von dessen tangential ansetzender Gravitation wie durch eine unsichtbare Schleuder gesteuert und davongejagt.

»Uns kommt dabei zustatten«, warf Reynolds ein, »dass der Mond zu dem fraglichen Zeitpunkt genau zwischen Erde und Jupiter stehen wird.« Er sah von seinem Bedienfeld auf und blickte mich. »Dadurch wird der Effekt um ein Sechstel verstärkt. Immerhin ...«

»Wir ziehen alle an einem Strang«, äffte ich.

Am liebsten wäre mir gewesen, sie würden das Hologramm ausschalten, und am zweitliebsten, sie hätten es niemals aktiviert.

»Hören Sie«, sagte ich, »Ihren Spieltrieb und Ihre Phantasie in allen Ehren, aber das sind doch Manipulationen an der dritten Stelle hinter dem Komma. Der Swing-by-Effekt des Mondes auf den Jupiter, der das 1800fache an Masse hat!« Ich musste den Kopf schütteln. »Nehmt mir's nicht übel, aber ob ich in einem Gefecht von zwnzig oder von neunzehn Komma neun neun Megatonnen zu Strahlung verdampft werde, ist mir gleichgültig.«

Jennifer und Reynolds starrten wie bockige Kinder in ihre Projektion, wo sich weiterhin halbmassive schimmernd bunte Kugeln umeinanderdrehten. Jill sah aus, als wolle sie jeden Moment in Tränen ausbrechen.

»Und ich gehe davon aus«, setzte ich meine Gardinenpredigt fort, »dass es sich hierbei um ein best-case-Szenario handelt, das zugrundelegt, dass bei unserem eigenen Rendezvous mit Jupiter alles zur vollsten Zufriedenheit ausfällt.«

»Dazu wollten wir als Nächstes kommen«, stammelte Reynolds.

»Frank!« Jennifer warf sich in meine rhetorische Schussbahn. »Es geht zunächst darum, herauszufinden, welche Korrektur der Jupiter-Drift wünschenswert wäre. Im zweiten Schritt müssen wir herausfinden, wie wir das mit unseren Mitteln bewerkstelligen ...«

Ich brachte sie mit einer Handbewegung zum Schweigen. Begriffen sie nicht, dass sie sich nicht vor mir rechtfertigen mussten, sondern vor der Wirklichkeit?!

»Sie haben den Mond erwähnt«, sagte ich mit der Attitüde eines Staatspräsidenten, der ein Geheimlabor besucht. »Ich sehe ihn gar nicht.«

Und um mein Interesse herauszustreichen, beugte ich mich über die albernen Bälle aus modifiziertem Laserlicht, die vor meiner Brust herumschwebten. Mein WO betätigte eine Taste, und ein orangeroter Lichtkringel glühte im Inneren des Hologramms auf. Nichts wäre besser geeignet gewesen, unsere Ohnmacht offenbar zu machen.

Das Hologramm nahm die ganze Breite des Tisches ein, an dem acht Personen Platz gefunden haben würden. Die Entfernungen zwischen den »Planeten« waren um Faktor hundert gestaucht, da sonst die gesamte Enthymesis nicht zur Veranschaulichung der Vorgänge ausgereicht haben würde. Aber die Größenverhältnisse waren originalgetreu wiedergegeben. Die Erde war kaum zu sehen. Eine winzige blaue Murmel, wie wir sie als Kinder durch Phantasieparcours im Sand geklickt haben, schwebte über der Tischplatte. Allein in den Großen Roten Fleck, dieses wild rotierende Zyklopenauge in der Südhemisphäre des Jupiter, hätte sie dreimal nebeneinander hineingepasst. Der Gasplanet war ein massiger geblähter, rot und gelb gebänderter Kürbis. Wenn er echt gewesen wäre, hätte er uns alle vier an mehr als einem Abend satt gemacht. Die Enthymesis und die MARQUIS DE LAPLACE waren in diesem Maßstab nichts anderes als ausdehnungslose mathematische Punkte, bloße Positionsdaten, in deren Fadenkreuz kein konkretes Objekt auszumachen war. Und selbst der Mond, den Reynolds freundlicherweise für mich mit einem Ring versehen hatte, war nur ein Sandkorn an der untersten Auflösungsschwelle, eine winzige mausgraue Staubflocke, die gerade von einem Medizinball zermalmt zu werden drohte. Es war absurd, so viel Erfahrung hatte jeder von uns in kosmischen Manövern, zwischen diesen Körpern eine andere Wechselwirkung anzunehmen als eine Katastrophe, die die beiden kleineren von ihnen restlos vernichten würde.

»Wie groß wird die geringste Distanz beim Minimum sein«, erkundigte ich mich. »Mit welchen Gezeitenkräften müssen wir rechnen, selbst wenn wir eine Kollision verhindern können.«

»Das«, sagte Reynolds spitz, »hängt davon ab, wie sehr wir die Drift des Jupiter zu beeinflussen vermögen.«

Auch der weitere Verlauf der Besprechung war kaum weniger frustrierend. Wir bemühten uns, unsere Anspannung nicht gegeneinander zu richten. Dennoch fand die Sitzung in einer gedrückten Atmosphäre statt. Ich musste mich selbst zur Disziplin rufen und mir sagen, dass es eine bessere Crew als die meine nicht geben konnte. Wenn eine Pilotin in der Lage war, die kommenden Manöver zu fliegen, dann Jennifer; wenn ein WO in der Lage war, die nötigen Berechnungen vorzunehmen, dann Reynolds. Und selbst Lambert war eine Zweite Pilotin, wie andere Teams sie mit Kusshand als Erste genommen hätten.

Am Ende der Besprechung hielt ich eine Ansprache an meine Crew, in der ich versuchte, ein Pathos des »Wir haben es immerhin versucht« zu entfachen. Es gelang mir nur zum Teil. Reynolds und Jennifer nahmen ihre Berechnungen wieder auf. Jill zog sich auf ihre Kabine zurück, um einige Botschaften an Freunde und Verwandte auf der Erde aufzuzeichnen. Ich hoffte, dass sie sich vorher die Nase putzte.

Ich begab mich auf die Brücke. Der Raum war dunkel, durch die großen Panoramafronten, die drei der vier Seiten einnahmen, drang kein Licht herein. Wie finster es im Kosmos war! Anders als viele Kollegen habe ich das All nie als kalt empfunden, aber seine Dunkelheit war bedrückend. Schon jenseits der Marsbahn war die Sonne nur noch ein minder privilegierter Stern, und die Flut der Sterne, tausendmal tausend Milchstraßen, schäumte in schweigender, eisiger und düsterer Pracht. Ich erinnerte mich an meine Jugend, an Bergtouren und Skifreizeiten, wo wir mitten in der Nacht aufgebrochen waren. Oft gingen wir ohne Lampen, weil der Schnee das Sternenlicht zurückwarf und sich die Augen an die Dunkelheit gewöhnten, bis sie einem wie ein sonnenloser, blauleuchtender Tag vorkam.

Paradoxerweise hat sich dieser Effekt im freien Weltraum nie eingestellt. Hier herrschte nur Dunkelheit und Leere. Die unvorstellbare Zahl der Welten, Nebel und Galaxien nahm nur einen winzigen Bruchteil des verfügbaren Volumens ein. Der Rest war Öde, die sich in Raum und Zeit ins Unvordenkliche dehnte. Selbst ein Gott musste sich hier verloren vorkommen.

Der Hautbedienplatz war online. Über Jennifers Konsole blinkten grüne Zahlenkolonnen, Kurs- und Positionsdaten, Statusberichte über den Zustand des Schiffes, automatische Meldungen über die Frostbildung an einer Korrekturdüse oder die routinemäßige Selbstreinigung eines Scheinwerfers, den wir so bald nicht benötigen würden. Die Brücke lag in stiller Einsamkeit. Gedankenlos nahm ich den Platz des Kommandanten ein und sah über die verwaisten Sessel der beiden Pilotinnen hinweg. Vor uns im Raum hing Jupiter.

Seit dem Uranus-Swing-by, seit wir auf fast direktem Wege einer asymptotischen Bahn ins Zentrum des Sonnensystems stürzten, lag Jupiter vor uns. Und seit wir die Marsbahn gekreuzt hatten, befanden wir uns im Einflussgebiet des gestürzten Monarchen. Seine blutigrote Scheibe verdeckte die Sonne. Allerdings war dies kein pittoreskes Ereignis wie eine Sonnenfinsternis auf der Erde, wo die passgenaue Deckungsgleiche der einander überlagernden Scheiben geeignet ist, mystische Empfindungen auszulösen. Aus der gegenwärtigen Perspektive war der Jupiter mehr als zehnmal größer als die Sonnenscheibe. Keine Corona flammte um die unerleuchtete Seite des Planeten, keine blauen, magnetisch feinen Wimpern blinzelten uns aus einem romantisch abgeschatteten Sommerhimmel an. Ein dunkles, drohendes, blickloses Auge glotzte uns entgegen, größer und furchteinflößender als alles, was wir auf unseren Exkursionen zu sehen bekommen hatten. Lediglich die Spreu, die um den gewaltigen Körper wirbelte, das splittrige Gefolge von eingefangenen Asteroiden und mitgeschleppten Trümmern seiner zerstörten Trabanten, war von rückwärts angestrahlt. Indem die Felsbrocken und Mondfragmente aus dem Schatten des Riesen ins Sonnenlicht hinausflogen oder aus diesem in die Schleppe aus Nacht zurückkehrten, zeigten sie an, dass es jenseits dieser unvorstellbaren Wasserstoff- und Heliummasse noch unseren Zentralstern gab. Hunderte von Objekten umkreisten den Jupiter auf niedrigen oder exzentrischen Bahnen, die zumeist irregulär und instabil waren. Die meisten dieser

Trabanten würde in die kochenden Gasfluten des Planeten gestürzt sein, bevor dieser selbst in einigen Monaten in der Sonnenchromosphäre verdampfte. Das würde ein Schauspiel werden!

Einige Tage vor dem Rendezvous gab es eine Auseinandersetzung innerhalb der Crew. Es ging um die Frage, wie tief die Enthymesis in die Gravisphäre des Jupiter eindringen sollte.

»Wir müssen so dicht wie möglich heran«, war Jennifers Position. »Nur so können wir den Drohnen die nötige Kursgenauigkeit mitgeben. Jeder Kilometer, den sie aus eigener Kraft zurücklegen, birgt ein Abweichungsrisiko von ein paar Millimetern; und es geht um zehntausende von Kilometern.«

»Um hunderttausende, um genau zu sein«, schaltete Reynolds sich ein. »Die Drohnen sind selbststeuernd. Wenn die Enthymesis durch die Gezeitenstörungen navigieren kann, können es die Ionentorpedos auch.«

Jill verzog ihr Gesicht zu einem Ausdruck unmittelbar bevorstehenden Losheulens..

»Mir wäre lieber«, jammerte sie, »wir würden die Dinger so bald wie möglich ausklinken und abhauen. Merkt ihr nicht, wie das Schiff leidet?«

Sie schien zu befürchten, wir könnten nicht mehr rechtzeitig kehrtmachen, um dem Schwerefeld des Jupiter zu entkommen. Die Reaktoren der Enthymesis waren natürlich stark genug, um die erforderliche Fluchtgeschwindigkeit zu erzeugen; allerdings rasten wir mit einer Geschwindigkeit auf den Jupiter zu, die die Werksgarantie des Explorers um das Dreifache übertraf. Würden wir ausreichend Energie zum Abbremsen haben?

Aber Jennifer hatte das einberechnet. Sie wäre nicht die beste Pilotin der Union, wenn sie derlei nicht vorhergesehen hätte. Oder verbiss sie sich so in das Hazardspiel, dem unser Ritt durch den kochenden Ozean aus Kraftlinien und brandender Gravitation gleichkam, dass sie an den Heimweg keinen Gedanken mehr verschwendete?

»Die Enthymesis hat schon ganz andere Sachen ausgehalten«, sagte sie und strich der armen Lambert über den dünnen Oberarm.

Das mochte sein. Ich dachte an die Neutronenstürme über Siriana III. Auch damals hätte ich nicht mehr darauf gewettet, dass wir lebend wieder herauskommen würden. Aber Jennifer hatte unsere Haut gerettet, was ihr ermöglichte, hinterher gleich zwei Beförderungsstufen auf einmal zu überspringen.

Außerdem gab es auch noch die virtuelle Intelligenz der Schiffsautomatik, die auf Selbsterhaltung programmiert war. Wenn den Quantengittern der KI des Explorers dämmern würde, dass wir nicht mehr in den sicheren Hafen des Mutterschiffs zurückkehren würden, würde sich hoffentlich irgendwo ein kleines Alarmlämpchen aktivieren.

»Die erfolgreiche Durchführung des Unternehmens steht im Vordergrund«, sagte ich. »Wir fliegen so dicht heran, wie es zum Abschluss der Mission erforderlich ist.«

»Oh mein Gott«, wimmerte Jill. »Worauf habe ich mich da wieder eingelassen?!« Sie schlug die Hände vors Gesicht.

»Keine Sorge, Commander«, wandte Reynolds sich an mich. »Wir werden das selbstverständlich in unsere Daten einfließen lassen.«

»Ich weiß«, sagte ich.

Jennifer erhob sich und ging hinaus. Als sie mit wippendem Pferdeschwanz an mir vorbeiging, grinste sie mir fröhlich zu. Sie war wieder einmal ganz in ihrem Element. Sie liebte ihr Schiff so sehr, dass sie nicht eher auf die Bremse treten würden, als die Alarmsirenen heulten, die Feldgeneratoren überlastet waren und sich die ersten Außenverkleidungen unter der Belastung zu lösen begannen. Umzukehren, bevor einem der ganze Laden um die Ohren flog, war in ihren Augen ein Ausdruck von Feigheit und Verschwendung von Ressourcen.

Der Jupiter füllte mittlerweile die Bugfenster vollständig aus. Wir flogen auf eine finstere, purpur und dunkelrot gebänderte

Wand zu, deren Streifen sich wirbelnd gegeneinander verschoben und über der es unausgesetzt wetterleuchtete. Elektrische Entladungen, die sich über zehntausende von Kilometern ausspannten und verästelten, zuckten mit blauem Feuer vor der Nachtseite des Planeten. Magnesiumfarbene und violette Gewitter tobten in den oberen Atmosphäreschichten, Zyklone von mehrfachem Erddurchmesser wühlten die schmutzigbraunen Wolkenbänder um. Manchmal kam es mir vor, als dränge ein Rumpeln und fernes Donnern durch den luftleeren Raum zu uns, aber das waren nur die gigantischen Gezeitenkräfte, die das Schiff kneteten und walkten. Die Enthymesis war längst ins unstete Schwerefeld des Riesen geraten und wurde nun gepresst, zerdehnt und gezerrt. Reynolds hatte errechnet, dass unser Explorer in der Gravitation, der er frontal ausgesetzt war, deformiert wurde und während der immer noch beschleunigten Jagd auf das Zentrum des roten Riesen zu um mehrere Zentimeter länger war, als wenn er im Großen Drohnendeck der MARQUIS DE LAPLACE stand. Immer wieder liefen Stoßfronten und harte Schockwellen durch das Schiff, das in den Spanten krachte und ächzte. Alle Schotte waren geschlossen, da jederzeit damit gerechnet werden musste, dass der dreihundert Meter lange bullig schwarze Titanstahlleib den Belastungen nicht mehr standhielt und in Stücke gerissen wurde. Die Abschirmung lief auf hundertdreißig Prozent; die Automatik arbeitete seit Tagen mit vervierfachten Backups. Dennoch kam es immer wieder zu Aussetzern, wenn wir Zonen starker relativistischer Energie durchquerten und das Schiff über Grabenbrüche und Verwerfungen des Raumzeitgefüges hinwegsetzen musste. Wie die Enthymesis unter diesen Umständen den Kurs halten und wie das hochkomplizierte Manöver, das wir vorhatten, in der erforderlichen Präzision durchgeführt werden sollte, war mir schleierhaft.

Jennifer und Jill lösten sich in einem doppelten Achtstunden-Schichtrhythmus auf der Brücke ab, die rund um die Uhr besetzt blieb. Reynolds und ich hatten uns geeinigt, abwechselnd anwesend zu sein und die diensthabende Pilotin zu unterstützen. Aber der WO verbrachte sowieso die ganze Zeit auf seinem Bedienplatz auf der Brücke, den er nur verließ, um den nötigsten körperlichen Bedürfnissen nachzukommen. In den letzten Tagen vor dem alles entscheidenden Rendezvous schlief er nicht einmal mehr und nahm seine hastigen Mahlzeiten über der Konsole ein. Sonderbarerweise wirkte er weder erschöpft, noch ließ er sich seine Zuversicht nehmen. Wenn das Schiff unter einer neuen Störung taumelte, die Feldgeneratoren aufheulten und die Abschirmung in den roten Bereich geriet, konnte es sein, dass ich ihm einen skeptischen Blick zuwarf und ihn fragte, wie er unter diesen Verhältnissen die Ionentorpedos in der nötigen Exaktheit programmieren wolle. Schließlich waren all die Berechnungen, die er seit Wochen anstellte und die aus unseren bescheidenen Mitteln den höchstmöglichen Effekt herausquetschen sollten, nur sinnvoll, wenn sie sich in der gebotenen Strenge in die Realität umsetzen ließen. Aber dann sah er lächelnd von seinen Graphiken auf und meinte, ich solle mir nicht seinen Kopf zerbrechen. Jennifer kämpfte am gravimetrischen Sessel der Ersten Pilotin mit dem bockenden, scheuenden Schiff, das wie ein Rodeohengst auf die schwarzbrennende Mauer des Jupiter zugaloppierte, aber wenn sie an Jill übergab und in die Messe schlenderte, um sich eine Bergamotte-Schokolade zuzubereiten, wirkte sie entspannt und heiter, als käme sie von einer Übung auf einem Lehrgang und nicht von einem der haarsträubendsten Manöver, das sie jemals auszuführen hatte.

Mitten in der Nacht schreckte ich aus einem grellen Albtraum hoch. Mir war eingefallen, dass Jennifer während des Uranus-Transits mehrere hundert Tonnen Plasma abgelassen hatte. Schlaftrunken tappte ich auf die Brücke, wo sie gerade ihre zweite Schicht fuhr, und stellte sie zur Rede, ob unser Treibstoff für den Rückzug reichen würde. Dass das Ganze ein Himmelfahrtskommando werden konnte, hatte ich dunkel geahnt, aber wir mussten es ja nicht aus puren Versäumnissen so weit kommen lassen. Eine scheinbar aussichtslose Situation war immer noch etwas anderes als schlichter Selbstmord. Sie lachte nur und schickte mich zurück ins Bett. Auf dem Weg dorthin taumelte ich und stieß wie ein Betrunkener gegen die Seitenwände des schmalen Ganges, weil die Enthymesis von dichten Gravitationsschocks durchtobt wurde. Natürlich war an Schlaf nicht zu denken, und nachdem ich eine Stunde nutzlos dagelegen war und dem Stöhnen des gemarterten Schiffes gelauscht hatte, zog ich mich an und ging wieder auf die Brücke. Reynolds war schon da, und Jill kam wenige Minuten nach mir herein, um ihre erste Schicht anzutreten. Ich wartete, bis Jennifer die Konsole übergeben hatte – »Nichts besonderes« war ihr Kommentar zu einem Dutzend Schockereignissen, die den Explorer um ein Haar zerfetzt hätten -, und begleitete sie zum Frühstück in die Messe.

»Wie sieht es aus?«, fragte ich, schwarzen Kaffee schlürfend.

»Zwischen elf und zwölf Uhr Bordzeit sollten wir zur Tat schreiten.«

Sie rührte in ihrem trinkbaren Hühnerpudding und lächelte mich fröhlich an. Dabei wirkte sie frisch und unternehmungslustig wie eine Pfadfinderin, die sich auf eine besonders schöne Exkursion freut.

»In Ordnung«, nickte ich. »Bringen wir es hinter uns!«

Sowie das Koffein eine Wirkung in meinem Organismus zu zeitigen begann, begab ich mich auf die Brücke und löste Alarmstufe I aus. Das Schiff war im Gefecht. Die Aktivierung dieses Zustandes war nicht nur erforderlich, um die Freigabe der Ionentorpedos zu ermöglichen, sie brachte auch eine Reihe anderer Routinen mit sich, die die Crew entlasteten und die Sicherheit des Schiffes zu gewährleisten suchten. So wurden regelmäßig vorformulierte Standardprotokolle an die MARQUIS DE LAPLACE gefunkt, die wie ein externes Logbuch Informationen über jede Aktivität an Bord der Enthymesis enthielten. Selbst wenn wir draufgehen sollten, würde man bis wenige

Mikrosekunden, bevor wir von den Schirmen verschwanden, rekonstruieren können, was wir getrieben hatten. Einkommende Nachrichten wurden dagegen unterdrückt.

»Endphase der Annäherung einleiten«, befahl ich. »Vorbereitung auf Abschuss der Ionentorpedos zum vorausberechneten Zeitpunkt. Freigabe der Drohnen im Notfall auch ohne ausdrückliche Meldung des Kommandanten.« Ich überlegte eine Weile. »Bei Gefährdung des Schiffes Ausklinken der Torpedos zum letztmöglichen Zeitpunkt, an dem die Kursgenauigkeit noch garantiert werden kann. Abschluss der Mission hat höhere Priorität als die Sicherheit des Schiffes und der Crew.«

Über die Pilotinnen hinweg starrte ich auf die riesenhafte Wand aus brodelnden rotbraunen Wolkenbändern.

»Setz' dich lieber hin«, sagte Jennifer. »Das wird jetzt gleich richtig holprig.«

Ich räusperte mich. Gerade hatte ich mich am Pathos des »Dulcis et decorum« berauscht, da holte sie mich in die Realität zurück. Diese war in der Tat ziemlich uneben. Ich beeilte mich, meinen Sessel einzunehmen und die Gravitationsgurte zu aktivieren. Jennifer nahm letzte Kurskorrekturen vor. Wir rasten weiter mit irrwitziger Geschwindigkeit auf den tobenden Giganten zu. Es war unvorstellbar, weshalb wir nicht längst in seine schaumigen Massen eingeschlagen waren, aber wir hielten weiter auf ihn zu, der nichts mehr von einer Kugel hatte, sondern einer gekrümmten, von planetenbreiten Strömen aus verwirbeltem Material durchzogenen Ebene glich, die nicht nur die Front, sondern auch die Seitenscheiben füllte und von neun bis drei Uhr reichte. Und die dennoch immer näher kam.

Die letzten Stunden waren die schlimmsten. Das Schiff taumelte und krängte wie eine Nussschale auf einem sturmgepeitschten Ozean. Furchtbare Schocks durchschütterten den Explorer. Das Beunruhigendste waren Raumzeit-Barrieren, deren unsichtbare Schranken von uns durchstoßen wurden wie splitterndes Sperrholz. Die Zeit schien momentweise zu gefrieren und sich dann wieder zu überschlagen. Ein halblaut von

Jennifer zu Jill gesprochener Satz blieb mitten im Wort stehen und haspelte dann plötzlich überstürzt zuende. Die Brücke dehnte sich. Die Gesichter meiner Crew wurden verformt zu Fratzen der Angst und des Entsetzens, wie es im Drogenrausch oder in der halluzinären Phase unmittelbar vor dem Erschöpfungskollaps auftritt. Die Farben verwelkten und wurden unecht. Die roten und grünen Lichter der Konsolen und Kontrollschirme verschoben sich ins Blaue oder Gelbe, oder sie erloschen und glimmten in unwirklichem Ultraviolett. Obwohl die Abschirmung im höchsten Bereich arbeitete, knisterten elektrische Entladungen durch den Raum. Die Haare standen uns zu Berge. Blau glimmendes Elmsfeuer siedelte an den Verstrebungen. Dann war es wieder, als würde der gesamte Stahlleib der Enthymesis durchscheinend, und als flögen wir im Freien dahin, sahen wir zu unseren Füßen die aufgewühlten Wolkenturbulenzen der oberen Jupiteratmosphäre. Die ersten Systeme fielen aus. Die Luft staute sich und wurde hin und her geschoben wie im Inneren eines Zeltes, an dessen Planen der Höhensturm rüttelt. Die Innenbeleuchtung erlosch. Das fahle braunrote Licht der Jupiter-Nachtseite stand herein. Es war, als rasten wir auf eine Mauer aus geronnenem Blut zu, die inwendig glühte. Auf ein unvorstellbar riesiges Tor aus rostigem Eisen, das in dunklen, schmierigen Tönen zu glosen begonnen hatte. So musste das Tor am Ende der Welt aussehen, das von der Unterwelt bis an den Himmel reichte. Die Zeitmauer, die das Hier vom Drüben trennte. Die Frage war, was auf der anderen Seite sein würde. Fest stand allerdings, dass man nicht lebend dorthin gelangen konnte.

»Jennifer«, stöhnte ich, »wie lange noch?!«

Sie studierte in Seelenruhe ihre Anzeigen, als ob wir uns auf einem Routineflug befänden. Dann wechselte sie einige Worte mit Jill und tauschte einen Blick mit Reynolds. Der WO sah von seiner Konsole auf und nickte.

»Ich denke«, sagte sie dann, »wir sind jetzt dicht genug dran. Wegen fünf Minuten mehr oder weniger will ich mich nicht streiten.«

Das Schiff kreischte, als schürfe es über scharfkantigen Felsgrund. Für einen Sekundenbruchteil erloschen sämtliche Lichter und Anzeigen. Dann waren sie in grell vertauschten Farben wieder da. Oder hatten wir nur eine weitere Diskontinuität des Zeitstroms erlebt? Auf die externen Protokolle, die unser Logbuch mit dem Rest des Universums abglichen, war ich jedenfalls schon sehr gespannt.

»Torpedos freigegeben«, ächzte ich und klammerte mich an den Sessel, obwohl die Gravitationsgurte mich so fest gegen die Sitzfläche pressten, dass selbst eine Vollbremsung mich nicht würde losreißen können. Allerdings würde ich mich dann in ein blutiges Molekülgemisch verwandeln.

»Zündungssequenz einleiten!«

»Aktiviere Abschussprogramm«, gab sie zurück.

Ich sah vor mir, wie sie das Queue hob, sich auf die Zehenspitzen stellte, den schlanken Körper bog, sich ein letztes Mal die Konstellation im Käfig verinnerlichte, das Ziel fixierte und dann den Stoß anbrachte. In Wahrheit tippte sie nur auf ein virtuelles Feld ihres Bedienplatzes. Den Rest besorgte die Automatik, die dafür seit Tagen von ihr und Reynolds mit Daten und Programmen gefüttert worden war. Wir hörten, wie die Hauptschleuse des Drohnendecks geöffnet wurde. Fernes Krachen hallte durch das Schiff, dann erklangen pneumatische und hydraulische Geräusche, die Arbeitslaute der Enthymesis. Feldgeneratoren liefen an, Servomotoren surrten, tonnenschwere Lasten wurden in Kraftfeldern bewegt. Wir hörten das zahnarztartige Zischen, mit dem die künstliche Atmosphäre aus einem Teil des Schiffes entwich. Die großen Klammern aus Titanstahl klinkten aus, Greifarme fuhren vor. Die Manövriermasse der Enthymesis verringerte sich schlagartig um mehrere hundert Tonnen, als acht kirchturmhohe schwarze Zylinder aus ihren von Generatorspulen gesicherten Schächten glitten. Die Backbord- und Steuerbordrampen waren jetzt bis zum Anschlag geöffnet. Von außen würde es aussehen, als breite das Schiff große eckige Flügel aus. Dann schwebten zu jeder

Seite vier der tödlichen Drohnen, die unsere Nutzlast ausgemacht hatten, in den offenen Raum hinaus. Wir sahen sie auf den Schirmen und nach einer Weile auch mit bloßen Augen durch die seitlichen Fenster, deren Polarisation ich vorsichtshalber auf 60 Prozent erhöht und dann der Automatik unterstellt hatte. Die schwarzen Zylinder schwebten seitlich davon. Sowie sie einen gewissen Abstand zueinander und von der Enthymesis erreicht hatten, aktivierten sie kleine Korrekturdüsen und verteilten sich damit auf die Positionen, die Reynolds errechnet hatte und die von der Automatik des Schiffes synchronisiert wurde. Als alle Raketen ihre Abschusspunkte bestätigt hatten, wandte sich Jennifer ein letztes Mal zu mir um.

»Feuer«, sagte ich.

Sie aktivierte ein zweites Mal das virtuelle Bedienfeld. Dieses Signal löste nicht unmittelbar den Abschuss aus, sondern aktivierte wiederum nur eine komplexe Programmfolge, die die Zündung, den Anflug und die Detonation der Drohnen auf den Meter und die Zehntelsekunde genau steuerte. Die Partitur für diese Choreographie hatte Reynolds geschrieben. Ob sie nicht nur schön ausgedacht war, sondern auch funktionierte, würden wir in wenigen Minuten wissen.

Die schwarzen Zylinder waren so weit entfernt, dass sie für das bloße Auge unsichtbar geworden waren. Jetzt strahlten allerdings die zweimal vier Lichtpunkte auf, die in weit aufgefächerter doppelter Zangenbewegung in Bewegung gerieten. Wir konnten mit eigenen Augen verfolgen, wie sie am Schiff vorbei nach vorne glitten und als hellblau glühende Ionenstrahlen auf den Jupiter zuschossen, der uns seine riesige schweigende Nachtseite entgegenwölbte. Nach einigen Sekunden waren sie so weit entfernt, dass wir ihren Flug auf den Schirmen verfolgen mussten. Ich bemerkte, dass sie eine Umgruppierung vornahmen und sich zu einer Figur arrangierten, die wie ein einzelner Deltaflügel aussah. Über die Schulter hinweg warf ich Reynolds einen fragenden Blick zu.

»Schiefe Schlachtordnung«, sagte er und zwinkerte mir zu. »Schlacht von Gaugamela!«

Nun, er musste wissen, was er da zusammenprogrammiert hatte. Was wir hatten tun können, hatten wir in diesem Augenblick getan.

»Festhalten!«, rief Jennifer in den Tumult des ächzenden Schiffes.

Dann zündete sie die Motoren und gab bei Schubumkehr volle Leistung auf den Hauptreaktor. Die Enthymesis bäumte sich auf und verzögerte ihren irrwitzigen Flug. Die Feldgeneratoren schrien auf, als die Gravigurte in unseren Sitzen auf 200 Prozent belastet wurden. Ohne die künstlich ausgeglichene Schwerkraft würden wir jetzt mit mehreren tausend Stundenkilometern von unseren Plätzen gerissen und durch die atomisierten Bugscheiben in den Raum hinaus geschleudert worden sein. Die Kräfte, denen das Schiff ausgesetzt wurde, waren unvorstellbar. Nur ein robustes Schlachtross wie unser Explorer konnte solchen Strapazen standhalten. Wie die menschlichen Insassen das aushielten, war mir allerdings schleierhaft. Mit panischer Anstrengung krallte ich mich in die Lehne des von virtuellen Gyroskopen arretierten Sessels. Und auch wenn meine physischen Kräfte nur einen winzigen Bruchteil der Energien aufbieten konnten, die die Feldgeneratoren in diesem Augenblick aufbrachten, beruhigte mich das Gefühl meiner angespannten Muskeln mehr als das Wissen um die Funktionsweise gravimetrischer Federungen. Ich spürte, wie mir das Blut aus Händen und Unterarmen wich, wie mir der Puls unter der Zunge klopfte und wie schwarzer Schnee mein Sichtfeld beschlug. Irgendwo war ein unmenschliches Gurgeln zu hören, bis ich begriff, dass ich es selbst war, der diese Laute eines geschlachteten Tieres von sich gab.

Ich konzentrierte mich auf die Übungen, die man uns auf der Akademie beigebracht hatte, und kontrollierte meine Atmung. Langsam wichen die tanzenden Sterne vor meinen Augen. Obwohl tonnenschwere Verzögerungskräfte auf jede Zelle meines

Körpers einwirkten, zwang ich mich, die Armlehnen freizugeben und die verkrampften Hände von den Seitenpolstern zu lösen. Auf dem Schirm sah ich die elegante Zugvogelformation der Ionentorpedos, die uns geradlinig auffächernd vorausschoss, während wir immer weiter dahinter zurückblieben.

»Achtung«, rief Jennifer.

Das Wort kam durch einen blutigen Nebel, der in den Vorboten der Bewusstlosigkeit rieselte. Jennifer zündete die seitlichen Korrekturdüsen. Immer noch auf vollem Schub verzögernd, warf das Schiff sich auf die Seite und drehte abrupt nach steuerbord ab. Mir war, als verharre mein unkörperliches Sein unbewegt im Raum, während mein Leib von einer knöchernen Faust gepackt und herumgedreht wurde, sodass ich zu meinem linken Ohr hinausschauen konnte. Eine neue Welle von Übelkeit stieg in mir auf, als meine Eingeweide gegen das Manöver protestierten. Langsam und widerstrebend fand ich mich in die neuen Position, die um achtzig Bogengrad nach rechts verdreht war. Die Drohnen hatten scheinbar nach links geschwenkt. Sie verloren sich in unserem Rücken, während die langen tiefblauen Zündstrahlen der Steuertriebwerke durch das Backbordfenster glühten.

»Und noch einmal!«, jubelte Jennifer, der das Ganze richtig Spaß machte.

Das Schiff stotterte und stieg dann hoch, als habe sie ihm die Sporen gegeben. Aus der großen Schikane kommend, legte sich der Bolide in die Kurve und beschleunigte mit quietschenden Reifen und funkensprühendem Motor auf die Gegengerade. Sie hatte, bei voller Leistung aus dem Hauptreaktor, einfach die Schubumkehr weggenommen. In der langgestreckten Kurve liegend, bei maximaler Bremswirkung, hatte sie plötzlich wieder vollen Schub gegeben. Die Enthymesis beschleunigte erneut und raste in einer tangential geknickten Flugbahn über die oberen Wolkenschichten des Jupiter hinweg.

Ich beschloss, den Chefkonstrukteur der Enthymesis-Explorer aufzusuchen und ihm persönlich meine Hochachtung auszudrücken. Wir befanden uns so niedrig über den höchsten Ausläufern der Jupiter-Atmosphäre, dass Monde von den Gezeitenkräften des Planeten zerquetscht und Asteroiden zu Staub zermahlen worden wären, während wir mit heulenden Triebwerken im Tiefflug über die braunen Gaswüsten dahinrasten.

Es war das irrwitzigste Manöver, das Jennifer jemals geflogen hatte. Aber anders ging es nicht. Es war unmöglich, den Explorer abzufangen und in der Gegenrichtung zu beschleunigen. Die Reaktoren und die Treibstofftanks der MARQUIS DE LAPLACE hätten dafür nicht ausgereicht. Wir konnten nur in einen niedrigen Orbit einschwenken und in einem riskanten Swing-by über Jupiter hinwegziehen, sodass seine Gravitation uns abbremsen und wieder freigeben würde.

Die Schnauze des Explorers glühte dunkelrot, als wir, einen feurigen Kondensstreifen aus ionisiertem Plasma hinter uns herziehend, über die Nachtseite des Riesen dahinschossen. Und in wenigen Augenblicken würden nun, hunderttausende von Kilometern entfernt, in unserem Rücken die schwersten Kaliber detonieren, die die Union in ihren Arsenalen hatte.

Ich starrte gebannt auf den zitternden Schirm meiner Kommandantenkonsole. Das Schiff hatte den Punkt der größten Annäherung passiert und flog waagerecht über den Planeten hinweg. Unendlich langsam, Kilometer für Kilometer, gewannen wir an Höhe. Wir mussten den riesigen Methanball zu einem Drittel umrunden, ehe die Fliehkräfte uns wieder in den Raum hinaustragen würden – falls das Schiff bis dahin nicht zu elektrisch geladenem Staub zerrieben worden sein würde.

»Aaaachtung!!«, schrien Jennifer und Jill in diesem Augenblick wie aus einem Munde. Das Rotlicht des Alarms tauchte die Brücke in Blut, während die Vorfeldaufklärung des Schiffes auf etwas reagierte, das mit bloßen Augen nicht auszumachen war. Allerdings änderte sich das, bevor die beiden Pilotinnen die zweite Silbe ihres Ausrufes erreicht hatten.

Ein zwanzig Kilometer langer, erdnussförmiger Asteroid kreuzte unsere Bahn. Die Korrekturdüsen sprachen an. Allerdings waren wir zu schnell, als dass das Ausweichmanöver mehr als ein paar Meter betragen konnte. Der Koloss, der mich an den Marsmond Phobos erinnerte, fiel, sich taumelnd um die Längsachse drehend, wie ein Stein auf den Jupiter herab. Wir schossen direkt auf ihn zu und rasten in weniger als einer Sekunde über seine zerschrundete, von Kratern zernarbte Oberfläche hinweg. Für einen Wimpernschlag befanden wir uns wenige hundert Meter über der felsigen Buckellandschaft, dann war sie schon weiter hinter uns verschwunden, als wir mit bloßen Augen hätten sehen können.

»Verflucht!«, stieß ich aus.

Auf den Monitoren der Heckkameras war zu sehen, wie der Brocken einen glühenden Schweif ausbildete und in die trüben Jupiterwolken stürzte, die sich träge über dem trichterförmigen Einschlag schlossen.

»Wie kann so was passieren?!«, brüllte ich durch den Lärm nach vorne. »Was ist mit unserem Deepfield?!«

Ich sah, wie Jennifer die Schultern zuckte.

»Mein Fehler«, gab sie zurück. »Wenn man manuell fliegt, hat das Vorfeld natürlich keine exakten Kursdaten ...«

Sie war den ganzen Wahnsinn von Hand geflogen!

»Liebes«, sagte ich mit dem letzten Rest an Kontrolle. »Sei so gut und übergib an die Automatik, auf dass sie uns heil von hier wegbringe.«

»Übergebe an Automatik«, sagte sie förmlich.

Dann nahm sie die Hände von der Konsole und verschränkte die Arme vor der Brust. Sie schwenkte in ihrem Sessel herum und glitzerte mich herausfordernd an.

»Reg' dich nicht gleich auf!«

Ich wusste nicht, ob ich lachen oder heulen sollte.

Glücklicherweise lenkte Reynolds in diesem Augenblick unsere Aufmerksamkeit auf das Ereignis, um dessentwillen wir hier waren und unseren Arsch riskierten.

»Zehn Sekunden bis zur Zündung der Antimateriegranaten.«

Wir starrten auf die Schirme der Heckkameras und des

rückwärtigen Radars, während der Countdown in der Serviceleiste des Monitors heruntertickte. Während wir beinahe draufgegangen wären, hatten die Ionentorpedos sich zu einer fächerförmigen Formation positioniert. Sie vollführten ein automatisches Ballett, dessen Zuschauer außer unseren künstlichen Augen nur die Nacht des Universums und dessen Musik die zerstörerische Stille im Schatten der Jupiterdrift waren. Mit letzten Kurskorrekturen verteilten sie sich auf eine in allen drei Raumdimensionen gekrümmten Anordnung, die aussah wie ein Ausschnitt aus einer langgezogenen Spirale.

Ich ahnte den Effekt, den Reynolds auszulösen beabsichtigte. Ein kleiner Auslöser kann eine große Ursache haben, ein Schneeball kann sich zu einer Lawine auswachsen. So kam es auch hier darauf an, den Hebel so anzusetzen, dass die unendlich geringe Kraft, über die wir im Vergleich mit der sinesischen Sonde verfügten, einen annähernd ähnlichen Effekt bekam.

Die erste der Sonden drang in die Jupiterwolken ein und detonierte einige tausend Kilometer unterhalb der Oberfläche, wobei sie einen Loch in der Wolkendecke aufriss, in den eine Erdkugel hineingepasst hätte. Die Zerstörungskraft der Antimaterie-Sprengköpfe war enorm. Man konnte damit ein schönes Loch in einen Mond reißen oder einen Asteroiden pulverisieren. Vor der ungeheuren Gestalt des Jupiter war der Erfolg allerdings gering. Das Resultat kam eher einer Demonstration unserer Ohnmacht gleich. Ein Regentropfen fiel in einen Ozean.

Unmittelbar nach der ersten waren die sieben übrigen Sonden eingetaucht und explodiert. Ihre Detonationslöcher zogen eine leicht einwärts gekrümmte, sichelförmige Spur über den Leib des Jupiter. Der Tumult, der sich in den oberen Atmosphäreschichten entspann, war eindrucksvoll. Die Trichter rollten konzentrisch auseinander, und immer, wenn einer sich abzuflachen begann, öffnete sich exakt an seinem äußeren Rand der nächste, sodass sich ein langgestrecktes, um einige

Winkelgrad gebogenes Tal in den rötlichen Gasmassen bildete, das zwanzigtausend Kilometer tief und einige hunderttausend Kilometer lang war. Sehr beeindruckend, in der Tat, und vollkommen ergebnislos, wo es darum ging, den Planeten aus der Bahn zu werfen oder seine erdwärts gewandte Drift zu beeinflussen.

»Das war wohl nischt«, sagte ich.

»Wart's ab«, mahnte Jennifer. »Noch haben wir keine Daten.«

»Ich sehe doch, was passiert ist«, brauste ich auf. »Nichts ist passiert! Wir werfen Kiesel gegen einen Himalaya und warten darauf, dass er zusammenstürzt!«

»Es ist zu früh«, wandte Reynolds ein. »Der seismische Effekt muss sich ins Innere des Planeten fortpflanzen und seinen Rotationsimpuls ...«

»Der seismische Effekt«, äffte ich ungehalten. »Es gibt keinen Effekt!«

»Geben Sie uns ein paar Stunden, Commander«, sagte Reynolds förmlich, ohne von seiner Konsole aufzusehen. »Jeder Kilometer, um den wir die Drift des Planeten von der Erdbahn wegdrücken, ist ein Gewinn.«

Ich konnte es nicht fassen. Warum konnte er nicht eingestehen, dass die ganze Aktion ein Schlag ins Wasser gewesen war?!

»Wir brauchen Millionen Kilometer«, tobte ich, »um einigermaßen sicher zu sein. Es war von Anfang an vermessen, diese Mission überhaupt anzutreten.«

Das Schiff vibrierte und schwankte. Eine feurige Spur hinter uns herziehend, schrammten wir über den Jupiter hinweg, der sich von unserem Beschuss in keiner Weise beeindruckt zeigte. Einige Minuten lang schwiegen wir. Langsam sanken die Gaswolken, die von den flachen Wellen der fernen Explosionen plätscherten, unter uns zurück. Die Automatik schaltete irgendwann das Triebwerk ab, als das Minimum weit genug hinter uns lag und der Swing-by-Effekt uns von dem Planeten wegzutragen begann. Die Abschirmung ging auf 100 Prozent herunter. Ich nahm die Alarmstufe auf II zurück und meldete den Abschluss der Aktion an die MARQUIS DE LAPLACE und die zuständigen Stellen auf Luna. Als wir über der Ostseite des Jupiter zum ersten Mal seit einigen Wochen wieder die Sonne aufgehen sahen, die erschreckend nah war, löste ich die Gravitationsgurte und ging in die Messe, um mir einen Drink aus der Röhre zu lassen.

Mit geschlossenen Augen lag ich in einem der sensoriellen Stühle, dessen Lehne ich nach hinten gefahren hatte, und lauschte dem Stöhnen des Schiffes. Der Flug wurde ruhiger, je weiter wir uns aus dem Schwerefeld des Jupiter und aus den Gravitationsstörungen entfernten, die um seinen Leib flackerten und blitzten. Blaue Energieschnüre rannen vor den hochpolarisierenden Fenstern dahin wie Wasser, das von den Flanken eines auftauchenden U-Bootes fließt. Die Vibrationen ließen nach. Das gequälte Brummen und Dröhnen, das uns in den letzten Tagen zur Gewohnheit geworden war und das in den vergangenen Stunden so laut gewesen war, dass es uns zum Schreien genötigt hatte, sank unter die Hörschwelle. Nur noch dunkle Erschütterungen im Infraschallbereich blieben zurück, die man mit der Bauchdecke wahrnahm und die vom Kampf der Enthymesis mit der Schwerkraftfalle kündeten. Die Abschirmung ging weiter herunter; das überhitzte Heulen der Feldgeneratoren verstummte. Die Stille, die sich im Schiff ausbreitete, wurde beinahe unheimlich. Das Rettungsboot war in Sicherheit, aus den Strudeln des Untergangs in glattes Wasser gebracht. Jetzt konnten wir dem Mahlstrom zusehen, der unsere Heimat verschlang, und uns überlegen, wo es noch festes Land gab.

Stille und Dunkelheit. Der gnädige Geschmack von Alkohol im Mund, und selbst der Puls beruhigte sich allmählich. Das war fast wie das Schweben in Leere und Nichts, heimatlos in den Weiten des Alls. Der Geist Gottes vor der Verzweiflungstat der Erschaffung einer Welt. Die grellen Bilder der letzten Stunden flackerten über meine geschlossenen Lider. Kaum zu glauben, dass wir davongekommen waren. Im Nachhinein taxierte ich unsere Chancen auf eins zu zehntausend. In der Tat konnten wir uns nicht vorwerfen lassen, uns unter Wert verkauft zu haben. Wir hatten alles in die Waagschale geworfen, wozu Menschen fähig waren. Dass es gewogen und für zu leicht, für viel zu leicht befunden wurde, brauchte uns nicht grämen. Wir hatten es versucht.

Jennifer kam in die Messe. Ich hörte, wie sie sich einen Whisky aus der Maschine ließ und ihm ein paar Tropfen Pastis zusetzte. Ohne die Augen zu öffnen, hörte ich auch, dass ihr Schritt ein anderer war als der angriffslustige Spurt, mit dem sie vor einigen Stunden den Weg von der Messe auf die Brücke angetreten hatte. Dennoch erschrak ich, als ich zu ihr aufsah. Die Euphorie, der adrenalinschwangere Rausch, in dem sie sich während des Manövers befunden hatte, war verflogen, das Strohfeuer der Begeisterung war in sich zusammengefallen. Mit aschiger Gesichtshaut, roten Augen, unter denen blauschwarze Ringe hausten, und müden Schritten kam sie herbeigeschlichen, kippte den Drink herunter und ließ sich in einen der gravimetrischen Sessel fallen, der federnd unter ihr nachgab und ihr Gewicht weich auspendelte. Ich ließ sie zur Ruhe kommen. Sie musste zu Tode erschöpft sein. Die Konzentration, die ihr während der letzten Stunden abverlangt worden war, war übermenschlich gewesen. Für einen Moment überlegte ich, ob ich ihr eine Transfusion legen sollte. Aber dann spürte ich, wie ihre Atemzüge tiefer wurden, wie sie sich wieder fing.

»Wir haben die Zone der Störungen hinter uns«, sagte sie. »Das Schiff ist auf Stand-by. Jill bleibt auf der Brücke, bis ich mich wieder melde.«

»Der Vollschichtbetrieb ist aufgehoben«, gab ich zurück. »Ihr könnt euch ausruhen.«

Mehrere Minuten war es ganz still. Das Kühlaggregat der Getränkeaufbereitung tickte leise. Ab und zu hörte man Reynolds nervöses Husten von der Brücke her.

»Von All deinen Glanzleistungen«, sagte ich nach einer Weile, »war das die größte.«

»Es nützt der Feuerwehr nichts, wenn sie rasant gefahren ist, aber trotzdem zu spät kommt ...«

»Lass uns abwarten«, sagte ich. »Vielleicht ist es noch zu früh für eine abschließende Analyse.«

»Ich vertraue Reynolds' Berechnungen voll und ganz«, krächzte sie müde. »Die Masse des Planeten war uns vorher bekannt, und da wir keine Zündversager hatten, sondern alles glattgegangen ist, wird sich auch der erwünschte Effekt einstellen.«

»Der worin bestünde?«, fragte ich.

Sie antwortete nicht. Ich schloss die Augen und ließ mich wieder zurückfallen. Plötzlich fühlte ich mich unendlich schwer. Ich sehnte mich nach einem warmen Vollbad, nach mindestens zehn Stunden Schlaf, nach einem Erwachen aus diesem Albtraum.

Später ging ich wieder auf die Brücke. Jennifer war in ihrem Sessel eingenickt. Ich gönnte ihr die Entspannung. Am Hauptbedienplatz saß Lambert mit ernster und konzentrierter Miene. Sie überwachte einige routinegemäße Manöver der Automatik. Das Schiff zündete nochmals für einige Minuten die Schubumkehr und verzögerte weiter, um sich vom Schwerefeld des Jupiter einfangen zu lassen. Dann schwenkte die Enthymesis selbsttätig in einen hohen Orbit um den Planeten ein, der weit genug von seinen Gezeitenstörungen und Gravitationsgewittern entfernt lag. Auf einer weiträumigen und stark exzentrischen Parkbahn umkreisten wir den taumelnden Riesen, den wir weiter zu beobachten vorhatten.

An seiner rückwärtigen Konsole arbeitete Reynolds an der Aufbereitung der Daten, die sich jetzt langsam zu einem Bild fügten. Auch er wirkte abgekämpft, aber es gelang mir nicht, Enttäuschung oder Resignation in seinen hageren Zügen wiederzufinden.

»Sie können ruhig zugeben, dass es ein Schuss in den Ofen war«, sagte ich.

Ich ging zur großen Panoramafront der Backbordseite und sah auf den gelbrot gebänderten Gasplaneten hinunter, der jetzt weit genug entfernt war, um wieder in seiner ganzen Größe überblickt werden zu können. Die schwefelfarbenen Wolkenschichten glühten im Licht der Sonne, der sie noch nie so nahe gekommen waren. Wir befanden uns ein gutes Stück innerhalb der Marsbahn. Die Sonne hatte schon beinahe die Intensität, mit der sie die Erde beschien. Noch wusste niemand, welche Auswirkungen diese Strahlung auf die mächtige Atmosphäre des Gasriesen haben würde. Aber es war auch gleichgültig, denn alles, was nicht zu seiner Zerstörung führte, war nur von theoretischem Interesse. In einigen Tagen würde die Erde sichtbar werden. Und etwas später würde sie die Masse des Kolosses um ein weiteres Drittelprozent gemehrt haben.

»Ich widerspreche Ihnen ungern, Commander«, erwiderte Reynolds in seiner bedächtigen Sprechweise, »aber ich teile Ihre Auffassung ganz und gar nicht.«

»Teilen Sie nicht?«, fragte ich höhnisch. »Sie wollen sich nicht vom Scheitern ihres kleinen Experimentes überzeugen lassen?«

Über die Schulter hinweg sah ich, wie er leise den Kopf schüttelte.

»Lieber Reynolds«, sagte ich, »ich schätze Sie seit vielen Jahren als Wissenschaftler, als Offizier und als Freund. Hören Sie auf, sich etwas vorzumachen!«

Ich drehte mich um und sah ihn offen an. Auf der anderen Seite der Brücke hatte Jill ihren Sessel herumgeschwenkt und folgte unserer Auseinandersetzung mit aufgerissenen Augen. Schließlich erwachte auch Jennifer, stand auf und stellte sich in die Durchgangstür zur Messe. Sie lehnte sich mit der Schulter an und hörte uns zu.

»Niemand macht Ihnen Vorwürfe«, fuhr ich zu Reynolds gewandt fort. »Aber das, war wir vor einigen Wochen gesehen haben, war eine Panzergranate – und wir haben heute mit Kirschkernen geschossen ...«

Der WO strich sich durch das ungekämmte Haar. Mit dem hintergründigen Lächeln, das so gern in Arroganz abglitt, sah er zu mir auf. »Ich gebe Ihnen darin recht, dass uns nichts Vergleichbares zu Gebote stand.« Er schmunzelte. »Aber da wir die Brachialität nicht vergelten konnten, waren wir gezwungen, mit Intelligenz vorzugehen.« Er blinzelte und spitzte genüsslich die Lippen. Anscheinend kam er sich wirklich unglaublich pfiffig vor.

»Sie glauben », fragte ich, »an den ... Erfolg unserer Mission?«

»Einhundertprozentig«, grinste er. »Und alle hereinkommenden Daten bestärken mich darin.«

Ich fühlte mich zu ausgelaugt, um darauf etwas zu entgegnen. Aber ich sah ihn abwartend an, um ihn dazu zu bewegen, seine Phantasmen näher auszuführen.

»Ich habe mich«, begann er, »bei meinen Berechnungen vom Ideal ostasiatischer Kampfsportarten leiten lassen. Im Yudo ist es beispielsweise so, dass man die Kraft und das Gewicht des Gegners für sich arbeiten lässt. Wo ich selbst nicht frontal angreifen kann, weil der Gegner zu stark ist, muss ich ihn selbst zum Angriff bewegen und ins Leere laufen lassen, sodass der eigene Schwung ihn von den Beinen reißt.«

Wie aufgeblasen er redete, und wie genial er sich vorkam!

»Major Ash«, fuhr er mit einem Nicken zu Jennifer hinüber fort, »und ihre Metapher von der angeschnittenen Billardkugel gab den letzten Anstoß, und eigentlich war es auch gar keine Metapher, sondern wir verfuhren genau so, wie unsere Erste Pilotin und Schwebebillard-Meisterin es zu tun pflegt, wenn sie uns wieder einmal alle miteinander deklassiert.«

»Kommen Sie zur Sache, WO!«, sagte ich.

Aber sein selbstverliebtes Grinsen schwächte sich nicht um eine Nuance ab.

»Der Planet wurde in seismische Schwingungen versetzt, wie wir es bei Dutzenden von interstellaren Expeditionen getan haben. Die Druckwellen, die von den Antimaterie-Detonationen ausgelöst wurden, pflanzten sich im Inneren des Jupiter fort und breiteten sich dabei dreidimensional aus. Allerdings waren die Einschlagspunkte und die Abfolge der Zündungen so gewählt, dass das Kraftfeld, das sich dabei aufbaute, schief zur Rotationsachse des Planeten ansetzte. Die Eigendrehung erfuhr dabei eine Störung und wurde in eine Taumelbewegung überführt. Diese rief wiederum eine Art Effet hervor, wie man ihn bei allen Ballspielen einsetzt, wenn ein Schuß anders als auf lineare Weise ins Ziel gelenkt werden soll.«

Er schwieg und weidete sich an den anerkennenden Blicken der beiden Frauen.

»Da Jupiter die Wirkung seines Gefolges von anderthalb Dutzend gleichmäßig ausgewuchteter Monde preisgeben musste und da seine Rotation relativ zu seiner Drift nicht stabilisierend wirkt, sondern destabilisierend, konnten wir uns seine Eigendrehung zunutze machen und sie in einer Richtung modifizieren, die Rückwirkungen auf die Bahnbewegung hat. Mit anderen Worten: Der Planet schraubt sich durch die Unwucht seiner rotierenden Masse auf seinem Sturz seitwärts. Der Effekt war bereits vorhanden, er wurde von uns geringfügig verstärkt. Die dadurch hervorgerufenen Scherkräfte betragen weniger als ein Promille der Vorwärtsdrift. Dennoch dürfte sie genügen, um den Jupiter auf seinem Weg ein gutes Stück von der Erde wegzudrücken.«

Er schloss erschöpft. Jennifer strahlte mich triumphierend an.

»Und Sie haben«, fragte ich skeptisch, »positive Daten, die den Eintritt dieses Effektes bestätigen?«

»Über das Dass besteht kein Zweifel mehr«, verkündete Reynolds. »Nur die absolute Stärke des Effets, und ob er sich möglicherweise selbst verstärkt, bedürfen noch einiger Tage der Beobachtung.«

»Daran«, retournierte ich grob, »dass der Steuermann der Titanic noch das Ruder herumgerissen hat, als der Eisberg vor ihm auftauchte, besteht auch kein Zweifel!«

»Commander«, sagte er ernst, »ich verstehe Ihre Vorsicht. Natürlich ist es noch zu früh, in Jubel auszubrechen. Aber dass unser Experiment, wie Sie es nennen, nicht ohne Resultat verlaufen ist, das können wir jetzt schon sagen.«

Ich fing Jennifers Blick auf und zwang mich zur Beherrschung.

»Gewiss«, nickte ich, mühsam unter den Siedepunkt gedrückt. »Die Frage ist eben, ob es reicht!«

Reynolds sah mich entwaffnend an. In seinen müden, aber selbstbewussten Augen lag etwas, das ich als ein Ringen darum identifizierte, als seriös anerkannt zu werden.

»Hier kann ich nur wiederholen«, meinte er, »was ich bereits während der Durchführung des Manövers sagte: Jeder einzelne Kilometer, um den wir die Bahn des Jupiter von der Erde fortgedrückt haben, ist ein Erfolg. Nach den alten Berechnungen wäre der Vorbeizug so dicht erfolgt, dass die äußeren Atmosphäreschichten des Gasplaneten die Mondbahn gestreift hätten. Das Erde-Mond-System wäre dann in der Schwerefalle des Jupiter gefangen und von seinen Gezeitenkräften zerstört worden. Jetzt, wage ich zu behaupten, wird das Minimum ein, womöglich sogar mehrere Millionen Kilometer weiter sein.«

Ich musste verächtlich auflachen.

»Zehn Millionen sind das geringste, was wir uns leisten können. Alles, was darunter liegt, kommt dem Todesurteil gleich.«

Wir waren Teil seines Gefolges geworden. Seines zwielichtigen Hofstaates, von dem wir uns fernhielten, dem wir aber dennoch angehörten. Die nächsten Tage gehörten wieder den Konferenzen und fruchtlosen Debatten. Unsere Freunde von der MARQUIS DE LAPLACE zeigten sich beeindruckt. Sie hatten unseren Parforceritt auf den Schirmen verfolgt und gratulierten uns zum Erfolg der Mission. Wir hatten getan, was in unserer Macht gestanden hatte; nichts anderes war von uns erwartet worden. Dr. Rogers und Kommandant Wiszewsky sprachen Jennifer persönlich ihre Hochachtung für ihre fliegerische Leistung aus und dankten WO Reynolds für die wissenschaftliche Durchführung. Auch Lambert und ich wurden erwähnt und für irgendwelche Prämien und Belobigungen vorgeschlagen. Wir bekamen zwanzig Tage Sonderurlaub. Es war albern. Fast hätte es scheinen können, als sei der Besatzung unseres Mutterschiffes, das da draußen im Neptunorbit seine Kreise zog, der offizielle Abschluss der Enthymesis-Mission wichtiger als das Schicksal der Erde, die sich noch keineswegs in Sicherheit wiegen konnte.

Die Stellen auf Luna bezeichneten uns als Pfuscher, die Milliarden Menschenleben leichtfertig aufs Spiel gesetzt hatten. Der Gegenfrage, was wir hätten tun sollen, blieben sie die Antwort schuldig. Dennoch weigerte man sich, uns aus der Pflicht zu entlassen, und bestand darauf, dass wir in unserem Jupiter-Parkraum bleiben und dem taumelnden Planeten weiter erd- und sonnenwärts folgen sollten. Wir mussten in Bereitschaft bleiben. Fast schien dem so etwas wie Sadismus zugrunde zu liegen. Wenn die Erde schon in Mitleidenschaft gezogen wurde, sollten wir es wenigstens aus nächster Nähe mit ansehen, statt uns zum Kuypergürtel abzusetzen.

Als ob uns das Schicksal unseres Heimatplaneten gleichgültig gewesen wäre! Ich bot an, die Enthymesis zur Erde zu fliegen und ihre Kapazitäten dem Evakuierungsprogramm zur Verfügung zu stellen. Aber auch darauf erhielt ich abschlägigen Bescheid. Man wollte uns zappeln lassen.

An die Sineser kam man nicht heran. Nach wie vor hatten sie nicht die Verantwortung für die Warpraum-Sonde übernommen. Seit Monaten hüllten sie sich in Schweigen. Und da man der Brandstifter nicht Herr werden konnte, hielt man sich an die Feuerwehr, um jemanden zu haben, auf den man einschlagen konnte. Ich legte mir einen Plan für den Fall zurecht, dass man uns von offizieller Seite zur Verantwortung ziehen wollte. Im worst case musste ich, was mir als vereidigtem Offizier nicht leicht fallen würde, zum Mittel der Befehlsverweigerung greifen und die Enthymesis zur MARQUIS DE LAPLACE zurückbeordern. Es gab gegenwärtig kein Schiff der Union, das uns dorthin folgen konnte, und nach der Jupiter-Katastrophe würde das schwerlich anders sein. Dann sollten sich die Juristen mit dem Fall herumschlagen; Wiszewsky konnte nichts anderes tun, als uns unter Hausarrest zu stellen, was an Bord eines zwölf Kilometer großen Raumschiffes, das im Neptun-Raum kreist, eine reine formale Angelegenheit sein würde.

Das waren meine Gedankengänge während der folgenden Tage. Der Jupiter taumelte erdwärts. Zweiundsiebzig Stunden nach unserem Beschuss hatte sich die Datenlage soweit gefestigt, dass man zur Analyse schreiten und sich an einer Prognose versuchen konnte. Reynolds hatte recht gehabt: Unser Auftritt war nicht gänzlich ohne Effekt gewesen. Andererseits war dieser Effekt verzweifelt gering. Er hatte die Drift des Jupiter nicht genug abgebogen, dass man sich auf der Erde hätte in Sicherheit wiegen können. Um es in einem Paradox auszudrücken: Die Erde würde nicht sterben. Aber ob sie überleben würde, war noch keineswegs ausgemacht. Die Evakuierungsmaßnahmen gingen unter Hochdruck weiter. Sämtliche Kräfte des Katastrophenschutzes bereiteten sich auf das Schlimmste vor. Und Tag für Tag häuften sich die Gerüchte über Euthanasieprogramme, Übergriffe, verdeckte Morde und den Zusammenbruch der staatlichen Ordnung.

Unser hoher Orbit, der uns in sicherem Abstand um den Jupiter herumführte, brachte es mit sich, dass ein Umlauf mehrere Tage dauerte. Wir waren weit genug von dem braunroten Riesen entfernt, um vor seinen Gezeitenstürmen und Gravitationseruptionen sicher zu sein, aber immer noch näher dran als Menschen ihm seit dem Annihilationsereignis gekommen waren. Da unsere Mission erfüllt und unser Marschbefehl damit erloschen war, hatten wir nichts weiter zu tun, als dort zu bleiben, wo wir waren. Wir besannen uns auf das, was wir am besten konnten: wir beobachteten. Die Enthymesis war schließlich ein Explorer, der dazu gebaut worden war, die fremden Welten des interstellaren Kosmos zu erforschen. Warum sollten wir nicht aus der Not eine Tugend machen und unser Augenmerk auf den größten Planeten unseres eigenen Sonnensystems richten? Dieser war seit den Siebziger Jahren des 20. Jahrhunderts eines der am besten erkundeten Objekte des erdnahen Weltraums, aber der Angriff hatte mehr verändert als nur die Bahndaten des Himmelskörpers.

Es rächte sich nun, dass wir einen Großteil unseres Equipments herausgeschmissen hatten, als wir Platz für die Ionensonden schaffen mussten. Wir verfügten über keine Drohnen mehr, die wir aussetzen konnten, über keine Satelliten, die wir auf niedrigere Umlaufbahnen abfeuern konnten, über keine Atmosphärenscanner und Schürfroboter. Nicht einmal mehr, wie Reynolds in bitterem Sarkasmus sagte, über seismische Antimateriegranaten, um das Innenleben des Planeten zu erhellen. Wir mussten uns auf das Instrumentarium beschränken, das fest auf der Enthymesis installiert war und nicht hatte demontiert werden können. Vor allem WO Reynolds besann sich, kaum dass er sich von der Durchführung unserer offiziellen Mission erholt hatte, auf seine Ausbildung und verbrachte seine Tage fortan an den Deepfield-Sensoren, den Röntgenscannern, den Neutrino-Okularen und Gravitationsdetektoren.

Der Planet war in Aufruhr. Die ehemals gleichmäßig gebänderten Wolkenschichten, die den riesigen Leib des Jupiter in scharf abgesetzten gelben, orangefarbenen, rostroten und braunen Streifen umzogen und sich in prominenten Regionen wie dem ehemaligen Großen Roten Fleck verwirbelten, waren in Unordnung geraten. Der Annihilationsschock der sinesischen Sonde, aber auch die zahlreichen Monde und Asteroiden, die in die gewaltige Gasmasse gestürzt waren, und nicht zuletzt unser eigener Beschuss hatten die Formationen durcheinandergebracht. Der Planet sah aus wie die Farbpalette eines Malers, der sich eben das Spektrum für einen verwölkten Sonnenuntergang zurechtgemischt, dann aber alle Farbtöne mit dem Pinsel durcheinandergerührt hatte. Einzelne Streifen und Schichten hoben sich in grellem Schwefelgelb oder glutendem Rot ab, doch die Hauptmasse der gewaltigen Gasatmosphäre glühte in schmutzigem und brandig wirkendem Braun, das an eine entzündete Wunde erinnerte. Die majestätische Pracht der Bandstrukturen war zerstört; an ihre Stelle war die Ekel erregende Ästhetik vulkanischer Schlacke getreten. Ja, der ganze Planet sah aus wie ein Vulkan, dessen Feuer erloschen war, wodurch nur farblose und ungestalte Öde zurückgeblieben war. Es würde Jahrhunderte dauern, bis die Schichten sich wieder entmischt und der königliche rotgoldene Ornat des Herrschers der Planeten wiederhergestellt sein würde – aber so weit würde es nicht kommen, denn in wenigen Monaten würde der ganze riesige Ball in die Sonne stürzen, vor deren ewiger Feuerscheibe auch sein Tod nur ein kurzer Funken sein würde.

Der Planet war noch nicht zur Ruhe gekommen. Sein massiger Leib war durch die verschiedenen Attacken, denen er in so kurzer Zeit ausgesetzt gewesen war, in Schwingungen versetzt, die immer noch andauerten. Die Oberfläche der strömenden Wolken hatte sich im Griff der immensen Gravitation scheinbar wieder eingeebnet. Die Gasmassen, tropfenförmige Blasen von mehreren Erdgrößen, die bei den Einschlägen fortgeschleudert worden waren, hatte das Vakuum des Raumes vaporisiert, oder sie waren auf den Planeten zurückgestürzt. Doch in seinem Inneren tobte und brodelte es. Schockwellen und Gezeitenfronten durchzogen den Bau des Planeten. Seismische Druckzonen pflanzten sich fort, wurden vom hochverdichteten Kern gestreut und reflektiert und brachen sich an der Oberfläche der Gaswelt, von der sie wieder in die inneren Kugelschalen zurückgespiegelt wurden. All diese Kräfte interagierten miteinander. Die Druckwellen überlagerten sich und bildeten komplexe dreidimensionale Interferenzmuster. Wie chladny'sche Klangfiguren eine lose Sandschicht zu symmetrischen geometrischen Strukturen umordnen, so bildeten sich stehende Wellen, die ganze Innenregionen des Jupiter in hermetische Zellen verwandelten, die vom

Materialfluss der Nachbarschichten abgeschlossen blieben. Es kam zu Umlenkungen, Stauungen, Unterbrechungen und Eruptionen. Innere Substratströme, die den Golfstrom um das Hunderttausendfache an Ausdehnung und Masse übertrafen, bildeten Katarakte, Pressfelder, Ergusszonen und Gerinnsel. Wo zwei oder mehrere solcher Kraft- und Materieflüsse in der Nähe der Oberfläche miteinander wechselwirkten, konnten sich riesige Blasen aufwerfen, Fontänen entfaltet werden und Geysire losbrechen, die mehrere Erdmassen an energiereichem Material viele hunderttausend Kilometer in den Raum hinausschleuderten, von wo sie als gekrümmte Protuberanzen, elektromagnetisch wetterleuchtend, auf die strudelnde Masse des Planeten zurückstürzten. Ohne äußere Einwirkung öffneten sich gewaltige Öffnungen in der gasförmigen, schwarzbraun schillernden Suppe, aus der tropfenförmige Dorne und Stalagmiten aufstiegen, als zittere der König unseres Sonnensystems in Paroxysmen der Erregung und werfe bebendes Ejaculat aus. Mit unvorstellbarer Geschwindigkeit traten, verursacht durch die Überlagerung stehender Wellen, konzentrische Ringstrukturen auf, als werde in Sekunden ein kreisförmiger Himalaya in die Höhe getrieben, dessen Durchmesser den mehrfachen Umfang des Erdäquators aufwies und dessen Gipfel nicht achttausend Meter sondern achtzigtausend Kilometer über ihre Umgebung aufragten. Manche dieser Ereignisse sahen aus, als sei ein Tropfen Milch in eine Kaffeetasse gefallen und die aufspritzende Krone sei plötzlich in millionenfacher Vergrößerung auf die Oberfläche des Planeten projiziert worden, wo sie sich unbegreiflich rasch emporhob, in gefrorener Pracht verharrte und dann wie erschöpft wieder in die dünende Materie zurücksank, aus der sie herausgeformt worden war. Stundenlang saßen oder standen wir an den großen Panoramafenstern der Enthymesis und sahen auf dieses unheimliche Spektakel hinunter, auf den bizarren Todeskampf eines sterbenden Planeten, während die Instrumente der Enthymesis die Speicher des Schiffes mit Milliarden Terabyte an Informationen mästeten.

Ich fragte mich, wo ich ein solches Schauspiel schon einmal miterlebt hatte, das die schwankende und glucksende Brandung abendlicher Flut in gleicher Weise imitierte und übertraf wie der Wirbel eines tropischen Zyklons die Ringe des besagten Milchtropfens in der Kaffeetasse, bis mir einfiel, dass es mich an den Planeten Solaris erinnerte, den wir erst vor wenigen Monaten erkundet hatten. Dort hatte es sich um einen planetaren Ozean gehandelt, der komplexe geometrische Gebilde aufwarf und auf seinen Fluten abstrakte Muster, um nicht zu sagen: Hieroglyphen ausbildete, die einige Kollegen von der Planetarischen Abteilung zu der gewagten Hypothese verleitet hatten, es handele sich bei dem Ozean um ein denkendes und intelligentes Wesen, das auf diese Weise mit uns zu kommunizieren beabsichtige. Wir hatten das damals auf sich beruhen lassen müssen, da sich das Fenster für den nächsten Warpsprung öffnete und die Verlegung in einen anderen Quadranten den Abbruch der Untersuchungen notwendig machte. Hier wie dort beunruhigte die Anmutung des Bewusstseins, die wir allem Symmetrischen, Geometrischen, Geformten so gerne attestieren. Warum erscheint uns eine punkt- oder achsengespiegelte Gestalt sinnvoll in einer Weise, die uns die Zufälligkeit ihrer Entstehung schwer ertragen lässt? Warum sind die Ringe des Saturn in ihrer mathematischen Pracht für uns nicht das Ergebnis von Rotation und Gravitation, sondern warum erscheinen sie uns schön? Ich hätte mich gerne mit Laertes darüber unterhalten.

Als wir beim nächsten Mal den von Ionenstürmen durchzogenen Kernschatten des Planeten hinter uns ließen und in die Sonne hinausflogen, sahen wir die Erde. Erschreckend nah, mit bloßen Augen auszumachen, schwebte das blaue, durch die Blendwirkung der Sonne grünschillernde Klümpchen vor der Schwärze des Alls. Wir waren alle seit vielen Jahren nicht mehr dort gewesen, aber wir konnten uns dennoch nicht freuen, unseren Heimatplaneten wiederzusehen.

Unsere Empfindungen glichen jenen eines Passagiers in einem Bus, dessen Fahrer ohnmächtig geworden ist und der ungebremst auf eine Gruppe spielender Kinder zurast. Wir konnten nichts mehr tun.

Im Stundentakt liefen neue Bahnberechnungen ein, aus denen eine exakte Vorhersage kaum abzuleiten war, die aber wenig Raum für Zuversicht ließen. Und zu beten hatte noch niemand angefangen. Fürbitten für die Seelen der Gestorbenen mochten ihren eigenen Zeitpunkt haben, aber sollten wir eine Kerze ins Fenster stellen, wenn dort unten Milliarden eines grausamen Todes starben?

Eigentlich hatte ich mir vorgenommen, mich nicht mehr um die Details der Katastrophe zu kümmern. Aber am Tag nach dem Erdaufgang, als wir aufgrund unserer Orbitalbewegung dem Jupiter voranflogen und so direkt auf die schutzlose Erde zuhielten, traf es sich, dass Reynolds und ich allein auf der Brücke waren. Er sah zu mir auf und grüßte mich mit einem geistesabwesenden Nicken, dem ich ansah, dass seine Aufmerksamkeit noch von den Daten beherrscht war, die seinen Monitor und seinen Geist anfüllten. Ich wartete, bis er sich gesammelt hatte. Sein Gesicht war kalt und hart.

»Wie sieht es aus?«, fragte ich.

Er wich meinem Blick aus.

»Wird die Erde zerstört?«, insistierte ich. »Oder aus ihrer Bahn geschleudert?«

Reynolds wiegte den Kopf in gespieltem Nachdenken. Wollte er mir vormachen, dass er sich noch kein Urteil gebildet hatte? Er setzte mehrere Male zum Reden an, klappte den Mund auf und brach jedes Mal wieder ab, ehe er eine Silbe über die Lippen gebracht hatte.

»WO Reynolds«, herrschte ich ihn an. »Ich habe Sie etwas gefragt!«

Er atmete schwer durch wie jemand, dem eine tonnenschwere Last auf der Brust liegt. Dann gab er sich einen Ruck. Sein Gesichtsausdruck ließ mich erstarren. So meldet ein Soldat den

Verlust der Stellung, die ihm zu halten befohlen war, und den Tod seiner sämtlichen Kameraden.

»Das wohl nicht«, sagte er rauh. »In Verbindung mit den Stellen auf Luna, mit denen ich in Kontakt stehe, haben wir für das Minimum eine Distanz von acht Komma drei Millionen Kilometern errechnet.« Er quälte sich ein Grinsen ab. »Das ist weniger als die zehn Millionen, die Sie veranschlagt haben, und es ist in der Tat sehr gefährlich.«

Er schluckte.

»Es müsste aber reichen. Wir gehen davon aus, dass die Erdbahn nicht nachhaltig destabilisiert wird. Die Bahnkorrekturen fallen dabei nicht mehr ins Gewicht. Es geht derzeit nur noch um einige zehntausend Kilometer vor und zurück.«

Etwas war in seinen Augen, das diese gute Nachricht entwertete.

»Aber?«, fragte ich.

Er druckste wieder herum, kämpfte mit sich, tippte auf seinem Bedienfeld, als ob dort etwas zu finden sein könnte, bis er sich endlich dazu durchrang, mir eine Information zukommen zu lassen.

»Der Mond«, sagte er lapidar.

Er zog die schmalen Lippen zu einem aufgesetzten Feixen auseinander. Ich blickte ihn mit fragender Miene an, aber anstelle einer Auskunft beschrieb er nur die Geste des Tapferen Schneiderlein, das einen Käse in der Faust zerquetscht, bis das Wasser herausläuft.

»Er wird zu dem fraglichen Zeitpunkt genau zwischen Erde und Jupiter stehen. Das schirmt unseren Heimatplaneten zwar ab, aber unser Trabant könnte in eine Gezeitenfalle geraten.«

Ich versuchte mir die Konstellation vorzustellen und mir auszumalen, was für Konsequenzen sie für die Stabilität des Erde-Mond-Systems haben würde.

»Das bedeutet?«

Seine Augen wichen mir aus. Sie wurden von irgendetwas abgelenkt, das sich in meinem Rücken befand.

»Das weiß niemand«, sagte er, und auf einmal hatte ich das Gefühl, dass er mir auswich. Hatte er zuvor gezögert, die Wahrheit zu sagen, so hielt er sein Wissen nun mit Vorsatz zurück.

»Es gab bis jetzt«, meinte er in missratenem Sarkasmus, »noch keine Möglichkeit, derlei auszuprobieren ...«

Ich folgte seinem Blick und erkannte Jennifer, die sich aus dem Durchgang löste und auf die Brücke kam. Sie hängte sich an meinen Arm, gab mir einen flüchtigen Kuss und grüßte Reynolds mit einem angedeuteten Kopfnicken. Ich hatte keine Ahnung, wie lange sie dort schon gestanden hatte, aber aus irgendeinem Grund war es mir unangenehm, dass sie unserer Unterhaltung gefolgt war.

Später, als wir auf unserer Kabine unter uns waren, stellte sie mich zur Rede.

»Die Enthymesis kann Menschenleben retten«, sagte sie ohne Umschweife.

»Was wir tun können, haben wir getan«, gab ich zurück.

Ich bezog ihre Äußerung auf unsere Mission, die, wenn ich Reynolds glauben wollte, zumindest kein völliger Fehlschlag gewesen zu sein schien.

»Wir können an der Evakuierung teilnehmen«, präzisierte sie.

Meine erste Reaktion war Ablehnung.

»Wir haben unseren Auftrag ausgeführt«, wiederholte ich. »Wir müssen auf einen neuen Marschbefehl warten.«

Ihre Augen glühten, aber es war das Feuer der Verzweiflung, das in ihnen brannte.

»Komm schon«, rief sie. »Das Drohnendeck ist leergefegt. Wir könnten hunderte von Menschen an Bord nehmen, vielleicht über tausend ...«

»Und wo sollen wir sie hinbringen?«, hielt ich dagegen. »Die Marsbasen sind schon jetzt überfüllt. Und täglich brechen neue Schiffe dorthin auf. Das Terraforming ist noch nicht so weit, dass wir Menschen in großem Stil dort ansiedeln könnten. Die

Jupitermonde und viele Asteroiden sind zerstört, die Basen auf Luna werden das Rendezvous möglicherweise nicht überleben.«

»Wir können es versuchen«, sagte sie eindringlich. »Jede Person, die wir aufnehmen, ist in Sicherheit. Niemand weiß, wie sich das Jupiter-Minimum auswirken wird. Vielleicht genügt es, einige Wochen abzuwarten, und dann können wir die Menschen auf die Erde zurückbringen.«

»Ich kann nicht einen ganzen Planeten Huckepack nehmen ...«

»Jedes einzelne Leben wäre es wert!«

Ihre Augen glühten fiebrig, nein, sie füllten sich mit Tränen. Noch nie hatte ich sie so gesehen.

»Ich habe meine Vorschriften«, sagte ich. »Die Führung auf Luna hat noch nicht zu erkennen gegeben, was sie mit uns vorhat, und wir sind ihr von Wiszewsky offiziell unterstellt.«

»Jajaja!«, machte sie. »Die Vorschriften!«

Sie packte mich am Arm und zwang mich, ihr in die Augen zu sehen. Ihr Atem war sauer von Nervosität, und ihre Pupillen flackerten, als sie mich aus nächster Nähe anknurrte:

»Dort unten sterben Menschen, Frank. Sehr viele Menschen! Und wir können vielleicht einige von ihnen retten!«

Im Grunde gab ich ihr recht. Es war sinnlos, die Kapazitäten der Enthymesis nicht einzusetzen. Ich begriff auch nicht, warum man die MARQUIS DE LAPLACE nicht schon längst zur Erde beordert hatte. Die Reparaturen waren weit genug vorangekommen, um die Verlegung ins innere Sonnensystem in Erwägung zu ziehen. Und selbst wenn unser Mutterschiff noch manövrierunfähig sein sollte, barg es drei weitere Explorer der Enthymesis-Klasse sowie mehrere große Shuttles in seinen Hangars, die man für das Evakuierungsprogramm heranziehen konnte. Warum wurden alle diese Möglichkeiten nicht genutzt?

Ich wusste nicht, welche Eventualitäten man an den höheren Stellen in Erwägung zog oder über welche Informationen man dort verfügte, die mir verborgen geblieben waren. Konnte sein, auf die Enthymesis und die MARQUIS DE LAPLACE kamen Einsätze ganz anderer Natur vor.

»Wir müssen warten«, sagte ich.

»Worauf?!«, schrie sie, und ihre Stimme überschlug sich schrill. Ich hatte sie noch nie so hysterisch erlebt. Für gewöhnlich wurde sie umso ruhiger, je ernster die Situation war, und umso gelassener, je verfahrener die Lage sich darstellte.

»Die Erdatmosphäre wird gestört«, sagte sie in dem Versuch, sich zu beruhigen und Argumente an die Stelle der Gefühle treten zu lassen. »Funkverkehr ist kaum noch möglich, und auch sämtliche Flüge zur Erde und von ihr weg werden bald eingestellt werden müssen. Wenn wir handeln wollen, müssen wir es jetzt tun!«

»Ich kann nicht«, sagte ich.

Ich wusste, dass ich mich genau so verhielt wie die Männer, die ich als junger idealistischer Offiziersanwärter auf der Akademie auf den Tod gehasst hatte, aber ich hatte die Wahrheit gesagt: ich konnte nicht anders.

»Frank«, flehte Jennifer. »Dort sitzen Milliarden von Menschen. Sie prügeln sich um jeden Orbiter, mit dem sie kaum den Mond erreichen können ...«

»Sehr viele werden sterben«, sagte ich. »Und die Überlebenden werden sich gegenseitig umbringen.«

»So etwas darfst du nicht sagen!«, brach es aus ihr hervor.

Sie heulte. Ich wollte sie in die Arme nehmen. Es war eine linkische Geste. Sie stieß meine Hände weg. Ich stand ratlos da und starrte sie an. Schließlich wandte sie sich ab. Sie ging in die Nasszelle, wo sie, wie ich am Summen der Generatoren hörte, die Dusche und dann die Ultraschallmassage betätigte. Als sie zurückkam, machte sie sich wortlos fertig und schlüpfte ins Bett. Sie verzichtete auf ihr Meditationsprogramm und drehte mir den Rücken zu. Ich hörte an ihrem Atem, dass sie nicht schlief, aber ihr Schweigen war umso eisiger.

Ich saß auf meiner Seite der gravimetrischen Matratze und sah durch das halbpolarisierte Fenster hinaus, wo die braunrote, wie von riesigen Schwelbränden glühende Tagseite des Jupiter vorbeizog.

»Verflucht!« Ich sprang auf und ging aus der Kabine. Auf der Brücke war niemand. Die Zweite Pilotin und auch der WO hatten sich zur Ruhe begeben. Der Schichtrhythmus war ausgesetzt. Die Enthymesis trieb mit abgeschaltetem Reaktor auf ihrer Bahn, die Automatik überwachte alle Funktionen des Schiffes. Ich öffnete einen Kanal und ließ mich zur Zentrale auf Luna durchstellen. Aber alle Kanäle waren belegt. Ich bekam keinen Verantwortlichen an die Leitung. Resigniert schaltete ich die Konsole wieder aus.

Im Kopf formulierte ich ein offizielles Angebot, die Enthymesis für die Evakuierungsmaßnahmen zur Verfügung zu stellen. Ich hatte das zwar während der zurückliegenden Verhandlungen schon einmal mündlich vorgebracht, war damit aber abgewiesen worden. Doch eine offizielle schriftliche Anfrage, die parallel an Luna und an Commodore Wiszewsky gerichtet wurde, würde vielleicht doch erwogen werden. Wenn auch sie einen ablehnenden Bescheid erhielt, konnten wir unsere Hände in Unschuld waschen.

Jupiter schob sich langsam von der Backbordseite her ins Sichtfeld der Panoramascheiben, aufgedunsen und brandig. Und seitlich davor, gegenwärtig genau auf zwölf Uhr, leuchtete die Erde. Längst war sie kein blaues Pünktchen mehr, sondern eine runde Scheibe. Sogar der Mond war auszumachen. Als winziger grauer Fleck strebte er von backbord her der unheilvollen Konjunktion zu, die er in wenigen Tagen mit seinem Mutterplaneten und der zerstörerischen Masse des Jupiter bilden sollte.

Am nächsten Morgen erwachte ich eine Stunde vor der gewohnten Zeit. Das Bett an meiner Seite war leer. Ich dachte mir nichts dabei. Jennifer war eine Frühaufsteherin, und wenn sie nicht schlafen konnte, weil ihr irgendetwas durch den Kopf ging, verließ sie sogar nachts unsere Kabine und geisterte im Schiff herum. Meist fand ich sie in der Messe, wo sie eine ihrer

Getränkekreationen zu sich nahm, oder auf der Brücke, wo sie sich mit den Funktionen des Schiffes beschäftigte. Ich vermutete, dass sie einen der privaten Nachrichtenkanäle konsultierte oder mit dem Informationsangebot der Union kommunizierte. Vielleicht machte sie das Gleiche, was ich gestern Abend getan hatte, und setzte eine gedrechselte Anfrage auf.

Ich drehte mich auf die andere Seite, konnte aber nicht mehr einschlafen. Nach einer Weile stand ich auf, ging ins Bad und schlenderte dann, noch etwas schlaftrunken, auf den Gang hinaus. Die Messe lag im dunklen Rotlicht des Jupiter, sie war menschenleer. Auf der Brücke traf ich niemanden. Das beunruhigte mich nicht. Die Enthymesis war dreihundert Meter lang, es gab an Bord mehrere Kilometer an Gängen, Schächten, Tunnels und Räumen, sogar Hallen, in die man mit Shuttles einfliegen konnte. In Erinnerung an unser letztes Gespräch nahm ich an, dass sie das Drohnendeck inspizierte, um zu überschlagen, wie viele Personen man dort unterbringen konnte. Vielleicht wollte sie ihren Antrag mit präzisen Zahlen ausstatten, um ihm größere Überzeugungskraft zu geben.

Übernächtigt und zerstreut nahm ich an der Hauptsteuerkonsole Platz und schwenkte in dem Sessel hin und her, der für gewöhnlich Jennifer vorbehalten war. Der Monitor des Hauptbedienplatzes war offline. Dennoch blinkte eine grüne Anzeige am rechten oberen Rand des schwarzen Feldes. Ich tippte sie an, war aber, wie ich mir von dem Ding mitteilen musste, nicht autorisiert, die Information abzufragen. Gerade wollte ich die Automatik des Schiffes anherrschen, seit wann der Kommandant auf irgendwelche Vorgänge an Bord keinen Zugang hatte, da kam Lambert auf die Brücke getappt. Sie war ungekämmt, was bei ihr nicht weiter auffiel, und knöpfte sich eben die Uniformbluse zu.

»Was ist los?«, nuschelte sie.

»Das frage ich Sie«, gab ich ungehalten zurück.

Ich überlegte, ob ich sie wegen ihres Aufzuges verwarnen oder mir die Blöße geben sollte, sie um den Zugangscode für die Pilotenkonsole zu bitten.

»Die Automatik hat mich angepiepst«, lispelte sie verschlafen. »Irgendetwas mit dem ...«

Ihr Blick fiel an mir vorbei auf den Hauptbedienplatz.

»Oh Gott!«, stieß sie hervor.

Anscheinend war sie von einem Sekundenbruchteil auf den nächsten hellwach. Sie drückte sich an mir vorbei, wobei sie mich unsanft mit ihren eckigen Ellbogen anrempelte, und beugte sich über die blinkende Konsole. In Windeseile begann sie auf dem Schirm herumzutippen. Ich rutschte beiseite, um der körperlichen Berührung zu entgehen. Zeitweise war sie halb auf mir gelegen, wobei ich das zweifelhafte Vergnügen hatte, am eigenen Leib zu spüren, wie knochig sie war.

»Würden Sie bitte die Freundlichkeit haben, mich einzuweihen«, sagte ich.

»Entschuldigung, Commander«, haspelte sie verwirrt.

Sie sah von der Steuerung auf und glotzte mich an. Während verschiedene Aggregatzustände der Verblüffung in ihr miteinander kämpften, wandte sie mir einen ausgesprochen unintelligenten Gesichtsausdruck zu.

»Machen Sie den Mund wieder zu und erzählen Sie mir endlich, was los ist«, sagte ich ungeduldig.

»Die«, stotterte sie, »die äh, die Automatik meldet, dass die Backbordschleuse geöffnet ist. Druckabfall im Drohnendeck.«

Sie stockte, und ihr Blick flackerte zwischen der Konsole und mir hin und her.

»Und ...«, fragte ich.

»Commander, Sir«, sagte sie und richtete sich auf, um eine förmliche Meldung anzudeuten. »Die EVA ist fort, und es sieht so aus, als sei Major Ash es ebenfalls.«

Teil II - Der Abschied

Kapitel 6. Pensacola

Ich kam mir ausgesprochen dämlich vor. Reynolds und Lambert sahen mich an wie verständnisvolle und verzweifelte Eltern ihren rückfälligen Sohn. Es war gerade diese Attitüde des »Wir können doch über alles reden«, die mich in Rage brachte. Natürlich fühlte ich mich schlecht. Jennifers nächtliches Verschwinden von der Enthymesis machte mich betroffen, und ich machte mir Sorgen um sie, aber der bemühte Ernst meiner beiden Untergebenen ging mir trotzdem auf die Nerven.

Jennifer war fort. Es war nicht schwer, sie auf den Schirmen des Deepfield-Radars zu orten und ihre Flugrichtung zu bestimmen. Daran, wo sie hinwollte, bestand sowieso kein Zweifel. Die Frage war nur, was sie dort vorhatte. Aber selbst, wenn man Sinn und Zweck ihrer Flucht außer Acht ließ, war diese selbst, rein als fliegerisches Manöver betrachtet, ein riskantes Unterfangen, das bei jedem anderen Anlass zu Besorgnis gegeben hätte, bei ihr jedoch lediglich einen weiteren Eintrag in ihre Liste pilotischer Meisterleistungen darstellte.

»Wie kann sie das schaffen? Mit einer EVA?«, hatte ich Lambert fassungslos gefragt, als wir die Automatik angewiesen hatten, die offenstehende Schleuse zu schließen, und als über Tatsache und Ziel von Jennifers Desertion kein Zweifel mehr möglich war.

»Wenn man sich dazu entschließen wollte«, hatte die Zweite Pilotin zurückgegeben, »müsste man es jedenfalls genau so machen, wie sie es getan hat.«

Ich sah sie verständnislos an. Der fliegerische Respekt ihrer Kollegin gegenüber war ja schön und gut, kam mir angesichts dieses Parforceritts aber ein verharmlosend vor. Jemandem, der sich gerade der Befehlshierarchie entzogen und sich in Lebensgefahr begeben hatte, musste man nicht noch anerkennend auf die Schulter klopfen.

»Sie hat«, fuhr Jill fort, »am äußersten Punkt unserer Flugellipse ausgeklinkt und so den ganzen Orbitalschwung unserer Umlaufbahn mitgenommen. Noch bevor sie die Triebwerke zündete, verfügte sie über einen enormen Zentrifugalimpuls. Mit der Motorleistung der EVA kann sie ihr Ziel in einer realistischen Zeitspanne erreichen.«

»Wie lange wird sie unterwegs sein?«, fragte ich. Aus vielen ähnlich verfahrenen Situationen wusste ich, dass man sich mit so vielen Informationen versorgen musste, wie es irgend ging. Irgendwo fand sich dann schon ein Indiz, öffnete sich eine Spur, ergaben sich Hinweise, die das Unerklärliche am Ende ganz banal erscheinen ließen.

Lambert nannte eine Zahl. Sie machte mir zum einen bewusst, wie sehr wir im Schlepptau des Jupiter schon sonnenwärts getrieben waren. Zur Erdbahn war es nur noch ein kosmischer Katzensprung. Zum anderen hatte sie recht: Es war möglich. Die EVA war zwar nur für bordnahe Einsätze ausgestattet. Sie verfügte über keine komplexen Lebenserhaltungssysteme, sondern nur über statische Wasser- und Sauerstoffvorräte, aber für einen vorübergehenden Zeitraum konnte man sich in ihr einrichten. Aber Jennifer war ganz andere Strapazen gewohnt, und da sie allein war, würde sie es sogar gemütlich finden.

Ich seufzte.

»Aber was will sie dort?«

Jills Gesicht, das ohnehin immer entstellt wirkte, beschlug sich mit roten Pusteln. Sie wand sich und versuchte, meinen Blicken auszuweichen. Dabei war an meiner Frage nichts Hinterlistiges.

»Das weiß ich nicht«, stieß sie hervor. »Hat sie ... hat sie Ihnen denn nichts gesagt, Sir?«

Dass ich von den Ereignissen überrumpelt worden war, hatte man mir angesehen. Ihre Gegenfrage war nichts als der unbeholfene Versuch, sich dumm zu stellen. Sie war zwar unattraktiv und hatte die erotische Ausstrahlung eines kalten nassen

Fisches, aber das einzig Unintelligente an ihr war der Versuch, mich an ihrer Intelligenz zweifeln zu lassen.

»Wir haben uns«, sagte ich, »gestern über die Situation unterhalten. Konkret ging es um die Frage der Evakuierungen.«

Ich sah meine Zweite Pilotin an, die sich alle Mühe gab, so zu scheinen, als könne sie mir nicht ganz folgen.

Unwillig schüttelte ich den Kopf und zuckte mit den Schultern.

»Was kann sie ausrichten mit einer EVA, mit einer gottverdammten viersitzigen EVA, die keinen Laderaum und keinen Luftaustausch hat und deren Treibstoff verbraucht sein wird, bis sie ihr Ziel erreicht hat?«

Ich entdeckte eine Spur von Mitleid in Jills Miene, hatte aber keine Lust darüber nachzudenken, ob es Jennifer oder mir galt.

»Dann war es eine Kurzschlusshandlung?«, riet sie.

»Ich weiß es nicht«, sagte ich. Jennifer beging keine Kurzschlusshandlungen. Allein der fliegerische Teil der Aktion bewies, dass sie mit Kalkül an die Sache herangegangen war. Vermutlich hatte sie gestern Abend schon genau gewusst, was sie tun würde. Unser Gespräch war der letzte Versuch gewesen, mich auf ihre Seite zu holen und die Tat, die sie schon durchgerechnet hatte, unnötig werden zu lassen. Und während ich schlaflos herumgegeistert war und einen Antrag aufgesetzt hatte, hatte sie den Kopf voller Bahndaten und Beschleunigungswinkel; wahrscheinlich hatte sie die EVA zu diesem Zeitpunkt schon programmiert gehabt.

»Eine Verzweiflungstat«, meinte ich. »Das ist nicht das gleiche. Manchmal darf man nicht an den Rückweg denken.«

Lambert starrte stumm vor sich hin. Ich versuchte mir den gestrigen Abend wieder ins Gedächtnis zu rufen und mich dabei in Jennifer zu versetzen. Welche Einsamkeit und welche stille Entschlossenheit muss sie erfüllt haben, als ich meine Feigheit hinter Paragraphen verschanzte.

»Vielleicht«, sagte Jill leise, »vielleicht geht es ihr um jemanden ganz Bestimmtes ...«

Ich horchte auf. Im ersten Moment schien mir das ein weiteres Beispiel für die weibliche Unfähigkeit zur Abstraktion zu sein. Aber dann stutzte ich innerlich. Vielleicht hatte sie recht, und Jennifers Altruismus war gar nicht so leer und allgemein, sondern genau so: konkret, persönlich, involviert. Und plötzlich durchzuckte es mich wie ein Schlag.

»Oh mein Gott«, stieß ich hervor. Der helle Knall hallte auf der Brücke wider, als meine flache Hand auf meine Stirn klatschte. »Sie haben recht!«

Natürlich! Es gab keine andere Erklärung, jetzt wurde alles sonnenklar. Es konnte nicht anders sein. Ein tiefes Gefühl der Scham durchströmte mich.

»Verdammt, Lambert«, schluchzte ich, »Sie haben recht!«

Ich putzte mir die Nase und beeilte mich, meine Augen zu trocknen, während sie mich verwirrt anblinzelte.

»Es ... gibt da jemand?«, fragte sie.

Ich nickte. Im Stillen überlegte ich: seit wir zum letzten Mal dort gewesen waren, mussten über zwanzig Erdjahre vergangen sein. Ich war davon ausgegangen, dass er schon lange nicht mehr lebte, und hatte ihn daher aus meinem Gedächtnis gestrichen. Verflucht! Fieberhaft durchforstete ich mein lepröses Hirn. Was alles vergaß ich wohl noch?! Aber nein. Weder auf Jennifers, noch auf meiner Seite gab es sonst noch jemanden, und auch sonst war mir beim besten Willen kein Grund eingefallen, weshalb sie sich von der Crew und von ihrem geliebten Schiff – und von mir! – hätte entfernen sollen.

Aus Auszeichnungen machte sie sich nichts, aber deshalb war sie doch eine stolze Offizierin der fliegenden Crew, die das Risiko, das ganze Lametta wieder abgenommen zu bekommen und degradiert zu werden, nicht um mir nichts, dir nichts einging. Ich überlegte: zwanzig oder zweiundzwanzig irdische Jahre seit unserem letzten Besuch, und damals war er rüstig, aber betagt gewesen. Aber er musste am Leben sein; meine Erinnerungen waren verschüttet gewesen, doch jetzt, da der Schleier weggezogen war, sah ich alles wieder ganz klar, und von einem

Todesfall und einer Beerdigung hatte sie während der letzten Jahre nie etwas erwähnt.

»Sir ...?«

Lambert sah mich an wie eine Schwester einen Patienten, der gerade sabbernd und stammelnd aus der Narkose erwacht. Ich überwand den körperlichen Ekel, den ich ihr gegenüber empfand, und legte ihr die Hand auf die hagere Schulter.

»Sie hatten recht«, wiederholte ich. »Ich weiß, was sie getrieben hat.«

Ich erhob mich. Aber was jetzt zu tun war, bedurfte keines Zauderns mehr. Alles war auf einmal ganz klar, ganz einfach und furchtbar einleuchtend. Wann man nur noch eine Karte auf der Hand hatte, musste man nicht lange überlegen. Dann musste man sie spielen.

»Schiff klarmachen zum Starten«, sagte ich. »Ich gehe davon aus, dass es Ihnen nichts ausmacht, auf die nächste Beförderung ein, zwei Jahre zu warten. Jetzt geht es um Menschenleben!«

Reynolds war in einer Minute eingeweiht und eingeschworen. Ich rechnete nicht damit, dass er Einwände haben würde, und er hatte auch keine. Wie Jill und ich selbst, wie alle Offiziere der fliegenden Crew hatte er viel zu großen Respekt vor Jennifer, als dass er hätte in Erwägung ziehen können, sich zu verweigern, wo sie unsere Unterstützung brauchte.

Ich diktiere die Anfrage, die ich während der Nacht entworfen hatte, in das Logbuch und schickte sie an die zuständigen Stellen auf Luna. Bis man sich dort zur Bearbeitung durchgerungen und einen abschlägigen Bescheid aufgesetzt haben würde, würde genug Zeit vergehen, um uns den entscheidenden Vorsprung zu gewähren. Dann löste ich eine der standardisierten Notfallsequenzen aus, die besagte, dass ein Mitglied unserer Crew abgängig war – das astronautische Äquivalent zum guten alten »Mann über Bord!«

Unser Mutterschiff war mehr als sechs Stunden entfernt. Bis die beiden Instanzen sich abgesprochen und verständigt hatten, würde weitere Zeit vergehen. Vermutlich würden wir unsere kleine private Mission schon abgeschlossen haben, ehe sich jemand von den Offiziellen hören ließ.

Dann ging ich auf die Messe. Während ich mir einen Kaffee aus der Röhre ließ – wohl wissend, dass es nicht der letzte der kommenden Stunden und Tage sein würde –, hörte ich, wie sich überall im Schiff die Schotte schlossen, die Feldgeneratoren aufheulten und aus dem Reaktorblock das charakteristische Brummen der Vorbereitung zur Triebwerkszündung durch die Spanten der Enthymesis drang. Diese Geräusche und Erschütterungen, wenn das Schiff sich auf seiner Bahn stabilisierte, ein neues Ziel ins Visier nahm, die Krallen ausfuhr und die Schwingen spreitete, ließen pures Adrenalin durch meine Adern rinnen. Die Motoren sprangen an, bereit, die 20 000 Bruttoregistertonnen in den Kosmos hinauszukatapultieren und uns auf eine Geschwindigkeit zu beschleunigen, bei der nur wenige von Menschenhand geschaffene Projektile mithalten konnten. Das Schiff blähte die Nüstern und scharrte mit den Hufen. Lambert fuhr die Generatoren bis zur Schmerzgrenze hoch. Sowie ich das Startkommando geben würde, würde die Enthymesis sich wie ein Rodeohengst aufbäumen und mit einer Kraft davonschießen, die jeden festen Gegenstand an Bord zu Strahlung zerreiben würde, wenn er nicht von der künstlichen Schwerkraft aufgefangen werden würde. Mit dem befreiten Gefühl eines Seemanns, der endlich wieder Meeresluft riecht, kehrte ich auf die Brücke zurück.

In diesem Moment schrillte der Alarm. Die Sirenen der Automatik ließen uns ertauben. Blutiges Licht überflutete die Brücke.

»Achtung!«, schrie Lambert.

Dann riss es mich von den Beinen. Noch bevor ich auf den Boden aufschlug, und während mein Kaffee in einer grotesken Wolke aus dem Becher schwebte, sah ich, wie ein wohnblockgroßer Felstrümmer auf uns zurollte. Vor der schrägstehenden Sonne, die eben den Rand der Jupiteratmosphäre zu einem dunstigen Spektakel entzündete, kam ein Asteroid von mehreren hunderttausend Tonnen frontal auf uns zu. Noch ehe Lambert reagieren konnte, hatte die Automatik das Schiff nach unten gedrückt. Wir tauchten unter dem Felsen durch, der in geringer Entfernung über uns wegraste. Ich sah die Einschlagskrater auf seiner genarbten Vorderseite und die frischen Bruchkanten der anderen Seiten, die zeigten, dass er erst vor Kurzem aus einem größeren Körper herausgesprengt worden war. Vielleicht war es ein Fragment eines zerstörten Jupitermondes – oder der Trümmer eines Asteroiden, die der Planet seit einigen Wochen mit sich schleppte.

Dann lag wieder der leere Kosmos vor uns. Die Steuerdüsen fingen das Ausweichmanöver ab. Ich schlug hart mit Ellbogen und Hüftknochen auf dem Boden auf, der in den letzten Sekunden um mehrere hundert Meter nachgegeben hatte. Der Kaffee platschte neben mir zu einer braunen Pfütze auseinander. Sirene und Alarmlicht erloschen.

»Oh verdammt«, hörte ich Reynolds knirschen, der an seiner Konsole Platz genommen hatte und angeschnallt gewesen war.

Lamberts Finger wuselten auf dem Bedienfeld herum, als sie den Status des Schiffes abfragte und die Vorfeldüberwachung auf allen Frequenzen und erhöhter Auflösung gegencheckte. Dann drehte sie sich zu mir um, der ich mich mühsam erhob und meine Knochen abtastete.

»Sind Sie okay, Sir?«, fragte sie besorgt.

Die Automatik aktivierte die Selbstreinigung der Bodenfliesen, die den vergossenen Kaffee absorbierten. Ich stand auf und schüttelte mich.

»Wie konnte das passieren?«, fragte ich.

Sie verzog ihr Gesicht zu einer weinerlichen Grimasse.

»Tut mir leid, Sir«, wimmerte sie. »Aber hier draußen schwirren tausende solcher Objekte herum. Und die meisten Bahnen sind irregulär. Durch Kollisionen und das Zerbrechen der Körper ändern sie sich ständig.«

»Mhm«, machte ich nur.

Ich klopfte meine Hose ab und sah zu, dass ich meinen Platz neben Reynolds einnahm und die Gravigurte schloss. Mir war klar, dass die Kleine nichts dafür konnte, und es war auch nochmal gutgegangen.

»Ich wollte sowieso gerade vorschlagen, dass wir von hier verschwinden«, sagte ich, während ein dumpfer Schmerz in meiner rechten Hüfte zu pulsen begann. »Volle Fahrt voraus.«

Die Erste Pilotin gab vollen Schub auf den Hauptreaktor. Die Enthymesis verließ ihren Jupiter-Orbit und flog sonnenwärts. Unser Ziel lag direkt vor uns. Mit bloßen Augen sahen wir die leuchtende blaue Kugel, die smaragdschimmernd im Raum hing, verletzlich und schön.

Als die Beschleunigungsphase vorbei war und Jill die Triebwerke abgeschaltet hatte, erhob ich mich wieder und ging mit steifen Schritten auf der Brücke auf und ab. Ich wies Jill an, die Bahndaten auf den großen Schirm zu schalten, und studierte dann unseren Kurs. Jennifers Vorsprung war gering. Es wäre für ein Schiff wie die Enthymesis eine leichte Übung gewesen, sie einzuholen. Ich schärfte Lambert jedoch ein, ihr einen Vorsprung von mehreren Stunden zu lassen. Vermutlich hatte sie uns schon auf dem Schirm, wenn ich auch nicht sicher war, ob das Heckradar der EVA weit genug reichte. Jedenfalls musste sie davon ausgehen, dass ihr Verschwinden nicht unentdeckt bleiben würde, und sie konnte sich ausrechnen, dass wir ihr folgen würden. Vielleicht spekulierte sie sogar darauf.

Jupiter war uns auf den Fersen. Sein Schwerefeld hatte das Erde-Mond-System bereits erfasst. Es störte die Gezeiten und den Funkverkehr. Gewaltige Ionenströme bildeten sich zwischen den beiden ungleichen Planeten aus, die auch unserer Abschirmung zu schaffen machten. Ein Flow subatomarer und hochenergetischer Partikel flocht Stränge und unsichtbare Tunnel zwischen dem Gasriesen und der Erde. Die Gravitationskräfte schwangen sich aufeinander ein. Ebbe und Flut erreichten Rekordhöhen, ganze Küstengebiete wurden kurzfristig unter Wasser gesetzt. Vulkanausbrüche und Erdbeben häuften sich, und die Atmosphäre spielte verrückt. Hurrikane und Orkane fegten über Landstriche, die nie von ihnen heimgesucht worden waren. Hunderttausende ertranken, erfroren oder wurden verschüttet.

In fast allen Krisenregionen brachen bewaffnete Konflikte aus, weil die verfeindeten Parteien sich gegenseitig für das kosmische Desaster verantwortlich machten. Die Religionen hatten Zulauf, und religiös motivierte Kriege und Bürgerkriege überzogen den Planeten wie ein Flächenbrand. Abtreibungs-, Scheidungs- und Selbstmordrate stiegen auf nie dagewesene Spitzenwerte. Auf der taumelnden Erde pilgerten Millionen zu den Wallfahrtszentren und heiligen Stätten, um den Beistand der Götter zu erflehen, während andere die großen Raumhäfen belagerten. Regierungsangehörige, Wirtschaftsführer, Wissenschaftler und alle, die die immensen Schmiergelder aufbringen konnten, verließen den Planeten mit den letzten Schiffen, die noch zur Verfügung standen. Chaos und Anarchie herrschten weithin. Ein Menschenleben war Millionen Dollar wert – oder keinen Cent.

»Sir«, meldete Lambert, »ich habe die EVA auf dem Schirm. Soll ich einen Kanal öffnen?«

Ich winkte ab. Jennifer sollte sich ihre eigenen Gedanken machen und dabei nicht behelligt werden. Vor allem sollte sie ihre Absicht ungehindert in die Tat umsetzen. Ich war neugierig, ob sie wirklich vorhatte, was ich annahm. Vor der Kulisse eines Weltuntergangs hätte dieses Katz-und-Maus-Spiel blasphemisch erscheinen können, aber ich wollte es darauf ankommen lassen. Anderenfalls würde ich bis ans Ende unserer Tage als derjenige dastehen, der ihr die Erfüllung eines Herzenswunsches vereitelt hatte. Dass das Ende unserer Tage dabei unmittelbar bevorstehen konnte, musste ich in Kauf nehmen.

»Nein«, sagte ich. »Wir bleiben hinter ihr, machen uns aber nicht bemerkbar.«

Der Ionenflow war jetzt so stark, dass sie uns mit den primitiven und nicht sehr weitreichenden Instrumenten der EVA nicht orten konnte. Dicht hintereinander, im Abstand weniger Stunden, glitten zwei winzige Objekte durch den riesigen Rüssel, der sich zwischen Jupiter und Erde ausbildete.

Wenn wir die Schirme auf Röntgen- oder Gammastrahlen umstellten, sahen wir den Millionen Kilometer langen Schlauch, der wie eine blaue, schlank taillierte Windhose vom Jupiter abstrahlte, den Mond umfasste und an der Erde zwei Saugnäpfe ausbildete, mit denen er die Polkappen packte – und der in jeder Sekunde mehr Energie transportierte, als die Menschheit in Jahrzehnten hätte verbrauchen können. Wir bewegten uns im Zentrum dieses langgezogenen Kanals. Das machte der Enthymesis nichts weiter aus. Dennoch lief die Abschirmung auf hundertundzehn Prozent, elektrische Entladung knisterten in den verkleideten Spulen der Feldgeneratoren, ab und zu knirschte es in den Durchsagen der Automatik, und der Gegenwind hochionisierter Strahlung ließ die Schnauze und die Antennenfortsätze des Explorers dunkelblau erglühen. Alle paar Stunden musste Jill für einige Sekunden das Triebwerk zünden, um zu verhindern, dass der Partikelstrom uns abbremste und in der Gegenrichtung mitriss. Wir sahen auf den Schirmen, dass auch Jennifer zu diesem Mittel greifen musste. Allerdings dürften ihre Treibstoffvorräte mittlerweile so gut wie erschöpft sein. Auch verfügte die EVA längst über keine so wirkungsvolle Abschirmung. Ich konnte nur hoffen, dass sie dort vorne nicht gegrillt wurde.

Die Windhose, die unsichtbar um uns tobte und in deren fegendem Rüssel wir uns nach unten arbeiteten, brachte das Gute mit sich, dass sie uns taubstumm machte. Unsere Kommunikation war lahmgelegt. Wenn wir einen Kanal öffneten, kam nur ohrenbetäubendes Krachen herein, das von der Automatik gedämpft wurde, da das schrille Kreischen die akustischen Systeme sonst in Mitleidenschaft gezogen hätte. Wir konnten weder senden, noch empfangen. Als daher am

Nachmittag ein verzerrtes, übersteuertes, zu Gestammel zerhacktes Band der Stellen auf Luna hereinkam, das besagte, die Basen seien gerade in Räumung begriffen und man werde unsere Anfrage später beantworten, konnten wir uns darauf beschränken, eine knappe Routinesequenz auszulösen, die dahingehend lautete, die empfangene Nachricht sei unverständlich gewesen und sollte bei Gelegenheit wiederholt werden.

Am Abend meldete sich auch die MARQUIS DE LAPLACE. Rogers ging nicht näher auf unseren Vorwand von dem abgängigen Mitglied ein, sondern wies uns in knappen Worten auf die Konsequenzen hin. Als Anhang waren dem Dokument die entsprechenden Paragraphen der Dienstvorschrift beigefügt, die Degradierung, unehrenhafte Entlassung und Freiheitsstrafen androhten. In besonders schweren Fällen konnte die unerlaubte Entfernung von der Truppe mit dem Tod geahndet werden. Ich kannte diese Artikel auswendig. Immerhin: brachte man die Laufzeiten der Funksignale in Anschlag, hatte der Chefplanetologe wesentlich rascher und entschiedener reagiert als die Stellen auf Luna. Ich antwortete ihm genauso wie den Einfaltspinseln auf Luna. Die MARQUIS DE LAPLACE stand 6,8 Milliarden Kilometer entfernt auf einer Fünf-Uhr-Position, mit unmittelbaren Konsequenzen war nicht zu rechnen. Klammheimlich weidete ich mich daran, wie ihn das in Rage versetzen würde.

In der Nacht blieben alle drei verbliebenen Crewmitglieder auf der Brücke. Ich hatte keine Alarmstufe mehr gesetzt und darauf verzichtet, einen Schichtplan zu aktivieren. Wir waren Gesetzlose, die Dienstvorschriften der Union waren außer Kraft. Wir genossen die anarchische Situation, die dadurch entstanden war, dass wir uns zum ersten Mal einem Befehl widersetzt hatten.

»Souverän«, sagte ich, »souverän ist, wer über den Ausnahmezustand verfügt.«

Und wenn hier kein Ausnahmezustand vorlag, wusste ich nicht, was das Wort bedeutete. Wir hatten uns zu Outlaws erklärt. Die großen Ferien hatten begonnen. Nichts galt mehr.

Vor uns lagen die konzentrischen, auf die unsichtbare Achse unseres Anflugs ausgerichteten Scheiben von Mond und Erde. Der Trabant wies uns die sonnenabgewandte Seite. Nur eine hauchfeine Sichel war erleuchtet. Sie brannte in hartem Weiß. Der Rest war wie ein Loch aus der dahinter schwebenden Erdscheibe herausgestanzt. Auch diese wies uns zum größeren Teil die Nachtseite. Allerdings waren die Wolkenschichten dort vom Vollmond angestrahlt und glühten in ozeanischem Grün. Es war der Pazifik, der uns wie ein großes Auge entgegenstarrte, und der lichtlose Kreis des Mondes war die Pupille, die uns unverwandt ansah, als erwarte sie etwas von uns.

Vorsichtshalber nahmen wir unsere Plätze ein und aktivierten die Gravitationsgurte, als wir uns bis auf wenige tausend Kilometer dem Mond näherten und dicht über seine zerschrundete Oberfläche hinwegrasten.

»Nehmen Sie die Kurve möglichst flach«, sagte ich zu Jill. »Wir müssen mit unserem Treibstoff haushalten. Aber kalkulieren Sie einen gewissen Abstand ein.«

»Das sind Anweisungen, wie sie jeder Untergebene liebt«, nörgelte sie. »Nicht zu hoch, aber auch nicht zu tief.«

»Ja«, sagte ich. »Sie haben einen Handlungsspielraum.«

»Ich kann machen, was ich will?«

»Genau, bloß keinen Fehler.«

»Na schön«, schmunzelte sie.

Und plötzlich drückte sie die Enthymesis nach unten und schoss im Tiefflug über die pockennarbige Landschaft hinweg, als sei sie entschlossen, Jennifer nicht nur von Amts wegen, sondern auch im Temperament zu vertreten.

Schweigend flogen wir über die Nachtseite des Mondes. Ich dachte an die Helden von Apollo zehn und elf, die über diese Regionen hinweggeschwebt waren und sie als erste Menschen mit eigenen Augen gesehen hatten. Welcher Einsamkeit waren sie ausgesetzt, als die winzige Blechbüchse, in der sie kauerten und die ein Raumschiff zu nennen man sich genierte, in den Funkschatten des Mondes eingetaucht war und für eine bange halbe Stunde das Schweigen des Kosmos sich in ihrer muffigen Kabine ausgebreitet hatte!

Dann rasten wir auf die lohweiße Linie zu. Die Automatik polarisierte sämtliche Scheiben selbsttätig auf 90 Prozent. Wir hielten den Atem an. Und dann gingen gleichzeitig, als senkrecht übereinanderstehende Sphären, Erde und Sonne vor uns auf. Wir schossen in eine sengende Lichtflut hinaus. Die staubigen Ebenen schienen wie unter dem Glast einer afrikanischen Hitze zu zittern.

Der Trabant fiel hinter uns zurück. Die Erde lag jetzt direkt vor uns. Ihr Anblick war erschütternd. Rostfarbene Wolken trübten die Atmosphäre, deren jadeschimmernder Anblick sonst zum Schönsten gehörte, das es im bekannten Kosmos zu sehen gab. Der Pazifik, der die uns zugewandte Seite einnahm und über dem es gerade langsam Tag wurde, wirkte, als würden ölig schillernde Pfützen darin schwimmen, in der verschüttetes Benzin seine giftigen Schlieren zog. Auf den ersten Blick war zu erkennen, dass mit dieser Welt etwas nicht stimmte. Das Farbenspiel ihrer Wassermassen, Kontinentalflächen und Luftschichten, sonst ein festliches Leuchten, Strahlen und Glitzern, in dem jede Nuance des Spektrums zu unzähligen neuen und überraschenden Schattierungen aufgefächert wurde, war verödet und stumpf. Eine ganze Welt wurde hier durchgerüttelt.

Im nordwestlichen Winkel unseres Blickfeldes war die hauchfeine Spur eines Geschosses auszumachen, das gerade in die Atmosphäre eintrat. Jennifer war im Landeanflug. Sie hatte nur drei Stunden Vorsprung, und wenn wir gewollt hätten, hätten wir sie in wenigen Minuten einholen können.

»Sie schwenkt in den nordamerikanischen Luftraum ein«, sagte Jill und riss mich mit quäkender Stimme aus meinen Gedanken.

»Ich weiß«, sagte ich müde und rieb meine Augenhöhlen mit den Fäusten, bis bunte Sterne vor mir tanzten.

Reynolds räusperte sich, wie er es immer tat, wenn er etwas loswerden wollte. Der Junge war einfach zu gut erzogen. Niemals reden, ohne gefragt worden zu sein! Ich brummte etwas, was er als Erlaubnis interpretieren konnte, seine Erkenntnisse vorzubringen.

»Ich habe ihre Protokolle auf dem Schirm«, meldete er. »Sie kommuniziert nur über die Automatik und identifiziert sich mit dem offiziellen Code.«

»Mhm«, machte ich.

»Jetzt!«, riefen die beiden gleichzeitig aus. »Sie hat eine individuelle Kennung über einen offenen Kanal geschickt und sich persönlich identifiziert.«

Die zwei waren ganz aus dem Häuschen, als wäre das nicht das einzig Vernünftige gewesen, was man in dieser Situation von Jennifer hätte erwarten können. Sollte sie unautorisiert in nationalen Luftraum eindringen und riskieren, von Abfangjägern gestellt und abgeschossen zu werden? Und warum sollte sie dazu nicht ihren eigenen persönlichen Code verwenden? Die terrestrische Luftwaffe war schwerlich mit den Stellen der Union abgeglichen. Noch waren wir nicht zur Fahndung ausgeschrieben. Was sollte das also alles? Als Nächstes würden sie mir noch mit großem Hurra erzählen, dass der volle Name der Pilotin Major Jennifer Ash war und dass sie mit einem gewissen Frank Norton verheiratet war, seines Zeichens Enthymesis-Kommandant.

»Sir«, störte Reynolds mich aus meiner schlechten Laune, »wir können ihren Funkverkehr mitschneiden. Sie erbittet gerade Landeerlaubnis in ...«

»Ich weiß, wo sie hinwill«, unterbrach ich ihn.

Ich starrte vor mich hin. Sie waren wie kleine Kinder, die mich mit Selbstverständlichkeiten abspeisten und das eigentliche Problem nicht einmal sahen. Reynolds und Lambert schwiegen. Frostige Stille breitete sich auf der Brücke der Enthymesis aus. Vor uns wuchs der Pazifik, während sich von steuerbord her algiges Tageslicht über die riesige Fläche schob. Ab und zu tippte einer der beiden an seiner Tastatur oder die Automatik schnarrte ihre nichtssagenden Routinen herunter. Die Vorfeldaufklärung der terrestrischen Stellen musste uns längst erfasst haben. Dass wir noch nicht zur Identifizierung aufgefordert worden waren, war nur dadurch zu erklären, dass sich die staatliche und militärische Ordnung in Auflösung befand. Aber gerade die Überwachung des erdnahen Weltraums würde man in der gegenwärtigen Situation als Allerletztes aufgeben. Es war also nur eine Frage der Zeit, bis man mit der Erkundigung an uns herantreten würde, was zum Teufel wir hier eigentlich wollten.

»Okay«, sagte ich zu Lambert. »Geben Sie vollen Schub. Bringen wir die Sache hinter uns.«

Ich wartete auf Widerreden. Diese blieben jedoch auf. Jill zündete den Hauptreaktor. Der Bummelflug war vorbei. Die Enthymesis beschleunigte auf Höchstgeschwindigkeit und fuhr die Bugschilde hoch, denn bei diesem Tempo hatten wir die Entfernung Erde – Mond in wenigen Augenblicken hinter uns gebracht. Was immer Jennifer dort unten vorhatte, zwei Stunden waren reichlich bemessen. Vielleicht würde es auch in einer zu schaffen sein ...

»Atmosphäreneintritt vorbereiten! Falls jemand anfängt, blöde Frage zu stellen, halten Sie ihn so lange wie möglich hin und speisen Sie ihn mit den Routinen ab. Jennifer hat Ihnen gerade vorgemacht, wie das geht.«

Ich sah zu Reynolds hinüber, der meinen Blick kalt erwiderte. Dass diese nachgeordneten Chargen es immer gleich persönlich nahmen, wenn man schlecht drauf war. Ich zwinkerte ihm zu, was er mit einem schiefen Grinsen quittierte.

»Und gehen Sie auf Kurs eins – acht – null – drei«, sagte ich zu Lambert. »Richtung Florida. Erbitten Sie Leitstrahl von der Station in Pensacola!«

Die Zweite Pilotin feuerte die Bremsraketen ab und drückte das Schiff nach unten. Die Enthymesis tauchte in die Atmosphäre ein. Wir schossen über den Pazifik. Die Bewohner Mikronesiens sahen uns als dunklen Meteor, der einen langen rotglühenden Schweif nachschleppte. Wir näherten uns dem Äquator, während Jill die Maschine leicht auf die Seite legte und uns auf eine Parabelbahn über Mittelamerika und das südliche Mexiko hinweg brachte. Gleichmütig sahen wir zu, wie die automatischen Anfragen der irdischen Stellen und die vorformulierten Auskünfte unseres Schiffscomputers über die Schirme liefen. Man hatte uns erfasst und forderte uns auf, uns zu identifizieren. Ich wies Lambert an, die automatischen Protokolle freizugeben, die den Namen des Schiffes übermittelten und über seine Besatzung, seine Ladung und seinen Auftrag Auskunft gaben. Anstelle des Marschbefehls, der diesen Dokumenten für gewöhnlich beigeordnet wurde, ließ ich wieder nur die Mayday-Sequenz übertragen, die besagte, dass ein Mitglied unserer Crew abgängig sei. Unsere Mission wurde dadurch als Rettungseinsatz deklariert, was uns nicht nur vor neugierigen Fragen schützen sollte, sondern sämtliche Hilfskräfte, die wir eventuell anforderten, automatisch unserem Kommando unterstellte.

Wir schienen damit durchzukommen. Die Anfragen verstummten. Unsere Schiffsautomatik löschte die Schirme. Vielleicht, vermutete ich, waren die Kontrollzentren, die den amerikanisch-pazifischen Raum überwachten, längst aufgegeben worden und lediglich die Computer taten noch Dienst. Nach allem, was ich in den letzten Tagen über den Zusammenbruch der staatlichen Ordnung gehört hatte, kam mir diese Möglichkeit recht wahrscheinlich vor. Was sollte in einer Situation wie dieser auch eine konventionelle Luftraumüberwachung? Wenn feindliche Truppen in die Stadt einbrachen, nützte einem der Wachhund auch nichts mehr.

Vor uns tauchte die Küste Guatemalas auf. Braune Lavafelsen, an die die lehmige Atlantikbrandung gischtete. Darüber

Urwald von zeitlosem Grün, das Gewühl windgepeitschter Vegetation. Ab und zu lichtete sich der Dschungel, und für Augenblicke wurde eine der antiken Stätten sichtbar, schiefergraue Pyramiden, die unsagbar alt und verwittert über den Vorhof der Urwaldriesen aufragten. Oder eine der winzigen Kolonialstädte zog vorbei, Jesuitenkirchen, barocke Klöster, Markthallen, Plätze und staubige Vororte. Das alles war so pittoresk, so anheimelnd, so winzig!

Ich fühlte mich wie ein Mann, der nach Jahrzehnten der Kriege, Eroberungszüge und Expeditionen in sein Vaterhaus heimkehrt und mit peinlichen Gefühlen das Spielzeug seiner Kindheit betrachtet, auf dem der Schnee der Zeit staubige Flocken gebildet hatte. Wie zerbrechlich war das alles, wie gefährdet, wie bedroht! Es gab einem einen Stich ins Herz. Wir hatten die Dome des Universums gesehen, des Kosmos' riesige Kathedralen, die Pracht des Weltalls, die der Schöpfer zu seiner Unterhaltung erschaffen hatte, Planeten und Sonnen, Milchstraßen, gewaltige Nebel und das lichtlose Grauen Schwarzer Löcher. Und nun duckten wir uns in die dunkle Hütte armer Leute und standen ratlos vor den schmierigen Hausaltären, die sie sich in einer Ecke ihrer Baracke gebastelt hatten und wo sie abends im Dunst von Räucherstäbchen und zitternden Kerzen zu den »Göttern« beteten.

Wir waren nun so niedrig und beinahe so langsam wie eine gewöhnliche Verkehrsmaschine, kaum Mach 18 oder 20. Eine Zeit lang flogen wir parallel zur Grenze von Belize und kamen dann über Yucatan hinweg auf den Golf hinaus. Wenig später drangen wir in nordamerikanischen Luftraum ein. 30 000 Fuß über dem schimmernden Wasser, das im metallischen Licht des frühen Nachmittags lag, hielten wir auf Florida zu, als sich von Backbord zwei silberglitzernde Punkte näherten.

Jill drehte sich zu mir um und wies auf die Codierungen, die auf dem Schirm sichtbar wurden.

»Sir ...«

Ich nickte zum Zeichen, dass ich es gesehen hatte.

»Drosseln Sie das Tempo«, sagte ich. »Hören wir uns mal an, was sie wollen.«

Da krachte es auch schon, und die Automatik baute einen akustischen Kanal auf.

»Luftüberwachung Süd«, meldete sich eine Stimme, die mir jugendlich und hochmütig vorkam. »Identifizieren Sie sich und nennen Sie Ihre Mission!«

Reynolds stieß ein unterdrücktes Prusten aus, während Lambert mir einen besorgten Blick über die Schulter zuwarf. Ich machte ihr ein Zeichen, den Kanal zu stabilisieren und auf meinen persönlichen Kommunikator zu schalten. Die Empfänger würden dann automatisch meine Kennung auf den Schirmen haben und wissen, mit wem sie es zu tun hatten.

»Commander Frank Norton«, meldete ich mich. »Kommandant des Explorers Enthymesis unter der Flagge der Union, Flottenverband MARQUIS DE LAPLACE, persönlicher Oberbefehl Commodore Wiszewsky.«

Ich wiederholte in dürren Worten die Aussage der Routineprotokolle.

Die Maschinen hatten sich an unsere Seite gesetzt. Wie langsam sie waren, und wie winzig! Es handelte sich um Abfangjäger vom Typ F–XCI. Zwanzig von ihnen hätten in unser Drohnendeck gepasst, und sie hätten nicht einmal die Deltaflügel einklappen müssen. Wenn Jill nur ein wenig Gas gegeben und die Enthymesis leicht nach oben gezogen hätte, hätten wir sie in Sekunden abgehängt gehabt. Für einen außenstehenden Betrachter musste unsere Formation in aussehen wie ein schwarzer Bulle, der mit gesenkten Hörnern dahintrottete und von zwei Schmeißfliegen eskortiert wurde. Aber sie waren mit Röntgenlasern bestückt und mit thermischen Raketen bewaffnet, die unserer Abschirmung ordentlich zu schaffen machen würden.

»Der Luftraum ist gesperrt«, schnarrte der Captain am anderen Ende. »Wir müssen Sie auffordern, die Landung vorzubereiten. Bis dahin werden wir Sie begleiten.«

»Hören Sie«, sagte ich in hartem Befehlston. »Ein Mitglied unserer Crew ist abgängig. Wir werden sie stellen und dann zu unserem Mutterschiff zurückkehren.« Ich ließ eine kleine Pause eintreten. »Dieses befindet sich im Neptun-Orbit, falls Sie sich vorstellen können, wo das ist.«

»Ob und wohin Sie als Nächstes fliegen, werden die zuständigen Stellen entscheiden«, gab der Schnösel zurück.

Ich hätte ihm gerne ein paar Backpfeifen verabreicht. Mit einem Rempler unserer Bugschilde hätten wir seinen Spielzeugflieger zerknicken können wie ein Liebhabermodell aus Blech, und wenn wir durchgestartet wären, hätte er uns kaum weiter als bis zum Van-Allen-Gürtel folgen können, aber er durfte uns hier gängeln und sich über uns lustig machen.

Das war nun also der dankbare Empfang, nachdem wir unser Leben riskiert und uns den Arsch aufgerissen hatten, um auch sein armseliges Dasein zu retten! Von den Manövern, deren Jennifer in den letzten Tagen gleich mehrere geflogen hatte, hatte dieses Bürschchen in seiner Seifenkiste keine Ahnung. Er hielt sich für einen großen Piloten, weil er im zweistelligen Mach-Bereich operierte und drei standardisierte Luftkampf-Tricks draufhatte. Für einen Augenblick überlegte ich, ob wir nicht beidrehen und ihn ein wenig verblüffen sollten. Wir konnten noch einmal die Runde um den Mond machen und es beim nächsten Mal auf einer anderen Anflugschneise versuchen.

Andererseits lief uns allmählich die Zeit davon. Unsere Instrumente registrierten schwere Seebeben und tektonische Auffälligkeiten. Wir mussten Jennifer aufsammeln und zusehen, dass wir von hier verschwanden. Ich hatte keine Lust, das Schicksal dieser Insektenrasse namens »Menschheit« zu teilen, auch wenn hier Milliarden krepierten.

»Negativ«, sagte ich. »Das Schiff untersteht unmittelbar der Union, vertreten durch den Kommandanten der MARQUIS DE LAPLACE. Wir werden unsere Mission unbehelligt durchführen und dann in den Orbit zurückkehren.«

»Bedaure, Sir«, hörte ich. »Wir haben Anweisung, Sie aufzubringen und bis zur Landung zu eskortieren. Und wir haben Schießbefehl. Der Luftraum ist gesperrt. Für diese Anordnung liegen keine Ausnahmeregelungen vor.«

Vor uns tauchte die Küste Lousianas auf. Jill sah mich fragend an. Ich gab ihr ein Zeichen, auf dem vereinbarten Kurs zu bleiben. Jennifer war vor vierzig Minuten genau dort gelandet, wo ich es angenommen hatte, das hatten wir auf den Schirmen gesehen.

»Ihre Paragraphen interessieren mich einen feuchten Dreck«, gab ich zurück. »Ich habe Ihnen unsere Situation geschildert, und ich habe nicht vor, von meinem Vorhaben abzuweichen.«

»Bereiten Sie Ihr Schiff auf Übernahme des Leitstrahls vor«, quäkte es aus der Leitung. »Ich mache Sie darauf aufmerksam, dass ich im Fall Ihrer Zuwiderhandlung nicht nur autorisiert, sondern gezwungen bin, das Feuer zu eröffnen.«

»Machen Sie sich nicht lächerlich, junger Mann«, entgegnete ich in gespielter Jovialität. »Das, was da neben Ihnen fliegt, ist ein Explorer der Enthymesis-Klasse. Wir kommen gerade vom Jupiter, den wir mit Ionen-Torpedos beschossen haben ...«

Reynolds drückte mit der flachen Hand unsichtbare Tischplatten nach unten. Aber ich sah es gar nicht ein, vor diesen Luftwaffen-Schnöseln klein beizugeben.

»Wenn ich Sie recht verstanden habe«, sagte der Captain des Abfangjägers, »verfolgen Sie einen Fall von Desertion. Dadurch ist Ihre Überstellung an die Behörden erforderlich.«

»Nein«, beeilte ich mich zu sagen, »keine Desertion. Da haben Sie mich missverstanden. Es handelt sich um – um einen medizinischen Notfall.«

»Und die betreffende Person ist allein vom Jupiter hierher geflogen«, gab er zurück.

»Da können Sie ‚mal sehen«, blaffte ich, »wozu ein guter Pilot in der Lage ist.«

In der Leitung krachte es. War es mir gelungen, ihn zu verblüffen und mundtot zu machen? Das wäre einem Punktsieg gleichgekommen. Nach einigen Sekunden war der Kanal allerdings wieder stabil. Seine Meldung, die jetzt herüberkam, zerstreute meine letzten Illusionen.

»Es tut mir leid, Sir«, sagte er. »Ich bin nicht der Bundesrichter, der über Ihren Fall zu entscheiden hat. Unser Gespräch ist sinnlos. Ich erkläre Ihr Schiff hiermit für beschlagnahmt und fordere Sie unmissverständlich und zum letzten Mal auf, zu landen.«

Ich seufzte. Quälende Sekunden rannen dahin. Das Wort »Beschlagnahmen« legte sich mir als schwerer Druck auf die Magengrube. Es würde Auseinandersetzungen und Verwicklungen geben. Die schlimmstmögliche Konsequenz, dass wir nicht mehr von hier wegkommen würden, ließ ich noch nicht an mich herankommen. Sie hätte bedeutet, dass unser Entschluss, der Eskorte zu folgen, eine Entscheidung über Leben und Tod geworden wäre. Verdammt!

Sonderbarerweise empfand ich keinen Groll gegen Jennifer, die uns in diese Situation gebracht hatte. Und auf einmal durchzuckte mich eine Möglichkeit, mehr eine Ahnung als ein Erkennen, aber doch ein Gefühl von Wahrscheinlichkeit, wie aus fernen Wolkentürmen plötzlich die Möglichkeit aufscheint, dass es sich bei ihnen nicht um ein aufziehendes Gewitter, sondern um eisbedeckte, sonnenbeschienene Gebirge handelt. War es denkbar, dass Jennifer alles dies nicht nur vorhergesehen, sondern einkalkuliert und beabsichtigt hatte? Unser letztes Gespräch blitzte in einer Mikrosekunde durch meinen Schädel. Sie hatte mich aufgefordert, die Enthymesis für das Evakuierungsprogramm zur Verfügung zu stellen. Und als ich ablehnte, hatte sie sich in der EVA von Bord entfernt. Was konnte sie mit der viersitzigen Drohne ausrichten, hatte ich mich gefragt. Aber – wir waren ihr gefolgt. Hatte sie sich selbst nur als Köder eingesetzt, um uns zu diesem Schritt zu verleiten? Legte sie es darauf an, dass unser Explorer beschlagnahmt und für die Evakuierungsmaßnahmen in Dienst gestellt wurde? Es wäre ein sehr raffiniertes Manöver, das musste ich zugeben, und ich traute es ihr zu. Sie würde uns gezwungen haben, die Enthymesis zur Verfügung zu stellen, sie hätte uns durch einen Trick dazu gebracht, Menschen zu retten, deren Schicksal wir uns für die Betrachtung aus der Ferne vorbehalten hatten.

Es war ein doppelbödiges Kalkül. Es konnte sein, dass wir wider Willen zu Helden wurden. Unsere unerlaubte Entfernung aus dem Jupiter-Orbit würde niemanden mehr interessieren, wenn wir Fakten geschaffen hatten und diese Fakten in eintausend geretteten Existenzen bestanden.

Aber wenn es schief ging und man uns das Kommando entzog, würden wir auf der Erde festsitzen, was beinahe einem Todesurteil gleichkam. Vielleicht war dies ihre Strategie gewesen, und ich bewunderte sie nicht nur für ihr kaltblütiges Kalkül, sondern für die Abgebrühtheit, das damit verbundene Risiko auf sich zu nehmen.

In diesem Augenblick machte Jill mir Zeichen. Ich wollte sie mit einer Handbewegung zur Ruhe bringen, aber da sah ich, dass sie ihren Sessel herumgeschwenkt hatte und stimmlos Worte formte. Ihre Lippen bildeten immer wieder vier Silben. Auch Reynolds versuchte sich bemerkbar zu machen.

»Commander«, sagte er leise, »wir sollten auf das Ansinnen des Captains eingehen ...«

Er nickte zum großen Schirm hin, wo eben die Koordinaten des Leitstrahls aufleuchteten. Ich atmete auf. Das war ein gutes Omen.

»Captain«, sagte ich. »Sie haben recht. Eskortieren Sie uns nach Pensacola!«

Jill übergab an den Leitstrahl. Wir spürten als leichte Erschütterung, die durch das Schiff lief, wie die fremde Steuerung sich unserer Bordautomatik aufschaltete. Die Enthymesis wurde auf Unterschall gedrosselt und auf einige hundert Meter heruntergedrückt. In der Zwischenzeit hatten wir New Orleans und das Mississippi-Delta passiert. Nun flogen wir nach Osten, die Sonne im Rücken, die schon tief stand und das Meer und die Strände in das warme Licht eines subtropischen, herbstlichen Spätnachmittags tauchte. Hier war nichts zu erkennen, was auf die bevorstehende Katastrophe hingedeutet hätte. Wenn unsere Instrumente nicht immer wieder unterseeische Verwerfungen und atmosphärische Strahlungsausbrüche registriert hätten, hätte man meinen können, an einem ganz gewöhnlichen Tag über diese herrliche Landschaft zu fliegen. Die Palmen standen, wie aus Goldblech gestanzt, über den bernsteinfarbenen Stränden, gegen die ein türkisfarbenes Meer anrollte. Nichts unterschied den Ausblick, der sich uns bot, von dem kitschigbunten Reiseprospekt, dem er immer schon geglichen hatte. Erst als wir noch weiter heruntergingen und langsamer wurden, sahen wir einige Indizien dafür, dass doch nicht alles mit rechten Dingen zuging. Einzelne Küstenstreifen waren bis weit ins Hinterland zerstört. Der tropische Wald war weggefegt. Auf Kilometer waren nur umgeknickte Bäume zu erkennen, die wie Streichhölzer von einer übermächtigen Hand ausgerichtet worden waren. Hier waren Springfluten und Tsunamis, die von Seebeben ausgelöst wurden, landeinwärts gerast. Wie Tornados hatten sie messerscharf geschnittene Schneisen hinterlassen. Wir sahen Städte, die aufgegeben worden waren, während an anderen Küstenabschnitten Zehntausende campierten. Das waren die Lager der Gesetzlosen, die aus den großen Städten geflohen waren, die Hoffnung auf Rettung aufgegeben hatten und hier die Katastrophe erwarteten. Wir sahen einen riesigen Verband von Walen, der, durch die kosmischen Anomalien irregeleitet, direkt auf die Küste zuschwamm und von der Brandung an Land gespült wurde. Zahlreiche der massigen graubraunen Körper lagen am Strand, wo sie zuckend verendeten. Andere schienen sich in irrsinnigem Todestrieb aus dem Wasser zu schnellen und willentlich aufs Trockene zu robben. Die großen Leviathane starben; es sah aus wie ein kollektiver Suizid.

Noch hatten wir Logenplätze und genossen den distanzierten Blick derjenigen, die nicht betroffen sind. Aber dann hörten wir, wie die Automatik die Stelzen ausfuhr. Das Schiff bereitete sich auf das Aufsetzen vor. Aus Zuschauern würden wir Mitspieler werden, und ausgerechnet in dieser kritischen Phase, in der das Stück auf die Peripetie zusteuerte. Dass es ein blutiges Drama werden würde, daran konnte kein Zweifel bestehen.

Die Türme und Antennen der Militärbasis tauchten vor uns auf. Der Horizont war mit Signalmasten und den asymmetrischen Greifarmen der großen Starttische bestellt, von denen in den letzten Wochen hunderte großer Schiffe abgehoben haben mussten. Der dichte Wald wich gepflegten Rasenflächen, die wiederum Sportplätzen und Kasernen Platz machten. Ein Tower wurde sichtbar, in dessen trapezförmigem Kontrollturm sich die Sonne spiegelte. Dann glitten wir die letzten paar Kilometer über das Rollfeld, eine endlose Ebene von Feuerbeton. Fahrbahnen und Abschussrampen waren markiert. Die weißen und rauchfarbenen Rückstände von Treibstoff fleckten die graue Einöde. Der große Exodus, der hier stattgefunden hatte, war vorüber. Auf dem weiten Flugfeld war kein einziges Schiff mehr auszumachen. Wir setzten auf einer verlassenen Basis zum Landen an, von der aus nur das Starten noch einen Sinn ergab.

Die beiden Militärjets gingen unmittelbar neben uns herunter. Ihre schlanken silberfarbenen Nadeln standen auf den blauglühenden Triebwerksstrahlen und senkten sich langsam, als trauten sie uns nicht und wollten bereit zum Durchstarten bleiben. Die Enthymesis setzte auf. Mit schrillem Kreischen, das durch den Stahlleib des Schiffes drang und sich durch seine Spanten aus gehärtetem Titan fortpflanzte, fraßen sich die Stelzen in den Untergrund wie die Klauen eines Greifvogels in weichen Torf. Die hydraulischen Federungen stöhnten schmatzend auf, als die zwanzigtausend Bruttoregistertonnen abgefangen wurden. Wie lange, überlegte ich, hatte das Schiff nicht mehr sein volles Eigengewicht tragen müssen?

Die Stelzen rasteten ein. Die Feldgeneratoren öffneten die Abschirmung und sanken dann auf die normelle Kalibrierungsfunktion herab. Die virtuellen Gyroskope erloschen. Das Triebwerk lief dröhnend aus.

»Status«, sagte ich aus reiner Routine.

»Außentemperatur achtundzwanzig Grad Celsius«, meldete Lambert. »Luftfeuchte siebzig Prozent, leichte Erhöhung der Ozonwerte, und ... oh!«

»Was ist?«, fragte ich.

Wenn ich eine Meldung erwartete, konnte ich keine Je's und Ach's gebrauchen. Was sollte diese Kundgebung von Überraschtheit, die die Angabe ihrer Ursache schuldig blieb?

»Starke Winde und Böen in der Hochatmosphäre«, kam Reynolds der Pilotin zu Hilfe.«

»Mhm«, machte ich und sah aus dem Fenster, wo uns ein diesiger und ziemlich schwüler Nachmittag bevorstand. »Hat das irgendwelche Konsequenzen.«

Der WO tippte auf seiner Konsole herum. Dreihundert Meter entfernt fuhr der Hauptreaktor, den man kaum wahrgenommen hatte, solange er in Betrieb war, selbsttätig herunter, wodurch die Stille im Cockpit noch beklemmender wurde. Die Luft bekam etwas Kratzendes. Ich schluckte.

»Hier unten nicht«, sagte er. »Allerdings können die auch dem Explorer gefährlich werden.«

Er sah von seinem Bedienplatz auf und blickte mich ernst an. Er hatte diese Art, einen über den Rand einer imaginären Brille hinweg ins Auge zu fassen, die für gewöhnlich nichts Gutes verhieß.

»Falls«, sagte er und dehnte das Wort, »falls wir jemals wieder von hier abheben sollten, müssen wir das mit einkalkulieren. Wenn wir ständig mit Gegenwind flögen, würde das unsere knappen Treibstoffvorräte nämlich zusätzlich strapazieren.«

»Ist gut«, sagte ich. »Wenn es soweit ist, werden wir das zu berücksichtigen haben.«

Ich entsann mich der alten Taktik der Gegenfrage.

»Wie sind die Daten?«

»Jupiter wird gemeinsam mit dem Vollmond in etwa drei Stunden aufgehen«, erläuterte Reynolds flüssig. »Dann öffnet sich ein Startfenster, das gegen Mitternacht sein Optimum erreicht. Danach wird es zunehmend schwieriger.«

»Dann sollten wir bis dahin von hier verschwunden sein.«

Die flapsige Bemerkung verfehlte ihre Wirkung vollständig.

»Genau, Sir«, sagte Reynolds ernst. »Spätestens dann. Bis zum Jupiter-Minimum sind es nur noch wenige Stunden.«

Ich nickte. Die Gravigurte hatten sich selbsttätig entriegelt, sowie das Schiff aufgesetzt hatte und die Triebwerke ausgeschaltet worden waren. Ich erhob mich. Auf dem großen Schirm tickten die Zahlen herunter. Die Apokalypse war nur noch eine Sache von Entfernungen, Bogengraden, Gravitationskräften und Beschleunigungswinkeln. Ich betrachtete die Anzeige. Dabei fiel mir etwas auf.

»Wir haben Jupiter-Minimum bei Vollmond?«, fragte ich.

Ein Funken einer absurden Hoffnung dämmerte in mir auf.

»Ja«, antwortete Reynolds. »Beim Minimum stehen Sonne und Jupiter in Opposition.«

»Das bringt Entlastung«, sagte ich.

Für einen Moment konnte ich gar nicht begreifen, weshalb die beiden sich nicht freuten.

»Ein wenig«, stimmte Reynolds pflichtgemäß zu. »Der Vorbeizug erfolgt auf der sonnenabgewandten Seite. Jupiter wird die Erdbahn in einigen Tagen in spitzem Winkel schneiden. Die Opposition stabilisiert. Wahrscheinlich wird die Erde nicht zu sehr auf ihrer Bahn gestört.«

»Aber das ist doch ein Lichtblick!«, rief ich aus.

Er starrte mich an, als sei ich nicht bei Trost.

Reynolds hatte sich jetzt ebenfalls erhoben. Ich klopfte ihm auf die Schulter.

»Sehen wir also zu, dass wir baldmöglichst wieder von hier wegkommen.«

Er nickte und sah mich offen an. In seiner Miene spiegelte sich die angestrengte Tapferkeit eines Mannes, der beschlossen hatte, sich niemals gehen zu lassen. Was immer auch geschehen würde, er würde stets die Übersicht wahren und niemals die Nerven verlieren, dessen war ich mir sicher.

»Sir«, meldete sich Lambert. »Am besten besprechen Sie das gleich mit denen da.«

Sie deutete durch das große Bugfenster auf das Rollfeld hinaus. In einiger Entfernung war ein Schwebepanzer aufgezogen. Eine Kompanie Wachsoldaten hatte Aufstellung genommen. Zwei leichte Gleiter kamen heran, in denen einige Offiziere saßen. Die Gleiter schwebten bis auf einen respektvollen Abstand von zwanzig Metern an unsere vordere Backbordstelze heran, in der die Ausstiegsrampe auf den Boden führte. Ich sah, dass die Fahrer die Kraftfelder drosselten und unschlüssig zu uns heraufsahen.

»Soll ich einen Kanal öffnen?«, fragte Lambert.

»Nein«, sagte ich. »Ich gehe raus. Wir müssen versuchen, gut' Wetter zu machen, das geht am besten in der persönlichen Gegenüberstellung.«

Ich bedeutete Reynolds, dass er mich begleiten sollte.

»Lambert«, sagte ich dann in offiziellem Tonfall. »Sie bleiben hier. Ich übertrage Ihnen das Kommando über dieses Schiff. Wenn sich jemand gewaltsam Zugang zu schaffen versucht, haben Sie Feuererlaubnis. Das deckt sich mit Paragraph 19 der Unionsverfassung.«

Die Kleine wurde blass. Sie salutierte und nahm Haltung an, aber ihre Lippen flatterten und rote Flecken besiedelten ihre bleichen Gesichtszüge. Ich zweifelte allerdings keine Sekunde daran, dass sie von der Waffe Gebrauch machen würde, wenn es um ihr Leben oder um die Enthymesis ging.

»Ich fürchte nur«, sagte sie heiser, »dass sie mehr Leute schicken, als ich in Schach halten könnte.«

»Da mögen Sie recht haben«, brummte ich. »Halten Sie einen Kanal geöffnet und bleiben Sie mit mir verbunden.«

Ich deutete zu den Schirmen, die die Daten der Annäherung des Jupiter herunterrasselten.

»Und behalten Sie die Lage im Auge!«

Damit nickte ich Reynolds zum Zeichen des Aufbruchs zu und ging voran. Wir passierten die Backbordschleuse und fuhren im generatorgetriebenen Aufzug, der in die Stelze eingelassen war, auf das Rollfeld hinunter. Im Freien war es ziemlich schwül. Die Luft roch brandig. Die Sonne glühte. Wann hatte ich zum letzten Mal die Sonne auf der Haut gespürt?

Auch die Piloten der Abfangjäger hatten ihre Maschinen verlassen und in einiger Entfernung Aufstellung genommen. Sie trugen die Helme unter dem linken Arm und salutierten, als ich zu ihnen hinübersah. Ich erwiderte den Gruß.

Dann wandten wir uns der Delegation zu, die zu unserem Empfang erschienen war. Aus einem der beiden Gleiter stieg ein Offizier aus und kam uns die letzten Schritte entgegen. Er legte die Hand an die Mütze und reichte sie uns anschließend zur Begrüßung.

»Colonel Myers«, stellte er sich vor. »Ich bin der Kommandant dieser Basis. Entschuldigen Sie die Maßnahmen, zu denen wir leider gezwungen sind. Ich darf Ihnen versichern, dass ich die Umstände dieser Begegnung außerordentlich bedauere.«

Er war klein und untersetzt. Sein Haar glänzte ölig. Insgesamt machte er einen gemütlichen, wenn auch etwas pedantischen Eindruck. Er war einer dieser Militärs, die in der Etappe hängen geblieben sind, die Annehmlichkeiten eines quasi zivilen Lebens genießen und mehr die Ausstrahlung eines Verwaltungsbeamten als eines Offiziers haben. Aber er sah aus, als könne man sich mit ihm verständigen.

»Ich danke Ihnen, Colonel«, sagte ich. »Ich weiß, dass Sie Ihrer Pflicht genügen. Wir versuchen die unsere zu tun. Aber ich bin sicher, dass wir die dabei auftretenden Missverständnisse bald ausgeräumt haben werden. Das ist WO Reynolds, ich bin Commander Frank Norton.«

»Ich bin im Bilde«, sagte er. Er schüttelte meine Hand. »Glauben Sie, wir wissen, mit wem wir es zu tun haben. Ich darf Ihnen im Namen meiner gesamten Einheit meine Hochachtung ausdrücken.«

Er ließ meine Hand endlich los und ergriff diejenige Reynolds'.

»Ihre Jupiter-Mission war ein Husarenstück«, schmeichelte er. »Leider war es nicht ganz so erfolgreich, wie wir uns alle gewünscht hätten. Aber Sie haben ohne Zweifel Übermenschliches geleistet.«

Ich begann mich zu fragen, was für Bosheiten er im Koffer hatte, wenn er uns so viel Honig in den Bart schmieren musste.

»Ohne unseren Beschuss befände die Erde sich jetzt bereits im Inneren des Jupiter«, sagte Reynolds scharf.

Ich warf ihm einen Seitenblick zu. Für gewöhnlich kannte ich ihn diplomatischer. Seine Würde als Offizier und Wissenschaftler schien empfindlich getroffen worden zu sein.

»Gewiss«, beeilte Myers sich zu sagen. »Aber es muss sich noch erweisen, ob das die Katastrophe abgewendet oder bloß aufgeschoben hat.«

Reynolds antwortete nicht. Ich musterte den Colonel, der nicht leicht aus dem Konzept zu bringen war. Allerdings war in seinem Gesicht für einen Augenblick die tiefe Melancholie eines Mannes sichtbar geworden, der das Leben liebt und zu genießen weiß und der sich mit der Möglichkeit seines bevorstehenden Todes vertraut gemacht hat. Aber im nächsten Moment hatte er sich wieder im Griff und lächelte mich abwartend an.

»Die Erde geht einer schweren Prüfung entgegen«, begann ich zögernd.

Aber er ließ mich nicht weiter kommen. Die nächsten Sätze bellte er uns entgegen. Er war wie ein Wachhund, der das Streicheln und Pfötchengeben geduldig über sich hat ergehen lassen und der nun plötzlich anschlägt und die Zähne fletscht.

»Ihr Schiff ist konfisziert«, überrumpelte er uns. »Nach Artikel drei der Notstandsgesetze wird es für staatliche Evakuierungsmaßnahmen in Dienst gestellt. Wir werden es in den nächsten Stunden betanken und verproviantieren und dann die Personen an Bord bringen, die gemäß der öffentlichen Listen für die Ausfliegung an der Reihe sind.«

Seine Augen funkelten bösartig. Er war ein Terrier, der nun sein wahres Gesicht zeigte. Mir fiel wieder einmal auf, um wie viel aggressiver die Etappenhengste verglichen mit der fliegenden Crew waren. Sie saßen hier in ihren geheizten Zimmern, genossen die Sicherheit und verzehrten sich unterschwellig in Komplexen gegenüber jenen Truppenteilen, die mehr riskierten, aber auch mehr herumkamen. Das machte sie in einer Weise gefährlich, die selbst das cholerische Temperament eines Dr. Rogers in den Schatten stellte.

»Ich protestiere«, sagte ich. Ich sprach laut und vernehmlich, sodass auch die Offiziere in den Gleitern und die Piloten der Jäger es hören konnten. Dabei wies ich den Kommunikator vor, über den ich mit der Brücke verbunden war und der dafür sorgte, dass jedes Wort, das gesprochen wurde, im Protokoll der Enthymesis dokumentiert wurde.

»Ich protestiere auf das Schärfste. Dies ist ein Schiff der Union. Es untersteht dem Kommando Commodore Wiszewskys.«

»Das mag sein«, sagte Myers kalt. Er zog sich auf die Position des Überlegenen zurück. »Sie sind jedenfalls Ihres Kommandos enthoben. Über Ihr Schicksal und das Ihrer Crew wird ein Militärgericht befinden. Ich habe veranlasst, dass das Tribunal noch heute Abend zu einem Eilentscheid zusammenkommt.«

»Sie können mich meines Kommandos nicht entheben«, gab ich zurück. »Der Fall muss an die zuständigen Stellen auf Luna und an die Führung der MARQUIS DE LAPLACE überwiesen werden. Sie allein sind befugt, mich meines Amtes ...«

Er schnitt mir das Wort ab. In seinen Augen glitzerte kalter Genuss.

»Die Basen auf Luna sind geräumt, die Strukturen befinden sich in Auflösung.« Eine Litanei der Zerstörung, die ihn sichtlich erbaute. »Die MARQUIS DE LAPLACE geht uns nichts an. Vermutlich sind wir nicht mehr so lange am Leben, wie die Funksignale für den Weg bräuchten.«

Er schleuderte mir seinen Triumph entgegen.

»Artikel 3 der Notstandsverordnung ermächtigt mich als den Kommandanten dieser Basis und der Luftraumüberwachung Süd, Sie und Ihre Crew von Ihrem Schiff entfernen und unter Arrest stellen zu lassen, wann immer ich das für richtig halte!«

Es war ein Tag, ganz auf ihn zurechtgeschnitten. Alle Ebenen, die sich über ihm befunden hatten, waren weggebrochen. Er war ein souveräner Alleinherrscher. Von jeder Welt, die versank, blieben immer noch ein paar Inseln übrig, auf denen die Hausmeister oder Gefängniswärter ihre Despotie errichteten.

»Sie werden uns nicht internieren«, sagte ich ruhig.

Er sah mich abwartend an, sein Blick flackerte. Er überlegte, was ich im Schilde führen mochte. Bei verschlagenen Charakteren wie ihm genügte es, vollkommene Arglosigkeit zur Schau zu tragen, um ihren Argwohn zu wecken.

»Und warum nicht?«, fragte er, als er mein Schweigen nicht mehr aushielt.

Ich hob den Kommunikator und nickte über die Schulter hinweg zur Enthymesis.

»Weil ich sonst meiner Pilotin das Kommando geben würde, das Schiff zu starten und auf den Parkraum zurückzugehen.«

Er kniff die Augen zusammen und musterte mich feindselig. Endlich hatte er sich eine Entgegnung zurechtgelegt.

»Das würde mich leider nötigen«, zischte er, »meinen Einheiten Feuerbefehl zu erteilen.«

Ich lächelte ihn mitleidig an.

»Sie haben nichts«, führte ich aus, »was Sie diesem Schiff entgegensetzen könnten. Ihre Infanteriewaffen vermögen seiner Panzerung nicht gefährlich zu werden, und es befände sich jenseits der Mondbahn, ehe Ihre Abfangjäger aufgestiegen wären.«

Seine schwarzen Augen zuckten zu den Piloten hinüber, die, die Helme unterm Arm, weit vor ihren Maschinen standen.

Natürlich hatte ich geblufft. Die Triebwerke der Enthymesis brauchten einige Minuten, um anzulaufen, und die Geschosse der Schwebepanzer, aber auch die Raketen der Militärjets, konnten ihr durchaus Schaden zufügen.

»Ich würde Sie augenblicklich festnehmen lassen«, grollte er. »Und binnen einer Stunde würde ich Sie wegen der Entfernung beschlagnahmten Guts standrechtlich hinrichten lassen ...«

Ich blinzelte ihn treuherzig an.

»Das würde Ihnen wenig nützen«, sagte ich. »Denn Ihnen wäre die einzig Möglichkeit entzogen, diesen Planeten noch vor der Katastrophe zu verlassen.«

Er versuchte mich mit tödlichen Blicken in Schach zu halten. Unter seinen Begleitern brach Unruhe aus. Aus den Augenwinkeln sah ich, dass die Piloten der Abfangjäger sich rückwärts bewegten, um näher an ihre Maschinen heranzukommen. Allerdings gab ich nicht zu erkennen, dass ich diesem Versuch, eine Gegendrohung aufzubauen, Aufmerksamkeit schenkte.

In diesem Augenblick hörte ich, wie Jill die Abschirmung der Enthymesis so stark erhöhte, dass man das Summen bis hierher wahrnehmen konnte, das von elektrostatischen Entladungen knisterte, und dass sie die Vorzündroutine des Hauptreaktors aktivierte. Das tiefe Brummen ließ den Beton erzittern, auf dem wir standen. Es hatte die dramatische Wirkung eines in der Ferne aufziehenden Gewitters. Sie war ein Prachtstück!

Mit überlegener Miene steckte ich den Kommunikator weg und gab mir das Aussehen, als sei das Manöver abgesprochen. Der Effekt wurde dadurch verstärkt, dass Reynolds die ganze Zeit steif und wortlos neben mir stand und auch jetzt, als Lambert so geistesgegenwärtig gehandelt hatte, nicht mit der Wimper zuckte.

»In Wirklichkeit«, sagte ich, »werden weder Sie noch ich etwas Derartiges tun.«

Ich hatte beschlossen, auf Zeit zu spielen, und zwar gerade weil wir uns das in dieser Situation am wenigsten leisten konnten. Uns beiden brannte der Asphalt unter den Füßen. Wer überzeugend schauspielern konnte, er habe alle Zeit der Welt, hatte den psychologischen Aspekt der Auseinandersetzung für sich entschieden.

»Und warum nicht?«, wiederholte er dümmlich. »Spielen Sie keine Spielchen!«

Er tat auf unbeholfene Weise so, als wolle er die Hand heben, um einen Teil seiner Eskorte herbeizurufen. Zu seinem Pech war die Geste so wenig überzeugend, dass sie mich keinen Augenblick verlegen machte. Ich begriff, dass ich ihm von nun an goldene Brücken bauen und ihm einen geordneten Rückzug ermöglichen musste. Er durfte nicht fürchten, vor seinen Einheiten das Gesicht zu verlieren.

Lambert ließ den Brennvorgang des Kerngenerators anlaufen, dessen tiefe mahlende Vibrationen umso drohender waren, als sie vergleichsweise leise blieben. Das Schiff war startbereit. Sie konnte innerhalb weniger Sekunden abheben. Ich sah, wie der Colonel zu schwitzen begann. Einer Laune folgend, wandte ich mich zu seinen Piloten um, die sich rückwärts an ihre Maschinen heranpirschten und ihren Vorgesetzten mit verzweifelten Blicken bombardierten. Die armen Kerle waren in einer misslichen Lage; sie taten mir beinahe leid. Wenn die Situation eskalieren würde, hätten sie alles falsch gemacht. Sie mussten an Ort und Stelle bleiben, um zu demonstrieren, dass meine Drohung keinesfalls ernstzunehmen war, und dennoch dafür sorgen, dass ihre Maschinen im Handumdrehen startklar waren. Das schien in diesem Augenblick auch Myers einzusehen, denn er gab ihnen mit einer herrischen Geste zu verstehen, dass sie sich nicht vom Fleck rühren sollten.

»Lassen Sie uns ganz ruhig über die Sache reden«, sagte ich. »Ich werde meiner Pilotin kein Startzeichen geben, und Sie werden uns nicht hier festhalten.«

Ich lächelte.

»Sie werden uns sogar einen Gefallen tun!«

Er glotzte mich verständnislos an.

»Ich werde was?«, keifte er, und seine Stimme überschlug sich. Das sollte höhnisch klingen, zeigte aber, dass ich ihn überrumpelt hatte. Er war so phantasielos!

»Sie werden uns ein Fahrzeug und einen Fahrer zur Verfügung stellen«, teilte ich ihm mit.

Er war jetzt restlos verblüfft. Aus einer Position heraus, die seiner primitiven Auffassung zufolge nur die der Defensive sein konnte, begann ich Ansprüche zu erheben und Forderungen zu stellen.

»So?!«, lachte er gekünstelt, »werde ich? Und was werde ich den Herren noch servieren? Ein warmes Abendessen?«

Seine aufgesetzte Art übertünchte unzureichend, dass er ratlos war. Ich wußte, dass ich nun sehr behutsam vorgehen musste. Also beschloss ich, die Demutsmasche zu wählen. Man musste sich unterwürfig zeigen und den hohen Herren das Gefühl geben, sie seien die Souveräne der Situation.

Colonel Myers sah mich lauernd an. Meine harmlose Art verunsicherte ihn. Er fürchtete, dass ich noch einen anderen Trumpf im Ärmel hatte, der in seinen Augen allein meine Ruhe erklären konnte. Was mochte in diesen Sekunden nicht durch seinen runden, ölig glänzenden Schädel blitzen? Rechnete er damit, dass ich auf Entsatz durch ein weiteres Schiff rechnete? Ich wusste es nicht. Es war mir unmöglich, mich in seine verworrenen und bösartigen Gedankengänge hineinzuversetzen. Ich sah lediglich, wie es immer nervöser und angestrengter in ihm arbeitete.

»Wenn wir unsere Mission durchgeführt haben und wenn uns noch genügend Zeit bleibt, werden wir eine Einladung zum Abendessen nicht ausschlagen«, sagte ich und verbannte jeden Anflug von Hohn aus meiner Stimme. »Vorher benötigen wir allerdings Ihre Hilfe ...«

Er zwinkerte.

»Warum sollte ich Ihnen helfen?«

»Weil ich Sie darum bitte«, antwortete ich. »Von einem Offizier zum anderen!«

Er atmete tief durch. Fieberhaft suchte er Licht in das für ihn undurchdringliche Dunkel zu bringen.

»Die Sache ist die«, sagte ich. »Ein Mitglied unserer Crew ist abgängig, und wir sind hier, um sie zurückzuholen.«

»Major Ash«, fiel er ein. »Ihre Frau, wenn ich mich nicht irre?« Sein Gesicht verzog sich zu einem süffisanten Grinsen.

»Die Erste Pilotin unseres Schiffes«, führte Reynolds aus, als habe ich ihn vorher beauftragt, die protokollarischen Fragen an meiner statt zu regeln. »Wissenschaftsoffizierin im militärischen Rang einer Enthymesis-Kommandantin, Trägerin des Großen Sterns am Band.«

Myers Blick blieb starr auf mich geheftet.

»Und offenbar eine Deserteurin«, sagte er.

Ich ließ ihn in dem Glauben, dass es da etwas gebe, aus dem er Kapital schlagen könne. Selbst in diesem Fall trafen sich unsere Interessen darin, dass wir Jennifer erst einmal aufspüren und zurück auf die Enthymesis bringen mussten.

»Nach außen hin kann es bei diesem Anschein bleiben«, antwortete ich.

Myers nickte in gespieltem Verständnis.

»Sie kam eine Stunde vor Ihnen«, sagte er. »Haben Sie heute eine Art Klassentreffen in Pensacola?«

Ich beeilte mich zu schmunzeln.

»Übrigens bat sie ebenfalls um einen Gleiter samt Fahrer. Ich komme mir schon vor wie der Chef einer Mietwagenfirma!«

Wir lachten über diesen Schwenk ins Kollegiale. Als wir uns wieder beruhigt hatten, erkundigte ich mich, ob er ihrem Wunsch nachgekommen war.

»Ihr Shuttle steht dort drüben«, sagte er. Er hatte noch nicht begriffen, dass meine Strategie darin bestand, mir eine taktische Blöße nach der anderen zu geben.

Ich folgte der Armbewegung, mit der er lässig über die schmutzige Ebene des Rollfeldes wies. Tatsächlich erkannte ich in einigen hundert Metern Entfernung die EVA, die mit ausgeschalteten Motoren auf dem nackten Beton stand. Zwei Wachmänner hatten vor der Drohne Stellung bezogen.

»Ich habe es ebenfalls beschlagnahmt«, fuhr Myers fort. »Allerdings ist es für uns nur von geringem Nutzen ...«

Seine Visage verzog sich zu einem herablassenden Feixen.

»Selbst in dieser Situation, wo wir um jede fliegende Untertasse froh wären, weiß ich beim besten Willen nicht, was wir damit anfangen sollen.«

»Major Ash ist damit vom Jupiter bis hierher geflogen«, warf Reynolds ein. Aber Myers würdigte ihn weiterhin keines Blickes.

»Sie sagten ja bereits«, meinte er an mich gewandt, »dass sie eine sehr gute Pilotin ist.«

Unsere Auseinandersetzung drohte zu einer Salonkonversation abzusinken, aber wir hatten nicht die Zeit, dieses Plauderstündchen weiter auszudehnen.

»Und wo ist sie jetzt?«, fragte ich so harmlos wie möglich.

Der Colonel setzte das breiteste Grinsen auf, dessen er fähig war.

»Ich weiß es nicht.«

Diesmal wurde meine Selbstbeherrschung auf eine harte Probe gestellt. Wir mussten dieses Geplänkel endlich hinter uns bringen. Aber nichts durfte ich jetzt weniger zu erkennen geben, als meine furchtbare Ungeduld – und meine Angst.

Myers sah mich fröhlich an. Er wartete auf mein entsetztes »Weshalb wissen Sie das nicht?«, das aber nicht kam. Also musste er auf eine Frage antworten, die zu stellen ich mir verkniffen hatte.

»Ich habe keinen Grund gesehen«, sagte er, »weshalb ich ihre Bewegungsfreiheit hätte einschränken sollen.«

Ich nickte verständnisvoll.

»Wo ich doch noch nicht wusste, dass sie eine Deserteurin ist!«, fügte er noch listig hinzu.

Ich sah keinen Grund, weshalb ich darauf nicht eingehen sollte. Spielten wir also ein bisschen Komödie. Allerdings waren die Fronten jetzt klar. Er hatte das Visier gelüftet gehabt und uns sein wahres Gesicht gezeigt. Ich tat so, als hätte ich einen pflichtbewußten Offizier vor mir, der seinen Vorschriften genügen musste, mit dem man aber reden konnte.

»Ich schlage Ihnen einen Handel vor«, sagte ich.

Die Palmen schwankten im schwarzen Wind. Von Südosten her schob sich eine teerige Wolkenschicht heran. Sie wirkte kompakt und klebrig, und von ihrer Unterseite schienen glühende Fäden auf die Erde zu tropfen. Die Luft war von brandigem Geruch erfüllt. Fernes Donnergrollen rollte über den Horizont, während der Himmel wie von einer Mauer dunklen Gesteins verbarrikadiert war.

»Was ist da geschehen?«, fragte ich.

Waren das die Vorboten eines vom Jupiter-Minimum ausgelösten Asteroidenschauers? Ich starrte zu dem tiefschwarzen Baldachin, der das Firmament überzog und den Tag zur Nacht machte. Detonationen hallten wider. Ein Schneefall von Aschepartikeln ging auf uns nieder.

»Die Aufständischen«, rief der Fahrer über die Schulter nach hinten. »Sie greifen die Treibstofflager an und stecken die Plasmatanks in Brand!«

Also war auch diese Apokalypse menschgemacht.

Der Sergeant verstärkte das Kraftfeld, das die Ascheflocken und den beizenden Gestank abhielt. Ich sah zu der wie mit dem Messer abgeschnitten Wolkenfront hinauf, die zähflüssig wie Rohöl wirkte und von deren Rand britzelnde Funken abtroffen, die lange blauweiße Rauchfahnen hinter sich herzogen. Der Himmel schien von künstlichen Sternschnuppen verkratzt.

»Warum tun sie das?«, schrie ich gegen den Fahrtwind und das Röhren des Feldgenerators nach vorne. Die Verzweiflung der Massen war einsichtig; aber was nützte ihnen dieser Vandalismus?

»Rache«, gab er zurück.

»Weshalb«, rief ich, »wofür?«

Er zuckte nur mit den Schultern und legte den schnellen Gleiter in die Kurve. Wir hatten die lange palmengesäumte Allee hinter uns gebracht und kamen auf einen kilometerweiten Aufmarschplatz hinaus, der vermutlich für Paraden genutzt worden war. Eine endlose Betonwüste, die beinahe die Dimensionen des Rollfeldes erreichte. Rechterhand waren einige Tribünen auszumachen, die meinen Verdacht bestätigten, hier seien Truppenvorbeimärsche abgenommen worden. Bevor man sich zu den planetarischen Kolonien begab oder sich zu interstellaren Kampfeinsätzen aufmachte, wollte man wenigstens einen großen Bahnhof.

Das riesige Gelände war nahezu menschenleer. In einiger Entfernung erblickten wir einen anderen Gleiter, der in der Gegenrichtung unterwegs war. Vor uns tauchte die militärisch gesicherte Außengrenze der Basis auf. Ich sah, dass unser Fahrer die Taste betätigte, die unsere Identifikation übermittelte. Einige hundert Meter voraus tauchten die Zäune und Schranken auf, die man durch Stacheldrahtverhaue und Betonkegel verstärkt hatte. Mehrere Schwebepanzer standen rechts und links der Durchfahrtstraße. Schwere Strahlengeschütze waren auf erhöhte Lafetten montiert. Das Wachhäuschen verschwand fast hinter einer Batterie von Feldwerfern, die ausgereicht hätten, eine mittlere Invasionsflotte abzuwehren. Nur wenige Soldaten waren zu sehen. Sie hielten sich vermutlich alle in den Gebäuden oder Unterständen verschanzt. Als wir uns näherten, traten zwei Wachmänner hinter einer der Absperrungen hervor und salutierten in unsere Richtung. Auf dem kleinen Bedienfeld des Gleiters blinkte in alarmierendem Rot eine Meldung auf, die besagte, dass das Haupttor geschlossen bleibe.

»Festhalten«, sagte der Sergeant.

Er ließ den Generator auf höchste Leistung gehen und zog dann die Maschine nach oben. In geringer Höhe schossen wir am Wachhäuschen vorbei und über tiefgestaffelte Barrikaden hinweg. Stacheldrahtverhaue und generatorgetriebene Kraftfelder rasten unter uns dahin. Dann setzten wir über die zusätzlich bewehrten Außenmauern der Basis.

Der Vorplatz war ebenfalls menschenleer. Zwei weitere Schwebepanzer hatten Aufstellung genommen. Sie reichten aus, eine Menge von Unbewaffneten in Schach zu halten, würden aber überrannt werden, wenn die Masse, die nichts mehr zu verlieren hatte, zum Äußersten entschlossen wäre.

Einige hundert Meter zur Rechten erkannten wir eine größere Menschenmenge, die sich in gebührendem Abstand zu den Panzern und Feldwerfern zusammengerottet hatte. Sie waren, soweit ich es erkennen konnte, mit Eisenstangen und primitiven Handfeuerwaffen versehen. Als sie uns erblickten, brachen sie in ein wildes Geschrei aus und schwenkten ihre steinzeitliche Bewaffnung. Einige warfen Betonbrocken, die sie aus dem Straßenbelag gesprengt hatten, nach uns.

»Gesetzlose«, sagte unser Fahrer tonlos.

Ich spürte einen Schauder. Dass sie uns nicht behelligt hatten, als wir die Basis verlassen hatten, hieß nicht, dass sie uns nicht daran zu hindern versuchen würden, wenn wir wieder hineinkommen wollten. Auch, dass sie nur rudimentär bewaffnet waren, stellte keinen Trost dar. Ihre schiere Masse konnte eine militärische Übermacht erdrücken, wo sie lediglich den einen Tod gegen einen anderen eintauschten und nichts zu gewinnen hatten als das Leben. Sie alle mussten unseren Landeanflug mitbekommen haben. Sie wussten jetzt, dass ein großes Schiff mit einer Kapazität von vielen hundert, vielleicht tausenden Plätzen auf dem Rollfeld stand. Es war die Frage, wie lange die Wachmannschaft sie von der Stürmung des Raumhafens abhalten konnte, zumal diese selbst sich irgendwann fragen würde, weshalb sie fremdes Leben unter Einsatz des eigenen verteidigen sollte. Ich hoffte, dass Myers klug genug gewesen war, diesen Männern die Möglichkeit der eigenen Evakuierung in Aussicht gestellt zu haben. Denn andernfalls war eine Meuterei, ein Überlaufen des Personals zu den Aufständischen geradezu programmiert.

»Es sind Millionen«, meinte der Sergeant. »Sie durchstreifen in riesigen Horden das Land und brennen alles nieder.«

Ich nickte. Auch wenn diese Exzesse des Vandalismus bei besonnener Betrachtung sinnlos waren, offenbarten sie doch eine tiefe Wahrheit. Ein Zug am Menschen trat darin zu Tage, den zu leugnen in unserer Situation selbstmörderisch war. Den sicheren Tod vor Augen schlugen diese Meuten in blinder Zerstörungswut um sich und wollten alles mit sich in die Vernichtung reißen, dessen sie habhaft werden konnten. Natürlich richtete sich ihr Zorn in erster Hinsicht gegen diejenigen, die glücklicher oder skrupelloser darin gewesen waren, einen der wenigen Plätze des Evakuierungsprogramms zu ergattern. Aber auch als feststand, dass niemand mehr diesen Planeten verlassen würde, wollten sie sich mit ihrem Schicksal nicht abfinden. Kaum jemand schien im Stillen die Zwiesprache und Aussöhnung mit seinem Gott zu suchen. Stattdessen verheerten sie das Land, das in einigen Stunden ohnehin der Zerstörung anheimfallen würde.

Der Gleiter beschleunigte wieder und raste die Ausfallstraße hinunter, die schnurgerade bis zum Horizont zu führen schien. Das ferne Grollen der Explosionen war verebbt. Der Wind trieb die ölige Wolke aufs Meer hinaus. Die verlassenen Parks, die beiderseits unserer Fahrt dahinflogen, waren geplündert und verwüstet. Man sah kleinere Gruppen von Menschen, die zwischen umgestürzten Palmen und eingerissenen Häusern campierten. Blaue und schwarze Rauchfäden stiegen von ihren Feuern auf. Innerhalb weniger Wochen hatte sich die Menschheit mittels eines Salto mortale von einer interstellaren Zivilisation in das Paläolithikum zurückkatapultiert. Ich zweifelte nicht daran, dass in diesen marodierenden Trupps das Faustrecht regierte und dass ehemalige staatstreue und gottesfürchtige Bürger, verantwortungsvolle Beamte, engagierte Angestellte und fortschrittsgläubige Intellektuelle hier ihre ganze Bestialität auslebten.

Vor uns zeichnete sich eine schwarze Barriere ab, die quer über die Fahrbahn reichte. Der Fahrer drosselte das Tempo und verstärkte die Abschirmung. Wir erkannten eine Blockade, die alle vier Fahrstreifen der Ausfallstraße absperrte. Sie war zur anderen Seite hin ausgerichtet und sollte verhindern, dass jemand Zugang zur Basis bekam. Aber als die Männer, die die Barrikaden besetzt hielten, unser Generatorbrummen hörten, warfen sie sich herum und starrten uns ungläubig entgegen. Nach einer Schrecksekunde kletterten sie in Windeseile auf die andere Seite ihrer Absperrung und schickten sich an uns aufzuhalten.

Auch sie waren nur mit Prügeln und Steinen und sogar Mistgabeln bewaffnet, aber einige von ihnen schienen auch über leichte Strahlenwaffen zu verfügen. Während ich mir noch einige Argumente zurechtlegte und mir sagte, dass sie eigentlich nichts dagegen haben könnten, wenn jemand den Raumhafen verließ, beschleunigte der Fahrer wieder und hielt direkt auf die Mitte der Barrikade zu. Ich sah, dass er das Kraftfeld deaktivierte, das uns abschirmte.

»Ducken Sie sich«, rief er über die Schulter nach hinten.

Aber weder Reynolds, der die Offizierspistole gezogen hatte, noch ich, der ich mich verzweifelt an der Lehne des Fahrersitzes festklammerte, kamen dieser Aufforderung nach. Eine Woge aus Geschrei brandete uns entgegen und die ersten Steine prasselten auf die Schnauze unseres Gleiters ein. Von den Ereignissen überrumpelt, die ich wie in einer schmerzhaft gedehnten Zeitlupe wahrnahm, musste ich mitansehen, wie unser Fahrer einen leichten Feldwerfer hob und einige Schüsse auf die Barrikade abgab, während er gleichzeitig den Generator aufheulen ließ und mit Höchstgeschwindigkeit über die Explosionen hinwegsetzte, die unter uns einige Betonblöcke zersprengten und drei Männer zerrissen.

Die Abschirmung baute sich wieder auf und hielt den beißenden Fahrtwind ab, der uns den Atem geraubt hatte. Reynolds sicherte seine Pistole, aus der er nicht einen Schuss abgegeben hatte, und verstaute sie wieder. Dabei warf er mir über die Schulter einen anerkennenden Blick zu. Ich sah nach hinten, wo die brennende Barrikade rasch zurückfiel. Mehrere blauschwarze Rauchpilze stiegen über der Stelle auf. Ihre symmetrischen Gestalten wurden von dem Sog verwirbelt, den unser Gleiter erzeugt hatte. Es sah aus, als knickten die Explosionswolken in der Taille ein, während die brüllenden Männer uns noch einige Steine nachschleuderten und ihre Waffen gegen uns abfeuerten, die uns aber nicht mehr erreichen konnten.

»Sie haben drei Menschen getötet«, sagte ich zu unserem Fahrer.

Er zuckte mit den Schultern und konzentrierte sich auf das Fahrzeug, als handele es sich bei ihm um einen gewöhnlichen Chauffeur, den wir zu einer kleinen Spritztour engagiert hatten.

»Das waren Gesetzlose«, sagte er. »Sie würden jeden von uns töten, um an einen der letzten Plätze heranzukommen. Und wenn es keine Plätze mehr gibt, werden sie uns aus reinem Sadismus massakrieren.«

Er nahm den Blick von der Straße und drehte sich zu mir um.

»Wollen Sie nun zu ihrer Deserteurin oder nicht?«

Ich ging darauf nicht ein. Er sah wieder nach vorne. Reynolds hatte seinen tragbaren Kommunikator herausgenommen und spielte darauf herum. Mich beschäftigte noch etwas anderes.

»Haben Sie denn einen Platz?«, fragte ich den Sergeanten.

Ich wusste, dass es leichtfertig war, diese Frage zu stellen, aber ich wollte in dieser Sache Klarheit haben.

»Nein«, sagte er schlicht.

Ich hatte das erwartet, staunte aber über die Kälte, mir der er diese Auskunft gab. Offensichtlich lag der Gedanke, dass er den letzten Tag seines Lebens auch anders hätte verbringen können, ihm vollkommen fern. Er wusste, dass die kommende Nacht ihm den Tod bringen konnte, aber er bewahrte Haltung und erfüllte seine Pflicht, als habe er ein langes Wochenende vor sich und nicht eine globale Katastrophe. Ich zog innerlich vor ihm den Hut. Sollte ich mich schäbig fühlen, weil ich seine Hilfe in Anspruch nahm, ohne im Gegenzug etwas für ihn tun zu können?

Wir erreichten das Ende der Ausfallstraße und bogen auf den Küsten-Highway ein. Das Meer war zu sehen, das im glühenden Nachmittagslicht wie eine schwere Platte aus massivem Gold dalag.

»Sir?«, wandte der Fahrer sich fragend an mich.

Er drosselte den Motor. Langsam glitten wir in östlicher Richtung die Küstenstraße entlang. Den Golf zur Rechten. Der vorausliegende Horizont war schon abendlich und von stumpfem Blau. Das Rauschen der Brandung hätte idyllisch wirken können, aber ich sah, dass das Wasser mehrere Meter über der normalen Flutlinie stand. Die Gezeiten waren extrem verstärkt. Und der Höhepunkt der Tide war erst für die Nacht zu erwarten. Dann würde, wenn die Anziehungskraft des Mondes durch die des Jupiter überlagert wurde, die schwerste Springflut der Geschichte auftreten, die die Küste bis weit ins Landesinnere hinein verheeren würde. Und auch das wäre nur eine harmlose Begleiterscheinung, mit der man zufrieden sein konnte, wenn das Minimum vorbeiging, ohne dass das Erde-Mond-System irreversibel destabilisiert wurde. Wir hatten jedenfalls nicht mehr viel Zeit.

»Die Richtung stimmt«, sagte ich.

Ich überlegte fieberhaft. Es war keine zwei Jahre her, dass ich Jennifer zu einem kurzen Abstecher hierher begleitet hatte. Allerdings waren auf der Erde seither über 20 Jahre vergangen. Die Straße mochte damals schon existiert haben, aber ich erkannte kaum etwas wieder. Die gespenstische Situation, als einziges Fahrzeug auf einem sechsspurigen Highway unterwegs zu sein, irritierte und erschwerte die Wiedererlangung dessen, was in meinem Gedächtnis von damals übrig sein mochte. Ich seufzte. Brennende Villen und aufgelassene Fabriken zogen langsam, in loser Folge vorbei. Hatte ich richtig gesehen, dass vor einer kleinen Holzkirche ein Kreuz aufgezogen wurde, an dem ein zappelnder, kreischender Mensch hing? Palmen schoben sich vor das Bild, das mit der Schnelligkeit und Drastik eines Albtraums am Straßenrand aufgeblitzt war. Dann fasste wieder dichter Urwald den Highway ein, der auf hohen Stelzen aus Elastalstahl über ein Sumpfgebiet hinwegführte. In einiger Entfernung glitzerte der Ozean durch die tropische Vegetation.

»Fahren Sie auf alle Fälle weiter«, sagte ich nach vorne. »Es war ein großes Anwesen, sehr gepflegt, und es muss auf der rechten Seite liegen, denn es erstreckte sich bis ans Wasser.«

Ich legte Reynolds die Hand auf die Schulter und ermahnte ihn, sich zu beeilen. Er tippte hilflos auf seinem tragbaren Kommunikator herum. Diese Geräte waren nur für lokale Kommunikation bestimmt. Unter freiem Himmel hatte ich noch nie damit gearbeitet. Es rächte sich jetzt, dass wir nicht mehr auf die Instrumente der Enthymesis zurückgreifen konnten und dass wir es während des Landeanfluges versäumt hatten, Jennifer zu orten.

»Es muss«, dachte ich laut nach, »eine Art Altenstift sein. Senior People's Retirement oder so ähnlich.«

Der Fahrer nickte und beschleunigte augenblicklich wieder auf Höchstgeschwindigkeit.

»Pensacola Retired People's Institute«, sagte er.

»Genau«, rief ich aus. »Das war es!«

Und obwohl es nur ein Verdacht war und wir keinerlei konkreten Anhaltspunkt dafür hatten, dass wir Jennifer dort wirklich antreffen würden, spürte ich zum ersten Mal während der ganzen verfahrenen Mission wieder einen Anflug von Erleichterung und sogar Hoffnung.

»Ist es weit?«

Der Fahrer schüttelte den Kopf.

»In ein paar Minuten sind wir da.«

Er legte den Gleiter in die Kurve, als die Straße einer Biegung des Küstenverlaufs folgte, und gab dann wieder Vollgas, als wir auf die nächste Gerade hinausjagten.

»Allerdings weiß ich nicht, ob diese Einrichtungen nicht längst evakuiert worden sind.«

Ich stutzte. Der Optimismus, der von mir Besitz ergriffen hatte, fiel schon wieder in sich zusammen und wurde verweht wie die Haufen loser Blätter, die auf der unbefahrenen Straße lagen und die von unserem Rückstoß aufgewirbelt wurden.

»Ich glaube nicht«, sagte ich, »dass man die Klientel dieser Institute noch eigens auf den Mars verfrachtet ...«

Der Sergeant sah sich zu mir um und zeigte mir ein fröhliches Jungenlachen; ich beneidete ihn von Minute zu Minute mehr um seine Fassung.

»Das nicht«, meinte er. »Aber man rechnet entlang der Küsten mit den schwersten Verwüstungen und hat daher alle Bewohner von dort ins Landesinnere gebracht.«

Das leuchtete mir ein. Aber es verringerte unsere Chancen, in der uns verbleibenden Zeit an Jennifer heranzukommen, auf Null.

»Wenn ich recht habe«, sagte ich, »und es sich wirklich um die Person handelt, die ich meine, ist sie gar nicht mehr transportfähig ...«

»Wir werden es gleich wissen.«

Der Fahrer nickte und verringerte dann das Tempo. Beiderseits der Straße führten jetzt immer wieder breite Rampen ab. Die meisten führten zu alten Herrensitzen, die landeinwärts auf ihren Hügeln thronten, oder zu den Badestränden, die hier einmal die Küste gesäumt hatten. Irgendwo hier musste es rechts abgehen. Die Herrenhäuser standen durchweg leer und glotzten uns mit ausgebrannten Fensterhöhlen an. An den Stränden tobte die Gischt. Obwohl es nahezu windstill war, rollten schwere Brecher heran, die mehrere Meter oberhalb der ehemaligen Sonnenstrände in die Bars und Restaurants schlugen. Der Ozean bäumte sich auf, als die Erdkruste durch mächtige Beben geschüttelt wurde. Ich fragte mich, wie es hier aussehen würde, wenn heute Nacht der Mond am Himmel stünde und die auf das mehr als Zehnfache gesteigerte Flut ihren

Höhepunkt erreichte. Gegenwärtig konnten wir froh sein, dass die Straße nicht ebenerdig verlief, sondern auf haushohen Stelzen über den Palmen und Strandlokalen dahinführte.

»Reynolds«, rief ich nach vorne, »was ist denn?«

Er tippte auf seinem Gerät herum. Inwendig fluchte ich auf alle Experten und ihre nutzlosen Spielzeuge. Wenn man sich auf seine Intuition verließ und jemand nach dem Weg fragte, kam man mindestens genau so gut voran.

»Moment, Sir«, nuschelte er. »Es ortet irgendwas.«

Ich ortete auch irgendetwas, nämlich ausgebrannte Häuser und marodierende Banden, einen Planeten, der in den Fugen krachte, und ein Raumschiff, das nicht mehr allzu lange auf uns wartete.

Der Highway glitt jetzt wieder ein gutes Stück landeinwärts dahin. In regelmäßigen Abständen zweigten Ausfahrten ab, die vollkommen identisch aussahen. Waren wir nicht längst vorbeigerast? Ich wollte dem Fahrer eben ein Zeichen geben, das Tempo zu drosseln, bis unser krisenerprobter Wissenschaftsoffizier mit seinem Equipment klarkam, da stieß Reynolds etwas aus, das sich wie ein Juchzer anhörte.

»Ich habe sie«, rief er aufgeregt.

Ich klopfte ihm anerkennend auf die Schulter. Er berührte den Fahrer am Arm und rief ihm die Koordinaten zu. Dann schaltete er die Daten des Kommunikators auf das Display des Gleiters und überließ dem Sergeanten die weitere Navigation. Soweit ich es von meinem Platz auf der Rückbank ausmachen konnte, schien der Sender des hereinkommenden Signals sich tatsächlich ganz in der Nähe zu befinden. Ich atmete auf.

Jetzt galt es nur, Jennifer an der Hand zu nehmen und so rasch wie möglich zur Enthymesis zurückzukehren. Ich überschlug, wie lange es dauerte, bis das Schiff betankt und verproviantiert war und bis die Passagiere, die ich mich mitzunehmen verpflichtet hatte, an Bord gebracht waren. Sowie diese Vorgänge abgeschlossen sein würden, würde Myers Geduld sich ziemlich rasch ihrem Ende nähern. Ich hatte keine

Veranlassung, davon auszugehen, dass unser Handel ihn zu irgendetwas verpflichtete. Er würde willkürlich handeln, sowie er es als möglich und geboten erachten würde.

Der Sergeant bremste auf eine Geschwindigkeit ab, die nur wenig über Schritttempo lag. Er bog in eine Ausfahrt ein und glitt dann der in südlicher Richtung abführenden Rampen herunter. Ohne auf die Spurführung und die sinnlos gewordenen Vorfahrtsregeln zu achten, überquerten wir mehrere Kreuzungen. Schließlich fuhren wir mit gedrosseltem Feldgenerator an einem großen Grundstück entlang, das sich in dichten Grünanlagen verlor. Der Zaun, der die gepflegten Rasenflächen von der Straße trennte, schien intakt. Von Vandalismus waren keine Spuren zu erkennen. Mächtige Palmen rauschten über unseren Köpfen. Auf schönen Rabatten leuchteten bunte Bougainvilleen und Heliconiaceen im intensiven Licht des subtropischen Nachmittags. In der Tiefe des Grundstücks sah man einige Bungalows, und saubere Kieswege führten zwischen den Gebäuden hin und her. Jenseits des Geländes, das wie ein einziger neuangelegter Golfplatz wirkte, dünte der Ozean.

Mit blubberndem Motor kamen wir vor dem Haupteingang der Anlage zu stehen. In der Nähe des Pförtnerhäuschens lungerten drei Wachmänner herum. Ich sah, dass sie Strahlenschutzanzüge und kugelsichere Westen trugen und dass sie mit Feldwerfern bewaffnet waren. Offensichtlich waren sie aber noch nicht in die Verlegenheit gekommen, sie einsetzen zu müssen. Ein idyllischer Friede lag über dem Ort, der nach der abenteuerlichen Anreise geradezu surreal war. Hier gab es, so musste man sich die Ruhe deuten, selbst für Marodeure nichts zu holen. Es war eine Insel der Abgeschiedenheit, deren Stille die Stille von Gräbern war.

Einer der Wachmänner trat vor. Er verlangte unsere Papiere. Ich ließ ihn meine Kennung sehen. Der Mann machte uns den Weg frei und salutierte. Während sich das Tor öffnete und das Kraftfeld deaktiviert wurde, das verhinderte, dass man unautorisiert mit generatorgetriebenen Gleitern auf das Gelände vordringen konnte, setzte der Officer ein hämisches Grinsen auf.

»Ist ja mächtig was los heute«, rief er uns nach, als wir über die Schwelle des abgeschalteten Lähmfeldes glitten. »Kurz vor Doomsday noch'n Verwandtenbesuch, eh?«

Ich deutete seine Einlassung dahingehend, dass wir hier richtig seien, und ließ sie ansonsten auf sich beruhen. Das Tor schloss sich hinter uns; das Kraftfeld wurde wieder aktiviert. Unser Sergeant fuhr die breite Auffahrt hoch, die zu beiden Seiten von großen Palmen und üppigen Blumenkübeln gesäumt wurde. Hier verbrachte nicht die einfache Arbeiterschaft ihren Lebensabend, dachte ich. Aber All das würde in wenigen Stunden gleichgültig sein.

Vor dem Hauptgebäude, über dem der Name des Instituts prangte, stand ein zweisitziger Gleiter. Im Schatten der Pergola, die den Vorplatz überdachte, lehnte ein junger Offizier in Luftwaffenuniform und rauchte eine Qat-Zigarette. Er legte lässig zwei Finger der rechten Hand an die Schläfe, als wir ausstiegen, und begrüßte seinen Kameraden, der uns begleitete, mit einem halb spöttischen, halb verschwörerischen Kopfnicken. In allen Dienstleistungsberufen der Welt lebt das Zusammengehörigkeitsgefühl der Angestellten von den Marotten ihrer Kunden.

»Nehmen Sie Haltung an!«, schnauzte ich.

Er schnipste die Zigarette auf den Rasen und stand gerade, ohne dabei eine übertriebene Eile an den Tag zu legen.

»Wir suchen Major Jennifer Ash«, sagte ich, »und wir vermuten, dass sie ...«

»Hier entlang«, murmelte er. »Die Ma'am ist schon über ‚ne Stunde da drin.«

Er deutete auf die Glastür, die zu einem langen gläsernen Gang gehörte, der seinerseits am Hauptgebäude vorbei zu einem der weiter hinten gelegenen Trakte zu führen schien.

»Ich danke Ihnen«, sagte ich.

Ich nickte Reynolds und dem Sergeanten zu und bedeutete ihnen, vor dem Gebäude auf mich zu warten.

»In Ordnung, bleiben Sie am besten hier. Ich werde bald zurück sein.«

»Major Ash kann nicht weit sein«, sagte Reynolds mit einem Blick auf seinen Kommunikator. »Knapp 50 Meter in dieser Richtung.«

Ich atmete tief durch.

»Bin gleich wieder da ...«

Kapitel 7. Apokalypse

»Da entstand ein großes Erdbeben, und die Sonne wurde schwarz wie ein härenes Trauergewand, und der ganze Mond wurde wie Blut, und die Sterne des Himmels fielen auf die Erde, wie ein Feigenbaum seine Früchte abwirft, wenn er von einem starken Wind geschüttelt wird, und der Himmel entschwand wie eine Buchrolle, die sich zusammenrollt, und alle Berge und Inseln wurden von ihren Stellen gerückt.«

Als ich den Raum betrat, sah keine von den Personen, die sich dort befanden, auf. Der Schwarze, der mit kindlichem Ausdruck las, fuhr darin fort, mit tiefer Stimme und naiver Miene den Text zu rezitieren. Er hatte die Statur eines Schwerathleten und steckte in der weißen Uniform eines Pflegers, die ihm mindestens zwei Nummern zu klein sein musste. Sein muskulöser Oberkörper sprengte fast den Kittel, und die Ärmel spannten um seine wuchtigen Arme. Mit schwarzen Pranken hielt er das zierliche Buch. Bei manchen Worten stockte er, als müsse er sie Buchstabe für Buchstabe entziffern, aber dann las er wieder flüssig weiter, und ein verklärtes Glück malte sich auf seine grobschlächtigen und sanften Züge.

Die Alten in ihren Rollstühlen lauschten der Lesung andächtig. Ich vermutete, dass die meisten sich im fortgeschrittenen Stadium der Demenz befanden und den Sinn des Textes nicht mehr erfassten. Die Blicke waren glasig. Aus offenstehenden Mündern tropfte Speichel auf Hemden und gefaltete Hände. Ab und zu war ein unbeherrschtes Stöhnen oder Schnarchen zu hören, das dem Verursacher vermutlich nicht bewusst wurde. Die rückwärtige Wand des Raumes bestand aus einer durchgehenden Glasfront. Sie wies auf eine weite, leicht abwärts geneigte Rasenfläche. Draußen wandelten einige Senioren umher, auf Stöcke gestützt und von Pflegern begleitet. Keiner von ihnen schien noch mit der Welt, die ihn umgab, in Kontakt zu stehen. Dunkel erinnerte ich mich, schon einmal hier gewesen und durch die gepflegten Parks spaziert zu sein.

In der Tiefe rollte das Meer. Das Gebäude befand sich auf einem Hügel, zwanzig Meter über der Linie der höchsten Flut.

Der Pfleger blätterte um und verlor den Faden. Die Lesung riss mitten im Satz ab, was die Zuhörerschaft nicht weiter störte. Nach einigen Sekunden hatte er sich wieder gefangen und fuhr in seiner Rezitation fort. In dieser Zeit war der Raum von einer gespenstischen Stille erfüllt. Nur das asthmatische Atmen der Alten formierte sich zu einem gedämpften, vielstimmigen Kanon. Jenseits der geschlossenen Glastüren sah man die Palmen, die sich im heißen Seewind bogen, und die ferne Brandung, die sich von Minute zu Minute weiter aufschaukelte, die aber niemand wahrgenommen hätte, selbst wenn sie den Rasen überflutet und gegen die Scheiben gegischtet hätte. Ein Gruseln überlief mich, als ich in einer blitzartigen Vision vor mir sah, wie heute Nacht das Wasser turmhoch über dem Gebäude stehen und diesen Saal in ein umgekehrtes Aquarium verwandeln würde, dessen Insassen von ihrer Situation aber keine Kenntnis mehr nahmen.

Jennifer hatte nur kurz aufgesehen, als ich eingetreten war, und mir mit traurigem Lächeln zugezwinkert. Dann wandte sie den Blick wieder ab. Es war, als käme ich von einem kurzen Spaziergang zurück. In dieser Begrüßung war nichts davon zu spüren, dass seit unserem letzten Gespräch mehrere Tage und etliche Millionen Kilometer verstrichen waren, und auch nichts davon, wie über alle Maßen unwahrscheinlich und gefährlich die Umstände dieses Wiedersehens waren.

Sie saß an der Seite ihres Vaters, dessen Hand sie hielt und der mit erloschenen Blicken in seinem Rollstuhl kauerte. Ich erkannte ihn wieder, vermochte aber keinen Zusammenhang zu dem rüstigen und eloquenten Mann herzustellen, mit dem ich vor achtzehn oder zwanzig Monaten ausgedehnte Spaziergänge unternommen hatte und bis in die Nacht zu politischen Gesprächen zusammengesessen war. Gewiss: auf der Erde waren seither, wie ich inzwischen nachgerechnet hatte, zweiundzwanzig Jahre vergangen. Aus dem agilen Achtziger war ein über hundertjähriger Greis geworden. Aber offensichtlich nahm er nichts mehr wahr. Ein menschliches Wrack hing da, wenn auch tadellos gekleidet, in seinem Stuhl, das weder sprechen noch essen konnte, das nichts mehr begriff und das nicht mehr Herr seiner Körperfunktionen war. Seine Welt war die eines primitiven Organismus: Wärme, Licht, Bereitstellung von Nahrung, Ausscheidung. Sonst fasste er nichts mehr auf. Mit erloschenem Antlitz, aus dem die weißen Augen wie die pupillenlosen Marmorkugeln antiker Statuen herausglotzten, starrte er über seine Tochter hinweg. Ich ahnte von Ferne die ungeheure Tragik, die um Jennifers einsame und sinnlose Tat wetterleuchtete.

Allerdings schien sie das nicht zu empfinden. Sie saß mit nach innen gekehrtem Blick und einer abwesenden, verklärten Miene da und streichelte die Hand des alten Mannes. Dabei lauschte sie aufmerksam dem Vortrag des Pflegers und ließ von Zeit zu Zeit die Augen versonnen über das Häuflein der anderen Alten schweifen.

Obwohl ich von großer Unruhe und kaum zu unterdrückendem Zorn erfüllt gewesen war, als ich den gläsernen Gang entlanggeschritten war, der vor einer doppelflügeligen Tür aus poliertem Mahagoni endete, überkam mich, kaum dass ich die Tür geöffnet hatte, eine gewisse Befangenheit. Peinlich berührt, als sei ich zu spät zu einer Dichterlesung erschienen, hatte ich mich in den Raum geschoben und die Tür vorsichtig hinter mir geschlossen. Die Andacht legte ein Moment der Beklommenheit über mich; es war mir unmöglich, sie zu unterbrechen. Langsam und leise schlich ich zu Jennifer hinüber und ging hinter ihrem Stuhl in die Hocke.

Die Hand ihres Vaters in der Rechten, tastete sie mit der Linken nach mir uns streichelte mich am Hals.

»Schön, dass du da bist«, sagte sie leise, ohne den Blick von dem Pfleger zu nehmen.

Ich schob mich so dicht wie möglich an sie heran, um ihr ins Ohr flüstern zu können. Dabei sah ich ängstlich zu den anderen Patienten und zu dem Schwarzen hinüber. Ich kam mir vor wie ein Schüler, der während des Unterrichts schmutzige Witze zum besten geben will. Verdammt! Warum ließ ich mich überhaupt auf die Situation ein? Warum stand ich nicht vor Jennifer hin und forderte sie unmissverständlich auf, mir augenblicklich zu folgen? Die Alten – was gingen sie mich an? Und selbst der Pfleger schien nicht besonders helle zu sein, so mühsam wie er sich durch den Text radebrechte. Aber es war wie verhext. Ich brachte es nicht fertig, die absurde Andachtsstunde zu stören.

»Liebling«, zischte ich an Jennifers Nacken. »Wir müssen von hier verschwinden ...«

Sie legte mir den Finger auf die Lippen und machte nur Schscht! Der Schwarze fuhr in seiner Lesung fort.

Der Wind frischte auf und rüttelte an dem Gebäude. Man hörte es weniger, als dass man die Erschütterungen spürte, die die breiten Glasfronten zum Vibrieren brachten. Ich sah, wie die Palmen sich in starken Böen bogen. Irgendwo dort draußen bauten sich unvorstellbare Energien auf, die in Kürze über dieses trügerische Idyll hereinbrechen würden. Aber dennoch war ich wie gefesselt und geknebelt. Die nächste Bemerkung musste ich mir regelrecht abringen.

»Die Enthymesis ist beschlagnahmt«, flüsterte ich in Jennifers Ohr. »Der Kommandant der Basis ...«

Ich verstummte. Sie reagierte nicht einmal. Wenn sie mich wenigstens ermahnt hätte! Warum packte ich sie nicht und schleifte sie hinter mir her? Etwas wie ein böser Zauber musste auf mir liegen.

Nach unbestimmter Zeit beendete der Pfleger seine Rezitation. Mit einer peniblen Geste, die zu seinen riesigen Händen in groteskem Kontrast stand, legte er ein Lesezeichen ein und klappte das Buch zu. Dann saß er einfach nur da und schaute lächelnd vor sich hin. Er schien mir zuzunicken, aber ich war mir nicht sicher, ob er mich in einer Art wahrnahm, die die seiner Zuhörer an Deutlichkeit überstieg.

»Jennifer bitte«, stöhnte ich.

Sie stand jetzt plötzlich auf, ließ die Hand des Alten los, die sie behutsam in seinen Schoß legte, und bedeutete mir dann, ihr zu folgen. An der Hand zog sich mich aus dem Zimmer. Sowie wir die Tür hinter uns geschlossen hatten, brach es aus mir hervor.

»Bist du wahnsinnig?!«, herrschte ich sie an. »Draußen warten Reynolds und zwei Fahrer. Jill wird auf der Enthymesis festgehalten. Wenn wir nicht rechtzeitig zurück sind, kann es sein, dass sie zum Start gezwungen wird ...«

Die Gleichgültigkeit, mit der sie mich ansah, ließ mich verstummen. Eine furchtbare Kälte legte sich um mein Herz.

»Frank«, sagte sie leise. »Dort drinnen sitzt mein Vater. Er ist nicht mehr transportabel, das heißt, er kann nicht evakuiert werden. Nicht einmal auf diesem Planeten, wo es weiß Gott sicherere Orte gibt als diese Küste.«

Ein neuer Anprall ließ das Gebäude erzittern. Während ich fieberhaft überlegte, wie ich sie von hier fortbringen konnte, registrierten die Moleküle meines Körpers, dass es gar nicht in erster Hinsicht die Windböen waren, die das Haus zum Beben brachten, sondern dass es die Brecher der steigenden Flut waren, die hundert Meter entfernt an den Fuß des Hügels prallten.

»Jennifer«, flehte ich. »Er, er ...«

Ich rang nach den richtigen Worten; ein falscher Ausdruck, der ihre Gefühle verletzte, konnte alles zunichte machen.

»Er begreift nicht mehr, was geschieht«, kam sie mir zu Hilfe. »Du hast recht.«

Ihr Blick richtete sich wieder nach innen, während sich erneut dieses verklärte Sinnen über ihr Gesicht ausbreitete.

»Und doch«, meinte sie. »Und doch weiß ich, dass er spürt, dass ich da bin.«

Ihre Augen wurden feucht. Noch nie hatte ich sie so – weich gesehen. Sie kämpfte nicht einmal mit den Tränen, sondern ließ sie frei strömen.

»Verstehst du das«, sagte sie nach einer Weile. »Er wird den nächsten Morgen nicht erleben, aber jetzt bin ich da, und er fühlt das. Darauf kommt es einzig an, dafür hat sich das alles gelohnt.«

Ihr war nicht beizukommen. Ich musste ihre Hingabe an ihren Vater aushebeln.

»Wie egoistisch du bist«, sagte ich kalt.

Sie glotzte mich an und trocknete sich die Tränen, als könne sie nicht verstehen, was ich gesagt hatte.

»Mach mit deinem Leben, was du willst«, rief ich aus. »Aber denkst du auch an Reynolds, an Lambert, an mich dabei?!«

Sie wandte sich ab und fing wieder an zu schluchzen.

»In Ordnung«, versuchte ich die Sache einer Entscheidung zuzutreiben. »Dann sag' mir klipp und klar: Bleibst du hier oder kommst du mit? Das letzte Schiff verlässt diesen Planeten ...«

Plötzlich warf sie sich herum und packte mich am Arm. Ihr Gesicht war von Schmerz verzerrt, aber ihr Blick war klar. Ich hatte das Gefühl, dass sie zum ersten Mal, seit wir uns an diesem gespenstischen Ort wiedergesehen hatten, begriff, in welcher Gefahr sie schwebte.

»Warte, Frank«, sagte sie. »Gib mir eine Stunde, um mich von meinem Vater zu verabschieden.«

Wider Willen musste ich lachen.

»Jede Minute kann es zu spät sein.«

»Die Alten bekommen jetzt zu essen«, sagte sie unbeirrt. »Ich möchte noch diese letzte Mahlzeit mit ihm verbringen.«

»Er kann doch nicht einmal mehr etwas zu sich nehmen. Willst du ihn füttern?«

Sie lächelte gequält.

»Tatsächlich geht es darum, ihm eine Sonde zu legen. Er wird seit Langem nur noch mit Infusionen ernährt – eine halbe Stunde!«

Ich schüttelte den Kopf und sah nach der Uhr.

»Zwanzig Minuten«, sagte ich. »Keinen Augenblick länger.«

Ich öffnete den lokalen Kanal und sagte Reynolds, dass es noch ein bisschen dauern werde. Er nahm das ohne Verwunderung zur Kenntnis. Allerdings kannte ich ihn gut genug, um die Beherrschtheit, die in seiner Stimme lag, herauszuhören. Er hatte schon mit einer Verzögerung gerechnet.

Dann rief ich die Enthymesis.

»Lambert, wie sieht es aus?!«

»Wo bleiben Sie denn?«, kam die Antwort.

Sie musste sich auf der Brücke befinden und schon auf meinen Ruf gewartet haben.

»Wir haben Major Ash aufgespürt«, sagte ich, »und machen uns in einigen Minuten auf den Rückweg. Wie sieht es bei Ihnen aus?!«

In der Leitung krachte es. Einige Hintergrundgeräusche waren zu hören, die ich nicht zuordnen konnte. Dann sprach Jill weiter, aber ihre Stimme klang dumpf, als spreche sie hinter vorgehaltener Hand.

»Sir«, flüsterte sie. »Die Enthymesis ist betankt. Allerdings wird sie von einem Bannstrahl am Boden festgehalten.«

»Die haben eben Angst, dass Sie sich auf eigene Faust davonmachen«, versuchte ich zu ulken.

Lamberts Entgegnung klang noch dumpfer, als habe sie sich eine Decke über den Kopf gezogen. Sprach sie aus einer der Sanitärzellen?

»Ich würde niemals ohne Sie abheben«, zischte sie. »Aber ich beschwöre Sie, beeilen Sie sich!«

Sie war schon immer eine Alarmistin gewesen, und es war auch schon immer ihr Markenzeichen gewesen, dass sie unter Stress die banalsten Dinge vergaß. Ich sah es förmlich vor mir, wie sie, ein Laken über dem Kopf, auf der Toilette kauerte und in ihr Sprechgerät zischte, während Myers auf dem Tower Wort für Wort mithören konnte. Ich überlegte, ob ich das ausnutzen und ihn durch bewusste Falschinformationen in die Irre leiten sollte. Aber welche Finte hätte ich anbringen können? Alles, was er wollte, hatte er schon, das war das Schiff.

»Wir sind schon unterwegs«, log ich. »Was machen Myers' Leute jetzt?«

Es rumpelte in der Verbindung.

»Sie beginnen das Drohnendeck mit Schwebeliegen zu bestücken.«

Ihre Stimme hatte jetzt einen starken Hall, als spreche sie aus einem sehr großen Raum. Und plötzlich begriff ich: Sie dachte gar nicht daran, sich zu verstecken, sondern sie marschierte die ganze Zeit offen im Schiff herum.

»Ich bin jetzt an der Backbordschleuse«, sagte sie wie eine Sensationsreporterin. »Mehrere Dutzend Männer sind damit beschäftigt, gravimetrische Matratzen zu installieren und sie über die Feldgeneratoren des Decks zu kalibrieren, immer sechs übereinander. Wenn ich das einmal überschlage, dürften hier gut tausend Personen reinpassen.«

»Sehr gut«, rief ich. »Das wird sie eine Weile beschäftigen.«

Es zischte, als sie eines der großen Schotte durchquerte. Dann hörte ich ihre Schritte, die den langen Verbindungstunnel zum Mannschaftsdeck entlanggingen.

»Freuen Sie sich nicht zu früh, Sir«, flüsterte sie. »Die sind schon ziemlich weit. Ich glaube nicht, dass sie noch lange brauchen.«

Ich schaltete meinen Kommunikator auf verschlüsselte Verbindung um. Jills Gerät würde das erkennen und entsprechend reagieren. Das würde einem Zuhörer das Lauschen unmöglich machen.

»Halten Sie sie so lange wie möglich hin«, sagte ich. »Wir brauchen hier noch ein paar Minuten, und auf dem Rückweg müssen wir mehrere Barrikaden überwinden.«

»Eine halbe Stunde«, erwiderte sie rasch. »Für mehr kann ich nicht garantieren.«

Das würde knapp werden. Ich sah auf die Uhr und stellte den Timer auf zehn Minuten. Dann würde es mit meiner Geduld vorbei sein.

»Aber auch unabhängig von Myers' Plänen würde ich Ihnen raten, sich zu beeilen«, meinte Lambert. »Am Indischen Ozean hat es bereits furchtbare Zerstörungen gegeben. Obwohl die Küstenstriche evakuiert waren, übertreffen die Verwüstungen die schlimmsten Befürchtungen. Auch vom Mittelmeer und dem Nordatlantik werden Überschwemmungen gemeldet. Und dieser Flutberg überquert jetzt den Atlantik und baut sich dabei weiter auf. Sind Sie noch da?«

»Ich bin noch da«, sagte ich. »Wie sieht die Prognose für das Minimum aus?«

»Heute Nacht müssen wir mit allem rechnen«, gab sie zurück. Ihre Stimme war kalt. »Ich bin jetzt wieder auf der Brücke und habe es auf dem Schirm. Es sieht aus, wie diese Magnetkugeln, mit denen man es uns auf der Akademie erklärt hat. Die Planeten richten sich gegeneinander aus. In wenigen Stunden werden sie auf einer Achse stehen. Dieser Landstrich wird dann einhundert Kilometer tief landeinwärts überflutet sein ...«

»In Ordnung, Lambert«, sagte ich. »Ich weiß bescheid.«

Ich befahl ihr, weiterhin auf Empfang zu bleiben und Startbefehle von Seiten Colonel Myers mit allen Kräften zu unterlaufen. Dann verabschiedete ich mich von ihr. Ich zweifelte nicht an ihrer Geistesgegenwart. Aber ich wusste nicht, wie lange sie der Belastung standhalten würde, wenn Myers sie aufforderte, die Enthymesis zu starten und ohne uns abzuheben.

Ich verließ das Gebäude durch eine der Türen, die in die großen Glasfronten der Gartenseite eingelassen waren, und spazierte über die gepflegten Rasenflächen zur Küste. Sowie man die Türen öffnete und ins Freie hinaustrat, hörte man schon das Donnern und Schrillen der Brandung. Der Hügel erzitterte. Die Luft war geschwängert vom salzigen Nebel der Gischt, der bis hierher sprühte. Die Flut, deren gewöhnlicher Turnus eingesetzt hatte, die aber schon höher stand als die schlimmsten Sturmfluten seit Menschengedenken, würde nun mit gewaltiger Kraft immer weiter steigen. In wenigen Stunden würde hier kein Stein mehr auf dem anderen stehen.

Ich schlenderte auf den schmalen Wegen dahin. Langsam kehrte die Erinnerung wieder. Auch mit Jennifers Vater war ich des Öfteren hier entlanggegangen. Wir hatten uns über die Weltlage unterhalten, die Politik der Union und die Konfrontation mit den Sinesern. In seiner Jugend hatte er an den Feldzügen teilgenommen, die in der Schlacht von Persephone kulminiert waren, war jedoch selbst nie in Kampfhandlungen verwickelt worden. Dennoch hatten die Geschehnisse ihn geprägt. Er vertrat eine Haltung der Kompromisslosigkeit. Man musste den Gegner klein halten, sagte er immer wieder, und durfte ihn nie wieder emporkommen lassen. Die Knebelverträge von Lombok, die den Sinesern harte Sanktionen auferlegten, gingen ihm nicht weit genug. Jetzt, da ich an den Ort dieser Gespräche zurückgekehrt war, kam auch deren Inhalt wieder und ich entsann mich Wort für Wort unserer Auseinandersetzungen. Im Rückblick wunderte mich nun die zeitliche Unstimmigkeit, die sich unseren interstellaren Flügen verdankte und die für die Unzuverlässigkeit meines Gedächtnisses verantwortlich war.

Er hatte als junger Nachrichtenoffizier auf einem Transportschiff an Persephone teilgenommen, das in das Glacis auf der Rückseite des Mondes eingeflogen war, aber nicht mehr in die Schlacht geschickt wurde, weil diese sich durch den überraschenden Einsatz unserer Antimaterie-Torpedos zu unseren Gunsten entschieden hatte. Der Einsatzbefehl dazu war von einem jungen General namens Rogers erteilt worden.

Die Sonne neigte sich tief nach Westen. Das war selbst im Zeitalter der Raumflüge noch so. Und indem mir das wieder einmal bewusst wurde, fühlte ich mich wie jemand, der langsam über die Schulter blickt, weil er etwas im Rücken spürt, und der weiß, dass er gleich dem Grauen ins Gesicht sehen wird. Jupiter schob sich heran. In jeder Sekunde um mehrere Dutzend Kilometer Ich spürte es am Beben unter meinen Füßen.

Das Licht wurde golden und flüssig. Es schien jetzt fast waagerecht und wärmte meine rechte Seite, als ich dem Kamm des Hügels folgte, der sich zu einer kleinen Halbinsel in den Ozean vorschob. Ich entsann mich eines Nachmittags, den ich mit dem alten Ash hier verbracht hatte. Das Licht war genau das gleiche gewesen. Irgendwo weit draußen auf dem Golf tobte ein tropischer Sturm, ein letztes Aufbäumen der Hurricane-Saison, die im Monat zuvor zu Ende gegangen war. Aber hier war es sonnig und ganz ruhig. Nur an der aufgebrachten See, die weiter draußen kabbelig war und hier mit schweren Brechern an die Klippen brandete, war zu erkennen, dass die Natur nicht ganz so friedlich war, wie es der sonnenbeschienene Park vermuten ließ. Jennifers Vater ritt wieder einmal sein Steckenpferd, eine unnachgiebigere Haltung gegenüber den Sinesern.

»Sie sind ein Wandervolk«, sagte er. »Händler und Nomaden. Sie haben keine freie Wissenschaft, keine Kunst und eine höchst primitive Religion. Ihre Architektur ist plump, ihre Schiffe sind klobig. Aber sie sind Meister des strategischen Denkens. Sie unterhalten ein unzerreißbares Netzwerk interstellarer Basen. Sie sind Pragmatiker. Sie berauschen und benebeln sich nicht mit Ideen, sondern fragen sich, was man damit anfangen kann. Ihr einziges Anliegen ist die Machterweiterung. Sie träumen von keinem Imperium der Freiheit, von keiner Zivilisation friedlicher Wissenschaft, versunken in die Schönheiten des Kosmos, und auch nicht vom fruchtbaren Austausch der Kulturen. Sie streben nur nach der Festigung und dem Ausbau ihrer Macht. Eine mathematische Formel hat für sie nichts Ästhetisches, es sei denn, sie ermögliche die Konstruktion eines neuartigen Waffensystems. Ein Vertrag hat für sie kein Ethos, das über die juristische Funktion hinausginge, und diese suchen sie nach Kräften auszuhebeln.«

Ich war damals noch wissenschaftsgläubiger gewesen und hatte noch an die befreiende Wirkung der Erkenntnis geglaubt. Außerdem war ich seit Kurzem mit Jennifer verheiratet und wollte den Schwiegervater nicht verstimmen. Also ließ ich seine Tirade über mich ergehen, ohne ihr etwas entgegenzusetzen. An einem bestimmten Punkt unseres Gesprächs blieb er stehen und blickte mich ernst an. Sein Gesicht wurde von der tiefstehenden Sonne angestrahlt, sodass die Runen, die ein langes Leben in sie eingegraben hatte, hervortraten. Die dunklen Augen, deren Feuer Jennifer von ihm geerbt hat, schienen zu glühen.

»Und genau deshalb«, fuhr er fort, »weil sie unsentimental und zielgerichtet sind, sind sie besser als wir. Sie kennen sogar unsere eigene Geschichte besser als wir selbst.«

Ich ahnte, was jetzt kommen würde. Aber ich tat ihm den Gefallen und ließ ihn seine Gedanken, die ich auswendig kannte, ein weiteres Mal vortragen. Die Geschichte war seine Leidenschaft, die er auf akademischem Niveau betrieb. Er hatte sich auf Militärgeschichte spezialisiert. Auf die Geschichte der Schlachten, der Kriege, und der Verträge, die auf die jeweiligen Friedensschlüsse folgten. Nach seiner Pensionierung hatte er sich an der Senioren-Universität in Tallahassee eingeschrieben und mit über siebzig Jahren noch über Versailles promoviert.

»Nach der Schlacht von Himera«, begann er, »hatten die sizilischen Griechen die Phönizier im Sack. Sie zwangen ihnen Knebelverträge auf, die schon jenen glichen, die Rom den Karthagern nach Zama auferlegte. Aber anders als Rom dreihundert Jahre später ließen die Griechen es geschehen, dass ihre Gegner sich wieder berappelten. Der Gegenschlag kam erst nach siebzig Jahren. Aber er zerstörte die Siegestempel von Agrigent, die immer noch nicht fertiggestellt waren. Ihnen fehlte eben ein Cato!«

Er nickte grimmig vor sich hin, während wir den Weg entlanggingen, der direkt oberhalb der Klippen am Meer dahinführt.

»Oder Deutschland«, fuhr er fort. »Nach dem ersten Krieg waren sie besiegt. Sie haben ihre Niederlage und die Kriegsschuld eingestanden. Sie mussten Gebiete abtreten, Reparationen leisten, die Luftwaffe abschaffen und das Heer auf eine Heimatschutztruppe reduzieren.«

»Und dann?«, fragte ich, um ihm das Stichwort zu liefern.

»Dann sah man seelenruhig zu«, tobte er, »wie sie alle diese Fesseln wieder abstreiften und sich für den nächsten Krieg rüsteten. Man hätte das Land gleich besetzen und in Protektorate zerstückeln müssen, von denen nie wieder eine Gefahr ausgehen konnte.«

Es gab, darauf einigten wir uns, nur zwei Möglichkeiten, wie mit einem besiegten Lande zu verfahren sei. Man musste es völlig vernichten und es aus der Geschichte streichen, wie Rom das mit der Zerstörung Karthagos getan hatte, oder man musste es wiederaufbauen und in eine selbstbestimmte Freiheit führen, ohne ihm eine Schmach zuzufügen, die der Grundstein revanchistischer Aggressionen wurde.

»Der Mittelweg ist tödlich«, hatte er geendet, für den es außer Frage stand, welche der beiden Alternativen den Sinesern gegenüber einzuschlagen war. »Man kann den Gegner nicht demütigen und dann abwarten, bis er wieder zur Kräften kommt.«

Er hatte mich am Arm gefasst und mich eindringlich angesehen. Es war der Blick eines alten Mannes und eine eindeutige »Jetzt sage ich dir einmal was fürs Leben«-Miene.

»Was die Sineser angeht«, schloss er, »beschreiten wir diesen Mittelweg. Lombok war nichts anderes.«

Ich hatte ihm recht gegeben, auch wenn ich anderer Meinung war. Und jetzt lag er dort drin, bekam von Jennifer mittels einer Magensonde die letzte Mahlzeit eingeflößt, wurde Opfer einer sinesischen Aggression, die ihm auf furchtbare Weise recht gab, und hatte doch kein Bewusstsein mehr davon. Und auch wir würden sein Schicksal teilen, wenn wir diese zum Tode verurteilte Welt nicht bald verließen.

Ich sah auf die Uhr. Aber irgendetwas hinderte mich noch daran, zu Jennifer zurückzukehren und sie zum Aufbruch zu mahnen. Ich begriff, dass dies kein gewöhnlicher Abschied war und dass hier mehr im Sterben lag als ein hundertjähriger Greis. Wir mussten alles zurücklassen. Auch wenn dieses »Alles« im Moment unser Begreifen überstieg. Aber wir mussten den Abschied wirklich, im vollen schmerzhaften Bewusstsein vollziehen. Denn wenn wir uns nicht wirklich verabschiedeten, dann war es nicht nur sinnlos, dass wir hierher zurückgekommen waren, dann würde es auch sinnlos sein, wenn wir davonkamen und unser Leben retteten. Wir würden dann Menschen gleichen, die ihre Haut gerettet, aber ihre Seele verloren haben.

Ich hatte die Spitze der kleinen Halbinsel erreicht und setzte mich auf einen Granitblock, der hier im Rasen lag und der mir auch schon bei früheren Besuchen zu diesem Zweck gedient hatte. Unmittelbar vor meinen Füßen brachen die Steilklippen nach unten. Der breite Sandstrand, der ihnen vorgelagert war, war überflutet. Zwanzig Meter unter mir donnerte die Brandung gegen die zitternden Felsen. Die ganze Landzunge erbebte in dem unregelmäßigen, sich vielstimmig überlagernden Rhythmus dieser Brecher, die sich hochschaukelten und überschrien und die in der Summe ein einziges Anlaufnehmen waren. Der Ozean bäumte sich auf und bereitete sich auf die Erstürmung des festen Landes vor.

Mein Blick ging nach Westen, direkt in den riesigen lodernden Sonnenball hinein, der sich jetzt langsam rotgolden färbte und in wenigen Augenblicken den Horizont berühren würde. Das Meer war aufgewühlt und unruhig. Die Wogen tanzten. Weiter draußen wälzte sich schwere Dünung wie Herden urzeitlicher Tiere vorbei. In der Bucht, die von der Halbinsel begrenzt wurde, schoben sich die Wellen in breiten, leicht einwärts gekrümmten Fronten heran und brachen sich schäumend. Im glühenden Licht wirkte die Gischt wie metallische Schmelze.

Und plötzlich begriff ich, dass es immer so gewesen war und immer so sein würde. Diese Wellen hatten sich herangeschoben, als es noch keine Menschen auf diesem friedlichen und echsenhaften Planeten gegeben hatte, und sie würden immer noch um diese zersplitternden Felsen rauschen, wenn das Auftreten des homo sapiens und seine blutige Geschichte nur noch eine Erinnerung der fossilienführenden Schichten sein würden. Und dabei würden sie keinen Moment geruht haben. Woge folgte auf Woge. Es gab keine Stille, keine Unterbrechung, keinen Feierabend. Selbst Gott hatte am siebten Tage geruht, aber hier gab es keinen Feiertag.

Hier wurden Kontinente geschleift von kniehohen Wellen, aber neue stiegen aus den Fluten auf, die nie die gleichen waren und immer dieselben. Kein Molekül nahm jemals wieder die gleiche Stelle ein, und doch war der Ozean ewig. Er spülte gleichmütig über die Knochen von aufsteigenden und aussterbenden Arten, die sich in den Jahrmillionen auseinanderschuppten wie Schmetterlinge aus verblätternden Larven. Das Meer wurde umgewälzt, aber es füllte die Senken des Planeten in der immergleichen Verlässlichkeit. Ich versuchte mir diese Küste vorzustellen vor der Ankunft der ersten Zweibeiner. Auch damals hatte die Sonne geschienen, hatte die Brandung geschrien, hatten die auslaufenden Wellen den Sand umgeschichtet und Kiesel hin und her gerollt. Und niemand hatte es gesehen und gehört.

Und in Milliarden Jahren würde immer noch Ebbe und Flut die Wogen heben, würden Stürme die Wasser aufrühren und würde die Sonne am Abend einen Perlmuttschimmer über die Fläche legen, die in die Bucht eindrang und sich in ihr verströmte. Und selbst wenn der ganze Planet zerbersten sollte, so gab es Myriaden andere, und ungezählte Ozeane brachen sich an ungeschauten Küsten und glitzerten im Lichte unbekannter Sonnen. Täglich wurden unvorstellbare viele von der großen Mutter ausgestoßen, und ebenso viele wurden wieder eingezogen, zerbarsten in Novae, erkalteten, wurden zu Staub zermahlen oder stürzten in die Plasmabrände riesiger Sterne. Wer wusste etwas von den Katastrophen, die sich in jedem Augenblick auf unzähligen anderen Welten ereigneten? Wer schrieb die Geschichten der Arten und der Völker, die über das Universum ausgesät und an seiner Teilnahmslosigkeit zugrunde gegangen waren? Von keinem menschlichen Auge angestaunt, von keinem menschlichen Gehirn wahrgenommen, von keiner menschlichen Wissenschaft in den Bestand des Seienden aufgenommen.

Darin war weder Bitterkeit noch Trost, auch nicht der erhabene Schauder im Angesicht der Leere, den ich während interstellarer Flüge oft empfunden hatte. Sondern nur Ruhe. Ein Gefühl erfüllte mich wie im Gebirge, wenn Septemberwolken einen Nachmittag lang über die regungslosen Gipfel ziehen, wenn eine Stunde ewig scheint, aus aller Zeit herausgefallen, und man begreift, dass sie kaum ein Wimpernschlag im Gleichtakt dieser Räume ist, die ihren eigenen Gang haben und unser nicht bedürfen. In dieser Ruhe war man bereit zu sterben, nicht weil man hoffte, in etwas Größeres einzugehen oder zurückzukehren, sondern weil man begriff, dass man nie von ihm getrennt gewesen war.

Und dann spürte ich noch etwas. Angst legte sich wie eine kalte Hand auf meinen Nacken, und eine furchtbare Beklemmung fasste nach meinem Herzen. Wie man in einem Raum auch spürt, dass jemand eingetreten ist, wenn man die Tür nicht gehört hat, der man den Rücken zukehrt, so wusste ich, dass sich in diesen Augenblicken in meinem Rücken etwas Furchtbares ereignete. Noch weigerte ich mich, es zur Kenntnis zu nehmen. Ich starrte in westlicher Richtung auf den brennenden Ozean hinaus. Die Sonne hatte den Horizont berührt und sank rasch in die Fluten ein. Dabei erlosch ihre rote Glut schnell und wurde zu einem aschigen Glosen. Eine Wolkenbank, die über dem Horizont lagerte und die bis vor Augenblicken vom Glanz der Sonne überstrahlt gewesen war, trat als schwarzes Band hervor und legte sich über den schmelzenden Ball, der von der Atmosphäre deformiert wurde und über dem Horizont zu zerfließen schien. Gleichzeitig nahm das Licht einen unwirklichen Ton an, der mich an das fahle Licht der Mitternachtssonne erinnerte. Das Meer wurde schimmernd wie Porzellan und durchscheinend wie phönizisches Glas. Auf den Schattenseiten der Wellenberge war es blauschwarz eingedunkelt.

Und auf diese mir zugewandten Seiten der Wogen fiel nun

ein gespenstisches blaugrünes Licht, das sie von innen heraus fluoreszieren ließ und das den Ton von glimmernder Fäulnis hatte. Dieses Licht war kalt wie der Schein von Gletschern unter dem nächtlichen Sternenhimmel, und es hatte etwas Feuchtes, Tödliches wie Fäden von Verwesung, die sich im Wald um einen morschen Baum spinnen.

Und dann wandte ich mich um.

Der Mond ging auf. Hell angestrahlt stieg er zur anderen Seite über dem Meer auf, das auch dort die Halbinsel umspülte. Er war kupfergrün und in die Breite getrieben, als klebe er am Horizont fest und komme nicht recht in die Höhe. Aber etwas stimmte nicht. Ein Schwindel erfasste mich, als ich so zwischen den beiden Himmelskörpern saß, dem aufsteigenden und dem versinkenden. Für einen Augenblick spürte ich die Bewegung der herumrollenden Erde, die Neigung der kosmischen Waage, auf deren Balken ich saß und deren Schalen jetzt mit immer größerer Wucht herumschwangen. Ich starrte in die schimmernde Scheibe des Mondes, der wie ein riesiger chinesischer Gong, von grünem Licht umspielt, über den Horizont herauftrieb. Und der Horizont selbst – er machte die Bewegung mit. Der Ozean bäumte sich auf seiner gesamten Breite auf. Für einen Moment glaubte ich an einen Augentrug. Dann fiel mir Lamberts Warnung von der Springflut ein, die über den Atlantik heranrollte. Aber es war nichts von alledem.

Der Horizont wölbte sich auf und nahm dabei einen rotbraunen Ton an. Dann löste sich die Kuppe von der schwarzen Ebene des Meeres und wuchs weiter an. Eine Halbkugel schob sich heraus, schief gebändert und von strudelnden Wolkenschichten gestreift, die in allen Farben von Schwefelgelb, Blutrot bis hin zu Rostbraun glühten und die im Widerspiel der untergehenden Sonne tief und drohend aufleuchteten. Es war der Jupiter, der sich, den vor ihm schwebenden Vollmond um ein Vierfaches übertreffend, über den Erdhorizont schob und der die anbrechende Nacht mit seinem blutigen Licht zum Tag machte. Der Mond war nur ein Vorbote gewesen, ein Faustpfand, das in der unsichtbaren Pranke des Riesen zitterte. Die gelb und braun gefleckte Scheibe nahm einen Großteil des östlichen Horizonts ein und wuchs zu einem Gebirge, aber immer noch war ihre breiteste Stelle nicht erreicht, ab der sie sich zum Kreis runden musste.

In diesem Moment piepte mein Kommunikator. Es war aber nicht der Timer, auch wenn ich sah, dass dieser sich in einigen Sekunden ebenfalls gemeldet hätte. Ich schaltete ihn ab und öffnete dann den verschlüsselten Kanal.

»Commander, Sir«, haspelte Jill. »Der Mond, er geht eben auf, und ...«

»Ich sehe es«, erwiderte ich.

»Und Jupiter«, schnatterte sie. »Er steht kurz vor dem Minimum.«

»Ich sehe es », wiederholte ich. »Kommen Sie zur Sache!«

Ich stand auf und schlug den Rückweg zum Hautgebäude ein. Der Anblick des aufgehenden Gasplaneten war einschüchternd. Obwohl ich ihm in den letzten Wochen noch sehr viel näher gewesen war, war der Anblick aus dem freien Kosmos in seiner Wirkung ein vollkommen anderer. Hier, wo er sich in ein irdisches Panorama schob, das er schon optisch durch seine schiere Übermacht erdrücken musste, war es so, als ob ein urzeitliches Monstrum in einen gehegten Garten einbrach. Mit jedem Schritt zerstampfte es Kunstwerke, deren Züchtung Generationen in Anspruch genommen hatte, und offenbarte die ganze Zerbrechlichkeit und Eitelkeit dieser menschlichen Beschäftigungen.

»Die Asteroiden, die er mit sich schleppt ...«, schrie Lambert in den Kommunikator, »Ihre Umlaufbahnen kreuzen Erde und Mondbahn und werden teils durch den Mond abgelenkt und erdwärts geschleudert. Die ersten werden in einer Stunde auf die Erdatmosphäre treffen.«

Ich schluckte. Das waren Brocken von vielen Kilometern Größe. Wo sie auf einen Kontinent trafen, würden sie die Sprengwirkung von Millionen thermischer Bomben entfalten.

Und wenn sie in die Ozeane schlugen, würden sie riesige Flutwellen auslösen.

»Wie sieht es bei Ihnen aus?«, rief ich.

»Schlecht«, gab sie zurück.

»Was heißt das«, brüllte ich. »Sind die Passagiere schon an Bord?«

Ich hatte jetzt angefangen zu laufen, um die Halbinsel, die mir auf einmal länger geworden zu sein schien, hinter mich zu bringen.

»Ein Bataillon Soldaten stapft gerade die Rampe an der Backbordschleuse hoch«, berichtete sie. »Myers ist auf der Brücke, er hat mir befohlen, die Triebwerke hochzufahren.«

»Halten Sie ihn hin, solange Sie können«, schrie ich. »Markieren Sie zur Not eine Ohnmacht. Wir sind unterwegs!«

Ohne eine Antwort abzuwarten, schaltete ich den Kommunikator ab und steckte ihn in die Tasche. Ich rannte über den langgestreckten Hügel auf das Haupthaus des Seniorenstiftes zu. Zu meiner Rechten stieg der Jupiter in brennenden Farben immer höher. Es sah aus wie ein Vulkanausbruch, der um das Tausendfache vergrößert und in Zeitlupe versetzt war. Aber die Massen, die dort in die Höhe schwammen, würden nie wieder zurückstürzen. Sie würden ihre Bahn fortsetzen und die Erde am Wegesrand zurücklassen wie einen Fußgänger, der vom Fahrtwind eines schweren Gleiters umgerissen worden war..

Ich stolperte durch die Glastür und betrat das Gebäude. Der kleine Saal, in dem die Lesung stattgefunden hatte, war menschenleer. Mehrere Gänge zweigten von ihm ab. Ich versuchte mich zu entsinnen, in welcher Richtung Jennifer davongegangen war, als ich ihr diese letzte fatale Spanne zugestanden hatte. Ich hoffte, dass ich sie nicht noch bereuen würde. Während ich unschlüssig in dem Bibelzimmer stand, kam ein Pfleger im weißen Kittel herein, der einen Wagen voller Kanülen, Infusionsbeutel und anderer medizinischer Instrumente vor sich herschob. Es war ein junger Mann von kaum zwanzig Jahren, der mich verwundert, aber freundlich musterte. Begriffen diese

Menschen überhaupt nicht, was sich ereignete? Er war ganz ruhig und ging heiter seiner caritativen Pflicht nach.

»Wo ist das Zimmer von Mr. Ash?«, schrie ich ihn an. »Seine Tochter ist bei ihm, er sollte seine abendliche ...«

»Hier entlang«, sagte er. »Folgen Sie mir.«

Er ging voran. Ich folgte ungeduldig. Ein Portal, das der europäischen Gotik nachempfunden war, führte in einen langen Flur, den wir hintereinander entlangschritten. Rechts und links befanden sich die Zimmer der Senioren. Die Wände waren holzgetäfelt. Von den Abständen der Türen auf die Größe der Zimmer oder Suiten abstrahierend, musste ich mir wieder sagen, dass es keine armen Leute waren, die hier abgestiegen waren. Auch das Zimmer von Jennifers Vater, an das ich mich dunkel erinnerte, war geräumig und von sehr gediegener Einrichtung gewesen. Wie es aussah, brachte der Pfleger mich jetzt aber nicht zu diesem Zimmer, denn wir ließen den Wohntrakt hinter uns und wechselten durch einen gläsernen Gang in ein anderes Gebäude. Dieses beherbergte die medizinische Station. Mir fiel auf, dass das Hauptgebäude wie ausgestorben gewirkt hatte, während hier ein reger Betrieb zu herrschen schien. Pfleger und Schwestern schoben Betten und Rollstühle hin und her. Ärzte wuselten mit wehenden Kitteln dazwischen herum. Aber auch hier ging es distinguiert zu. Die Böden waren mit teuren, die Tritte dämpfenden Teppichen ausgelegt. Die Wände bestanden aus dunklen Tropenhölzern. Überall gab es kleine Inseln, wo die Alten beieinandersaßen und unbefangen plauderten. Niemand hier schien etwas von der kosmischen Katastrophe zu ahnen, die sich jenseits der heruntergelassenen Jalousien abspielte.

Und doch gefiel mir etwas im Gesichtsausdruck der Pfleger und Ärzte nicht. Was war das hier überhaupt für eine Geschäftigkeit? Man hätte meinen können, eine Epidemie sei ausgebrochen oder es stehe eine Musterung an. Dabei war es ein herbstlicher Spätnachmittag. Und plötzlich durchzuckte mich ein furchtbarer Verdacht. Ich wischte ihn so schnell beiseite, wie er in mir aufgekommen war, aber ein Rest an Beunruhigung blieb doch zurück. Ich hätte auch gar nicht zu sagen gewusst, worin diese bestand oder wie sie sich hätte artikulieren sollen. Wäre es Mord oder Barmherzigkeit, was ich für einen Sekundenbruchteil für möglich gehalten hatte?

»Warten Sie hier«, sagte mein Führer und verschwand durch eine gepolsterte Tür, die zu einem weiter langen holzgetäfelten Gang führte. »Ich werde Mrs. Ash sagen, dass Sie auf sie warten.«

»Sagen Sie ihr, dass ich nicht mehr warte, sondern jetzt gehe!«, rief ich ihm nach.

Ich blieb in einem großen runden, oder besser gesagt: achteckigen Raum zurück. Verwirrt sah ich mich um. Ich befand mich in einer geräumigen und wohlsortierten Bibliothek. Zerstreut, ungeduldig und ohne die Titel der Bücher wahrzunehmen, ging ich an den Fluchten brauner Lederrücken entlang. Es war eine stattliche Sammlung. Ich vermutete, dass die Insassen des Stiftes sie über die Jahre selbst zusammengetragen hatte, bzw. dass sie sich aus den Hinterlassenschaften deren zusammensetzte, die hier einzogen, aber nie wieder auszogen. Es war die geistigen Schalen und Knochenpanzer, die Kalkformationen und Außenskelette, die sich hier angesammelt hatten und die mit jeder Generation, die hier verendete, anwuchs. Ein Korallenriff aus Lettern, Wörtern, Werken und Systemen, das sich auf den Tod gründete.

Während ich darauf wartete, dass der Pfleger mit Jennifer zurückkam, ließ ich die Blicke über die Sammlung schweifen. Ich wanderte an europäischer und amerikanischer Literatur vorbei, an Werken der Philosophie, der Kunst- und Architekturgeschichte, der Psychologie und der Musikgeschichte. Dann gelangte ich zu einem großen Segment voller Geschichtswerke. Von den Anfängen der objektiven Geschichtsschreibung bei Herodot und Thukydides bis zu den jüngsten Werken, die sich mit der interstellaren Expansion der Union und ihrer Gefährdung durch die sinesische Aggression befassten, waren hier drei Jahrtausende westlicher Selbstbesinnung, westlichen kulturellen und militärischen Gedächtnisses repräsentiert. Ich vermutete, dass dieser Teil der Bibliothek dem alten Ash gehörte oder von ihm betreut worden war.

Langsam und vorsichtig, als erbreche ich einen Schrein im Tempel einer untergegangenen Religion, öffnete ich die Scheiben aus geschliffenem Kristall, die die Bücher schützten. Meine Augen wanderten an den dunklen Lederrücken entlang, deren Goldprägungen im abgedunkelten Licht des Raumes geheimnisvoll leuchteten. Meine Wahl war gleichzeitig symbolisch und bedeutend. Aber ich war unfähig, zu einer Entscheidung zu kommen. Ich hörte eine geliebte und verwundete Stimme in mir und ließ mich vom Blick zweier vertrauter Augen leiten. Dann zog ich einen schmalen Band heraus und ließ ihn in die Tasche meiner Uniformjacke gleiten. Kein Buch, sondern eine in schwarzes Leder gebundene Sammlung handschriftlicher Aufzeichnungen. Es war, als stecke ich die Medizin für einen todkranken Patienten ein, von dem ich nur wusste, dass es sehr schwer für ihn werden würde. Dann schloss ich die Glastüren mit der selben heiligen und absurden Vorsicht. Im gleichen Augenblick aktivierte sich mein Kommunikator.

»Wo bleiben Sie denn?!«, schrillte Lamberts Stimme aus meiner Gürtelhalterung. »Die Mannschaften sind an Bord. Myers kann jeden Augenblick den Befehl zum Starten geben!«

»Wir kommen«, rief ich. »Wir kommen! Halten Sie noch ein wenig aus!«

Dann schüttelte ich die nostalgische Stimmung ab und versuchte mich zu orientieren. Ich öffnete die Tür, durch die der Pfleger sich entfernt hatte. Sie führte auf einen weiteren Gang. Ich lief weiter und rief dabei nach Jennifer. Rechts und links gingen weitere Türen ab. Dazwischen befanden sich Fenster, die einen Blick ins Freie ermöglichten. Die Sonne war untergegangen, aber es war doch nicht dunkel. Ein blutiges Licht lag über den gepflegten Parks, das die unwirkliche Aura verströmte, wie man sie von einer Mondfinsternis kennt. Aber es war zugleich stärker und brennender. Als habe die Glut des Sonnenuntergangs gleichzeitig die Intensität der Mittagssonne.

Zwischen zwei bungalowartigen Seitentrakten hindurch, die durch den Glastunnel miteinander und mit dem Hauptgebäude verbunden wurden, sah ich den Jupiter, der jetzt zu drei Vierteln über dem Horizont stand. Er wirkte immer noch deformiert und in die Breite gedrückt. Dabei beruhte dies auf dem verzerrenden Effekt der Atmosphäre. In Wahrheit war es die Erde, die durch die Annäherung immer mehr in Mitleidenschaft gezogen wurde. Auf der gegenüberliegenden Seite konnte man über die scheinbar in Flammen stehenden Wiesen bis zum Abbruch der Steilküste schauen. Die Gischtfontänen der Brandung sprühten schon bis über die Kante der Klippen herauf und warfen blutigen Schaum auf die gepflasterten Spazierwege. Das Gebäude erzitterte in den Grundfesten. Die Fensterscheiben klirrten. Die Beleuchtung flackerte.

Endlich kam ich zu einer Tür, die halb offen stand. Der widrige Geruch von Medizin, Sterilisationsmitteln, Flaschensauerstoff und menschlichen Ausscheidungen schlug mir entgegen. Ich trat ein.

Der alte Ash lag in einem Bett. Er schien zu schlafen. Oder war er bereits tot? Seine Augen waren geschlossen. Die Wangen waren fahl wie schmutziges Wachs, und sie waren eingefallen, wodurch die Nase sich groß und gratig über das Gesicht erhob. Seine Brust schien sich unter langsamen Atemzügen zu heben, die von einem rasselnden Keuchen begleitet waren. Jennifer saß auf einem Stuhl an der Seite des Bettes, während der Pfleger auf der anderen Seite gerade weiße Elastinhandschuhe auszog und einen Laserinjektor abschaltete.

»Machen Sie sich keine Sorgen«, sagte er. »Ihr Vater leidet nicht mehr.«

Jennifer hatte wieder nur kurz aufgesehen, als ich zur Tür hereingekommen war, nahm mich aber nicht zur Kenntnis.

»Ich weiß«, sagte sie leise.

Sie streichelte die Hand des Alten, die kreideweiß und von knotigen Adern bedeckt war.

»Das ist nur ein Euphemismus dafür, dass er nicht mehr lebt, auch wenn er noch nicht tot ist.«

»Jennifer«, sagte ich. »Wir müssen los. Lambert kann den Start nicht länger hinausschieben!«

Sie schien mich nicht zu hören. Schweigend und mit nach innen gekehrtem Blick strich sie über die leichige Hand ihres Vaters. Seine Brust hob und senkte sich sonderbar automatisch. Jeder Atemzug schien für den bewusstlosen Körper eine röchelnde Qual zu bedeuten. Ich sah mich rasch in dem kleinen Zimmer um, sah aber keine lebenserhaltenden Maschinen. Was wäre auch sinnloser gewesen, als in dieser Situation das Leiden eines Sterbenden künstlich zu verlängern? Und doch war, auf das Aussetzen dieser Atemzüge zu warten, eine unerträgliche Qual. Es konnte nicht mehr lange gehen. Vielleicht nur noch wenige Minuten. Aber wenn am Ende diese paar Minuten schuld daran waren, dass die Enthymesis ohne uns abhob und wir auf diesem Planeten zurückbleiben mussten? Dann würden wir das Schicksal des Alten schneller teilen, als uns lieb war. Und unser Tod würde kein so friedliches Entschlafen sein.

»Liebling«, sagte ich, diesmal mit etwas mehr Nachdruck in der Stimme. »Wir können nicht mehr warten.«

Ihr Blick streifte mich, und es war ein Flehen aus dem Abgrund herauf. In All meiner Ungeduld kam ich mir plötzlich unendlich schäbig vor. Würde ich es fertigbringen, sie vom Totenbett ihres sterbenden Vaters wegzuzerren?

»Sind Sie«, fragte sie den Pfleger, »vertraut im Umgang mit LM?«

Der junge Mann nickte nur und warf mir einen furchtsamen Seitenblick zu.

LM waren leidensverkürzende Maßnahmen. Für gewöhnlich verstand man darunter die Verabreichung starker Opiate und die Substituierung der inneren Organe, die dem Patienten den Todeskampf ersparte. Man konnte das L aber auch als lebensbeendend lesen. Hinter der schlanken Abkürzung verbarg sich dann nichts anderes als die allgemein akzeptierte und staatlich tolerierte Euthanasie. In den letzten Tagen waren ihr Millionen zugeführt worden, und ich hatte den Verdacht, dass ein Teil der Insassen dieses Institutes in diesen Minuten auf sanfte und nachdrückliche Weise von dieser in die andere Welt befördert wurde. Dennoch fröstelte es mich, als ich Jennifer das zweideutige Kürzel aussprechen hörte.

»Machen Sie sich deswegen keine Sorgen«, wiederholte der Pfleger.

Er sah wieder zu mir herüber. Sein Blick flackerte zwischen Jennifer und mir, aber er nahm es mir nicht ab, sie ein weiteres Mal zu Mitkommen aufzufordern.

»Jennifer«, sagte ich. »Wenn wir überhaupt noch von hier wegwollen, müssen wir jetzt gehen!«

»Wollen wir das?«, echote sie geistesabwesend und streichelte mechanisch die altersfleckige Hand des Sterbenden. Aber sie zeigte keine Anstalten, sich zu erheben.

In dem Versuch, einen Verbündeten in ihm zu gewinnen, wandte ich mich an den Pfleger.

»Bringen Sie sich in Sicherheit«, sagte ich. »Gehen Sie so weit wie möglich ins Landesinnere und versuchen Sie sich auf erhöhtes Gelände zu begeben. Die Flut wird in dieser Nacht sehr viel höher als gewöhnlich steigen. Sie wird dieses Gebäude 20 Meter hoch bedecken.«

Aber er sah mich nur verständnislos und mit einem Ausdruck an, als habe ich ein Tabu verletzt. Etwa als habe ich am Bett des Sterbenden die Diskussion über die Aufteilung des Erbes vom Zaun gebrochen. Gab es eine Ignoranz gegenüber dem Tode? Ich war wie vor den Kopf geschlagen. Meines Wissens gehörte das Stift nicht zu der verbohrten Sorte, wo das Personal und die Insassen sich gegen die Welt abschotteten. Hier gab es modernen Medien, man war weltoffen, empfing Besuch und hielt sich auf dem laufenden. Wenn wir von einer interstellaren Mission zurückgekehrt waren, hatte der alte Ash uns immer mit den neuesten politischen Debatten versorgt. Wie konnte es sein, dass diese jungen Menschen so gleichmütig inmitten der Katastrophe sitzen blieben?

»Wir bleiben bei den Menschen, die uns anvertraut sind«, sagte er. »Dem Ende der Welt kann man nicht entfliehen. Man kann nur sein Herz bereit machen für die Ankunft des Herrn.«

Ich seufzte. Wozu sollte ich ihm sagen, dass es keinen Herrn gab und dass nicht der Geist Gottes über sie kommen würde, sondern höchstens ein paar Asteroiden, die vom Mond herunterregneten? Ich hatte nichts, was ich ihm anstelle seines Glauben hätte geben können, nicht einmal einen Platz auf meinem Schiff, von dem ich froh war, wenn ich es selbst noch erreichte. Also verneigte ich mich innerlich vor seiner Gefasstheit. Was uns selbst anging, so konnten wir nichts anderes tun, als zuzusehen, dass wir von dieser Welt verschwanden.

In diesem Augenblick schwankte der Boden. Ein furchtbares unterirdisches Rumpeln ließ den Raum erbeben. Das Licht erlosch, und der Widerschein des Jupiter breitete sich braunrot wie brennender Rauch im Zimmer aus. Ein Riss sprang an der Stirnwand auf und spaltete die Tapete mit scharfem Zischen. Aus dem Augenwinkel sah ich, wie draußen mehrere Palmen umstürzten. Ihre Wipfel schlugen wie die Haarschöpfe strauchelnder Menschen auf den rot übergossenen Rasen. Aus den Nachbarzimmern waren Schreie zu hören.

Ich zog den Kommunikator und rief Lambert auf der Brücke der Enthymesis.

»Was war das?«

Sie war sofort dran. Ihre Stimme überschlug sich.

»Ein Erdbeben, Sir«, haspelte sie. »Stärke 9,8. Epizentrum weiter westlich an der Küste.«

Ich spürte eine weitere Erschütterung. Diesmal schien die Hauptwucht des Stoßes direkt von unten zu kommen. Ich trat ans Fenster, das in den Nachbeben des Erdstoßes zitterte und sang. Draußen stieg der Jupiter rasch höher. Seine Bewegung war schneller als die des Mondes, was dazu führte, dass die beiden Scheiben sich konzentrisch überlagerten. Der Mond war nur eine kleine weiße Pupille in dem riesigen blutunterlaufenen Auge, als das der Gasplanet am nächtlichen Himmel hing. In einem der Seitentrakte war ein Feuer ausgebrochen. Vermutlich hatte es einen Kurzschluss gegeben oder es war etwas umgestürzt. Ich sah die Flammen aus dem geborstenen Fenster schlagen. Pfleger und Schwestern liefen auf den Rasen hinaus, der im Jupiterlicht selbst wie ein Teppich niedriger Flammen wirkte, im Schatten jedoch tiefschwarz wie Lachen von dickflüssigem Öl war. In einiger Entfernung war der Boden aufgerissen. Ein Graben spaltete die sanft zur Küste hin abfallende Wiese. Weitere Palmen stürzten um, als ihre Wurzeln von der klaffenden Erde nicht mehr festgehalten wurden.

Ganz langsam griff ich zum Kommunikator, dessen grün blinkenden Anzeige mir sagte, dass Lambert auf Empfang war.

Aber sie antwortete nicht. Der Kanal war offen und übertrug das Ächzen und Stöhnen eines Gerangels. Hatte Myers sich zu Tätlichkeiten hinreißen lassen? Musste Lambert sich in einem Handgemenge behaupten? Dann erlosch die Übertragung. Auf der Gegenseite hatte jemand den Kommunikator ausgeschaltet.

Ich wandte mich um und sah in das Zimmer, das in gespenstischem Rotlicht dalag, vom Widerschein des Jupiter und den Bränden erleuchtet. Jennifer saß regungslos auf ihrem Stuhl und hielt die Hand ihres Vaters umklammert. Sie bekam nicht mehr mit, was um sie herum geschah. Der Pfleger hatte sich auf der anderen Seite des Bettes niedergelassen und prüfte den Puls des Sterbenden. Ich wollte den Mund öffnen, um Jennifer unmissverständlich aufzufordern, mir zu folgen, als der Pfleger den Kopf zu mir drehte, mich ernst ansah und mir dann die Andeutung eines Kopfnickens schenkte. Ich erwiderte seine Geste und berührte ihn kurz an der Schulter, als ich um das Bett herumging und Jennifers Arm fasste. Dann zog ich sie wie eine Marionette in die Höhe.

Ich rannte den langen Gang hinunter. Immer wieder kamen mir Schwestern und Pfleger entgegen. Aber niemand nahm von mir Notiz. Inmitten des Weltuntergangs war jeder mit sich selbst beschäftigt. In einem der Nebenräume sah ich einige Alte sitzen, die mit teilnahmslosen Mienen auf einen großen Monitor starrten. Ein Vertreter der Notstandsregierung hielt eine Ansprache. Auf einem anderen Schirm wurden Teleskopaufnahmen dessen eingeblendet, was ich mit bloßen Augen gesehen. Jenseits der Fensterscheiben wütete der Regen blutigen Lichts und neigten sich die schlanken Schäfte der Palmen, als wollten sie auch einen Blick auf die letzten Nachrichten werfen. Dann hastete ich weiter.

Die Beleuchtung erlosch und sprang flackernd wieder an, um abermals zu verlöschen. Dann brach der Donner einer schweren Detonation über das Gebäude herein. Ganz in der Nähe musste sich eine furchtbare Explosion ereignet haben. Als die Druckwelle den Trakt traf, durch den ich gerade dem Ausgang zu lief, splitterte den Fensterscheiben auf der linken Seite des gläsernen Ganges. Die ganze nach landeinwärts weisende Front wurde eingedrückt. Die schmalen Träger und Halterungen knickten ein. Die übermannshohen Scheiben gingen zu Bruch. Glücklicherweise bestanden sie aus Elastilglas, das splitterte, ohne scharfe Kanten zu bilden. Ich wischte mir ein paar Splitter aus dem Gesicht und aus den Haaren und rannte weiter. Unter meinen Stiefeln knirschte das geborstene Glas. Ich musste aufpassen, dass ich mit meiner Last nicht ausglitt. Der ganze Himmel, der den zertrümmerten gläsernen Tunnel überwölbte, stand in Flammen. Dann schoss ein heller Stern darüber hin, der eine schwarze knatternde Rauchspur nach sich zog. Er schoss in nordwestlicher Richtung davon, wo er kurze Zeit später in einer hellen Explosion zerschellte, aus der sich ein blauer Pilz entfaltete. Der Donner kam mit erheblicher Verzögerung, aber immer noch so scharf, dass er die verbliebenden Fensterscheiben klirren und das demolierte Gebäude in den Fundamenten erzittern ließ.

Ich lief ins Freie hinaus und spürte sofort den brandigen und metallischen Geruch, der in der Atmosphäre hing. Die Luft war geschwängert vom Aroma verglühten Eisens, in das sich der beizende Gestank von Ozon und Stickoxid mischte. Die Meteore, deren Bombardement begonnen hatte, peitschten die Lufthülle auf und schlugen Wunden in die Erde. Unser Mutterplanet kam mir wie der Messias vor, der vor der Hinrichtung gegeißelt wird. Überall loderten Brände und öffneten sich Risse im berstenden Erdboden. Aber es war nicht der Widerschein dieser Flammen, der den Himmel rötete. Ein fahles Licht lag über der Szenerie, die vom Donner der herabstürzenden Sterne widerhallte. Die Erde wankte. Menschen liefen kopflos umher. Einige Senioren sah ich, die in weißen Nachthemden auf den teerigen Rasen hinausgingen und staunend in den verwüsteten Parks herumwandelten.

Dann kam mir Reynolds entgegen. Ich las in seinem Gesicht die Verzweiflung über unser langes Säumen, aber kein Wort kam über seine Lippen. Er machte den beiden Fahrern ein Zeichen, die die Feldgeneratoren ihrer Gleiter anspringen ließen, und half mir dann, die wie bewusstlos über meiner Schulter hängende Jennifer auf die Rückbank des größeren der beiden Fahrzeuge zu betten.

»Was ist geschehen?«, fragte er, als er den apathischen Blick der Ersten Pilotin auffing.

»Ihr Vater ist gerade gestorben«, gab ich zurück.

Wir legten sie quer auf den Sitz des Gleiters. Sie wehrte sich nicht, half aber auch nicht mit, ihren langbeinigen und erstaunlich schweren Körper in dem Gefährt zu verstauen. Nur als ihr Kopf gegen die Lehne zu schlagen drohte, machte sie eine stützende Bewegung, die erkennen ließ, dass sie bei Bewusstsein war.

Reynolds musterte mich kritisch.

»Haben Sie – sie betäubt?«

Ich hätte beinahe gelacht.

»Nein«, sagte ich. »Das ist nur der Schmerz.«

»Es ist gut, dass Sie gekommen sind«, meinte er. »Das da bereitet mir Sorge.«

Er deutete mit einer Kopfbewegung zum Himmel. Dann stieg er hinter dem Fahrer auf den Zweisitzer und gab dem Soldaten das Zeichen zum Aufbruch. Der Generator heulte auf; der schnelle Gleiter schoss davon. Ich stand fünf Schritte vor dem Gebäude, das in Teilen brannte, in anderen zusammenstürzte, und spürte die Erschütterungen, die den Erdkörper durchliefen. Ein Meteor zog über uns dahin und brach in der Luft zu kleineren schwarzen Splittern auseinander. Schwarzer Ascheregen, wie dunkler großflockiger Schnee, ging auf uns nieder. Dann sah ich nach Osten.

»Worauf warten Sie, Sir?!«, rief der Sergeant, der nervös den Feldgenerator aufheulen ließ.

»Ich komme«, sagte ich.

Dennoch kostete es mich Überwindung, mich von dem furchtbaren Schauspiel abzuwenden. Ich vergewisserte mich, dass Jennifer tief genug in den Polstern lag und während der Fahrt nicht herausgeschleudert werden konnte. Dann sprang ich neben den Fahrer auf den Sitz, den Reynolds auf der Herfahrt eingenommen hatte. Jetzt gab es nichts mehr zu navigieren. Wir mussten nur zum Raumhafen zurück und hoffen, dass es Jill irgendwie fertigbrachte, Myers solange hinzuhalten.

»Los gehts«, sagte ich.

Der Sergeant drehte den Generator hoch und ließ die Energiekupplung schnalzen. Der Gleiter bäumte sich auf und schoss mit röhrendem Triebwerk davon. Wir rasten die lange Auffahrt hinunter. Das Wachhäuschen war nicht mehr besetzt. Die Wachmänner hatten sich davongemacht. Das Tor war geschlossen, aber das Kraftfeld schien deaktiviert zu sein. Ob das Personal es in einem letzten Akt der Besinnung heruntergefahren hatte oder ob sich seine Abschaltung dem Zusammenbruch der Stromversorgung verdankte, konnten wir dahingestellt sein lassen. Der Fahrer gab Gas und zog den Gleiter nach oben. Dann setzten wir über das Gatter hinweg.

Wenig später bogen wir mit knatterndem Generatorfeld auf die Küstenstraße ein, unter deren Stelzen der aufgebrachte Ozean wie ein einziger Kessel siedenden Blutes schäumte.

Der andere Gleiter war schon einen Kilometer voraus. Aber wir holten jetzt auf, als der Sergeant auf die Gerade hinaus beschleunigte. Der Zweisitzer, mit dem Reynolds unterwegs war, war wendiger und hatte den besseren Antritt. Vom Start weg oder auf kurviger Strecke war er nicht zu schlagen. Aber auf gerader Strecke kamen wir langsam an ihn heran, da unser Gleiter die höhere Generatorleistung hatte. Das Kraftfeld hielt den Fahrtwind ab, der an der Küste durch die scharfen Bösen verstärkt wurde, die von der See her bliesen. Nur der Salzgeruch der schweren und hochgehenden Brandung und der metallische Gestank der ringsum einschlagenden Meteore drangen durch den Luftaustausch in die halboffene Fahrgastzelle. Ich hatte einen Arm nach hinten gelegt und Jennifers Hand gefasst, während ich über die Schnauze des Gleiters hinweg nach vorne sah.

Das Meer war seit unserer Herfahrt vor einer Stunde deutlich gestiegen. Die Strandzone war überflutet. Der dichte Wald, der sich dahinter anschloss, stand bis zu den Wipfeln im brodelnden Wasser, das ihn in einen blutigen Sumpf verwandelte. Die Gischt schrillte um die Betonpfeiler, die die erhöhte Fahrbahn trugen. Innerlich verfluchte ich, dass wir nicht die EVA hatten nehmen können. Mit ihr hätten wir die Strecke in wenigen Augenblicken zurückgelegt gehabt und uns auch keine Gedanken über die Erdstöße machen müssen, die die Stelzen der Küstenstraße schwanken ließen. Der Fahrbahnbelag zeigte erste Risse. Mancherorts war die Leitplanke gesplittert und in die Tiefe gestürzt, wo die Wogen sich wie ein Schwarm gieriger Piranhas über sie warfen. Ich hatte den Gedanken kaum zu Ende gedacht, als einige hundert Meter vor uns eine der Stelzen in sich zusammenbrach. Reynolds und sein Fahrer hatten die Stelle gerade passiert, eine langgezogene Linkskurve, die dem Verlauf einer Bucht folgte und uns erlaubte, die Stützkonstruktion der Fahrbahn einzusehen. Während wir mit röhrendem Feldgenerator der Straße folgten, knickte einer der Stützpfeiler ein. Ein Riss über die ganze Breite der Fahrbahn sprang auf. Dann sackte der Straßenbelag ab und neigte sich dabei zur Meerseite. Mit dem knirschenden Getöse berstenden Stahls sank die Fahrbahn auf einer Länge von hundert Metern in die Tiefe. Fontänen roten Wassers schlugen über ihr zusammen.

»Festhalten!«, schrie der Sergeant.

Es war zu spät, um zu wenden oder anzuhalten. Wir hatten zuviel Schwung. Außerdem gab es keine Alternative zu dieser Route. Wir hätten stundenlang über Nebenstraßen im Landesinneren irren müssen. Er drehte den Generator bis zur Schmerzgrenze auf, beschleunigte den Gleiter auf Höchstgeschwindigkeit und zog ihn über den letzten Metern intakter Straße nach oben. Wie von dem Schanzentisch einer breiten Rampe flogen wir über den kochenden Abgrund hinaus. Die Gleiter waren nicht dafür konstruiert, im freien Luftraum zu operieren. Ihr Kraftfeld war auf einen festen Untergrund ausgelegt. Nur mit viel Schwung und überregeltem Antrieb konnte man über kleinere Hindernisse hinwegsetzen. Dies war aber kein kleines Hindernis, sondern ein Loch von der Größe eines Straßenblocks, in dem die Springflut im schmutzigroten Licht rostigen Abwassers tobte.

Mit heulendem Feldgenerator flogen wir durch die Luft. Ein ganzes Sammelsurium an Anzeigen blinkte im Cockpit auf. Alle glühten sie im Rot gefährlicher Überlastung. Ich spürte, wie mir den Atem wegblieb und der Magen wegsackte. Für gewöhnlich machten mir fliegerische Kunststücke nichts aus, aber für gewöhnlich befand ich mich auch an Bord eines richtigen Schiffes und nicht auf dem Beifahrersitz eines Freizeit-Scooters. Wenn wenigstens Jennifer am Steuer gesessen wäre! Aber sie lag mit fahlem Blick auf der Rückbank und registrierte nicht, zu welchen Leistungen ihr Kollege vom Bodenpersonal herausgefordert wurde. Ich krallte die Hand um ihren Unterarm, während ich unsere flache Flugbahn verfolgte und mir auszurechnen versuchte, wo wir auf den Unterbau der weiterführenden Straße prallen würden.

Der Sergeant zog die Schnauze des Gleiters hoch und trieb den Motor noch tiefer in den roten Bereich. Jeden Augenblick konnte uns der Feldgenerator um die Ohren fliegen. Es gelang ihm, die langgestreckte ballistische Parabel, auf der wir über den Abgrund hinwegrasten, noch ein wenig nach oben zu krümmen. Mit letzter Anstrengung und indem die hinteren Abstandshalter kurz auf dem Fahrbahnbelag aufsetzten, aus dem sie kreischende Funken schlugen, erreichten wir die andere Seite und schossen nun, als das Kraftfeld wieder auf festem Untergrund griff, mit irrwitziger Geschwindigkeit davon. Der Fahrer drosselte den Motor und legte das Fahrzeug wieder stabil auf die Bahn. Er warf mir einen Seitenblick zu, in dem der Wahnsinn unverdünnten Adrenalins glitzerte.

Reynolds und sein Fahrer hatten das Tempo verhalten, als sie bemerkten, wie wenige Meter hinter ihnen die Straße in sich zusammenstürzte. Mit langsamer Fahrt waren sie weitergetuckert und hatten unsere artistische Leistung verfolgt. Jetzt warteten sie, bis wir zu ihnen aufgeschlossen hatten. Seite an Seite setzten wir die Fahrt fort.

Das Meer stieg nun zusehends höher. Mit bloßem Auge konnte man erkennen, dass jeder Brecher, der zwischen den Fahrbahnstelzen zerschäumte und sich über die Palmenwipfel hinweg landeinwärts wühlte, den Vorgänger wiederum übertraf. Es war nur noch eine Frage von Minuten, bis die gesamte Küstenstraße überspült sein würde, die dann endgültig unter der Wucht dieser Springflut zusammenbrechen und von der Brandung zu Kies zermahlen werden würde. Es war, als sei der ganze Horizont nach Norden gekippt und das Wasser ströme nun in breiter Front über das feste Land hinweg.

»Wie hoch liegt der Raumhafen?«, rief ich durch den Lärm der Brandung und des Generators meinem Fahrer zu.

»Fünfzig Meter«, gab er zurück.

Er sah mich nicht an. Sein Profil vor der Kulisse des tosenden Meeres war eine Maske der Entschlossenheit. Er würde um sein Leben kämpfen, und wenn er schon in diesen Strudeln salzigen Blutes schwimmen würde. Während wir einer weiteren langgezogenen Kurve folgten, fiel mein Blick auf den südlichen Horizont. Über der gebuckelten Ebene der aufgebrachten See schob sich eine breite Wasserwand heran. Jetzt hatte es auch der Sergeant gesehen.

»Was ist das?«, schrie er.

Ich starrte nach Süden hinaus. Auf der ganzen Breite des Meeres wälzte sich eine massive Front heran.

»Ein Tsunami«, rief ich. »Es muss ein Seebeben gegeben haben!«

Ich sah nach unten. Der aufgewühlte Wasserspiegel lag keine fünf Meter mehr unter der Fahrbahn. Die Flut hatte schon drei Viertel der Stützpfeiler überschwemmt. Aber die Flutwelle, die jetzt heranraste, reichte noch mindestens zwanzig Meter höher. Als wäre der ganze Horizont hochgehoben, kam die Sturzflut auf uns zu.

Reynolds machte mir vom anderen Gleiter aus Zeichen. Er deutete immer wieder nach links, auf die brüllende See hinaus. Ich nickte und zuckte mit den Schultern. Was konnten wir tun? Auch landeinwärts reichte das brodelnde Wasser schon hunderte von Meter weit über die Strandlokale, Golfplätze und Villenviertel hinweg. Zerschlagene Baumwipfel und Stümpfe von Palmen trieben darin.

Reynolds deutete nach vorne und grinste diabolisch. Dort ging die Ausfahrt ab. Mit sonderbarer Schönheit und Eleganz strahlten die drei Fahrbahnen, die nach allen Seiten vom Wasser umgeben waren, an dem Knotenpunkt voneinander ab.

Ich nickte wieder und gab dem Sergeanten ein Zeichen, so stark wie möglich zu beschleunigen. Obwohl auf seinem Bedienfeld schon die Anzeige blinkte, die eine Überhitzung des Feldgenerators verkündete, gab er noch mehr Gas.

Vom Meer her schob sich die Flutwelle heran. Sie hatte die Höhe eines vierstöckigen Gebäudes und reichte quer über den ganzen südlichen Horizont. Einige Schiffe wurden von ihr umgeworfen und mitgeschleppt wie Spielzeug. Ein schwerer Tanker lag kieloben vor der Mauer aus Wasser und wurde herumgewirbelt wie ein Stückchen Holz, als sie über ihn hinwegging. Hundert Meter vor der Küste baute sie sich weiter auf, als sie auf den Festlandsockel traf und den Kontinentalschelf hinauflief. Wie ein urweltliches Ungeheuer bäumte sie sich auf und blähte den blutig triefenden Echsenhals. Schaumkronen flockten von der Höhe dieses Wassermonstrums ab wie der Geifer von den Fängen eines Raubsauriers, der eben eine tonnenschwere Beute gerissen hat.

Mit Triebwerken, die in höchsten Tönen winselten, schossen wir die Küstenstraße entlang, legten uns in die Kurve und bogen in den breiten Highway ein, der landeinwärts führte. Hinter uns schlug der haushohe Brecher über der Fahrbahn zusammen. Die Stützpfeiler aus Elastalstahl wurden geknickt wie Ess-Stäbchen, die ein hungriger Oger verächtlich beiseite schleudert. Eine Sekunde, nachdem wir sie passiert hatten, existierte die Abzweigung nicht mehr. Die Straße wurde zu Platten und Schollen zertrümmert und durch die Luft gewirbelt wie dünnes Porzellangeschirr, das ein ungehaltener Gast durch den Speisesaal wirft. Wie die Fangarme einer zornigen Bestie griffen die Wassermassen nach uns und schossen noch hunderte von Metern weit hinter uns her. Die Ausläufer der Gischt sprudelten unter uns hindurch, wo sie von den überhitzten Kraftfeldern unserer Gleiter verdampft wurden. Ein blutiger Nebel fiel auf uns herab, der an der Abschirmung der Fahrzeuge ein blaues elektrisches Britzeln auslöste und den Gestank von fauligen Tang und verbranntem Fleisch hinterließ.

Über die Schulter hinweg sah ich mit an, wie die Wassermassen, von der Küste kaum aufgehalten, weiter heranströmten. Die nächste Flutwelle würde noch höher sein, und die nachfolgende würde auch diese übertreffen.

Die beiden Fahrer nahmen das Tempo jetzt wieder etwas zurück, um die völlig überlasteten Feldgeneratoren zu schonen.

Wir fuhren in nördlicher Richtung landeinwärts. Zu unserer Rechten war Jupiter inzwischen so hoch gestiegen, dass er in seiner ganzen rotbraun gebänderten Gestalt sichtbar war. Seine abgeplattete Scheibe hing riesig am östlichen Horizont.

Die Straße stieg zum Glück leicht an. Mit jedem Kilometer, den wir zwischen uns und die Küste brachten, gewannen wir Zeit. Ich holte den Kommunikator hervor und öffnete einen Kanal. Lambert antwortete nicht. Dann rief ich die Brücke der Enthymesis, aber die andere Seite blockierte den Aufbau einer Verbindung. Ich hatte die Schiffsautomatik in der Leitung. Offensichtlich hatte Myers eine hohe Alarmstufe setzen lassen, die alle externe Kommunikation unterband.

Ich schaltete das Gerät ab und ließ es in der Halterung verschwinden. Dann sah ich wieder nach Jennifer. Sie lag noch mit verrenkten Gliedern, wie wir sie auf die Rückbank gebettet hatten, da und starrte glasig vor sich hin. Als mein Blick sie traf, erwiderte sie ihn jedoch mit einem schwachen Lächeln. Offenbar kam sie allmählich wieder zu sich. Ich drückte ihre Hand, die kühl und leicht in der meinen lag. Eine Regung wie die Erinnerung an einen unerträglichen Schmerz glitt über ihre abwesenden Züge.

»Wie weit ist es denn noch?«, wandte ich mich an den Sergeanten.

»Wir sind gleich da«, sagte er.

Aber er drosselte das Tempo und fuhr jetzt nur noch mit gewöhnlicher Geschwindigkeit, als seien wir auf einer Spritztour. Wir befanden uns auf dem schnurgeraden Teil des Zubringers, der direkt zur Luftwaffenbasis führte. Rechts und links lagen Parks und dunkle Wälder. Von den Feuern und den marodierenden Trupps der Aufständischen war nichts mehr zu sehen. Sie hatten sich vermutlich weiter ins Landesinnere begeben.

»Sie sind abgehauen«, stellte ich fest.

Der Sergeant antwortete nicht. Er verständigte sich über Handzeichen mit seinem Kameraden und verlangsamte die Fahrt dann abermals.

»Was ist denn los?«, sagte ich ungeduldig. »Hier ist niemand mehr!«

»Vielleicht nicht«, gab er zurück. »Vielleicht haben Sie recht, und sie haben sich auf den Weg zu höhergelegenen Gegenden gemacht.«

Er setzte sich an die Spitze, der Zweisitzer reihte sich hinter uns ein. Reynolds spähte nach rechts und links in den dunklen Wald, der die Straße säumte.

»Vielleicht stürmen sie aber auch gerade den Raumhafen«, sagte der Sergeant noch. »Oder sie warten auf eine Mitfahrgelegenheit ...«

»Dann würde ich erst recht aufs Tempo drücken«, brummte ich.

Über die Schulter versuchte ich mich mit Reynolds zu verständigen, der sich anstellte wie ein Indianer auf der Pirsch. Ich kam mir albern vor dabei, suchte nun aber auch den Waldrand mit zusammengekniffenen Augen ab. Der Jupiter übergoss die Szenerie mit unwirklichem braunroten Licht, aber die Schattenseiten der Wälder wirkten dadurch noch schwärzer. Sie schienen aus kompaktem Material geformt, wie massive Wände. Dort war nichts zu erkennen.

Wir passierten die Barrikade, von der aus die Gesetzlosen auf uns geschossen hatten. Die Bresche, die der Feldwerfer des Sergeanten in die Betonblöcke gerissen hatte, lag frei vor uns. Kein Mensch war zu sehen. Wir sahen die Lache aus geschmolzenem Elastalstahl, die sich unter den zerstrahlten Barrikadenelementen gebildet hatte und die nun zu einer schimmernden Pfütze aus hartem Sekundärstahl erkaltet war. Am Straßenrand lagen verschmorte menschliche Überreste. In kleiner Fahrt, kaum schneller als Schritttempo, tuckerten wir an der Stätte des Angriffs vorbei. Hintereinander wanden sich die beiden Gleiter durch die Bresche, die wir in die Barrikade geschossen hatten. Dann erreichten wir wieder die freie Bahn und beschleunigten auf erträglichere Geschwindigkeiten.

»Keiner mehr da«, sagte ich und lehnte mich zurück.

Der Sergeant, der bei der Durchfahrt den Feldwerfer aus der Halterung genommen hatte, legte ihn jetzt seitlich über seine Oberschenkel. Die Mündung war auf mich gerichtet, die Waffe war nicht gesichert. Ich fragte mich, welcher Ausbilder ihm so etwas beigebracht hatte. Dann nahmen wir Fahrt auf und schossen schweigend die nächtliche Straße entlang. Der Zweisitzer einige Meter hinter uns.

Plötzlich zerriss eine Explosion die trügerische Stille. Am rechten Straßenrand blitzte Mündungsfeuer auf. Der blaue Ionenstrahl schoss direkt auf uns zu.

»Achtung!«, schrie der Sergeant.

Er warf den Gleiter auf die Seite und wich dem Kraftfeld aus. Wenn die Gravikupplung uns nicht festgehalten hätte, wären wir aus unseren Sitzen geschleudert worden wie Abfall, den ein Müllkipper auf die Deponie lädt. Wir tauchten unter dem Werferstrahl hindurch und richteten uns wieder auf. Hinter uns donnerte ein zweiter Schuss. Gleichzeitig hörten wir einen Schrei.

Ich warf mich herum. Der zweite Gleiter war getroffen. Er überschlug sich, während an mehreren Stellen weiße Flammen fraßen. Reynolds und der Fahrer flogen durch die Luft. Die Druckwelle der Explosion erfasste uns und brachte uns ins Schleudern. Der Sergeant fing den Gleiter ab und riss das Steuer herum. Wir sahen, wie Reynolds und der Fahrer auf die Fahrbahn prallten, während der Zweisitzer über unsere Köpfe davonschoss. Er zog eine Spur weißblauen Rauchs hinter sich her und zerschellte in einiger Entfernung zwischen den Bäumen. Irgendwo war ein lautes Johlen zu hören, aber kein Mensch war zu erkennen.

Der Sergeant hielt an, griff den Feldwerfer und sprang aus dem Gleiter. Ich zog die Offizierspistole und folgte ihm, nicht ohne einen Blick über Jennifer streifen zu lassen. Die Stelle, von der aus geschossen worden war, lag einige hundert Meter entfernt. Wir befanden uns mitten auf der Fahrbahn, ohne jegliche Möglichkeit der Deckung. Während ich mir noch sagte, dass es Selbstmord war, sich hier frei zu bewegen, gab der Sergeant einige Schüsse aus dem Feldwerfer ab. Das Gehölz ging in Flammen auf. Einige Bäume stürzten um. Schreie waren zu hören, die darauf hindeuteten, dass einige der Verbrecher getroffen worden waren.

Hintereinander geduckt pirschten wir uns an die beiden Kameraden heran, die aus ihrem Fahrzeug geschleudert worden waren und fünfzig Meter voneinander entfernt auf der Straße lagen. Der Sergeant machte mir ein Zeichen, mich um Reynolds zu kümmern, während er sich zu seinem Kollegen begab. Ich beugte mich noch tiefer herunter und lief zu meinem WO, der in gekrümmter Haltung dalag und sich nicht zu rühren schien. Vom Waldrand aus wurde auf uns geschossen. Die Strahlenbündel leichter Handfeuerwaffen blitzten über uns hinweg. Ich warf mich auf den Boden. Dann erwiderte ich das Feuer aus der Offizierspistole. Es war eine leichte Strahlenwaffe, mit der man nicht viel mehr ausrichten konnte, als Präsenz zu zeigen. Immerhin brachten sie die Gegenseite für einige Zeit zum Schweigen. Ich gab wahllos noch ein paar Schüsse in die Dunkelheit ab.

Flach auf den Boden gedrückt, schob ich mich an Reynolds heran. Er krallte die linke Hand um den linken Unterschenkel, der verletzt zu sein schien. Immerhin war er am Leben. In der rechten Faust hielt er die Pistole, die er jetzt auf den Waldrand richtete.

Von dort pirschten sich mehrere Silhouetten heran. Ein Trupp von fünf oder sieben Männern, zu einer dichten Rotte zusammengedrängt, kam auf uns zu. Sie hatten das zottige Haar, die glühenden Augen und den gebeugten Gang von Neandertalern. Ihre Bewaffnung war nicht zu erkennen. Langsam schlichen sie sich vor der gespenstischen Szenerie heran, ohne das Feuer zu eröffnen.

»Ihr Schweine«, schrie in diesem Augenblick der Sergeant, der in einiger Entfernung neben seinem Kameraden kniete. Dicht neben Reynolds kauernd, dessen Atem vor Schmerz und

Anspannung stoßweise ging, sah ich, wie er den Feldwerfer hob, aufstand und eine Salve auf die Fremden abfeuerte. Diese erwiderten das Feuer augenblicklich. Schwere Werferstrahlen kreuzten sich in der Luft und detonierten in wuchtigen Druckwellen, die uns an den Boden pressten. Auch Reynolds und ich gaben noch einige Schüsse ab. Die Wange an den zitternden Asphalt geschmiegt, sah ich zu dem Sergeanten hinüber. Er hatte sich jetzt wieder niedergelassen und verschanzte sich hinter dem Körper seines Kameraden. Ich musste mir sagen, dass dieser den Sturz aus dem Gleiter nicht überlebt hatte.

Wie zur Bestätigung fing der Sergeant jetzt meinen Blick auf und fuhr sich mit dem abgewinkelten Daumen unter der Kehle durch.

»Genickbruch«, rief er halblaut.

»Wie geht es Ihnen?«, fragte ich Reynolds, der rücklings an meiner Schulter lehnte.

Ich hörte den hechelnden Atem und spürte den kalten Schweiß, der ihm aus allen Poren brach. Vermutlich eine Schockreaktion. Ich konnte nur hoffen, dass er keine inneren Verletzungen davongetragen hatte.

»Das Bein ist gebrochen«, stöhnte er. »Aber sonst bin ich okay.«

Wir lugten wieder zum Waldrand. Dort schien nun Ruhe zu sein. Allerdings hatten die Rauchpilze der Feldwerferexplosionen einen dichten Nebel über die Szenerie gelegt.

»Können Sie gehen?«, fragte ich Reynolds.

In halb liegender, halb sitzender Position lehnten wir aneinander, beide schwer atmend.

»Ich glaube nicht«, keuchte er. »Aber im Gleiter müsste eine sensorielle Bandage ...«

Er kam nicht dazu, den Satz zu beenden. Mehrere Schüsse krachten gleichzeitig. Aus den verwehenden Rauchpilzen, die im fahlen Jupiterlicht vor dem Waldrand hingen, hatten sich einige Gestalten gelöst, die sofort auf uns feuerten. Der Sergeant hatte das Feuer erwidert. Gleichzeitig war hinter uns eine Offizierspistole abgefeuert worden, die augenblicklich zwei der

Angreifer von den Beinen warf. Ich hob das Kinn von der Straße, in die ich es reflexartig gerammt hatte, und erkannte Jennifer, die in die Sitzkuhle des Gleiters geduckt ihre Waffe im Anschlag hatte und uns Feuerschutz gab. Auch der Sergeant gab uns Deckung, als wir uns kriechend zurückzuziehen begannen.

»Warten Sie«, zischte ich Reynolds nach einer Weile zu, als ich bemerkte, dass er nicht mehr mithalten konnte.

Ich gab einige Schüsse nach rückwärts ab, richtete mich dann auf und lief zum Gleiter. Auch der Sergeant hatte sich inzwischen hinter dem Fahrzeug verschanzt, von wo aus er die Fremden mit schweren Stößen aus dem Feldwerfer in Schach hielt. Auf der anderen Seite musste es Dutzende Tote und Verwundete geben, und doch kamen immer neue aus dem rostroten Halbdunkel.

Ich langte in den Gleiter hinein und öffnete das Erste-Hilfe-Fach auf der Beifahrerseite. Mit der Bandage unter dem Arm kroch ich zu Reynolds zurück, der immer noch ungeschützt in der Schusslinie lag und in den Rauch und das niederbrechende Gestrüpp hineinfeuerte. Die sensorielle selbstadjustierende Bandage schloss sich automatisch um seinen Unterschenkel. Er stöhnte vor Schmerz auf, als die Schiene seine zertrümmerten Knochen zusammenzwang. Ich packte seine Hand, deren Druck er erwiderte, wobei er sie fast zu Brei zerquetschte. In unserem Rücken gab der Sergeant eine Salve ab. Das Werferfeld schoss über uns hinweg und fegte eine weitere Horde von Angreifern in den Wald zurück. Ich stand auf. Reynolds stützte sich auf meine Schulter. Unablässig nach rückwärts feuernd, humpelten wir zum Gleiter, über dessen Heckflossen Jennifers Mündungsfeuer blitzte. Ich hievte den WO in das Gefährt, wo er neben Jennifer auf die Rückbank plumpste, und sprang dann auf den Beifahrersitz. Der Sergeant stieg ein und aktivierte die Abschirmung. Mehrere Strahlenbündel wurden von dem Kraftfeld gestreut und detonierten unmittelbar über unseren Köpfen in roten Rubinsonnen, die uns blendeten und betäubten. Der Gleiter, dessen Generatorfeld sich knisternd aufbaute, wurde nach unten gedrückt. Er schwankte wie ein Boot, das keine Fahrt gewinnen kann, weil ein übermächtiges Gewicht es unter die Wasserlinien drückt. Endlich heulte das Triebwerk auf und wir schossen davon. Am Waldrand blieb eine johlende Meute zurück.

Wir fuhren weiter. Ich sah zu Jennifer nach hinten, die meinen Blick mit einem fahlen Lächeln erwiderte. Auch nach dem Gefecht, das sie ins Leben zurückgeholt hatte, waren ihre Gesichtszüge teilnahmslos. Sie gab meinen Händedruck kraftlos zurück, kümmerte sich dann aber um Reynolds, der mit weißem schmerzverzerrten Gesicht neben ihr lag und keuchend atmete. Anscheinend waren seine Verletzungen doch erheblicher, als es ausgesehen hatte. Ich vermutete, dass ein Splitterbruch seinen Unterschenkel zertrümmert hatte.

Rechts und links glitt wieder dunkler Wald vorbei. Dann kamen wir auf die breite Allee hinaus, die, von Palmen und weiten Rasenflächen gesäumt, zum Raumhafen führte. Hier war alles menschenleer. Einige ausgebrannte Fahrzeuge und die kreisrunden, zum Teil noch schwelenden Überreste von offenen Feuerstellen in den angrenzenden Wiesen deuteten darauf hin, dass diese Auffahrtstraße bis vor Kurzem von Aufständischen belagert gewesen war. Wohin mochten sie sich zurückgezogen haben? Hatten sie eingesehen, dass es für sie keine Möglichkeit mehr gab, diesen Planeten zu verlassen, und sich daraufhin weiter ins Landesinnere begeben? Oder fesselte die Anwesenheit der Enthymesis auf dem Rollfeld sie an die Basis? Dann würden sie womöglich ihren Belagerungsring noch enger um die Außenmauern des Stützpunktes ziehen.

Ich sah davon ab, Lambert oder die Brücke noch einmal zu rufen. Jetzt waren wir so gut wie da. Wir mussten nur noch eine Möglichkeit finden, auf das Gelände der Luftwaffenbasis zu gelangen, dann konnten wir an Bord gehen und ein für alle Mal unseren Abschied von dieser untergehenden Welt nehmen. Ich hatte das Problem, das in diesem Gedankengang beschlossen war, noch kaum erkannt, als wir den Lärm hörten. Einige Kilometer voraus rollten Explosionen und ganze Salven schwerer Abschüsse. Ein Auf und Ab menschlicher Schreie wogte und brandete uns entgegen. Ich machte dem Sergeanten ein Zeichen, aber er drosselte schon von sich aus den Generator und verlangsamte die Fahrt.

»Wie viele Menschen müssen wir töten, um unser armseliges Leben zu retten?«, stöhnte Jennifer. »Was sind wir Besseres als sie?«

Der Fahrer sah konzentriert nach vorne, wo aber nichts zu erkennen war. Das grelle Weißlicht starker Scheinwerfer stand uns entgegen.

»Wir sind keine Mörder«, sagte er.

In dem blendenden Gegenlicht erkannte ich seinen Zustand. Seine Uniform hing in Fetzen um Brust und Arme. Er musste mehrere Treffer aus den leichten Strahlenwaffen der Aufständischen abbekommen haben. Sein linker Unterarm war zerfleischt. Er hatte ihn wie eine abgestorbene Extremität auf seinen Oberschenkel gebettet und steuerte den Gleiter mit der Rechten. Als ich mich zu ihm hinüberbeugte, um seine Verwundung näher zu besehen, roch ich den Gestank verbrannten menschlichen Fleisches.

»Sie können nicht mehr fahren«, stellte ich fest. »Geben Sie das Steuer an Major Ash!«

Ohne Widerrede steuerte er den Gleiter in den Schatten einer Gruppe hoher Palmen. Während wir versuchten, aus dem Gefechtslärm, der von vorne herandrang, schlau zu werden, tauschten er und Jennifer die Plätze. Ich musterte sie kritisch, als sie um den Gleiter herumging und den Fahrersitz einnahm, aber ihr ruhiger, von Schmerz verschleierter, doch wacher Gesichtsausdruck sagte mir, dass sie einsatzbereit war. Sie hatte es im Übrigen schon bewiesen, als sie die Angreifer in Schach gehalten und Reynolds und mir das Leben gerettet hatte.

Im Erste-Hilfe-Fach fanden wir eine zweite, kleinere Bandage, die wir dem Sergeanten um den Unterarm legten. Haut und Muskeln hingen in Fetzen, von Feldstrahlen zerrissen, die die Wunden gleichzeitig verödet hatten, sodass kaum Blut ausgetreten war. Stellenweise war der nackte Knochen zu sehen. Als der sensorielle Verband sich um den Arm schloss, liefen dem Sergeanten die Tränen aus den Augen, aber er verzog nicht die Miene. Nach dieser Behandlung, von der ich hoffte, dass ich sie bald durch richtige medizinische Betreuung ersetzen konnte, kletterte er auf den Rücksitz. Die beiden Verletzten arrangierten sich mit verkniffenem Grinsen nebeneinander. Jennifer ließ den Feldgenerator wieder anspringen. Sie hatte die Scheinwerfer des Gleiters ausgeschaltet und hielt uns im Schatten der Palmen, die in gleichmäßiger Folge die lange Auffahrtstraße säumten. In langsamer Fahrt schlichen wir uns an den Raumhafen heran, der wie ein Dom aus strahlendem Licht vor uns aus der rotbraunen Nacht aufragte.

Ich sah nach der Uhr. Die halbe Stunde, die Jill uns eingeräumt hatte, war schon dreimal verstrichen. Seit einer Stunde hatte ich keinen Kontakt mehr zu unserer zweiten Pilotin oder zur Brücke der Enthymesis herstellen können. Eben schoss wieder ein Meteor mit knatterndem Rauchschweif über den Himmel und detonierte in geringer Entfernung in der Luft. Aber als wir die Außenmauer der Basis erreichten und in die Ringstraße einbogen, die um das riesige Rollfeld herumführte, sahen wir, dass wir auf diesem Weg in der nächsten Zeit nicht auf das Gelände des Raumhafens gelangen würden.

Vor dem Haupttor tobte ein erbittertes Gefecht, das von beiden Seiten mit der gleichen mörderischen Rücksichtslosigkeit geführt wurde. Es wurde nicht einmal mehr ums nackte Überleben gekämpft, sondern nur noch darum, möglichst viele Gegner mit in den Tod zu reißen, der über kurz oder lang ohnehin allen gewiss war. Der Fürst der Finsternis war in die wütende Menge gefahren und hatte sie dazu verleitet, sich in ihrem letzten Stündlein noch für die Sünde zu entscheiden und sich der ewigen Verdammnis zu empfehlen.

Und auch wenn ich nicht in diesen Kategorien dachte, schien mir die Herabkunft des Herrn der Welt auf dieses Armageddon doch die einzige angemessene Allegorie, die geeignet war, das Schauspiel in Worte zu fassen. Vor uns war ein Gemetzel entbrannt, ein Massaker, eine Schlächterei. Unübersehbare Horden von Aufständischen rannten in Todesangst und Blutrausch gegen die stark befestige Bastion des Raumhafens an, der von schwer bewaffneten Einheiten mit der gleichen kompromisslosen Brutalität verteidigt wurde. Mehrere Schwebepanzer waren vorgefahren, die unablässig mit breiten Werferstrahlen in die Menge feuerten. Jeder Abschuss musste Dutzende zu Asche verbrennen, aber dennoch waren die Lücken im Augenblick wieder geschlossen. Nur mit leichten Handfeuerwaffen und Granaten versehen, schienen die Gesetzlosen entschlossen, die Besatzung des Tores durch ihre schiere zahlenmäßige Übermacht zu erdrücken. Die Wachmannschaften sollten überrannt werden. Aus mehreren Türmen und den erhöhten Lafetten der schweren Feldwerfer feuerten die Soldaten in die Masse, die sich nicht mehr wie eine Ansammlung von Menschen, sondern wie eine schwarze und viskose Flüssigkeit verhielt. Und so wie es absurd wäre, das Meer durch Auspeitschen zum Zurückweichen bewegen zu wollen, so war es unmöglich, diese nicht länger menschlich handelnde Meute dadurch zurückzuschlagen zu wollen, dass man in sie hineinfeuerte, wie viele man auch immer von ihnen tötete.

Die zehntausendköpfige dunkle Flut hatte die Absperrungen des Vorfeldes überrannt und den Vorplatz des Haupttores erreicht. Schwere Feldwerferstrahlen aus den rotglühenden Mündungen ihrer Geschütze speiend, zogen die Schwebepanzer sich langsam zurück. Aber die Ersten von ihnen standen schon mit dem Rücken zur Wand und zu den tonnenschweren Betonquadern, die man zur Verstärkung der Außenmauern herangewälzt hatte. Und die Mannschaften würden in dieser Situation nicht die Tore öffnen, um ihren Kameraden den Rückzug zu ermöglichen.

Wie die strudelnde Springflut, die in einiger Entfernung brodelte und die in dieser Nacht auch noch diese Stätte überschwemmen würde, ergoss sich die Menschenflut auf den Vorplatz und wimmelte um die Panzer herum. Der erste war erstürmt und wurde von einer zottigen Horde erklettert. Mit den Strahlenbündeln ihrer leichten Waffen schweißten sie die Einstiegsluke auf und warfen eine Granate hinein. Eine dumpfe Explosion zerriss den Schwebepanzer. Eine weißlohende Stichflamme schoss aus der gesprengten Luke in den rotglühenden Himmel. Das Kraftfeld erlosch, und das brennende Wrack neigte sich auf die Seite und bohrte sich in den kochenden Asphalt. Die Mannschaften der Wachtürme wurden von nackter Panik gepackt und verstärkten ihr Feuer. Einer der verbliebenen Schwebepanzer startete einen Ausfall und fuhr mit Vollgas in die Menge hinein. Dutzende wurden zu blutigem Schleim zerquetscht, andere starben in den bläulichen Entladungen seiner Abschirmung. Aber es gelang dem Piloten nicht, sich einen Weg durch die Menge zu bahnen, um von rückwärts her das Feuer auf sie zu eröffnen. Auch dieser Panzer wurde geentert und gesprengt.

»Hier kommen wir nicht weiter«, flüsterte Jennifer.

Wir hatten uns auf den Seitenstreifen gerettet und hielten im toten Winkel der Außenmauer. Einige Palmen warfen harte Schlagschatten über uns. Das leise Tuckern unseres gedrosselten Motors wurde von dem Gefechtslärm übertönt.

»Was für ein Gemetzel«, seufzte sie. »Und keiner hat dabei irgendetwas zu gewinnen.«

Gebannt starrten wir zu dem mörderischen Geschehen hinüber, das nur wenige hundert Meter entfernt war und doch in einer anderen Welt stattzufinden schien, die von einem sadistischen Gott ersonnen sein musste. Glücklicherweise hatte uns niemand entdeckt, als wir, aus der breiten Auffahrtstraße kommend, mit einer Scherbewegung die hell ausgeleuchtete Fahrbahn überquert und uns in den Schatten geflüchtet hatten. Hier waren wir in Sicherheit. Aber was nützte uns das? Der Boden dampfte von den Abschüssen der Schwebepanzer. Irrläufer und Querschläger von Werferstrahlen und den hellroten

Laserblitzen der leichten Handfeuerwaffen schlugen in die runzligen Stämme der Palmen, hinter die wir uns geduckt hatten und aus deren Rinde dann kleine blaue Flämmchen leckten. Oder sie detonierten an der Abschirmung unseres Gleiters, von dem sie zu blutigen Strahlenbündeln gestreut wurden.

Der dritte Schwebepanzer hatte sich jetzt mit einer seitlichen Schwenkbewegung von der Menge befreit. Er erreichte die Ausfallstraße und kam direkt auf uns zu. Dabei wurde der Geschützturm um 180 Grad gedreht. Während er sich langsam von der Masse wegbewegte, feuerte der Panzer nach rückwärts, mitten in die Menschenmenge hinein. Um obwohl jeder seiner Werferstrahlen eine breite Schneise in die Masse menschlicher Leiber schnitt, hielt die Menge doch nicht eine Sekunde in ihrem verbitterten Tun inne. Wie ein Ameisenzug, bei dem tausende mit ihren ineinander verhakten Körpern eine Brücke bilden, über die die anderen hinwegschreiten, stapelte sich und kletterte die Masse nun zu den Wachttürmen hinauf. Die Horde war wie eine menschliche Brandung,, die immer höher um die Klippen des befestigten Tores wogte und deren Gischt schon um die Schießscharten der Unterstände schäumte.

»Was wird geschehen«, sagte Reynolds von hinten, »wenn sie das Haupttor überrannt haben?«

Die Besatzung des vordersten Turmes feuerte verbissen in den vielleibigen Leib des Angreifers hinein, der sich nur noch wie ein einziges unverwundbares Wesen verhielt, das sich nicht aufhalten ließ, wie viele Schuppen auch aus seinem Drachenleib herausgeschmolzen wurden.

»Sie werden die Mannschaften massakrieren und das Rollfeld stürmen«, stellte Jennifer fest.

Dazu bedurfte es freilich keiner prophetischen Gabe. Solange noch ein Schiff auf dem Rollfeld stand, würde die Menge jedes Opfer auf sich nehmen. Sie hatte sich längst in ein Naturwesen verwandelt. Millionen Lachse starben auf ihren Laichzügen, aber genügend kamen in den Gewässern an, in denen sie für den Fortbestand der Art sorgen konnten. So hatte sich auch hier die Masse in ein überpersönliches Gattungswesen verwandelt, das bedenkenlos tausende von Einzelnen opferte, um einige wenige in Sicherheit zu bringen.

»Dann sollten wir es nicht so weit kommen lassen«, sagte der Sergeant. »Denn was wird der Kommandant eines jeden Schiffes vernünftigerweise tun, wenn er eine solche Horde auf sich zukommen sieht?«

Der erste Wachturm war von Aufständischen erklommen. Die Besatzung wurde in Augenblicken niedergemacht. Dann schwenkten die Aufständischen das Geschütz herum und eröffneten das Feuer auf den gegenüberliegenden Turm.

»Den Befehl zum Abheben geben«, sagte Jennifer.

Sie ließ den Generator aufheulen und manövrierte den Gleiter rückwärts aus dem Versteck im Palmendickicht heraus.

»Kennen Sie keinen Schleichweg?«, fragte sie nach hinten.

»Dort entlang«, sagte der Sergeant und deutete mit dem unverletzten Arm in östlicher Richtung an der Außenmauer entlang.

Den Gefechtslärm hinter uns lassend, wo der Schwebepanzer mit nach rückwärts geschwenktem Geschütz noch immer die tobende Menge mit schweren Werferstrahlen bestrich, fuhren wir in der Gegenrichtung unter der Außenbefestigung des Raumhafens entlang. Vor uns stieg Jupiter in den rötlich glänzenden, von riesigen Bränden widerleuchtenden Nachthimmel auf. Mit feurigen Schweifen zersprühte eine Gruppe Meteoriten am Firmament. Einer der Meteore platzte nur zwei Kilometer über uns in der Luft auseinander. Die Druckwelle ließ den Gleiter trudeln und zwang Jennifer zu einer Ausscherbewegung, um das taumelnde Fahrzeug abzufangen. Ein weiterer schlug in geringer Entfernung in die Wälder, wo er Dutzende von Bäumen niederstampfte und zahllose Wipfel in Flammen aufgehen ließ.

Sie sah sich zu dem Sergeanten um und bog auf sein Zeichen hin in eine Nebenstraße ein, die nach links abging und einer Einbuchtung des Raumhafengeländes folgte.

Wir fuhren auf einem schmalen Weg dahin, der zu beiden Seiten von hohen Mauern begrenzt wurde. Zwischen dem Fahrbahnrand und der Mauer zur Rechten fiel mir ein Graben auf, der normalerweise dazu diente, Regenwasser abzuführen. Er stand auch jetzt voll Wasser, das aber in entgegengesetzter Richtung floss. Er strömte der Basis zu. Beinahe sah es aus, als fließe es bergauf. Ich warf mich im Sitz herum und sah nach hinten. Zweihundert Meter hinter uns war die Fahrbahn bereits überflutet.

»Meerwasser«, sagte Reynolds, der mit fahlem Gesicht auf der Rückbank lag und meinem Blick gefolgt war. »Es drückt durch die Kanalisation herauf.«

Wieder leuchtete eine Explosion über uns auf und überschüttete die Szenerie mit grellem Weißlicht. Das Wasser strudelte wie flüssige Stahlschmelze. Dann erlosch der berstende Stern, und während brandige Asche auf uns herabrieselte, fiel die Umgebung wieder in Dunkelheit. Jetzt schien dickflüssiger Teer aus dem Seitengraben über die Straße zu strömen.

»Wie weit ist es denn noch?«, rief ich nach hinten.

»Wir sind gleich da«, gab der Sergeant zurück. »Jetzt hier entlang.«

Jennifer bog links in eine nach unten führende Rampe ein, die in einen unerleuchteten Tunnel führte. Ich konnte nur hoffen, dass wir hier nicht in einen Hinterhalt der Aufständischen gerieten oder dass nervös gewordene Wachleute ohne Vorwarnung das Feuer auf uns eröffneten.

Nach einigen hundert Metern, die wir in völliger Finsternis zurückgelegt hatten, da Jennifer sich nicht getraute, die Scheinwerfer des Gleiters anzuschalten, führte die Rampe wieder nach oben.

»Der Lieferanteneingang«, meinte der Sergeant, der seinen Schmerzen ein verschmitztes Grinsen abzwang. »Er scheint den Gesetzlosen unbekannt zu sein.«

Wir kamen auf eine Straße hinaus, die vor einem hohen Gatter endete. Zu beiden Seiten war es von Wachhäuschen flankiert. Auch hier war der Vorplatz mit Stacheldrahtverhauen und Betonklötzen gesichert, aber die Mannschaft schien nur aus einigen Wachleuten zu bestehen.

Das linke Häuschen war unbeleuchtet und allem Anschein nach nicht besetzt. Im rechten erkannten wir einige Männer, die um eine Kommunikatorkonsole zusammenstanden. Ich konnte mir vorstellen, über welche Vorgänge sie damit auf dem laufenden gehalten wurden. Als sie uns kommen sahen, verstärkten sie sofort die Abschirmung des Gebäudes und die Polarisation der Scheiben, wodurch das Innere für uns unsichtbar wurde. Ein dicker Officer kam herausgestapft. Er war in einen strahlensicheren Anzug gekleidet und hatte einen entsicherten Feldwerfer im Anschlag.

»Was wollen Sie?«, bellte er.

Ich war aus dem Gleiter gestiegen und ging, die Hände leicht angehoben, den Kommunikator in der Rechten, langsam auf ihn zu. Nur nicht in letzter Minute das Opfer einer unbedachten Bewegung werden. Ich aktivierte den Identifikationscode und nannte meinen Namen.

»Commander Norton, Sir«, sagte ich. »Ich bin der Kommandant der Enthymesis, und das ist meine ...«

Weiter kam ich nicht.

»Des Schiffes, das seit Stunden unbeweglich auf dem Rollfeld steht?!«, blaffte er. »Haben Sie eine Ahnung, was uns diese Tatsache gekostet hat?!«

»Wir würden gerne an Bord ...«, versuchte ich.

Er hob die Mündung der schweren Waffe und fuchtelte damit herum. Auch wenn er nur versehentlich an den Auslöser kam, konnte er uns aus dieser Entfernung alle zu Strahlung verbrennen.

»So«, brüllte er, »würden Sie gerne?!«

Er kam drohend zwei weitere Schritte auf mich zu. Ich erhöhte die Haltung meiner Hände noch etwas. Unter gewöhnlichen Umständen hätte ich ihn für dieses Verhalten festnehmen lassen können, aber die Umstände waren leider nicht danach.

»Mindestens hundert Mann sind bereits ums Leben gekommen«, keifte er. »Und tausende von Zivilisten, auch wenn ich um sie keine Träne weine. Genauso gut hätten sie ein Festessen inmitten von einer Million Verhungernder platzieren können!«

Einer seiner Männer kam aus dem Wachhäuschen getappt.

»Die Kennung ist okay, Sir«, sagte er. »Allerdings sagt die Automatik, dass das Kommando ...«

Der Officer brachte ihn mit einer Handbewegung zum Schweigen.

»Das interessiert mich nicht«, grunzte er. »Am liebsten wäre es mir, das verdammte Schiff hätte nie hier aufgesetzt. Wir haben sowieso nichts mehr davon. Und selbst das« – er nickte zum östlichen Himmel, wo Jupiter drohend am Himmel hing – »kann nicht so schlimm werden wie das, was sich seit dem Nachmittag am Haupttor zuträgt.«

»Es wird schlimm werden«, sagte Reynolds, der sich mit schmerzverzerrter Miene auf der Rückbank aufrichtete.

Der Officer fuhr herum und richtete die Mündung des Feldwerfers auf Reynolds, als handele es sich um einen Scheinwerfer, mit dem er Licht in das Dunkel der Situation bringen könne.

»Was wollen Sie?!«, schnauzte er.

»Mein WO«, brachte ich hervor.

Die Lage drohte uns aus der Hand zu gleiten, außerdem lief uns die Zeit davon. Myers verfolgte die Situation am Haupttor sicherlich mit größer Aufmerksamkeit.

»Officer«, meldete unser Sergeant sich zu Wort. »Der Mann hat recht. Bringen Sie sich am besten so schnell wie möglich in Sicherheit.«

Er war ausgestiegen und kam jetzt an meine Seite. Mir fiel auf, dass er im Gehen leicht humpelte. Die Züge des Officers entspannten sich ein wenig; schwer zu sagen, ob es daran lag, dass er einen Kameraden in Luftwaffenuniform sah, inmitten der fremden Gestalten in der Uniform der Union, oder daran, dass er begriff, dass wir eine Ansammlung von Invaliden waren.

»Wir waren eben am Haupttor«, fuhr der Sergeant fort. »Die Wachmannschaften werden in Kürze niedergemacht sein.«

»Das Wasser wird diese Nacht bis hierher kommen und die Basis überfluten«, warf Reynolds ein.

Er deutete nach hinten, die Rampe hinunter, die aus dem Tunnel vor die Absperrung führte und die sich gerade glucksend mit dunklem Wasser füllte.

»Und es gibt in absehbarer Zeit nichts mehr, was sie hier bewachen müssten.«

Der Officer starrte uns an. In seinen Zügen kämpften Widerwillen und Unglauben.

Jennifer war ebenfalls ausgestiegen. Sie rief den Soldaten heran, der unsere Kennung bestätigte hatte. Es handelte sich um einen einfachen Corporal, einen jungen Burschen von kaum 19 Jahren, den die Situation sichtlich mit Angst erfüllte.

»Was haben Sie bezüglich des Kommandos gesagt?«, fragte sie.

Der junge Soldat warf seinem Vorgesetzten einen furchtsamen Blick zu, ob er sprechen dürfe. Der Officer winkte mit verächtlicher Gebärde ab. Er ließ die Waffe sinken und sah unschlüssig zu den anderen beiden Männern, die in der Tür des Wachhauses sichtbar wurden.

»Ich habe Ihre Kennung geprüft, Sir«, sagte der Corporal zu mir, unschlüssig, wenn er anreden solle. »Ma'am. Die Automatik hat sie genehmigt, aber es ist ein Vermerk in den Daten, dass Ihnen das Kommando für die Enthymesis entzogen ist.«

»Fahrt doch alle zur Hölle«, fluchte der Officer vor sich hin.

Er starrte in den Tunnel, aus dem normalerweise Tanklaster und die Lieferwagen der Cateringfirmen an seiner Pforte vorfuhren und aus dem nun schwarzes Wasser hervorquoll wie Blut aus der Wunde eines Untiers

»Von wem?«, rief ich rasch.

»Die Notiz stammte von Colonel Myers«, sagte der Junge schnell. »Dem Kommandanten dieser Basis.«

»Vom Boss?«, schaltete der Officer sich wieder ein, der auf einmal hellhörig geworden war.

»Aber sie dürfen passieren«, beeilte der Corporal sich einzuwenden.

»Officer Smith«, las ich den Namen des Wachmannes von seinem Brustschild ab. »Sie haben keine Veranlassung uns hier festzuhalten. Und sehen Sie es einmal so: Sowie das Festmenü verschwunden ist, wird auch der Zorn der hungrigen Meute zur Ruhe kommen.«

»Aber ihr wolltet euch das Menü einverleiben«, brauste er auf, »und seid dazu nicht ermächtigt.«

»Wir dürfen passieren«, wiederholte ich die Worte des jungen Mannes, der vor Angst am ganzen Leibe schlotterte. »Alles andere liegt in der Autorität Ihres Kommandanten!«

Ich sah Hilfe suchend von einem zum anderen. Begriff dieser vernagelte Beamte nicht, dass es für ihn hier nichts zu gewinnen gab?

»Sir«, schaltete unser Sergeant sich wieder ein. »Die Gesetzlosen können in wenigen Minuten hier sein. Sie werden kurzen Prozess mit Ihnen machen. Und in einer Stunde wird die ganze Basis unter Wasser stehen.«

Über das fette Gesicht des Officers zogen unabgeschlossene Überlegungen. Dann zuckte er mit den Schultern.

»Meinetwegen«, sagte er zu seinen Leuten. »Lasst sie passieren.«

Er machte den Wachmännern ein wegwerfendes Zeichen und wedelte sie mit einer ungehaltenen Gebärde Richtung Tor. Ich atmete auf.

In diesem Augenblick wurde die Nacht zum Tag. Das glosende Licht, das den Himmel beherrscht hatte, seit der Jupiter aufgegangen und langsam höher gestiegen war, wich einer helleren Lichtquelle, von der es gleißend überstrahlt wurde. Der Boden erzitterte wie unter einem tektonischen Beben. Ein fernes Donnergrollen war zu hören, das sich rasch steigerte und uns von den Beinen warf. Panische Gedanken zuckten durch meinen Schädel. Ein großer Asteroid, der auf die Erde stürzte? Ein schweres Beben der gepeinigten Erdkruste? Aber es war nichts von alledem. Und während das Licht, dessen Herkunft nicht auszumachen war und das alles mit schattenlosem Weiß übergoss, immer schmerzhafter wurde und der Donner die

Luft zum Bersten brachte, stahl sich ein widerwilliges Erkennen in meine Überlegungen. Ich wusste, welcher Quelle sich dieser Tumult verdankte, ich wollte es nur nicht wahrhaben.

Wir ließen die Wachleute stehen, drückten uns durch die Absperrungen und liefen aufs Rollfeld. Selbst Reynolds humpelte neben uns her, das geschiente Bein mit gequälter Miene belastend, denn was wir sahen, war schlimmer als jeder körperliche Schmerz.

Ohrenbetäubender Triebwerksdonner stand uns wie eine Wand aus siedender Luft entgegen. Das blauweiße Glühen eines Ionenreaktors brannte uns die Netzhäute aus dem Schädel. Die vertrauten Geräusche einrastender Stelzen und ausfahrender Bugschilde drangen durch unsere betäubten Sinne in unser Bewusstsein und löschten die letzte Hoffnung aus, die wir dort verzweifelt am Leben erhalten hatte. Das kleine flatternde Flämmchen, das wir in unseren Händen bis hierher gebracht hatten, wurde von dem gewaltigen Tumult ausgelöscht wie eine Kerze, die von einem Tsunami überrollt wird.

Die Enthymesis zog das Fahrwerk ein, drehte sich um die Vertikalachse, stieg rasch höher und entschwand am nordwestlichen Himmel.

Benommen tappten wir auf das nächtliche Rollfeld. Halb blind und taub, wie der Lärm des startenden Schiffes uns zurückgelassen hatte, nahmen wir nichts von unserer Umgebung wahr. Erst allmählich tauchte die Wirklichkeit wieder vor unseren malträtierten Sinnen auf. Sie schien dunkler, kälter und verlassener als zuvor. Obwohl Jupiter als Menetekel am Himmel stand und die Betonwüste des Raumhafens mit fahlem Licht übergossen, schien die Nacht finsterer geworden zu sein. Sie war auch stiller.

Aus einiger Entfernung, vom Haupttor, drang schwacher Gefechtslärm heran. Aber auch er verebbte jetzt, sowie die Enthymesis zum Orbit aufgestiegen und für die Zurückbleibenden unsichtbar geworden war. Langsam und widerstrebend schien die Menge zu begreifen, dass es nichts mehr gab, um das es sich zu kämpfen lohnte. Stille legte sich über das Rollfeld. Schweigend stieg der von der ungewohnten Erwärmung aufgedunsene Himmelskörper über uns höher, dem Zenit zu, den er in Kürze erreichen musste. Dann würde auch die Zerstörungskraft den höchsten Grad annehmen.

Ratlos stolperten wir über die kilometerweite Betonfläche. Reynolds und der Sergeant stützten sich aufeinander. Jennifer taumelte vor mir dahin. Sie schien in ein Stadium tiefer Benommenheit zurückgesunken zu sein. Ihre Bewegungen waren die eines Gewaltopfers, das unter Schock steht und die Welt nicht mehr zu realisieren vermag. Begriff sie, was geschehen war? Die Enthymesis war ihr Schiff gewesen. Über zwei Jahrzehnte und Dutzende von Welten hatte sie uns begleitet, und stets war Jennifer, vom Nimbus der besten Pilotin der Union umleuchtet, auf dem Hauptbedienplatz gesessen.

Ich sah mich um. Auch Officer Smith und seine Männer kamen hinter uns her. Sie ließen das Außengatter offen stehen und schlurften mit staunenden Mienen auf das leere Rollfeld hinaus. Was der Officer sich vor wenigen Augenblicken gewünscht hatte, war eingetreten. Es gab nichts mehr zu verteidigen. Erfüllte diese Einsicht ihn mit Genugtuung? Sein Aussehen verriet nichts davon.

Ich versuchte mich zu besinnen. Was blieb uns? Welche Überlebenschancen hatten wir? Wie konnten wir diese Nacht überstehen?

Nach der Jagd der letzten Stunde, nach den Hindernissen, die wir überwunden, und den Widerständen, die wir niedergekämpft hatten, war auf einmal alles umsonst gewesen. Wir waren zu spät gekommen. Aber ich glaubte nicht einmal, dass es etwas geändert hätten, wenn wir fünf Minuten früher dran gewesen wären. Vermutlich hatte Myers gewartet, bis er auf einem seiner Schirme sah, dass wir uns seinen Wachposten zu erkennen gegeben hatten. Ich traute ihm die Gehässigkeit zu, das Schiff solange am Boden zu lassen und in dem Moment, da wir den Raumhafen betraten, das Kommando zum Abheben zu geben.

Jennifer blieb stehen und drehte sich zu mir um.
»Was sollen wir jetzt tun?«

Ihre Augen waren erloschen. Die Jennifer, die ich kannte, hatte mich nie gefragt, was zu tun sei.

Ich zuckte die Schultern. Wir hätten wenigstens den Gleiter mit auf das Gelände bringen sollen. Was war absurder, als sich zu Fuß über die Betonsteppe einer Raumbasis zu schleppen, zumal zwei von uns verletzt waren und kaum vom Fleck kamen. Aber ich war wie gelähmt. Ich starrte über die rotbeschienene Ebene aus Asphalt und Elastalstahl, die sich bis zum Horizont zu erstrecken schien. Halbrechts, in nordwestlicher Richtung, hoben sich einige Gebäude ab. Dort befanden sich der Tower und die Hangars. Vielleicht gab es dort Bunker oder befestigte Gewölbe, in denen wir versuchen konnten, die Nacht zu überstehen. Denn immer noch schwankte die Erde unter tektonischen Stößen und brachen Explosionen von berstenden Meteoren auf. Niemand wusste, wie hoch das Wasser in den nächsten Stunden steigen würde, und erst in einigen Tagen würde man feststellen können, welche Schäden der Vorbeizug des Riesen wirklich verursacht hatte.

Von rückwärts näherte sich ein summendes Geräusch. Ich sah, dass der Officer geistesgegenwärtiger gewesen war als ich und meine Crew. Er hatte den Gleiter heranholen lassen und saß nun auf dem Beifahrersitz, während einer seiner Männer das Steuer übernommen hatte. Gerade hielt das Fahrzeug an, und Reynolds und der Sergeant hievten und schoben sich gegenseitig auf die Rückbank. Die beiden anderen Männer der kleinen Wachmannschaft kamen in einem Zweisitzer nach. Sowie die Verletzten eingestiegen waren, tuckerte der Gleiter auf uns zu.

»Was haben Sie vor, Commander?!«, rief Officer Smith mir zu.

»Ich weiß nicht«, gab ich zurück. »Was schlagen Sie vor? Gibt es hier Bunker, erdbebenfeste Unterkünfte?«

Er fuhr langsam neben mir her. Während ich weiterging, stellten wir Überlegungen an.

»Wie viele Fahrzeuge gibt es hier?«, fragte ich. »Und was haben wir an fliegendem Gerät?«

Er schüttelte den Kopf.

»Nicht eine Drohne mehr. Die Abfangjäger sind am Nachmittag zu höhergelegenen Basen im Landesinneren verlegt worden.«

Ich trottete vor mich hin. »Was ist mit der Besatzung dieses Hafens?«

Smith nickte, als habe er auf diese Frage gewartet.

»In den Kasernen ist ein Bataillon Bodentruppen stationiert. Ein Teil von ihnen hat in die Kämpfe am Haupttor eingegriffen. Dort wurden mehrere Gleiter und Schwebepanzer zerstört. Der Rest hat Weisung, die Basis auf keinen Fall zu verlassen, sondern sie gegen Übergriffe aller Art zu sichern.«

»Das ist Wahnsinn«, sagte ich. »Die Übergriffe werden eher dieser Art sein ...«

Ich deutete zu einem Meteor, der mit knatternder Rauchfahne in einigen Kilometern Höhe nach Westen zog, um über dem Mississippi-Delta zu explodieren.

»Sie sollten jeden Mann und jede Frau, ob Soldat oder Zivilist, dazu auffordern, sich so rasch wie möglich nach Norden zu begeben. Je weiter von der Küste entfernt, desto höher sind die Überlebenschancen.«

»Sir«, wandte der Officer ein. »Diese Mannschaften haben Befehl, die Basis auf keinen Fall zu verlassen ...«

»Von wem?«

»Vom Kommandanten dieses Stützpunktes, Colonel Myers.«

»Wir haben Grund zu der Annahme, dass der Colonel sich gerade abgesetzt hat.«

Der Officer schwieg. Er war ein einfacher Soldat, der die Befehlskette niemals infrage gestellt hätte.

»Als ranghöchster Offizier, der sich auf dieser Basis befindet, übernehme ich den Oberbefehl«, verkündete ich.

Jennifer war stehengeblieben. »Du musst an die Menschen denken«, sagte sie leise und deutete nach Süden, in Richtung des Hauptportals.

Ich nickte.

»Officer Smith«, erklärte ich. »Sie werden mir helfen, die Evakuierung dieses Stützpunktes zu organisieren!«

Er legte die Hand an die Schläfe und sah mich erwartungsvoll an. Da ich ebenfalls stehengeblieben war, hatte der Fahrer den Gleiter angehalten. Mitten auf der riesigen Ebene aus rötlich schimmerndem Beton standen wir da, starrten in den vom Jupiter beherrschten Nachthimmel und überlegten, was zu tun war.

»Am besten begeben wir uns zum Tower«, schlug Smith vor. »Dort laufen alle Informationen zusammen ...«

Ich winkte ab.

»Das dauert zu lange. Wir müssen hier und jetzt die ersten Entscheidungen treffen.« Ich zog den Kommunikator hervor. »Wer hat den Oberbefehl über die Einheiten am Haupttor?«

»Major Takotanowa«, sagte Smith. »Falls er noch am Leben ist ...«

Ich öffnete einen Kanal und rief den Major, der nach wenigen Augenblicken antwortete.

»Commander Norton«, meldete ich mich. »Ich übernehme hiermit das Kommando über diesen Stützpunkt.«

Am anderen Ende verstrichen einige Sekunden, während derer der Major sich von der Richtigkeit meiner Angaben überzeugte, die von der Identifikationsfunktion des Kommunikators übermittelt wurden.

»Zu Befehl«, sagte er knapp.

»Wie sieht es bei Ihnen aus?«

»Die Aufständischen haben die Kampfhandlungen eingestellt. Sie belagern aber nach wie vor das Haupttor.«

»Haben Sie Verluste?«

Ein Zögern war zu spüren, dann hörte ich ein Räuspern.

»Verluste, Sir?«, sagte Takotanowa. »Wir haben fünfzig Tote und viele Verwundete; die Sanitätsstaffeln sind um sie bemüht.«

»Verstehe.« Mit den Großmäulern von der kämpfenden Truppe bin ich noch nie zurechtgekommen. »Und auf Seiten der Zivilisten?«

»Sie meinen die Aufständischen, Sir?«, fragte er gestelzt.

»Nennen Sie sie, wie Sie wollen«, herrschte ich ihn an, »aber machen Sie Meldung, Mann!«

»Keine Ahnung«, sagte er herablassend. »Vermutlich – tausend Tote, zahlreiche Schwerverletzte ...« Er legte die ganze Verachtung, deren er fähig war, in diese Worte. »Sie haben uns gut zu schaffen gemacht, Sir, aber wir haben sie jetzt unter Kontrolle. Im Übrigen wird es mit ihnen bald zu Ende sein. Das Wasser auf den südlichen Zufahrtsstraßen steht schon anderthalb Meter hoch!«

In Jennifers Miene stand das nackte Entsetzen. Officer Smith hatte den Bericht mit versteinerten Gesichtszügen angehört. Er schien froh darüber zu sein, dass nicht sein Posten betroffen gewesen war.

»Major«, sagte ich, »hören Sie mir gut zu. Sie werden augenblicklich das Haupttor öffnen und die Leute hereinlassen!«

Während Smiths Miene sich noch um einige Grade abkühlte, legte sich ein zufriedenes Lächeln über Jennifers Züge. Auch Reynolds und der Sergeant hörten der Auseinandersetzung aufmerksam zu.

In der Leitung krachte es.

»Sie hereinlassen, Sir?!«, bellte er. »Commander, diese Leute haben fünfzig meiner Männer auf dem Gewissen. Sie werden uns massakrieren, sowie wir die Kraftfelder deaktivieren.«

Er hätte lieber zugesehen, wie tausende Zivilisten vor seinen Augen ertranken, als das Tor zu öffnen und sich gemeinsam mit ihnen in Sicherheit zu bringen.

»Das werden Sie nicht tun«, sagte ich. »Lassen Sie die Leute herein und fordern Sie sie auf, sich nach Norden zu begeben. Das geht am schnellsten, wenn sie den Weg direkt durch die Basis nehmen. Dabei können Sie sich auch davon überzeugen, dass sich kein einziges Schiff mehr hier befindet.«

Wieder spürte ich, wie er einen starken Widerstand niederringen musste.

»Sir, das ist marodierender Pöbel. Die Leute kochen vor Wut und Enttäuschung. Sie werden keinen Stein auf dem anderen lassen!«

Stühlerücken auf der Titanic. Dass das Wasser, das die Zivilisten ersäufte, auch seinen Unterstand überfluten würde, schien ihm noch gar nicht in den Sinn gekommen zu sein.

»Hier wird in wenigen Stunden sowieso kein Stein mehr auf dem anderen stehen«, sagte ich. »Ich empfehle Ihnen und Ihren Männern, sich ebenfalls in Sicherheit zu bringen.«

»Mit Verlaub, Sir, von solchen Maßnahmen ist mir nichts bekannt. Der Notfallplan sieht vor ...«

Leider war meine Geduld in diesem Augenblick am Ende.

»Begreifen Sie nicht, was hier vor sich geht?!«, brüllte ich. »Diese Basis existiert nicht mehr. Ihr Kommandant hat sich abgesetzt. Der Notfallplan ist außer kraft. Um Mitternacht wird hier alles dreißig Meter tief unter Wasser stehen!«

Ich ließ den Kanal zuschnappen und steckte den Kommunikator weg.

»Ignorantes Pack«, fluchte ich. »Das Wasser steht ihnen bis zum Hals, und sie versuchen es wegzudiskutieren.«

Jennifer berührte mich am Arm. Mit einem Ohr hörte ich mit, wie Officer Smith auf seinem Kommunikator mit dem Major verhandelte. Nach einer Weile schloss er die Verbindung und nickte mir zu.

»Er wird das Gate öffnen«, sagte er, »und die Leute durchlassen.«

»Vielen Dank, Officer«, flötete Jennifer und schenkte ihm ihr wärmstes Lächeln.

»Der Rest geht uns nichts mehr an«, schimpfte ich vor mich hin.

»Warum gibt es keinen Katastrophenschutz«, erkundigte sich Jennifer. »Was ist mit dem Evakuierungsplan?«

Officer Smith zuckte mit den Schultern. »Das Evakuierungsprogramm wurde vor Tagen abgeschlossen. Die Küstengegend galt offiziell als geräumt. Wer trotzdem hier blieb, tat dies auf eigenes Risiko.« Er sah uns grimmig an. In seinen Augen funkelte

Verachtung. »Wie Sie gesehen haben, waren das die meisten. Sie zogen die Abenteuer einer gesetzlosen Existenz der Sicherheit eines Bunkerlebens im Landesinneren vor.«

Ich atmete schwer durch, während die Bilder von dem furchtbaren Gemetzel in mir aufstiegen.

»Offensichtlich schätzten sie die Chance, doch noch einen Platz auf einem der letzten Schiffe zu ergattern, höher ein als die Überlebenschance in einem der Schutzräume.«

»Mag sein«, brummte der Officer. »Aber viele von ihnen sind tot, und der Rest muss sich diese Nacht um die Ohren schlagen. Schiffe werden hier jedenfalls keine mehr landen.«

»Da haben Sie vermutlich recht«, gab ich zurück.

Wir standen unter einer gewaltigen Höhensonne. Das Licht des Jupiter war nun so hell wie das der Sonne an einem heiteren Tag. Nur dass es von schmutzigem Rot war, als sei der Himmel mit geronnenem Blut übergossen. Es färbte unsere Gesichter wie Sonnenbrand, während die harten Schlagschatten, die wir auf den nackten Beton warfen, das bläuliche Braun von verfaultem Fleisch annahmen. Der riesige Planet schob sich über uns. Ein bedrückendes Gefühl, als wolle uns der gefallene König erdrücken und uns unter sich zermalmen.

Immer wieder ließen schwere Beben den Boden unter unseren Füßen erzittern. Meteore zogen in größerer oder geringerer Höhe über das Firmament. Abgesehen von den Explosionen, die sich immer wieder in der Entfernung ereigneten, war es ganz still. Ich sehnte mich nach der Springflut zurück, die an der Küste den Eintritt der Katastrophe mit ihrem Tosen untermalt hatte. Die Stille, in der sich das kosmische Geschehen vollzog, war unheimlicher als der Tumult der aufgebrachten Elemente.

Je mehr die beiden Himmelskörper dem Zenit zustrebten, desto mehr häuften sich jetzt allerdings die Erdstöße. Immer wieder schwankte der Beton, wenn tektonische Schockwellen durch ihn liefen. Jetzt öffnete sich ein Riss, der rasch zu einem Schritt Breite aufsprang und das ganze Rollfeld der Länge nach spaltete. Die Tiefe dieses Verwerfungsbruchs war nicht auszumachen, da er sich sofort mit tintigem Wasser füllte, das über die Ränder sprudelte und sich auf der Ebene aus Stahl auszubreiten begann.

Jennifer war an der Stelle gestanden, an der sich die Erde öffnete; sie wäre beinahe in den Graben gestürzt. Mit einem geistesgegenwärtigen Sprung brachte sie sich in Sicherheit. Allerdings stand sie auf der anderen Seite. Mit einem kurzen Moment der Konzentration nahm sie Anlauf und setzte über den brodelnden Spalt hinweg. Ich fing sie auf, und wir vergrößerten den Abstand zwischen uns und dem unheimlichen Abgrund.

»Wir haben keine Zeit zu verlieren«, stellte Smith fest, während er den Riss in der meterdicken Betondecke argwöhnisch im Auge behielt.

»Fahren Sie schon vor«, rief ich. »Wir kommen nach.«

Ohne sich noch auf Diskussionen einzulassen, gab der Officer seinem Fahrer ein Zeichen. Die Feldgeneratoren heulten auf, und die beiden Gleiter schossen in Richtung des Towers davon. Jennifer und ich blieben auf dem zerbrechenden Rollfeld zurück. Wir fielen in Dauerlauf, um den anderen zu den Hauptgebäuden des Raumhafens zu folgen.

Die beiden Gleiter waren rasch aus unseren Augen entschwunden. Wir ahnten kaum noch die beiden winzigen Punkte, die sich in einigen Kilometern Entfernung auf die Türme und Hallen zubewegten, die sich vom Horizont abhoben. Dafür näherte sich uns ein anderes Phänomen. Von links, aus südwestlicher Richtung, schob sich eine dunkle Front heran. Wir begriffen nicht, worum es sich handelte. Dann dachte ich an eine Flutwelle, die auch das Rollfeld überspülen würde, und beschleunigte meine Schritte. Aber Jennifer hielt mich zurück. Wir hatten keine Chance, vor der schwarzen Woge die Hauptgebäude zu erreichen, und hielten nun an, um sie in gemessenem Abstand passieren zu lassen.

Es waren die Aufständischen, die das Rollfeld in breitem Strom überquerten. Männer, Frauen und Kinder. Alte, Kranke,

Verletzte und Verwundete. Es waren Zehntausende, die in schweigendem Zug vorübergingen. Keiner sprach ein Wort. Völlige Stille lag über dem Aufmarsch. Es nahm niemand von uns Notiz, als wir in einiger Entfernung zusahen, wie sich die Menge vorbeischleppte. Es war ein Exodus ohne Ziel. Die Kleider der Menschen waren zerfetzt und sprachen von Entbehrungen. Die Haare waren verfilzt und standen in harten Strähnen um die Köpfe. Die Gesichter waren von Schmutz, Blut und dem Ruß furchtbarer Explosionen geschwärzt. Die Mienen waren vom Schock des zurückliegenden Gemetzels gezeichnet, und doch war es kaum vorstellbar, dass diese apathische Masse die gleiche sein sollte, die noch vor Augenblicken gegen das Haupttor angerannt war und, unempfindlich gegen Opfer aus der eigenen Mitte, Dutzende von Soldaten zerfleischt hatte. Jetzt war es eine Heerschar von Ohnmächtigen. Mit schlurfenden Schritten, die Arme wie bei Marionetten baumelnd, deren Fäden durchschnitten sind, wälzte sich der Strom vorbei. Manche führten leichte Waffen mit sich. Andere trugen Kinder auf den Schultern oder schleppten Bündel mit Habseligkeiten. Die Verwundeten stützten sich gegenseitig oder humpelten mit ausdruckslosen Mienen, die von Strapazen geformt wurden, dahin. Ab und zu wimmerte ein Kind, aber im ganzen lag ein bedrücktes und bedrückendes Schweigen über der Menge. Es war der Auszug eines Volkes, dem kein Moses voranging und auf das kein gelobtes Land wartete, sondern das der dunklen Nacht des Todes entgegenging. Ihre schiere Masse drückte jeden Versuch einer Hilfestellung zur Absurdität einer symbolischen Handlung herab. Der eine oder andere von ihnen würde vielleicht den Morgen wiedersehen, aber für die meisten würde der aufgedunsene König Jupiter, der im Zenit stand, das letzte sein, was ihre Augen sahen. Sie hatten ihre Kräfte damit vergeudet, um ein Schiff zu kämpfen, das im besten Fall nur einen winzigen Bruchteil ihrer Zahl hätte aufnehmen können, das aber abgehoben hatte, ohne dass auch nur ein einziger von ihnen den Weg an Bord gefunden hatte. Hätten sie sich rechtzeitig um einen Platz in den Bunkern in den Gebirgen im Inneren des Landes bemüht, stünden ihre Chancen nun besser; und sie würden nicht ein Schlachtfeld hinterlassen, auf dem in diesen Minuten die Leichen von Tausenden und die Leiber zahlloser Sterbender von schwarzem Wasser bedeckt wurden.

Schweigend standen wir da. Jennifer hatte meine Hand ergriffen. Es war, als sähen wir dem Vorbeimarsch der ganzen Menschheit zu. Der Anblick erfüllte mich weder mit Anteilnahme noch mit Erbarmen. Man konnte an einem einzelnen Menschen Anteil nehmen. Aber an einem ganzen Volk? Und war Erbarmen gegenüber einer Horde möglich, die eben noch im Blutrausch gerast hatte? Wir standen vor einem Himalaya menschlichen Elends.

Ich wandte mich ab und suchte in Jennifers Miene nach einem Zeichen ihrer Gefühle. Aber ihre Gesichtszüge, die am Bett ihres Vaters weich wie frischgefallener Schnee gewesen waren, waren nun hart wie gefrorener Fels.

Wir warteten, bis die letzten Verwundeten sich vorbeigeschleppt hatten. Der Riss, der im Rollfeld aufgesprungen war, hatte sich unterdessen verzweigt. Zahlreiche andere Spalten öffneten sich im Belag, der auf die Starts und Landungen von Hunderttausendtonnen-Schiffen ausgelegt war. Die Kräfte, die den Erdkörper erfassten, waren ungeheuer. Und aus diesen Spalten sickerte nun Grundwasser, das von der heranrückenden Flut aus den Poren des Erdbodens gepresst wurde. Die Rinnsale vereinigten sich und bildeten große zusammenhängende Flächen, in denen das Wasser zentimetertief stand und umso rascher anstieg, je weniger freie Flächen übrig blieben. Wir liefen wieder los, setzten mit platschenden Schritten über die klaffenden Gräben hinweg und erreichten den Tower, der einige Meter höher lag und dessen Vorfeld noch trocken war.

Schon aus einiger Entfernung sahen wir, dass etwas nicht stimmte. Officer Smith hatte den Gleiter verlassen, und während Reynolds und der Sergeant langsam und einander stützend aus dem Fahrzeug kletterten, befanden Smith und seine Männer sich in einem erregten Disput mit einigen anderen Soldaten. Ich vermutete, dass es sich um Mannschaften des Towers handelte und dass sie um den Evakuierungsplan für die Basis stritten. Je näher wir herankamen, umso wilder schienen die Männer zu gestikulieren und umso lauter wurde ihre Auseinandersetzung, deren Gegenstand wir jedoch noch nicht verstanden.

»Das ist irgendwas los«, keuchte Jennifer, die ihre Schritte beschleunigte.

Ich rannte so schnell ich konnte. Mir fiel auf, dass Smith mir immer wieder Hilfe suchende Blicke zuwarf. Er würde doch solange durchhalten, bis ich die letzten Meter hinter mich gebracht hatte! Die Männer rückten dichter zusammen. Es stand zu befürchten, dass es zu einem Handgemenge kommen würde.

»Gut, dass Sie kommen, Sir«, rief der Officer mir entgegen.

»Was ist?!«, schrie ich atemlos.

Ich glaubte jetzt zu erkennen, um wen es sich bei den anderen Männern handelte. Es waren mitnichten Luftwaffensoldaten, sondern sie trugen die schwarzen Armbinden der Security. Hatte Myers uns noch ein Kuckucksei hinterlassen?

»Diese Frau hier«, rief Smith, »behauptet, dass sie zu ihnen gehört ...«

In diesem Augenblick erreichte Jennifer die Gruppe.

»Aber das ist ja Jill!«, jubelte sie.

Ich beeilte mich, zu der Versammlung aufzuschließen. Jetzt erkannte auch ich Jill Lambert, die, von zwei baumlangen Security-Männern flankiert, dastand und ein schiefes Gesicht schnitt. Ihre Handgelenke steckten in einer Schwerkraftfessel. Ein dritter Sicherheitsmensch stritt mit Officer Smith herum.

»Schön, dass Sie da sind«, quäkte meine Zweite Pilotin. »Eine Stunde eher war wohl nicht drin.«

Ich trat zwischen die Konfliktparteien. Dann wartete ich, bis mein fliegender Atem sich beruhigt hatte. Solange ließ ich dem Chef der Security-Mannschaft Zeit, meine Dienstmarke zu studieren.

»Was ist passiert?«, fragte Jennifer.

Der Sicherheitsmann hob die Hand zu einer Geste, die besagen sollte, dass Lambert keine Redeerlaubnis habe, wurde darin aber von niemandem zur Kenntnis genommen.

»Ich habe Zeit geschunden, wo es nur ging«, jammerte sie. »Am Ende habe ich gelogen, der Reaktor sei instabil und das Schiff müsse geräumt werden.«

Ich musste lachen, wie sie, zwischen den Aufpassern stehend, denen sie nur bis zur Brust reichte, mit den Augen rollte und den breiten Mund noch breiter zog, um ihre Anstrengungen zu illustrieren.

»Aber Myers hat mich durchschaut, mich abführen lassen und mich diesen Leuten übergeben.«

Sie deutete ein verächtliches Kopfnicken zu ihren Bewachern an.

»Commander«, versuchte der Security Officer sich ins Gespräch zu drängen. »Diese Offizierin ist laut dem Kommandanten dieser Basis in Sicherheitsgewahrsam zu nehmen.«

»Und wer hat die Enthymesis geflogen?«, erkundigte sich Jennifer bei ihrer Kollegin.

»Myers hat einen seiner Luftwaffenpiloten an den Hauptbedienplatz gesetzt«, sagte die Kleine, deren Miene dabei noch schräger wurde. Wenn der Colonel sie aufgefordert hätte, Maden und Würmer zu verspeisen, hätte sie das kaum mit größerem Ekel wiedergeben können.

Officer Smith blickte verwirrt von einem zum anderen. Reynolds und der Sergeant kamen jetzt ebenfalls herbei und verfolgten den Wortwechsel amüsiert.

»Ich habe jetzt das Kommando über diesen Stützpunkt«, pflaumte ich den Wachmann an. »Dieser Officer wird Ihnen das bestätigen.«

Smith nickte eifrig, kam aber nicht dazu, etwas zu sagen.

»So einfach ist das nicht, Sir«, maulte der Security-Mann. »Es handelt sich um einen persönlichen Befehl von Colonel Myers, den nur er selbst zurücknehmen kann.«

»Lassen Sie meine Pilotin frei und verkrümeln Sie sich!«, tobte ich.

In seinen Augen glitzerte kalter Hass, aber dann besann er sich und gab seinen Leuten ein Zeichen, woraufhin diese die Gravitationsfessel an Lamberts Handgelenken lösten und die Pilotin freigaben.

»Danke schön!«, sagte sie ruppig zu den beiden Gorillas und rieb sich die tauben Unterarme. Dann wandte sie sich mit tapferem Lächeln an mich. »Tut mir leid, Sir! Ich hoffe, Sie machen mir keine Vorwürfe, dass ich nicht länger ...«

»Das wäre ja noch schöner«, rief Jennifer. »Niemand macht Ihnen Vorwürfe, Jill. Es ist alles meine Schuld. Wegen einer sentimentalen Anwandlung, der ich nicht habe widerstehen können, sitzen wir nun alle hier fest.«

»Stop!«, sagte ich und ließ den Schlagbaum meiner rechten Hand zwischen den beiden nach unten sausen. »Bevor wir uns reihum im Verantwortungübernehmen ergehen, sollten wir uns überlegen, wie wir uns jetzt behelfen.«

Fünf Augenpaare waren auf mich gerichtet. Die drei Security-Männer waren ein paar Schritte abseits gegangen. Dort standen sie nun und verfolgten aufmerksam das Verhalten meiner Crew. Auch Officer Smith und seine Leute sahen erwartungsvoll zu, wie sich die Sache entwickeln würde.

In diesem Augenblick erschütterte ein neuer kräftiger Erdstoß das Rollfeld, der uns beinahe von den Beinen geworfen hätte. Der Tower, der über unseren Köpfen aufragte, schwankte, dass die Streben aus Elastalstahl unter der Belastung stöhnten, während wir aus dem Inneren des Gebäudes die Feldgeneratoren aufheulen hörten. Ein Riss öffnete sich im Untergrund und lief in einem gezackten Bogen um die Fundamente des Towers herum.

»Oh, mein Gott!«, rief Lambert. »Die Plasmatanks! Wir müssen von hier verschwinden, ehe uns der ganze Laden um die Ohren fliegt.«

»Die Treibstoffreservoirs sind in den Unterboden eingelassen«, nickte Officer Smith. »Wenn sie brechen, könnte eine thermische Explosion die Folge sein.«

Ich starrte auf den Riss im Beton, der wie ein Raubtier um den Sockel des Gebäudes schlich. Auch dieser Spalt füllte sich mit Wasser. Es schwappte schwarz und ölig in der meterbreiten Kluft. In einiger Entfernung flog ein metallischer Pfropfen aus dem Boden, schoss in die Höhe und fiel mit melodischem Sirren auf die Erde zurück. Ein haushoher Wasserstrahl entfaltete sich. Anzeichen dafür, dass die Installationen im Untergrund des Rollfeldes und der Servicegebäude den Belastungen nicht länger standhielten. Die Vorstellung, auf einigen Millionen Tonnen Wasserstoffplasmas zu stehen, die jeden Moment entweichen und sich dabei entzünden konnten, war alles andere als angenehm.

»In Ordnung«, sagte ich. »Lassen Sie uns abhauen, ehe hier alles in die Luft fliegt!«

Aber wohin sollten wir uns wenden?

»Gibt es hier noch Fahrzeuge?«, wandte ich mich an den Chef der Security-Truppe. »Wir sollten uns nach Norden begeben und versuchen, höhergelegenes Gelände zu erreichen.«

Der Mann schüttelte den Kopf.

»Ich muss Ihnen leider mitteilen«, murmelte er, »dass ein Großteil unserer Kameraden ihre Posten schon vor einigen Stunden verlassen haben. Sie haben sich in nördlicher Richtung in die Wälder geschlagen und alles mitgenommen, was nicht niet- und nagelfest war.«

»Also sitzen wir hier fest?«

Verzweifelt betrachtete ich die beiden Gleiter und unsere auf zwölf Köpfe angeschwollene Schar.

Im Untergrund knirschte es. Aus den Rissen, die neben unseren Füßen klafften, drangen schmatzende Geräusche. Der Tower schien sich zur Seite zu neigen. Aus großer Höhe stürzten Scherben von Fensterscheiben und Metallteile herunter.

»Die EVA!«, rief Lambert.

Sie hatte recht, andererseits war die Vorstellung, uns diesem Vehikel anzuvertrauen, grotesk.

»Sie muss hier irgendwo sein«, sagte Jill. »Myers hat sie nicht wieder an Bord der Enthymesis nehmen lassen, um den Platz im Drohnendeck zu sparen.«

Im fahlen Jupiterlicht spähte sie auf das Rollfeld hinaus, das inzwischen einer gefurchten Ackerlandschaft glich. Von Süden her schob sich eine spiegelnde Wasserfläche heran, die in der unwirklichen Beleuchtung wie eine kilometerweite Lache aus serösem Blut wirkte. Risse und Schrunden hatten den massiven Stahlbeton umgepflügt, ständig brachen neue Spalten auf, als Verwerfungsschocks den Belag auffalteten und zerknickten, und tintiges Nass trat aus den Öffnungen aus wie Eiter aus verschorften Wunden.

»Sie muss hier irgendwo stehen«, überlegte die Pilotin. »Sie befand sich keine dreihundert Meter von der Schnauze der Enthymesis entfernt, und der Explorer parkte irgendwo dort drüben.«

Sie warf den Wachmännern einen Hilfe suchenden Blick zu.

»Ihr müsst doch wissen, in welchem Quadranten ihr mich in Empfang genommen habt!«

»Sektor 3 C«, sagte der Anführer der Einheit, »aber mir ist nichts bekannt, dass sich noch irgendein Schiff im Bereich dieser Basis befindet.«

»Genaugenommen handelt es sich um kein Schiff, sondern um eine Drohne«, warf ich ein.

Jetzt meldete sich Jennifer zu Wort. »Sie ist nicht betankt. Zumindest waren die Treibstofftanks so gut wie leer, als ich heute Nachmittag hier aufsetzte.« Sie sah mich traurig an. »Außerdem bietet sie nur vier Personen Platz, und ihre Reichweite ist beschränkt.«

Wieder ließ eine Erschütterung den Boden vibrieren. Ein feines Singen, das auf starke Spannungen hindeutete, verzweigte sich in den Stahlstreben des Towers. Ich musterte meine Crew und das verzweifelte Häuflein, das sich uns angeschlossen hatte. Würden wir es fertigbringen, diese Menschen ihrem Schicksal zu überlassen? Wir vier von der Enthymesis konnten uns zur Not in der EVA davonmachen, aber konnten wir die Männer hier zurücklassen, deren Augen jetzt immer ängstlicher auf uns lagen.

»Sie kann sich nicht mehr auf diesem Rollfeld befinden«, sagte ich. »Denn wenn die Aufständischen sie gesehen hätten, hätten sie sie entweder zu starten versucht, oder sie wäre ein Opfer mutwilliger Zerstörung geworden.«

»Erst das eine, dann das andere«, mutmaßte Jennifer.

In diesem Augenblick ertönte aus dem Inneren des Towers ein Surren. Ich dachte an ein Beben und sah mich in der Umgebung um, um abzuschätzen, in welcher Richtung wir uns in Sicherheit bringen konnten, wenn der Turm in sich zusammenfiele. Aber dann erkannte ich, dass es einer der Fahrstühle war, die in die Stahlstreben eingelassen waren. Eine der Kabinen aus durchscheinendem Elastil kam im Inneren der Stelze herunter. Als sie den Boden erreicht hatte, öffneten sich die Türen. Ein Offizier in der weißen Uniform der Stabsangestellten kam heraus. Er sah sich suchend um und schritt dann auf uns zu.

»Sirs ...«, sagte er. Mir fiel auf, dass er ein Holo-Board unter dem Arm trug.

»Kommen Sie her, Captain«, rief ich ihm zu. »Was haben Sie, und warum tun Sie überhaupt noch Dienst?«

»Sind Sie Commander Norton?«

»Der bin ich.«

Der Stabsoffizier kam näher, wobei er unseren Haufen furchtsam musterte.

»Es ist so«, druckste er herum. »Wir empfangen gerade eine Nachricht ...«

»Von wem?«

»Das ist es ja, Sir«, lamentierte er. »Das wissen wir nicht. Position und Identität des Absenders sind nicht zu entschlüsseln. Sie müssen bei der Übermittlung verstümmelt worden sein.«

Zu unseren Köpfen wurde ein lautes Donnern hörbar. Von Südosten her schoss ein großer Meteor auf uns zu. Er zog einen knatternden Rauchschweif hinter sich her, während der glühende Corpus in blendendem Weißlicht strahlte.

»Sie müssen die Nachricht doch zurückverfolgt haben?«

»Das war nicht möglich«, winselte der Captain. »Es führte zu keinem Ergebnis. Der Datenlage nach kommt die Nachricht irgendwo aus der Höhe der ehemaligen Jupiterbahn.«

»Zeigen Sie mal her!«

Aber ich kam nicht dazu, die Anzeige zu studieren. Die Augen der anderen waren auf den roten Himmel gerichtet, wo der herabstürzende Meteorit immer lauter wurde. Er schien direkt auf uns zuzukommen. Wenn er hier einschlug, war es um uns geschehen.

»Verdammt«, fluchte Lambert, »was ist das für ein Riesending?!«

Ich warf Jennifer einen fragenden Blick zu.

»Könnte das schon einer der eingefangenen Asteroiden sein?«

Dann würde der Beschuss eine andere Qualität annehmen. Der bisherige Partikelregen hatte keinen allzu großen Schaden angerichtet. Wenn man nicht direkt von ihnen getroffen wurde, waren diese kleinen Meteore nicht weiter besorgniserregend. Aber das hier musste ein Brocken von vielen tausend Tonnen sein.

»In Deckung!«, schrie ich. »Wir müssen uns in Sicherheit bringen!«

Der Feuerball raste direkt auf uns auf uns zu. Der Lärm, der von dem Boliden ausging, war ohrenbetäubend, während das scharfe Gleißen seines brennenden Eisenkerns die Augen blendete.

Die Männer begannen sich nach Deckung umzusehen. Einige warfen sich flach auf den Boden, während andere hinter die Streben des Towers flüchteten. Smith und seine Leute duckten sich hinter die Gleiter. In meiner Hand blinkte das Holo-

Board. Verzweifelt suchte ich Jennifer, die sich plötzlich nicht mehr an meiner Seite befand. Ich sah sie zwanzig Meter entfernt, wie sie langsam, in einer Art von Trance, auf das Rollfeld hinausschritt. Das helle Licht, das uns entgegenstand, verwandelte sie in eine von einer weißen Aureole umflossene Silhouette. Hatte sie den Verstand verloren? Mit der verklärten Miene einer Geisteskranken ging sie direkt auf das donnernde Licht zu, das sich in rasender Geschwindigkeit auf uns herabsenkte.

»Jennifer«, schrie ich. »Bist du wahnsinnig?!«

Ich lief ihr nach und packte ihren Arm, um sie in den Schutz des Towers zurückzuzerren, aber sie schüttelte meine Hand ab und setzte ihren Gang fort.

»Jennifer«, brüllte ich sie aus nächster Nähe an, aber meine Stimme wurde von dem Getöse des Meteors verschluckt, der jeden Moment in nächster Nähe einschlagen musste.

Ihr Lippen formten Worte, die nicht zu verstehen waren. Ich brachte mein Ohr in die Nähe ihres Mundes und bereitete mich darauf vor, sie mir zum zweiten Mal in einer Nacht über die Schulter zu werfen.

»Das ist kein Meteor«, hörte ich ihre heisere Stimme.

Ich blieb stehen, während sie in den Tumult hineinging. Offenbar war sie in einem Zustand, der sie unempfindlich machte. Indem ich langsam zurückwich und das Gesicht mit der vorgehaltenen Hand beschirmte, starrte ich in das knatternde Licht. Plötzlich ließ das blendende Weiß nach. Es wurde zu einem dunkel glühenden Blau. Der Feuerball wurde zu einem senkrechten Strahl, an dessen Unterseite sechs spinnenartige Beine sichtbar wurden. Der Triebwerksdonner erlosch, indem das hydraulische Summen der Fahrwerksautomatik hörbar wurde. In geringer Entfernung, die den offiziellen Sicherheitsabstand ignorierte, setzte das Schiff auf. Ein Mann erschien in der Backbordschleuse, sprang auf das Rollfeld hinaus und kam auf uns zugelaufen.

»Sind Sie das, Norton?!«, brüllte er über den Lärm der auslaufenden Reaktoren. »Sie haben genau fünfzehn Sekunden, um an Bord zu kommen!«

Es war Dr. Rogers, und das Schiff war die Endeavour, das Schwesterschiff der Enthymesis.

»Im kosmischen Maßstab liegt darin nichts Beängstigendes. Millionen Arten sind ausgestorben, und stets sind neue an ihre Stelle getreten.«

Der Alte betrachtete seine Fingerkuppen, die er gewissenhaft aufeinanderlegte. Svetlana rutschte unruhig auf Wiszewskys Schoß hin und her.

»Aber wir sind doch keine Ameisen«, sagte sie empört.

»Wir sind Menschen«, gab Laertes gleichmütig zurück. »Das scheint uns etwas zu sein. Aber ob darin ein absoluter Wert liegt, wird sich erst noch herausstellen müssen.«

»Ich weiß nicht«, schmollte die Komarowa.

Sie drehte sich zu Wiszewsky um, an dessen rechter Schulter sie lehnte, und zupfte an seinem schütteren weißen Haar. Es war nicht ihre Art, sich an unseren Besprechungen zu beteiligen, aber die Vorstellung, mit Amazonaskrebsen und Wüstenspinnen in einen Topf geworfen zu werden, behagte ihr nicht.

»Gewiss«, schaltete Frankel sich ein. »Wir sind höher organisiert als alle Lebewesen, die wir kennen, und wir sind die einzigen, die ein Bewusstsein von ihrer Lage haben.« Er lächelte herablassend zu Svetlana hinüber. »Aber Laertes hat recht. Auch das Verschwinden der Menschheit wäre bezogen auf den Kosmos kein Ereignis, dem eine Bedeutung zukäme.«

Jennifer klappte die Lehne ihres gravimetrischen Sessels herunter und knallte ihren Elastinbecher, aus dem sie einen Brandy mit Kokosgeschmack geschlürft hatte, auf den Tisch.

»Bedcutung«, fauchte sie. »Es gibt sehr viele Menschen, die in kosmischen Dimensionen ohne jede Bedeutung sind, und doch lieben wir sie und trauern um ihren Tod!«

Ein verächtliches Grinsen malte sich auf die Züge Dr. Rogers'. Ich hatte ihm erzählt, weshalb wir der Erde in ihrer schwersten Stunde noch einen Besuch abgestattet hatten und weshalb wir uns so verspätet hatten, dass wir die Enthymesis verpassten.

»Leugnen nicht«, sagte er, »gewisse Religionen die Relevanz des Daseins, und sprechen sie nicht auch dem Tod jegliche Tragik ab?«

Er funkelte sie lauernd an.

»Meines Wissens gilt das auch für den Orden, dem Sie angehören, Major?!«

Jennifer stieß die Luft durch die Nase aus.

»Das sind zwei Sachen, die nichts miteinander zu tun haben. Man kann von der Nichtigkeit aller Dinge durchdrungen sein, und trotzdem Erbarmen mit dem Menschen haben.« Sie hob die Stimme. »Zumal, wenn man den Eid der Union geschworen hat. Ich begreife nicht, warum wir hier herumsitzen. Die MARQUIS DE LAPLACE ist einsatzfähig. Wir könnten Hilfe leisten ...«

»Wir haben einen anderen Marschbefehl«, warf Commodore Wiszewsky ein. Er schob Svetlana zur Seite, sodass sie auf der Armlehne seines geräumigen Sessels zu sitzen kam. Obwohl ihn seit Jahren niemand anders als in Körperkontakt mit der Komarowa gesehen hatte, war es ihm immer dann unangenehm, wenn er von Amts wegen etwas zu verlautbaren hatte.

»Von wem?«, blaffte Jennifer.

Die sensorielle Lehne ihrer Liege stöhnte auf, als sie sich ungeduldig herumwarf.

»Von ganz oben!«, sagte Wiszewsky und deutete mit dem Zeigefinger an die Decke aus weißem Elastal fünf Meter über uns.

»Wer ist das?«, hakte Jennifer nach. »Die Sineser? Gott?«

Sie wandte sich ab und griff nach ihrem Brandy, von dem sie, vor Erregung laut schlürfend, einen großen Schluck heruntergoss.

»Die Herren«, lachte Reynolds, »die tausend Meter tief in den Bunkern unter den Rocky Mountains sitzen und sich Erdregierung nennen ...«

Er prostete sarkastisch in die Runde. Dann lehnte er sich vorsichtig zurück. Sein Bein steckte in einer selbstadjustierenden

Bandage aus sensoriellem Elastil. Aber offensichtlich war er blendend gelaunt, seit wir ihn mit zertrümmerten Knochen aus den berstenden Überresten der Luftwaffenbasis Pensacola ausgeflogen hatten.

»Der Kommissarische Exekutivrat der Union für Krisenzeiten und Katastrophen«, sagte Wiszewsky ernst, »hat uns diesen neuen Marschbefehl überstellt. Ich habe nicht vor, ihn zu ignorieren. Auch wenn er meinen eigenen Neigungen zuwiderläuft.« Er kraulte Svetlanas Nacken. »Er wird in diesen Augenblicken allen Offizieren der fliegenden Crew überschrieben. Ihren privaten Boards können Sie den Starttermin, die Zielkoordinaten sowie die Aufgaben entnehmen, die in diesem Zusammenhang auf jeden von Ihnen zukommen werden.«

Rogers warf mir einen vielsagenden Blick zu.

»Herren über Gräber«, seufzte Lambert. »Sie hocken da unten und geben Anweisungen ...«

Sie schüttelte den Kopf. Ihre Augen waren gerötet und sahen nach Tränen aus. Ihr Schrei hallte mir noch in den Ohren, den sie ausstieß, als die Endeavour abgehoben und die Erdatmosphäre verlassen hatte.

»Der Orbit ist instabil«, gellte ihre weißglühende Stimme über die Brücke des Explorers, der von Colonel Kurtz gesteuert wurde. »Wir müssen von hier verschwinden!«

Ich saß neben Jennifer auf einem der rückwärtigen Plätze , wo uns die Gravi-Gurte während des fulminanten Starts in die Sitze pressten.

»Nichts anderes haben wir vor«, gab Kurtz grimmig zurück, während Dr. Rogers von der Position des Kommandanten aus den Aufstieg überwachte.

Ein riesiger Brocken trat hinter uns in die Erdatmosphäre ein, während der aufgedunsene Jupiter die Panoramascheiben ausfüllte. Wir waren ihm näher als während unserer Mission, die mir jetzt schon unwirklich und wie aus einem Albtraum stammend erschien. Jetzt rasten wir mit irrwitziger Geschwindigkeit auf ihn zu. Es war unvorstellbar, dass der Jupiter vorbeiziehen sollte, ohne die Erde aus ihrer Bahn zu kegeln. Aber wie es aussah, hatte er das Minimum überschritten und setzte seinen Sturz in die Sonne fort, ohne die Erde großartig zu beeinträchtigen. Das galt freilich nur für ihre eigene Umlaufbahn. Ihre Atmosphäre wurde zu diesem Zeitpunkt von tausenden verglühender Partikel beregnet. Tsunamis von der Höhe hundertstöckiger Wolkenkratzer brandeten gegen ihre Küsten, und die Kontinente waren dem Bombardement tonnenschwerer Asteroiden und ehemaliger Jupiter-Trabanten ausgesetzt, die den Himmel weltweit mit ihrem Fallout verdunkelten.

»Festhalten, Ladies!«, jubelte Kurtz am Hauptbedienplatz. »Sie befinden sich an Bord des ersten Schiffes der Enthymesis-Klasse, das auf Warp-Technik aufgerüstet wurde!«

Mit einer Geschwindigkeit, die mir den Atem verschlug, rasten wir auf die blutigen Wolkenwirbel dessen zu, was einmal der Große Rote Fleck gewesen war. Die oberen Atmosphäreschichten des Jupiter verloren ihr flächiges Aussehen. Blaue Ozonfelder hoben sich räumlich von den darunter kreisenden Zyklonen hab. In den Verwirbelungen der braunen Bänder öffneten sich Zwischenräume, in die man die Erde hätte schnipsen können wie einen Kieselstein in einen Lüftungsschacht. Jeden Augenblick mussten wir verglühen.

Dann aktivierte Kurtz den Warpreaktor, und im gleichen Moment erlosch der furchterregende Anblick. Von den seitlichen Scheiben verschwanden alle Sterne.

»Wie finden Sie die Technologie?«, fragte Rogers lässig, während das blendende Nichts des Hyperraums die Fenster beschlug und mich ein Schwindel ergriff, als ich realisierte, dass dieses winzige Schiff einen Warp-Korridor geöffnet hatte.

»Wie haben Sie das hingekriegt?«

»Wir haben die Gravitationsschocks, die von der sinesischen Sonde ausgelöst wurden, analysiert und eine Möglichkeit gefunden, auch kleine Schiffe im Inneren von Sonnensystemen mit Warpantrieb operieren zu lassen.«

Er ging auf der Brücke hin und her, die Hände hinter dem Rücken verschränkt, als befände er sich in einem Seminarraum der Akademie und hielte eine seiner berüchtigten Vorlesungen.

»Das Nähere kann Ihnen Frankel bei Gelegenheit erläutern. Die Kollegen von der Planetarischen sind nicht faul gewesen, während Sie da unten Ihrem Räuber-und-Gendarm-Spielchen nachgegangen sind.« Er hielt in seiner Wanderung inne und blinzelte mich fröhlich an. »Es scheinen sich phantastische neue Möglichkeiten zu eröffnen. Wir hoffen, in absehbarer Zeit auch Drohnen und Sonden, vielleicht sogar diese winzigen EVAs, die Sie so lieben, mit der Technologie ausstatten zu können. Und wie es aussieht, können wir den Aktionsradius der MARQUIS DE LAPLACE wesentlich erweitern ...«

Augenblicke später hatte sich die Aussicht durch die großen Bugscheiben wieder geklärt. In der Ferne tauchte ein fahler, blaugrün schimmernder Planet auf. In einem hohen Orbit trieb ein dünnes, silberglänzendes Zündhölzchen. Mit konventionellem Antrieb legten wir die letzten paar hunderttausend Kilometer zurück.

Ich sah auf die Uhr. In wenigen Minuten hatten wir sieben Milliarden Kilometer zurückgelegt, oder besser gesagt: übersprungen. Das übertraf die Warp-Leistung der MARQUIS DE LAPLACE, die vor uns zu ihrer beeindruckenden Größe heranwuchs, um ein Vielfaches.

»Haben Sie eigentlich meine Nachricht empfangen?«, fragte Rogers. »Es sah ja zu drollig aus, wie Sie da alle vor dem Tower standen, wie eine Gruppe von Schülern, die den Bus verpasst haben.« Er sah Jennifer fröhlich an, die sich mürrisch abwandte.

»Es kam etwas herein«, sagte sie übellaunig. »Aber sehr verstümmelt.«

Der Oberste Planetologe zuckte mit den Achseln.

»Daran müssen wir noch etwas feilen.«

Wenig später schwenkten wir in den Neptun-Orbit ein und befanden uns bald darauf in Hangar III im Großen Drohnendeck der MARQUIS DE LAPLACE.

Das letzte aber, was wir gesehen hatten, ehe die Erde von den Schirmen verschwunden war, war ein mehrere Kilometer großer Felstrümmer, der auf den Pazifik zustürzte.

»Es gibt Überlebende«, sagte Wiszewsky und holte mich in die Wirklichkeit zurück.

Wir befanden uns zur Lagebesprechung in der Messe. Seit unserer Rückkehr an Bord des Mutterschiffes waren keine 24 Stunden vergangen.

»Auch außerhalb der befestigten Basen im Inneren der Kontinente, falls Sie das beruhigt. Wir stehen in Kontakt mit ihnen.«

»Können wir ihnen nicht beistehen?«, fing Jennifer wieder an. »Wir sitzen an Bord des größten Schiffes, über das die Menschheit verfügt. Zwei unserer Explorer sind warpfähig, ein dritter wird zur Stunde umgerüstet.«

»Die Erdbebentätigkeit«, fiel Frankel im Ton eines seit Langem ausgearbeiteten Vortrags ein, »geht allmählich zurück. Ebenso der Vulkanismus, der durch die Gezeitenkräfte ausgelöst wurde. Die Ozeane sind in ihr Bett zurückgekehrt. Die Atmosphäre beginnt den Fallout, der durch die Einschläge aufgewirbelt wurde, durch meteorologischen Selbstreinigungsprozesse auszuscheiden. Das Jupiter-Minimum liegt hinter uns. Wie es aussieht, hat es die Erdbahn nicht destabilisiert. Möglicherweise wurde der Neigungswinkel der Rotationsachse ein wenig verringert. Welche Auswirkungen das hat, wissen wir in einigen Monaten.«

Rogers gab ihm ein Zeichen, dass seine Redezeit hiermit erschöpft war.

»Aufbautrupps von den Marsbasen sind unterwegs«, setzte er den Bericht fort. »Sie werden nun mit dem Terraforming der Erde beginnen!« Er grinste, als hielte er das für einen gelungenen Gag.

»Übrigens«, ergriff Commodore Wiszewsky das Wort, »wurde Colonel Myers noch während des Anflugs auf die Marsbasen gestoppt und zurückbeordert. Die Einheit, mit der er sich abgesetzt hat, wurde dem Katastrophenschutz unterstellt. Nur falls Sie das tröstet ...« Er tätschelte Svetlanas Oberschenkel, die sich verliebt um seinen Hals hängte und ihn auf die graue Wange küsste. »Er und seine Leute dürfen jetzt Feldlazarette errichten und die Infrastruktur instand setzen.«

»Die Enthymesis«, seufzten Jennifer und Lambert unisono.

»Tut mir leid für Sie, meine Damen«, sagte Dr. Rogers. »Der Explorer dürfte für uns verloren sein. Allerdings befinden sich die anderen, die an Bord dieses Schiffes sind, in einem wesentlich besseren Zustand. Und sie wurden in einer Weise aufgerüstet, die einem Quantensprung gleichkommt.«

»Es war aber nun mal die Enthymesis«, schmollte Jennifer.

»Lieber Major«, schmunzelte Wiszewsky, »Sie fangen an, renitent zu werden.«

Sie zwang sich ein gequältes Lächeln ab.

»Was verstehen Sie denn schon davon?«, maulte sie. »Sie haben nichts und niemanden dort zurücklassen müssen.«

Der Commodore nahm Svetlanas Hand aus seinem Gesicht.

»Glauben Sie mir«, sagte er, »das Schicksal der Menschheit im Allgemeinen und Ihres Vaters im Besonderen macht mich genauso betroffen wie Sie. Aber wir dürfen jetzt keinen Fehler machen.«

»Der Commodore hat recht«, fiel Rogers mit knarrendem Kasernenton ein. »Wir haben eine Schlacht verloren, aber vielleicht noch nicht den Krieg. Jetzt dürfen wir keinen weiteren strategischen Schnitzer mehr machen.«

»Mitmenschlichkeit und Anteilnahme sind für Sie strategische Schnitzer?«, fragte sie. »Wozu bemühen wir uns um den Fortbestand der Menschheit, wenn wir die Humanität als Erstes über Bord werfen?«

Wiszewsky seufzte. Mir fiel auf, dass die Komarowa von ihm abgerückt war. Stocksteif saß sie auf der Armlehne seines riesigen gravimetrischen Sessels und hing mit Sympathie an Jennifers Lippen, was umso erstaunlicher war, als die beiden Frauen seit Jahren erklärte Erzfeindinnen waren.

»Werden Sie nicht polemisch«, knurrte Rogers. »Die Sineser haben uns aus dem Rennen geworfen. Sie haben uns beinahe ausgelöscht, und zwar mit einem Manöver, das an Beiläufigkeit nicht zu überbieten ist.«

Er sah listig in die Runde, während seine Augen glitzerten.

»Ein Stoß, mit Links angebracht, wie unser Major es beim Schwebebillard zu tun pflegt, und sie haben gleich das ganze Turnier damit für sich entschieden.«

»Worauf wollen Sie hinaus?«, fragte Jennifer.

Rogers' Grinsen erlosch von einem Wimpernschlag zum anderen.

»Wir dürfen nicht auf den rauchenden Trümmern sitzen bleiben«, sagte er, »wo wir eine Zielscheibe für den nächsten Schlag abgeben würden.«

»Wie weh es auch tut«, fiel Wiszewsky ein, »wir müssen die Opfer dieser furchtbaren Attacke sich selbst überlassen.« Sein Arm wollte sich um Svetlanas Hüfte legen, aber sie stieß ihn fort.

»Millionen Menschen kämpfen dort unten um ihr Überleben«, warf Jill Lambert ein, die sich das stachlige Haar raufte und immer neue Wellen roter Flecken auf ihren Wangen produzierte.

»Ja.« Laertes saß da und starrte in seine gefalteten Hände. Seine Stimme war leise und vom Alter brüchig. Er sah niemanden an, aber er sprach zu allen. »Genau deshalb müssen wir die Erde meiden. Die Überlegung ist grausam, aber sie ist die einzig logische.«

Er sandte Jennifer einen schmerzlichen Blick zu. »Die Erde wäre jetzt eine leichte Beute. Aber selbst für kosmische Heuschrecken, als welche wir die Sineser anzusehen genötigt sind, ist ein verwüstetes Land vielleicht nicht mehr interessant.«

»Dann wollten sie uns nicht auslöschen, sondern nur kaltstellen?«, warf ich ein. Im Hinterkopf beschäftigte mich, was über unseren Marschbefehl durchgesickert war. Das also steckte dahinter!

»Sie haben uns mit Erfolg in die Steinzeit zurückgebombt«, brummte Dr. Rogers. »Mit den paar Fährschiffen und Marsbasen, die uns verblieben sind, werden wir ihren Ambitionen nicht weiter in die Quere kommen.«

Die Vorstellung war mir unheimlich.

»Und jetzt werden sie zusehen, wie wir uns wieder berappeln«, fragte ich. »Und wenn zu befürchten steht, dass wir zu groß werden, kriegen wir rechtzeitig wieder eins drauf?!«

Alle Männer in der Runde nickten einhellig, während Jennifer, Jill und die Komarowa die Köpfe schüttelten.

»Wir können sicher sein«, sagte Reynolds, der sein Bein oberhalb der Bandage kratzte, »dass sie jeden unserer Schritte aufmerksam beobachten.«

In der Messe breitete sich beklommenes Schweigen aus. Unwillkürlich sah jeder zu den großen Panoramascheiben hinaus, die die Längsseite des Raumes einnahmen. Als stehe zu erwarten, dass die Fratze eines Sinesers dort sichtbar würde. Tatsächlich tauchte nur die jadegrün schimmernde Sichel des Neptun im Sichtfenster auf. Die MARQUIS DE LAPLACE beendete einen weiteren Umlauf und flog wieder in die Nachtseite des stillen Planeten hinein.

»Dieses Schiff«, sagte Wiszewsky feierlich, »ist das letzte Pfand, das den interstellaren Anspruch der Menschheit repräsentiert. Es darf ihnen niemals in die Hände fallen!«

Wenig später erhob er sich. Svetlana wurde von seinem Schoß geschleudert. Sie verharrte trippelnd an seiner Seite wie ein Hündchen, das auf die nächste Regung seines Herrchens wartend.

»Meine Damen, meine Herren, Sie wissen, was Sie erwartet.« Er verabschiedete sich mit huldvoller Miene und verschwand, die Komarowa im Schlepptau.

»Niemand weiß, was uns erwartet«, brummte Rogers, als sich die automatischen Türen hinter dem Kommandanten der MARQUIS DE LAPLACE geschlossen hatten, und es war ihm anzusehen, mit welch grimmiger Vorfreude ihn das erfüllte.

Wenig später zogen sich auch Frankel und Kurtz in ihre Kabinen zurück. In kleiner Runde saßen wir in der Messe zusammen. Jennifer rief eine Ordonanz herbei und ließ sich von ihr einen Kokosbrandy mixen. Ich erbat mir ebenfalls einen Drink. Der offizielle Teil der Besprechung war vorbei. Seit unserer Rückkehr von der Erde war ich noch kaum zu Besinnung gekommen. Wir befanden uns in einer Situation, die in der Geschichte einzigartig war, und nur die äußere Sicherheit, dass wir an Bord eines großen Schiffes saßen und erlesene Drinks schlürften und ein Kamingespräch führten, täuschte darüber hinweg, wie verzweifelt unsere Lage war.

Die Ordonanz, eine grazile Blondine im Rang eines Leutnants, brachte die Getränke und zog sich diskret zurück. Ich wartete, bis wir unter uns waren, und richtete das Wort an Laertes.

»Dann geht die Menschheit der größten Herausforderung seit der letzten Eiszeit entgegen?«

Der alte Philosoph nippte an seinem Grünen Tee, dem er ein paar Kandissplitter zugesetzt hatte. Er wiegte das graue Haupt und sah mich halb forschend, halb belustigt an.

»Damals«, begann er, »veredelte sie sich zum Homo Sapiens. Erst die Bedrohung bewirkte den letzten Evolutionsschub, der uns zu dem machte, was wir heute sind. Wir sollten die Gefahr als Chance begreifen ...«

Gewiss, wenn man in Jahrtausenden rechnete, wenn man die Erde als Versuchslabor betrachtete und wenn man das Schicksal des Individuums außer acht ließ, mochte er recht haben.

»Vielleicht«, fuhr er fort, »veredeln wir uns nun zum Homo Astralis. Wir sollten uns nicht einbilden, dass die Menschheit, die die Pyramiden und dieses Schiff baute, das letzte Wort gewesen sein muss.«

»Die Aufspaltung der Spezies«, ergriff Reynolds das Wort, »ist ein Prozess, den wir seit mehreren Jahrzehnten beobachten.«

Er verlagerte behutsam sein Gewicht in dem gravimetrischen Sessel, der unter seiner Bewegung mit sanftem Summen nachgab, und veränderte den Winkel des bandagierten Beines.

»Damit meine ich weniger das genetische Design, dem sich eine kleine Schicht in den Vororten von Los Angeles unterzieht, sondern auch die zeitliche Disproportion. Die fliegende Crew lebt seit Langem in einer anderen Welt und einer anderen Zeit, sie hat ein anderes Bewusstsein ausgeformt.«

»Das ist richtig«, nickte Dr. Rogers. »Gut möglich, dass jetzt der radikale Schnitt erfolgt, der aus den Anwesenden und den zehntausend anderen Bastarden an Bord dieses Schiffes eine eigene Spezies destilliert.«

Er sah uns provozierend an und goss mir markiger Geste seinen Whisky herunter, aber niemand ging auf seinen Tonfall ein. Ich zog das Päckchen Qat-Zigaretten aus der Brusttasche, das die ganze Mission mitgemacht hat und dafür noch ganz gut aussah, und zündete mir eine an. Von Jennifer erntete ich dafür einen Blick, der einen wortlosen Verweis darstellte, aber das war mir egal.

»Die Geschichte der Völker, die untergingen, schreibt niemand auf«, sagte sie vorwurfsvoll, als seien wir persönlich für alle Grausamkeiten der Weltgeschichte verantwortlich. »Milliarden werden auf der Strecke bleiben, während wir die Erde aus der Ferne wie ein interessantes Terrarium betrachten.«

Sie fuhr die sensorielle Lehne zurück und verschränkte die Arme vor der Brust. Meine Aufmerksamkeit wurde von Jill Lambert auf sich gezogen, die mir über den Tisch hinweg Zeichen machte und mich mit einer Geste bat, ihr eine Zigarette zu spendieren. Ich reichte ihre das zerrupfte Päckchen, gab ihr Feuer, was mir einen neuerlichen, böse funkelnden Blick von Jennifer eintrug. Dabei fiel mir auf, dass Laertes unserer stummen Auseinandersetzung mit amüsierter Miene folgte.

»Major Ash weist zurecht darauf hin«, sagte er, »dass wir den Einzelnen nie aus dem Blick lassen dürfen.«

Rogers schüttelte ungeduldig den Kopf.

»Sie vergessen«, knurrte er, »dass dies kein Vorgang ist, den wir uns gewünscht hätten. Wir befinden uns in der verzweifeltsten Reaktion, die man sich denken kann, dem Kampf ums Überleben.« Er ließ sich sein Whisky-Glas neu füllen und sandte der blonden Ordonanz einen versonnenen Blick hinterher. »Unser Vergleichsrahmen ist das Aussterben der Dinosaurier.«

Reynolds nickte beipflichtend.

»Auf der Erde vollzieht sich ein Artenschnitt, der das Zeitalter der Eiszeiten an Dramatik bei Weitem übertrifft. Aber es hat auch in früheren Epochen der Erdgeschichte Massensterben gegeben.«

»Eben«, fiel der Chefplanetologe ein. »Und das Leben hat sich stets wieder erholt.«

Ich wartete, was Laertes dazu sagen würde. Er sah schweigend vor sich hin, seine alten Augen glänzten feucht. Alle im Raum spürten, dass nur er eine abschließende Bemerkung zu diesem Thema würde abgeben können. Selbst Rogers nippte demonstrativ an seinem Glas und ließ dem Philosophen das Wort.

»Dem Willen zum Leben ist das Leben gewiss«, sagte der Philosoph.

Ich spürte Enttäuschung. Man musste eine Aussage nur allgemein genug formulieren, dann traf sie immer zu. War uns damit geholfen?

Wenig später löste sich die Runde auf. Rogers rief ein letztes Mal die Ordonanz herbei und ließ sich sein Glas für den Weg zu seiner Suite füllen. Reynolds erhob sich ächzend und humpelte mit seiner sensoriellen Bandage hinaus, gefolgt von Lambert, die mir verschwörerisch zublinzelte. Laertes nickte still vor sich hin, behielt seine Gedanken aber für sich. Gebeugt und mit trüben Blicken schlurfte er davon. Wir traten den Marsch zu unserer Kabine an.

Ich sprach das Codewort für die Verriegelung der Tür, warf die Uniformjacke auf die gravimetrische Matratze, ging ans Fenster und ließ die Polarisation aufheben. Die Sonne war fünf Milliarden Kilometer entfernt; es bestand keine Gefahr, sich die Augen zu verblitzen. Jennifer war in die Nasszelle gegangen. Ich hörte das Rauschen der Nanopumpen, die das Wasser umwälzten und aufbereiteten. Solange stand ich da, die Hände hinter dem Rücken verschränkt, und sah in den Raum hinaus. Die erstaunten Worte der ersten Kosmonauten fielen mir ein. Wie dunkel es hier draußen ist! Tatsächlich konnte ich die Sonne sehen, aber ich erkannte sie nicht. Sie war nur noch einer von unzähligen Sternen, die jenseits der Kohlenstoffscheibe kalt leuchteten, ohne zu flimmern. Die Pumpen erstarben mit einem sanften Summen. Stattdessen sprang die Ultraschall-Massage an, die ihren Körper lockerte und ihr Haar in wenigen Augenblicken trocknete, wärmte und mit zerstäubten Essenzen pflegte.

Während ich in die Leere hinausstarrte, stellte ich mir ihren geschmeidigen Körper vor, das Spiel der Glieder unter der Haut, die jetzt weich und duftend sein würde. Die Muskeln, Knochen und Organe, die die menschliche Gestalt formten. Diese geringe Masse aus Wasser und Proteinen, die ich auf meinen Armen aus dem zusammenstürzenden Altenstift getragen hatte. Hundert Pfund an tierischer Wärme. Was waren sie im Vergleich zu dieser partikeldurchzogenen Wüste, deren Anblick das menschliche Hirn versengte wie vulkanische Säure. Auch das wohlige Brausen des Ultraschall-Generators verebbte. Jennifer kam aus der Nasszelle. Barfuß und in ein purpurfarbenes Negligé aus durchscheinender Carbonseide gehüllt, schob sie sich neben mich. Ein starker Duft von aphrodisierendem Parfum stieg von ihr auf. Es war unsere letzte Nacht. Morgen würden wir die Schlafzellen aufsuchen müssen; die MARQUIS DE LAPLACE brach zu ihrer weitesten und ungewissesten Reise auf. Aber noch war Kälte um sie, noch war ein letzter Vorbehalt niederzuringen.

Ich spürte die Gegenwart ihres Körpers, aber ich spürte auch den Schmerz, der noch in ihr war. Lange Zeit sprach keiner von uns ein Wort. Ich wusste, dass die Bilder des Jupiter-Transits und die Geschehnisse von Pensacola noch lange Zeit in meinen Träumen hausen würden, aber beim Gedanken an die Erde empfand ich nur Leere. Die Leere, die einen nach großen Strapazen ausfüllt, nach einem Gewaltmarsch oder einem Gefecht.

»Denkst du«, wagte ich mich vor, »immer noch an deinen Vater?«

Sie rührte sich weder, noch äußerte sie ein Wort. Dennoch spürte ich, wie sich die frostige Trauer, in die sie sich eingesponnen hatte, vertiefte.

»Was heißt da immer noch«, sagte sie nach einer Weile. »Er ist keine achtundvierzig Stunden tot. Sollte ich ihn schon vergessen haben?«

Ich war zielsicher in einen Fettnapf getreten. Dabei stiegen Wut und Ungeduld in mir auf. Ich konnte nichts dafür, was geschehen war. Im Gegenteil, ich hatte mein Leben und das meiner Crew auf's Spiel gesetzt, um sie von dort zurückzuholen. Und wenn ich überlegte, wie viele höchst unwahrscheinliche Faktoren hatten zusammenkommen müssen, um uns lebend von der Erde wegzubringen, erfasste mich der Schwindel, der sich dann einstellt, wenn man nachträglich feststellt, in was für einer ungeheuren Gefahr man sich befunden hat.

»Jennifer, Liebes«, sagte ich vorsichtig, »er war 102 Jahre alt und vollkommen dement ...«

»Das ist kein Grund«, brauste sie auf.

»Aber vielleicht ein Trost«, gab ich zurück. »Er hat sein Leben gehabt.«

Ich tastete nach ihrer Hand, die wie ein Stück Holz an ihrer Seite herabhing. Diesmal ließ sie es zu, dass ich sie berührte, wenn sie auch den Druck meiner Finger nicht erwiderte.

»Wer befindet darüber«, sagte sie ruhiger, »ob ein Leben erfüllt gewesen ist.«

»Das sage ich ja gar nicht«, meinte ich.

»Du sagst: er war alt genug, man konnte ihn ruhig umbringen!«

Sie war herumgefahren und sah mich aus nächster Nähe an. Ihr Blick war kalt, herausfordernd, vom Schmerz entstellt. Ich sah, dass ihre Lider gerötet waren wie von lange zurückgehaltenem Weinen, und ihre Lippen bebten mühsam beherrscht.

»Ich habe ihn nicht umgebracht!«, sagte ich.

»Du hast ihn nicht gerettet!«, schniefte sie.

Sie wischte sich mit einer zornigen Geste die Tränen weg, die jetzt wider ihren Willen zu fließen begannen, und zog trotzig die Nase hoch. Ich ergriff sie an beiden Schultern. Aber sie legte den Kopf nicht gegen meine Brust, und sie ließ mich auch nicht ihr Haar aus ihrem Gesicht streichen. Stattdessen stand sie da und hielt meinem Blick stand. Sie starrte mich an.

»Wir konnten ihn nicht retten«, sagte ich leise.

»Zwei Bataillone Infanterie konnten wir retten«, murmelte sie.

Sie wandte sich ab und sah mit verschleiertem Blick zum Fenster hinaus. Ich musste schmunzeln, denn sie hatte recht. Während die Endeavour mit laufenden Triebwerken auf dem berstenden Rollfeld der Luftwaffenbasis stand, hatte Rogers dafür gesorgt, dass wir eintausend Soldaten des Wachbataillons an Bord genommen hatten. Er hatte dabei ein übles Spiel mit uns gespielt, denn als ich auf Sergeant Taylor und die anderen gedeutet hatten, die mit uns vor dem Tower des Raumhafens standen, zog er sein Holo-Board heraus, las den Marschbefehl, den er selbst während der Warp-Passage aufgesetzt hatte, und sah mich bedauernd an.

»Tut mir leid, Norton«, grinste er, »ich fürchte, ich habe sie nicht auf meiner Liste!«

Wir standen in einem Bombardement herabregnender Meteore, die Erde bebte und aus meterbreiten Rissen im Betonboden quoll schwarzes Wasser. Aus den Servicegebäuden der Basis tauchten jetzt Männer und Frauen in weißer Luftwaffenuniform auf, die zielstrebig auf die Einstiegsrampe der Endeavour zuliefen.

»Sir«, sagte ich, »diese Männer haben uns geholfen, als Millionen andere desertierten, ich werde nicht zulassen, dass sie hier zurückbleiben.«

»Bedaure, Frank«, grunzte Rogers und funkelte mich diabolisch an.

Die anderen standen unschlüssig da. Ich war sicher, dass weder Reynolds noch Lambert an Bord gehen würden, ohne den tapferen Sergeanten und die anderen mitzunehmen.

»Dieser Mann ist schwer verletzt!« Ich deutete auf Taylors zerfleischten Arm, der in einer selbstadjustierenden Bandage steckte.

Rogers schüttelte den Kopf. Er switchte sein Board aus und steckte es unter den Arm. Dann brüllte er ein Kommando zur Endeavour, wo die Luftwaffensoldaten sich stauten und es Verzögerungen beim Einsteigen gab.

»General«, rief ich förmlich. »Dieser Sergeant hat drei Männer getötet. Ich habe selbst gesehen, wie er einen Feldwerfer auf eine Gruppe unbewaffneter Zivilisten abfeuerte!«

Rogers blickte mich forschend an.

»Ist das wahr?«, fragte er in die Runde.

Der Sergeant hatte in unwillkürlicher Abwehr die Hände gehoben. Er schüttelte den Kopf, während der Schmerz, den die unbedachte Bewegung in seinem Arm verursachte, sein Gesicht verzerrte. Dann erhellte langsames Begreifen seine Miene.

»Es war Notwehr«, sagte er und ließ die Hände wieder sinken.

Ein verschmitztes Lächeln glitt über Rogers' Gesicht. »Das ist natürlich etwas anderes«, schmunzelte er. Er baute sich drohend auf und vergewisserte sich, dass alle hörten, was er sagte. »Sergeant!«, donnerte er. »Ich nehme sie hiermit wegen Mordverdachts fest.« Er machte eine effektvolle Pause, während der wir das Röhren der Triebwerke und das Grollen der bebenden Erde hörten. »Über Ihren Fall wird in Anbetracht der Umstände auf der MARQUIS DE LAPLACE zu verhandeln sein.« Mit einer großzügigen Geste machte er deutlich, dass die Umstehenden mit einbegriffen waren. »Die übrigen werden als Zeugen vernommen!«

Und damit scheuchte er unsere zusammengewürfelte Truppe zum Schwesterschiff der Enthymesis. Ich fasste den Sergeanten unter, der an meiner Seite die letzten Meter zur Backbordrampe des Explorers schritt. Reynolds stützte sich auf Lambert, während der Officer und seine Männer sowie die Sicherheitscrew die Beine unter die Hand nahmen und zum Einstieg liefen. Kurtz setzte ein Positionssignal zum Zeichen, dass das Einsteigen abgeschlossen war. Wir humpelten und schoben uns die Rampe hinauf und duckten uns durch die weit offenstehende Schleuse. Eine Minute später hob die Endeavour ab und stieg, von herabstürzenden Meteoren umschwirrt, rasch zum Orbit auf.

Jennifer hatte recht. Wir hatten einen alten Mann nicht retten können, aber wir hatten über eintausend Menschen evakuiert.

»Warum ein Bataillon Soldaten«, sagte sie. »Warum waren es keine Zivilisten?«

Ich seufzte. Im Nachhinein schauderte es mir bei der Vorstellung, die Aufständischen wären zurückgekehrt und hätten versucht, die Endeavour zu entern. Wir hätten kaum jeden Zehnten von ihnen aufnehmen können. Neuerliche Ausschreitungen wären die Folge gewesen. Glücklicherweise hatte sich das Wachbataillon so lange in Reserve gehalten, dass es nun zügig und diszipliniert an Bord gehen konnte..

»Es waren Menschen«, meinte ich. »Lass uns die einen nicht gegen irgendwelche anderen ausspielen.«

»Warum Soldaten?«, fragte sie. »Warum sind sie mehr wert?«

»Warum sollten sie weniger wert sein«, konterte ich. »Wir konnten nun einmal nur eintausend Personen an Bord nehmen, und Rogers' Wahl fiel auf dieses Bataillon, es war einfach das nächstliegende.« Ich sah an der Skepsis, die an ihren Augenwinkeln fraß, dass ich sie zu überzeugen vermochte. »Es handelt es sich um junge Männer und Frauen, gesund, gut ausgebildet, kampferprobt ...«

»Zuchttauglich«, schnitt sie mir mit ätzendem Sarkasmus das Wort ab.

»Ja!«, rief ich aufgebracht. »Warum nicht?! Wir stehen im Krieg, der Fortbestand der Menschheit ist gefährdet. Natürlich nimmt man da nur die Jungen und Gesunden mit!«

Sie schüttelte traurig den Kopf.

»So natürlich finde ich das nicht.«

Ich seufzte.

Verloren stand sie da, sah zum Fenster hinaus, wo es nichts zu sehen gab, und nestelte mit den Fingern an ihrem weich fließenden Nachthemd. Plötzlich fiel mir etwas ein. Ich ging zum Bett, wo meine Uniformjacke lag, schlug das Revers auf und zog ein schmales Büchlein aus der Innentasche. Damit ging ich zu Jennifer zurück und reichte es ihr wortlos.

Sie nahm den Band, starrte ihn an, als begriffe sie nur langsam und widerstrebend, worum es sich handelte, und schenkte mir dann endlich den Blick, auf den ich so lange wartete. Ihre Augen füllten sich mit Tränen, und sie ließ sie nun fließen. Sie drückte das dünne Heftchen gegen die Brust, küsste es und sah mich dann wieder an.

»Verzeih mir«, sagte sie warm. »Ich war ungerecht. Ich weiß, dass du alles getan hast, was in der Macht eines Menschen steht, und noch einiges darüber hinaus ...«

Ich legte ihr den Finger auf die Lippen und zog sie behutsam an mich. Für lange Zeit ruhte ihre Stirne an meiner Brust. Das Weinen lief wie ein langwelliges Beben durch ihren schlanken Körper. Allmählich beruhigte sie sich. Ich gab sie frei, die zärtlich den Band betrachtete und liebkosend mit den Fingern über die alte Bindung aus schwarzem Leder strich, das auf der Flucht aus Pensacola noch einige zusätzliche Schrammen abbekommen hatte.

»Die Aufzeichnungen meines Vaters«, lächelte sie. »Seine Reflexionen und Maximen zur Geschichte.«

»Ich weiß«, sagte ich nur.

Sie blätterte in den vergilbten Seiten. Es waren handschriftliche Aufzeichnungen des alten Ash, Exzerpte aus Klassikern der Geschichtsschreibung von Herodot, Thukydides und Livius bis Caesar und Plutarch. Dazwischen eigene Überlegungen und Aphorismen zu den Perserkriegen, der Schlacht von Gaugamela oder den Taten Hannibals.

Jennifer schüttelte immer wieder den Kopf und überließ sich erneut dem Weinen, das wie Ebbe und Flut in ihr aufstieg, zurückwich und wieder anschwoll.

»Oh, Frank«, sagte sie nach einer Weile. »Ich war ungerecht.

Anstatt zu antworten, zog ich sie an mich und küsste sie. Ihre Lippen waren noch nie so weich gewesen wie jetzt, da sie von salzigen Tränen bebten.

Dann schlug sie eine Stelle der Sprüchesammlung auf und rezitierte einen der Aphorismen.

»Es gibt immer ein Alexandreia Eschata.«

Es war ein Spruch, der gut unsere Empfindungen an diesem Abend wiedergab. Aneinandergelehnt, ineinanderverwachsen wie zwei Bäume, die in Jahrzehnte alter Symbiose verschlungen sind, standen wir da und wohnten dem Schauspiel bei, das sich uns in majestätischer Langsamkeit und Stille darbot.

Vor uns schwebte die erdabgewandte Seite des Neptun im sternenblassen Raum. Die Sonne würde bald hinter dem blauen Gasball untergehen. Die beschienene Seite hob sich schwach als aquamarinfarbene Sichel von dem dichteren und dunkleren Blau der Nachtseite ab, wo gefrorenes Methan in überschallschnellen Stürmen Wirbel, Bänder und schwarze Höfe bildete. Die etwas lichtere, graugrüne, steinhafte Sichel des Triton wanderte unterhalb des Äquators aus dem Planetenschatten in die freie Nacht hinaus. Das geschah so gemächlich, dass es als Bewegung nicht wahrzunehmen war, sondern nur als Positionsveränderung nach längeren Zeiträumen. Und auch diese verdankten sich der Eigenbewegung unseres Schiffes. Die beiden feinen Sicheln, zwei geschärfte Sensen, standen in einer Achse voreinander. Der kristallische Türkiston der Kleineren harmonierte vollkommen mit dem sanften und trägen Blau der um ein Vielfaches Größeren. Es war ein Bild von wunderbarer Reinheit der Farben und Proportionen, einer Reinheit, die es nur im Kosmos gibt und die mit dem Leben nicht zu vereinbaren ist. Die geometrische Strenge der beiden Kreisschnitte hörte auf, steril zu sein, wo sie in die anorganische Pracht des Panoramas eingebettet war.

»Alexandreia Eschata war Alexanders letzte Gründung, die er während seines Zuges vornahm«, erklärte sie.

»Es gab immer«, sagte ich, während das Gefühl ihrer Gegenwart mich mit einem süßen und herbstlichen Glücksgefühl erfüllte, »die Vorstellung eines Ultima Thule. Einen äußersten Vorposten, eine letzten Bastion der Zivilisation, jenseits derer nur Wüsten und Barbaren drohten.«

»Ja«, stimmte sie leise zu. »Aber diese Vorstellung ging immer vom Diesseits dieser Außenposten aus. Die Völker saßen in der Sicherheit ihrer Reiche und blickten von dort auf die Innenstreben ihrer Mauern.«

Sie atmete hörbar. Ich wusste, wie schwer dieser Blick zurück auf etwas, das einmal »Die Erde« und »Die Menschheit« geheißen hatte, für sie war.

»Unsere Situation ist eine andere. Wir stehen zum ersten Mal außerhalb der Palisaden. Wir blicken von jenseits auf die glühenden Lichter jener Vorposten – und sehen sie erlöschen.«

Ein Zittern lief durch das Schiff.

»Das Haupttriebwerk«, stellte die Pilotin in ihr sachlich fest.

Wir beschleunigten und setzten das Manöver fort, den exzentrischen Neptun-Orbit zu verlassen. Mit bloßem Auge war nichts zu erkennen, aber noch in dieser Nacht würden wir einen Abstand zu dieser blauen Sturm- und Nebelwelt erlangt haben, der es uns ermöglichen würde, die Warpphase einzuleiten. Die MARQUIS DE LAPLACE und die zehntausend Mann ihrer Besatzung würden eine Arche sein, die letzten Überlebenden und die Hüter des gesamten Erbes.

»Es ist immer jetzt«, sagte ich, »und wo wir sind, ist immer hier. Wir können nicht jenseits sein, es sei denn, wir durchbrächen die letzte Barriere, die letzte Mauer, über die wir keinen Blick werfen können ...«

Sie schmiegte sich an mich und verstärkte den Griff, mit dem sie mich an sich zog.

»Vielleicht werden wir das schneller, als uns lieb ist.«

Ich antwortete nicht. Ich wusste, dass sie keine Angst vor dem Manöver hatte. Die polydimensionale Natur des Warp-Raums war ausreichend erforscht. Physikalisch gesehen war es gleichgültig, ob ein Raumschiff um tausend Kilometer oder um tausend Lichtjahre versetzt wurde. Es war nur eine Frage der aufgewendeten Energie.

»Ein Abgrund von zwei Metern Breite«, sagte ich, »bleibt zwei Meter breit, ob er einen Meter oder einen Kilometer tief ist.«

»Und dennoch«, wandte sie ein, »würden wir uns leichter tun, wenn es nur einen Meter in die Tiefe ginge, und stocken, wenn ein Schlund von deren tausend vor uns aufklaffte.«

»Aber auch dieser Unterschied existiert nur in der menschlichen Psyche. Einer Maschine, die zwei Meter überwinden kann, ist er gleichgültig.«

Für mehrere Minuten wuchs wieder die Stille um uns. Die Haupttriebwerke wurden ausgeschaltet. Obwohl die virtuelle Schwerkraft den Beschleunigungsdruck vollständig absorbierte, spürten alte Hasen wie wir kurzzeitig ein flaues Gefühl im Magen. Die MARQUIS DE LAPLACE hatte sich aus der Gravitation des Neptun gelöst und schwebte mit mehreren Dutzend Kilometern pro Sekunde in den interplanetaren Raum hinaus, wo sie sich in wenigen Stunden ausrichten und zu dem nie dagewesenen Sprung ansetzen würde.

»Es ist nur so«, sagte Jennifer. »Wir springen im Nebel. Wir wissen nicht, wie weit das gegenüberliegende Ufer entfernt ist und ob es existiert.«

»Wir wissen, dass der Raum existiert, und der Zielpunkt ist von Rogers so ausgewählt, dass wir zehntausend Parsec von jeder Materieansammlung entfernt sind, die massereicher als ein Staubkorn ist.«

»Im Inneren der Leere.«

»War das nicht immer dein spirituelles Ziel«, frotzelte ich.

»Deine spitzen Bemerkungen kannst du dir sparen«, sagte sie kühl. »Das Eingehen in die Leere war das Ideal, dem auch die Ausbildung im Kloster Loma Ntang gewidmet war. Allerdings«, sie machte sich von mir los, »würde es großen scholastischen Aufwandes bedürfen, die klösterliche Vorstellung von Leere mit dem physischen Vakuum des intergalaktischen Raumes in Einklang zu bilden.« Ihre Miene war ernst. »Auch das Nichts existiert nicht!«

»Dann brauchen wir ja keine Angst zu haben«, fügte ich an.

Jennifer hatte sich abgewandt. Sie verstärkte die Polarisation der Außenscheibe, sodass der faszinierende Blick verblasste, dimmte die Beleuchtung auf ein violettes Glimmen herunter und warf sich auf die gravimetrische Matratze, die unter dem virtuellen Gewicht ihres Körpers schwankte wie ein schilfbestandener Teich.

»Komm«, rief sie.

Dann erlosch das Licht.

Ich stand noch immer am Fenster. Triton zog vor der Sichel des Neptun weiter aus dessen Schatten hinaus in die Nacht des freien Kosmos. Der große Planet zeigte uns seine unbeleuchtete Seite. Die letzte feine Sichel war erloschen, als die MARQUIS DE LAPLACE seinen Kernschatten durchquerte, um eine bessere Startposition für den ungeheuren Sprung zu gewinnen. Ich kam mir vor, wie vor dem Eingangstor zu einer Totenstadt, vor den Sphingen und Obelisken einer ägyptischen Nekropole, als ich so von außen auf das bedrohte und verwüstete Sonnensystem hinabsah. Die Erde war nicht zu sehen. Die Sonne war nur einer von Millionen unbedeutender Sterne. Bald würden wir als erste Menschen die Milchstraße von außen sehen.

Tausend Milliarden Sonnen brannten in gleichgültigem Schweigen.

Das Enthymesis-Universum von Matthias Falke
Die Exploration-Trilogie

Band 1: Explorer Enthymesis

Commander Frank Norton und seine Mannschaft treffen mit dem Explorer ENTHYMESIS auf rätselhafte Phänomene: Auf dem Eisplaneten Thule, dem blauen Planeten Lu-Au, der Riesenwelt Lento oder beim mysteriösen Spiegelnebel Amygdala.
Begleiten Sie die ENTHYMESIS bei ihren sechs Abenteuern.

ISBN: 978-3-943795-25-7, TB, 340 Seiten, 13,95 €

Band 2: Ruinenwelt

Bei der Erkundung von 3Alpha-X muss das Shuttle des obersten Planetologen notlanden. Die ENTHYMESIS, der modernste Explorer der Flotte, wird ausgesandt, um Rogers zu Hilfe zu kommen. Doch der Planet birgt ein Geheimnis, das die Bergung des Shuttles zweitrangig werden lässt …

ISBN: 978-3-9813946-8-9, TB, 328 Seiten, 13,95 €

Band 3: Der Actinidische Götze

Während der Flitterwochen von Commander Frank Norton und seiner Partnerin Jennifer Ash auf Musan häufen sich unerklärliche Vorkommnisse. Schließlich geschieht ein furchtbares Verbrechen. Der imperiale Anspruch einer fast vergessenen Macht platzt mitten in die Idylle. Dann überschlagen sich die Ereignisse ...

ISBN: 978-3-943795-37-0, TB, 220 Seiten, 12,95 €

Die Gaugamela-Trilogie -
... wie geht es nach Planetenschleuder weiter?

Band 2: Museumsschiff

Die MARQUIS DE LAPLACE wurde in den extragalaktischen Raum verlegt. Dort versucht die Wissenschaftliche Abteilung verzweifelt, mit der sinesischen Technologie gleichzuziehen. Sie beginnen mit der Kolonisierung ferner Welten. Dann taucht ein Schiff auf. Es reagiert auf keinen der Kontaktversuche. Schließlich gehen Norton und seine Crew an Bord. Das Schiff scheint ausgestorben. Doch dann erwacht es plötzlich zum Leben. Es beginnt ein atemberaubendes Abenteuer.

ISBN: 978-3-943795-65-3, TB, 460 Seiten, 14,00 €

Band 3: Schlacht um Sina

Nach dem Jupiter-Transit patrouillieren sinesische Späher im Sonnensystem. Doch in geheimen Werften konnte eine neue Flotte geschaffen werden. Nach Jahren der Demütigung durch die brutale Herrschaft der Sineser holt die Menschheit zum Gegenschlag aus.

ISBN: 978-3-943795-71-4, TB, 450 Seiten, 14,00 €

OPAK - Erzählungen

Die sechs Erzählungen dieses Bandes zeigen Matthias Falke als Autor beklemmender Zukunftsvisionen.
Die Texte sind düster bis dystopisch, sie halten der Menschheit einen pessimistischen Spiegel vor. Die Eroberung des Weltraums geht einher mit Krieg und Diktatur bis hin zur Gefahr der Selbstauslöschung.
Manche Erzählungen spielen in Falkes ENTHYMESIS-Universum, andere stehen für sich. Ihnen allen ist der schonungslose Blick auf unsere Spezies und das Verhängnis, das sie sich zu gerne selbst bereitet, gemein.

Die Stories:
Opak - In der Hand der Sineser - Der Elefantenfelsen - Die Kapsel - Dyson-Segel - Der Bruch der nordwestlichen Stelze
388 Seiten, ISBN: 978-3-95777-009-7, 14,00 €

Noch mehr Science Fiction!

space rocks

Gehen Sie auf Entdeckungsreise in die Weiten des Alls. Erfahren Sie von
- einer Reise ins Ungewisse
- einer Reise, die schon lange beendet wurde.
- komplizierten wirtschaftlichen Zusammenhängen
- dem Spiel mit kontrolliertem Handel
- einem Weg durch verschiedene Welten
- der Trasse vorbei am Hort der Ruhe
- der Suche auf einem fernen Mond
- dem Flug zwischen den Felsen

HardCover, 320 Seiten, 17,90 €
ISBN: 978-3-9813946-10

Black Ice

Seit Jahren ist Frankie mit seinem Raumfrachter CORONA allein im Overstream unterwegs. Er arbeitet hart und achtet die allzu wandelbaren Gesetze der Planeten in den äußeren Systemen.

Als sich beim Anflug auf Clarion Prime jemand auf sein Raumschiff portiert, ahnt Frankie noch nicht, dass sich durch diesen Fremden sein gesamtes Leben ändern wird.

Vielleicht hätte er die Ladung BLACK ICE - eine perfekte, wunderbar nebenwirkungsfreie Droge - nicht stehlen sollen.
Auf der Flucht vor Duistermach, dem weithin gefürchteten psychopatischen Vollstrecker der mächtigen Handelsgesellschaft, gewährt er nach und nach mehreren Verfolgten Auf seiner CORONA Zuflucht.

Als sich Duistermach auch noch Kopfgeldjäger anschließen, versucht Frankie mit seiner stetig wachsenden Crew das Geheimnis des BLACK ICE zu lüften und so - vielleicht - ihr aller Leben zu retten.

Frank Lauenroth
Taschenbuch, 264 Seiten, 12,50 €
ISBN: 978-3-95777-012-7

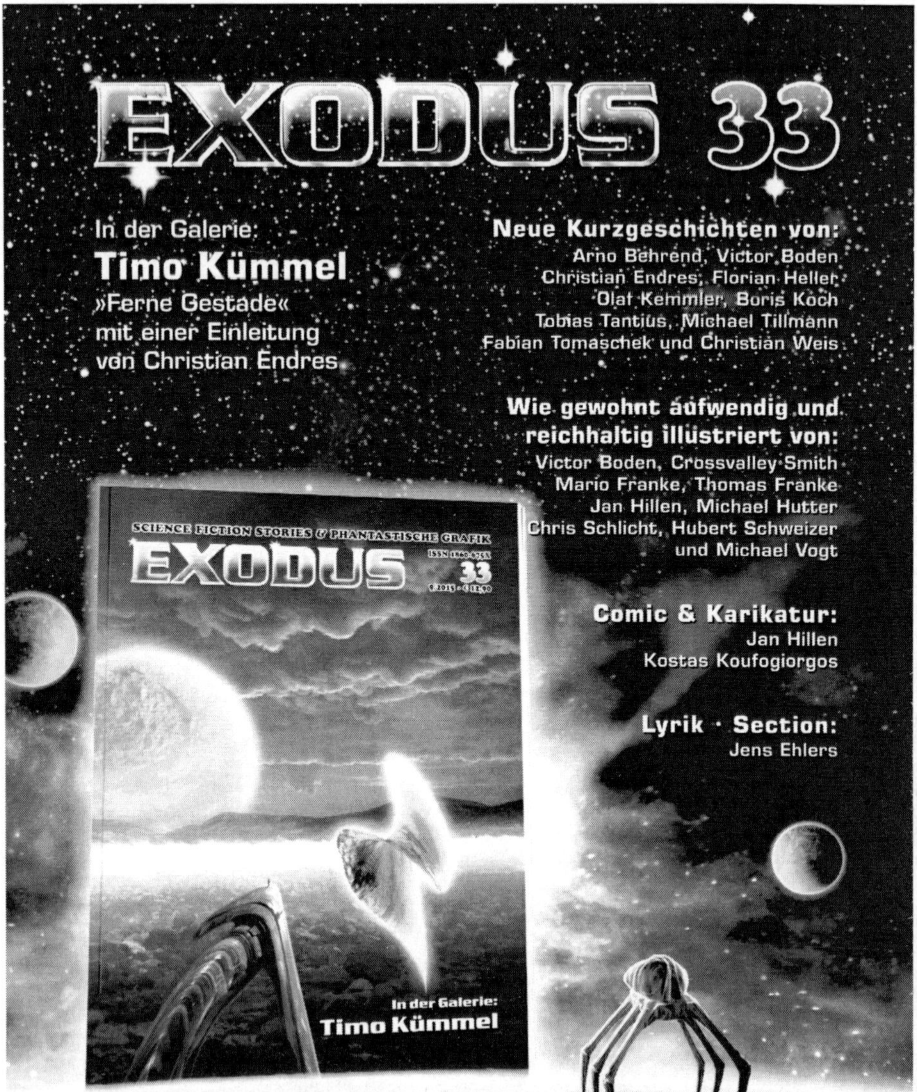
EXODUS 33
In der Galerie:
Timo Kümmel
»Ferne Gestade«
mit einer Einleitung
von Christian Endres
Neue Kurzgeschichten von:
Arno Behrend, Victor Boden
Christian Endres, Florian Heller
Olaf Kemmler, Boris Koch
Tobias Tantius, Michael Tillmann
Fabian Tomaschek und Christian Weis
Wie gewohnt aufwendig und
reichhaltig illustriert von:
Victor Boden, Crossvalley Smith
Mario Franke, Thomas Franke
Jan Hillen, Michael Hutter
Chris Schlicht, Hubert Schweizer
und Michael Vogt
SCIENCE FICTION STORIES & PHANTASTISCHE GRAFIK
EXODUS
33
In der Galerie:
Timo Kümmel
Comic & Karikatur:
Jan Hillen
Kostas Koufogiorgos
Lyrik · Section:
Jens Ehlers
ISSN 1860-675X
WWW.EXODUSMAGAZIN.DE
René Moreau - Schillingsstr. 259 - 52355 Düren - rene.moreau@exodusmagazin.de